백년 묵은 여우

초판 1쇄 찍은 날 § 2005년 10월 12일
초판 1쇄 펴낸 날 § 2005년 10월 22일

지은이 § 김은아
펴낸이 § 서경석

편집장 § 문혜영
편집책임 § 이종민
편집 § 한지윤

펴낸곳 § 도서출판 청어람
등록번호 § 제1081-1-89호
등록일자 § 1999. 5. 31
어람번호 § 제5-0062호

주소 § 경기도 부천시 원미구 심곡1동 350-1 남성B/D 3F (우) 420-011
전화 § 032-656-4452 팩스 § 032-656-4453
http://www.chungeoram.com
E-mail § eoram99@chollian.net

© 김은아, 2005

ISBN 89-5831-774-4 03810

백년 묵은 여우

김은아 지음

도서출판
청어람

인륜대사(人倫大事)를 앞둔 밤이라 그럴까, 아니면 낮과 밤을 구분 못하고 시끄럽게 울어대는 매미들 때문일까? 어둠 속에서 번뜩거리는 두 눈이 좀처럼 감기지 않았다. 불쾌할 정도로 무더운 기운이 열어둔 창문을 타고 넘실넘실 너울거렸다. 고온다습한 열대야였다. 하지만 양쪽으로 살짝 치켜 올라간 입술을 보아하니 그것 또한 잠 못 이루는 이유는 아닌 듯했다. 곁에 연분(緣分)이 닿는 상대가 있는 것도 아닌데 오랜 시간 통탕통탕 뛰는 가슴은 좀처럼 가라앉지 않았다. 달리기 직전 출발을 알리는 신호음을 기다리는 사람마냥 온몸은 기타 줄을 조율하듯 이완과 수축이 반복되고 긴장 상태는 최고조에 이르렀다.

"으ㅎㅎㅎ……."

살짝 벌어진 입에서 전설의 고향에서나 나올 법한 웃음소리가 흘러나왔다. 얇고 가벼운 이불을 젖히고 침대에서 내려온 연우가 날렵한 몸짓으로 창가로 다가섰다. 검푸른 산의 거대한 그림자, 그 산을 내려다보는 달과 그 주위를 둘러싼 별들이 그려진 한 폭의 그림을 향해 걷는다는 표현이 더 나을 듯했다. 창틀에 살포시 앉아 두 눈을 나른하게 감았다. 녹녹하지만 산을 타고 내려온 초록빛 향기가 싱그럽게 느껴졌다. 절로 행복한 탄성이 나왔다. 흑연으로 길게 소묘한 듯한 머리카락이 달빛에 광채가 났다.

눈을 뜨고 그림 속으로 손을 뻗었다. 손끝에 닿을 듯한 별 세 개를 집게손가락으로 차례로 이어 역삼각형을 그려보았다. 씁쓸한 표정이 되어 입술을 힘없이 얼른 터뜨리며 싱겁게 한 번 웃었다.

머리 속에 저장된 하나의 기억을 끄집어내자 도화지가 된 하늘에 흑백 영상이 그려졌다. 그리고 그리움의 급류에 휩쓸리고 말았다. '그립다, 그립다, 한없이 그립다'라는 말이 소리없는 메아리가 되어 허공을 가로질렀다. 칼에 베인 듯 가슴 한구석이 아려왔다.

기분을 전환하고 싶은지 싱그러운 공기를 크게 한입 베어 물었다. 고개를 흔들고 두 손으로 뺨을 가볍게 두드려 보았다. 그래도 잘 안 되는지 잠옷을 머리 위로 끌어 올려 벗은 후 반바지와 티셔츠로 갈아입었다. 긴 머리를 틀어 올려 연필 하나로 꽂고 방을 나섰다.

나무로 된 마룻바닥은 발을 옮길 때마다 삐걱삐걱 울음을 흘렸다. 오래된 벽시계의 톱니바퀴가 잇달아 돌아가며 재깍재깍 내는 소리가 유난히 크게 들릴 정도로 거실은 고요했다. 건넛방에 잠든 이를 염두에 두고 연우는 까치발로 총총 걸어 아래층으로 내려갔다.

녹슨 대문을 조심스레 열고 나와 헐거운 운동화 끈을 조여 맨 후 인적없는 후미진 골목길을 터벅터벅 걸어갔다. 멀리서 멍멍, 뻐꾹뻐꾹, 개굴개굴, 찌르륵찌르륵······ 한여름 밤 자연이 들려주는 음악의 향연이 한창이었다. 서울 북쪽 끝 산자락에 위치한 동네에 사는 덕분에 누릴 수 있는 혜택이자 장점이었다.

우툴두툴한 자갈길, 거친 시멘트 콘크리트길, 아스팔트 도로를 지나 도착한 곳은 소나무가 울울창창한 솔밭이었다. 청청(靑靑)한 솔밭은 공원으로 조성되어 원형 산책길, 배드민턴 연습장, 놀이터, 연못, 정자(亭子) 등이 있었다. 그곳엔 열대야에 밤잠을 설친 사람들이 산책과 운동을 위해 나와 있었다.

연우는 홀로 또는 짝을 지어 원형 산책길을 각기 다른 속도로 걷는 무리에 합류했다. 허리를 곧게 펴고, 턱을 당겨 정면을 보고, 가볍게 쥔 손을 앞으로 휘둘러 얼굴까지 오게 하면서 빨리 걸었다. 숨이 조금씩 차 올랐다. 송골송골 돋아난 땀방울이 주르륵주르륵 흘러내렸다. 청향은 빨아들이고 어지러운 상념은 거친 숨소리와 함께 내뱉었다. 기분이 좋아지는 호르몬이 왕성하게 분비가 되기를 바라며 발걸음을 늦추지 않았다.

어둠이 물러가고 먼동이 트면 비로소 절절한 염원이 이루어진다. 생각만으로도 짜릿짜릿한 쾌감이 느껴졌다. 또다시 입가에 가느다란 미소가 감돌았다. 날개를 단 듯 발걸음이 가벼웠다.

땀내 나는 몸으로 집에 돌아와 샤워를 하면 금방이라도 잘 수 있을 줄 알았는데 오히려 정신이 가을 하늘처럼 맑디맑았다. 초롱초롱한 눈동자를 이리저리 굴리며 뭔가가 떠오르면 노트에 적고, 뭔가가 막히면 인터넷으로 도움을 얻으며 까만 밤을 지새웠다.

그러던 중 연우는 우연히 '49%의 그리움과 51%의 기다림'이란 문구를 발견했다. 그리고선 완전히 넋이 나갔다. 누군가가 내시경 또는 투시경으로 자신의 속마음을 속속들이 들여다보고나서 이 문구를 쓴 게 아닐까 하는 의심이 들 정도로 놀랍고 정확한 표현이었기 때문이다.

어느 순간 보고 싶다는 생각, 만나고 싶다는 생각이 마음속에 심겼고, 가슴이 아파 흘린 눈물을 먹고 자란 그 생각은 그리움이란 싹이 되어 움텄다. 그 싹이 무럭무럭 자라 기다림이란 나무가 되어 마음이란 공간을 빈틈없이 꽉 채울 만큼 잎을 내고 향기를 내뿜었다. 두 가지의 감정이 49 대 51의 비율로 혼합되어 자란 나무. 그것은 바로 연우의 마음이었다.

동녘 하늘이 희붐하게 밝아오자 연우는 정신을 차리고 일어나 옥상으로 향했다. 그곳엔 돌아가신 엄마가 일궈놓은 텃밭이 있었다. 수도꼭지를 돌리자 긴 호스를 타고 물이 분수처럼 내뿜어져 나왔다. 올 여름도 엄마의 텃밭엔 상추, 깻잎, 고추, 고구마, 방울토마토가 잘 자라고 있었다. 서당 개 삼 년이면 풍월을 읊는다고 텃밭 채소 키우는 솜씨는 엄마 못지않았다.

"방울토마토는 물 관리가 제일 중요해. 4월엔 하루에 한 번, 7월경에는 하루에 한 번은 부족하고 손가락으로 바닥을 긁어보아서 말라 있으면 물을 줘야 해. 꽃이 핀 후부터는 엄청난 양분과 물을 공급해야 하니까 아침에 바닥까지 충분히 적시도록 줘라."

연우는 엄마의 목소리를 떠올리며 빙그레 웃었다. 그리고 초록빛 채소들에게 들을 수 있는 귀가 있다고 생각을 하는지 말을 건넸다.

"너희들, 오늘이 무슨 날인지 알아? 오늘이 바로 백년 묵은 여우님의 독립일이란다. 맘껏 먹고 무럭무럭 자라라."

연우의 손길이 어느 때보다 활기를 띠었다. 밭이 축축해질 정도로 물을 준 연우는 수도꼭지를 잠그고 이마에 흐르는 땀을 손등으로 닦아냈다. 잠 한숨 자지 못했어도 전혀 피곤하지 않았다. 방앗공이 떨어지듯 심장은 여전히 콩닥대고, 발이 땅에 닿지도 않는 것 같았다.

홍분제를 먹지 않고도 이런 기분을 맛볼 수 있다니! 아, 세상은 참으로 아름답고 살아볼 만하구나! 오늘이여! 영원히 끝나지 마라! 으흐흐…….

연우는 옥상에 놓인 평상에 벌렁 누워 눈을 감았다. 그리고 바로 옆집을 의식하며 나지막이 중얼거렸다.

"바람과 함께 사라진 나쁜 놈아! 잘살고 있냐? 십삼 년 동안 나한테 실컷 욕 얻어먹었으면 한번 찾아올 법도 한데 어쩜 코빼기조차 안 보이냐? 얼마나 좋은 곳으로 갔기에 집도, 세간도 다 버리고 그렇게 몸만 쏙 빠져나간 거야? 복권 당첨돼서 어마어마한 상금이라도 받은 거냐? 쳇! 오늘같이 내 꿈이 이루어진 날 같이 있어주면 얼마나 좋아? 예전처럼 여기서 방울토마토도 따먹고 상추, 깻잎에 고추랑 삼겹살 넣고 싸먹으면서 축하파티라도 하면 얼마나 좋으냔 말이야."

연우는 쓴웃음을 지으며 잠시 말을 끊었다.

"49%의 그리움과 51%의 기다림만으론 부족한 거야? 아무리 생각해도 너 참 나쁜 놈이다. 내 마음 온통 네게 향하게 만들어 놓고 그렇게 사라지다니 말이야. 넌 네가 태양이고 내가 해바라기인 줄 아는 거니? 너 얼마나 더 욕먹고 돌아올래? 이 나쁜 놈아……."

눈가에 촉촉한 물기가 어렸다.

옥상에서 내려온 연우는 부엌에 들어가 쌀을 씻어 전기압력

솥에 안치고 무를 썰어 쇠고기를 넣고 맑은장국을 끓였다. 압력
솥에서 마치 증기 기관차가 연기를 뿜으며 달리는 소리가 나고
냄비에선 바글바글 국 끓는 소리가 났다. 그 소리에 덩달아 즐
거워진 연우는 연방 콧노래를 부르며 빨간 포기김치 하나를 도
마 위에 올려놓고 서슬이 시퍼런 칼로 서걱서걱 토막을 낸 후
한 점 입 안으로 쏙 집어넣었다. 혀에 감기듯이 남는 맛깔스러
운 뒷맛에 자기도 모르게 음침한 웃음소리를 냈다.

"<u>으흐흐</u>……."

냉장고에서 달짝지근한 마늘장아찌와 고소한 들기름과 소금
을 발라 구운 돌김을 꺼내 막 장만한 음식과 더불어 차려놓고선
거늑한 표정을 지었다. 그리고 한쪽 눈썹을 치켜 건넛방을 향해
고개를 휙 돌렸다. 빨간 김치를 먹은 후라 그런지 입술 빛깔이
핏빛에 가까웠다. 퉁탕퉁탕 걸어 건넛방 문을 벌컥 열어젖혔다.
그리고 베개를 마누라처럼 끌어안고 자는 경우를 향해 외쳤다.

"일어나 밥 먹어! 결혼식에 가야지!"

연우는 식탁 의자에 새색시처럼 다소곳하게 앉아 있었다. 하
지만 자꾸 헤벌쭉헤벌쭉하는 입을 어쩔 도리가 없었다. 립스틱
광고를 하는 여자처럼 오므려 보기도 하고, 조인성처럼 주먹을
악물며 참아보려고 애를 썼지만 입술을 비집고 나오는 기괴한
웃음은 정말이지 참을 수가 없었다.

"<u>으흐흐흐</u>……."

입이 찢어지게 좋은 걸 어쩌란 말인가!

애써 다시 표정 관리를 하려 하는데 앞에 앉아 밥을 먹는 경우와 눈빛이 딱 마주쳤다. 그는 영 못마땅한 얼굴이었다.

"그렇게 좋나?"

그 물음에 연우는 다시 헤벌쭉해졌다.

"응, 좋아."

생각할수록 좋은지 양손을 맞잡고 흔들며 호들갑을 떨기 시작했다.

"실은 너무너무너무너무너무 좋아서 미치겠어."

"그래도 그렇지, 헤어지는 마당에 너무하는 거 아니냐? 떠나는 사람 생각해서 단 십 초만이라도 아쉬운 표정 좀 해봐라."

하지만 연우는 그럴 생각이 전혀 없어 보였다.

"내가 왜? 난 지금 옥상에라도 올라가서 독립만세 삼창을 하고 싶은 심정인데."

경우의 심사가 고약하게 비뚤어졌다. 손에 든 숟가락을 탁자에 탁 내려놓았다.

"너 나 없이 잘살 자신 있어?"

"응!"

말이 끝나기가 무섭게 연우가 자신만만하게 대답을 했다. 경우는 그런 연우가 얄미웠다.

"형광등 나갔다고, 변기 막혔다고, 열쇠 잃어버렸다고 울고불고 난리쳐도 나 정말 안 올 거야."

"어이구, 돈만 있으면 다 되는 세상이야. 별걱정을 다 하네."

콧방귀를 뀌며 손사래치는 연우 앞에서 경우의 으름장이 초라해졌다.

"야!"

결국 경우가 폭발을 하고 말았다.

"아이, 깜짝이야! 왜 소리는 지르고 야단이야?"

화들짝 놀란 연우도 지지 않고 큰 소리를 냈다.

"너 정말 안 슬퍼?"

다 큰 남자가 떼를 쓰다니! 연우는 그런 경우가 한심해 보였다. 그래도 안 슬픈 걸 어쩌란 말인가!

"응, 하나도! 눈곱의 백만 분의 일만큼도 안 슬퍼."

매정한 계집애!

경우는 속으로 이렇게 구시렁거리며 눈을 가늘게 떴다.

"너 진짜 해도 해도 너무한다. 네가 정 이렇게 나오면 모든 계획을 확 뒤집고 그냥 눌러앉는 수가 있어!"

순간 생각없이 한 말인데 경우는 자신이 한 말이 맘에 딱 들었다. 이번 으름장은 확실히 효과가 있는 듯했다. 연우의 눈이 쟁반만큼 커져 있었다.

"뭐라고? 세상에 그런 법이 어디 있어? 한번 나가기로 약속을 했으면 그대로 지켜야지!"

"내가 그런 약속을 했다는 증거를 대봐."

경우는 팔짱을 끼며 거드름을 부렸다.

"증거?"

정말 유치하기 짝이 없다는 듯 연우가 되물었다.

"이 바보야, 말로 한 약속은 하나도 소용없는 거야. 서약서라도 썼다면 모를까."

연우는 순간 뒷골이 띵해졌다. 아무 생각도 나지 않았다. 연우는 자신을 충분히 불행하게 만들 수 있는 경우에게 주먹을 날리고 싶었다. 손이 근질근질했다. 하지만 오늘만은 차마 그럴 수가 없었다. 간신히 그 충동을 참아낸 연우가 소리를 꽥 질렀다.

"우리 사이에 그딴 게 왜 필요해?"

"믿는 도끼에 발등 찍힌다는 말도 몰라?"

생각지도 못한 말에 연우는 또다시 말문이 막혔다.

"그래서 지금 내 발등을 잔인하게 찍겠다는 소리야?"

도끼눈을 뜬 연우가 살벌하게 물었다.

"못할 것도 없지."

"인간이 어쩜 그러냐? 내가 그토록 원했던 일인 줄 알면서! 우씨!"

맥이 풀린 연우는 눈물을 글썽였다. 그리고 경우가 괘씸하고 미워 발버둥을 치며 울기 시작했다.

"엉엉……."

"너 지금 우냐?"

경우가 식탁 밑으로 발을 뻗어 연우의 발을 툭 차며 물었다.

"그래! 억울하고 분해서 운다!"

"에이, 거짓말. 악어의 눈물이면서."

남자는 여자의 눈물에 약한 법이다. 그런데 경우는 사악한 웃음을 날리며 연우를 가지고 놀고 있었다.

더 이상 참을 수 없다!

연우는 매서운 눈빛으로 경우를 노려보며 자리에서 벌떡 일어났다. 그리고 경우가 이 세상에서 가장 듣기 싫어하는 말을 의도적으로 내뱉고 아래층으로 향하는 계단으로 도망을 쳤다. 경우의 커다란 가방을 들고.

"뭐, 이런 개 같은 경우가 다 있냐?"

"야! 너 내 이름 가지고 그딴 식으로 말하지 말랬지!"

경우가 총알처럼 연우의 뒤를 쫓았다.

"그러니까 약속을 지켜! 나가! 나가란 말이야! 이제부터 여기는 내 집이야!"

온몸을 분노로 무장한 채 연우는 대문을 향해 뛰었다. 그리고 대문을 발로 뻥 차며 바깥으로 나와 가방을 사정없이 땅바닥에 내동댕이쳤다. 그러자 곧 뒤쫓아 나온 경우가 씩씩대며 고함을 질렀다.

"나간다, 나가! 잘 먹고 잘살아라!"

경우는 가방을 들고 집 앞에 주차된 차로 다가가 실었다. 그리고 미련없이 떠나가 버렸다.

연우는 경우의 차가 사라질 때까지 우두커니 서 있었다. 그리고 마침내 더 이상 보이지 않게 되자 두 손을 번쩍 들고 쾌재를 부르며 좋아서 어쩔 줄을 몰라 했다.

"만세! 만세! 만만세! 으흐흐……."

덩실덩실 어깨춤이 절로 나왔다. 뒤로 연속 세 번 공중제비를 돌았다. 그만큼 신이 나 있었다. 연우는 감격에 겨운 얼굴로, 레드카펫을 밟는 여배우의 심정으로 대문을 향해 걸어 들어갔다.

성공적으로 경우를 내쫓고 다시 집 안으로 들어온 연우는 다시 헤벌쭉해졌다. 고요한 집 안을 둘러보며 씩 웃는 그녀의 모습은 동화책에 그려진 여우와 흡사했다. 그녀는 목청을 가다듬었다.

"흐음, 흠! 계세요? 아무도 안 계세요?"

살아서 꿈틀거리는 건 뭐든지 싫은 연우. 집 안에 애완동물, 벌레 새끼 한 마리조차 있을 리 없는데 그렇게 물었다.

"여보세요! 정말 아무도 없어요?"

자신의 행동이 스스로 생각해도 웃긴지 쿡쿡 소리를 내며 웃었다.

"정말 아무도 없는 거 맞지? 드디어 나 혼자 있게 된 거지?"

그녀는 믿기지 않는지 자신의 뺨을 꼬집기까지 했다.

"아야! 아프다. 꿈은 아니구나!"

눈물까지 글썽이며 감격에 겨운 그녀는 이제 두 손을 모으고 사이비교주 같은 목소리로 이렇게 말했다.

"오, 신이시여! 감사합니다. 제가 얼마나 이 적막함을 사모했는지 아시나이까? 오, 할렐루야!"

그리고 갑자기 거실장으로 다가가 서랍을 열고 서류 봉투를 꺼내 들었다. 그리고 진하게 키스를 한 후 혼자 빙글빙글 원을 그리며 돌기 시작했다. 아리랑 목동이란 노래를 개사 해서 부르며.

"야야~ 야야야야, 야야야야야~ 야야~ 야야야야, 야야야야야. 집문서를 옆에 끼고 춤을 추는 아가씨야. 강남지역 고층빌딩 하나도 안 부럽다. 자유보장, 자아실현, 내 공간만 하오리까. 아리아리 동동, 스리스리 동동. 아리랑 콧노래를 들려나 주오!"

오래된 건물이라 그런지 거실 바닥이 마구 흔들렸지만 그녀에겐 별일이 아닌 것 같았다.

발광에 가까운 연우의 버라이어티 쇼(variety show)는 시간 관계상 조기 종영되었다. 오늘은 11남 1녀 중 열한 번째 아들로 태어난 백경우의 결혼식이 있는 날이기 때문이다. 연우에게는 백강우, 명우, 은우, 동우, 성우, 민우, 정우, 현우, 진우, 건우 그리고 오늘의 새신랑인 경우까지 열한 명의 오빠들이 있었다. 한국판 동화책 '백조왕자' 를 새롭게 쓸 생각은 아니었고, 살아가면서 친구 같은 딸 하나는 꼭 있어야 한다는 그녀의 엄마 고집 때문에 생긴 결과였다.

덕분에 연우는 열한 명의 올케들과 스무 명의 조카를 얻었다. 어떻게 그 많은 사람들 이름을 일일이 외우며 사느냐? 혹시 비법이라도 있느냐? 이런 질문을 곧잘 받지만 답은 의외로 간단했다.

못 외운다!

연우는 어려서부터 너무 많은 걸 외우고 살아야 한다는 부담 감 때문인지 사람 이름 외우는 일만은 영 소질이 없었다. 그저 자신의 이름을 기억하고 사는 것만으로도 다행이다 싶은 그녀 였다. 연우는 오빠들은 '첫째 오빠, 둘째 오빠', 올케들은 '첫 번째 올케, 두 번째 올케', 조카나 친구들은 '야', 모르는 사람 들은 '이봐요' 이런 식으로 불렀다.

삼십 년을 대가족들과 함께 살면서 겪는 에피소드가 한두 가 지가 아닐 테지만 그중 연우가 가장 싫어하는 건 등본을 떼러 가는 일과 학교에서 나눠 준 가정조사서를 쓰는 일, 그리고 누 군가에게 가족을 소개하는 일이었다. 그나마 지금 살고 있는 집 에서 태어나 계속 살고 있기 망정이지 이사라도 자주 다녔으면 틀림없이 대인기피증에 시달렸을 것이다.

지금 상태 역시 양호한 편은 아니었다. 대인기피증까지는 아 니라도 연우는 대가족들과 치열하게 살아서 그런지 사람이라면 지긋지긋했다. 특히 의사소통이 불가능한 어린아이들은 더 그 랬다. 정반대로 그녀의 부모는 아이들을 유난히 좋아했다. 그래 서 자식들이 스스로 해결해야 할 육아 문제들까지 스스로 떠맡 아 해결해 주었다. 때문에 연우는 늘 너저분하게 흩어져 있는 기저귀, 젖병, 장난감과 더불어 살아야 했고, 빽빽 울어대는 아 기들, 놀아달라고 조르는 꼬맹이들한테 시달리며 살아야 했다. 떠올리는 것만으로도 우울해지고 몸서리가 쳐질 정도니 그녀가 얼마나 아이들을 싫어하는지는 더 설명하지 않아도 알 것이다. 작년 교통사고로 부모를 잃기 전까지 연우는 그렇게 살아왔다.

그래서 연우의 꿈은 아주 소박할 수밖에 없었다. 다른 건 바라지도 않는다. 그저 평화롭고 자유롭게 조용히 살고 싶다는 것. 그게 전부였다. 그리고 그 꿈이 드디어 오늘 이루어지게 됐다. 연우는 속으로 끊임없이 외쳤다.

만세! 만세! 만만세!

결혼식이 진행되는 내내 연우는 딴생각만 하고 있었다.

일층 가게부터 손을 보는 거야. 벽은 무슨 색으로 칠하는 게 좋을까? 소희한테 물어볼까? 아냐, 아냐. 병적으로 보라색을 좋아하는 걔한테는 물어보나마나지. 깨끗하고 깔끔한 흰색? 너무 평범해. 정열적인 빨간색? 너무 야하겠지? 차라리 실크벽지를 사다 바를까? 그게 돈이 얼만데. 상큼하고 풋풋한 색이 있었으면 좋겠다. 마치 풋사과처럼 퍼런…… 그래! 그린 계열 색상으로 해야겠다. 으흐흐흐…….

"아가씨."

혼자 상상의 나래를 펴며 딴 세상에 가 있는 연우를 옆에 앉은 아홉 번째 올케가 불렀다. 하지만 연우는 아무 소리도 들리지 않았다.

"아가씨!"

아홉 번째 올케가 팔꿈치로 연우의 옆구리를 쿡 쳤다.

"네?"

그제야 정신이 든 연우였다.

"집이요."

올케가 조그마한 목소리로 말을 꺼냈다.

"무슨 집이요?"

"아가씨 살고 있는 집 말이에요."

연우는 올케가 무슨 말을 하고 싶어 저럴까 싶어 눈만 껌벅였다.

"그거 파세요. 얼마 전 부동산에서 연락이 왔다는 소리를 들었거든요. 평당 천이백만 원씩 쳐준대요. 거기 강북지역이고 고도제한에 개발제한구역이라 앞으로도 발전 가능성이 거의 없거든요. 어떤 사람이 그걸 왜 사려고 하는지는 몰라도 그 가격은 정말 파격적이라고요. 그거 팔아서 아파트 하나 장만하고 편하게 사세요. 산다는 사람 마음 바뀌기 전에 빨리 결정하고요."

연우는 말이 없었다. 표정에서 어떤 생각도 읽을 수 없었다. 올케는 답답하다는 듯 다시 설명하려 들었다.

"그건 길게 생각해 볼 필요도 없는 거예요. 내 경험상으로 비춰……."

알죠! 알다마다요.

연우는 올케가 말하지 않아도 그 뒤로 무슨 말을 할 것인지를 다 알고 있었다. 올케는 부동산에 투자를 해서 돈을 꽤 벌었고, 지금도 열을 올리고 있는 중이라 누구보다 정확할 것이다. 하지만 연우의 생각은 달랐다.

"언니, 말 잘라서 미안한데요, 전 그냥 거기에서 살래요."

"네?"

짧지만 말도 안 된다, 바보 같다, 거저 주는 것도 못 받아 챙기느냐 하는 뜻이 다 담겨 있었다.

"그 집이 편해요. 거기에서 태어났고 한 번도 떠나본 적이 없어요. 떠날 생각도 안 해봤고요."

비록 작고 초라하지만 연우의 삼십 년 인생과 추억이 고스란히 담겨진 앨범과도 같은 집이었다. 한때는 광고 속 커리어우먼처럼 고층 아파트 거실에 놓인 러닝머신 위를 달리며 멋지게 살고 싶기도 했지만 그건 정말 한때였다. 오빠들이 하나씩 짝을 만나 떠났고 부모님까지 떠난 이 시점에 자신마저 그 집을 떠나면 왠지 떠났다는 것보다는 버렸다는 표현이 맞을 것만 같았다.

"아가씨, 돌아가신 아버님이 직접 지으신 집이라 애정이 각별한 건 알아요. 그건 다른 식구들도 다 같은 마음이에요. 하지만 조만간 재건축을 하지 않으면 안 될 정도로 낡아서 위험해요. 지난번에 갔을 때 보니까 벽에 금도 많이 가고, 바닥도 많이 흔들리고……."

올케는 어떻게 해서라도 연우를 설득할 생각이었다. 이렇게 좋은 기회는 두 번 다시 오지 않을 것이기 때문이다. 기회다 싶으면 무슨 일이 있어도 잡아야 하고 그로 인해 잃는 것이 있다 하더라도 그 정도는 감수해야 한다는 걸 연우에게 가르쳐 줄 작정이었다.

"또 말 잘라서 미안한데요, 만약 재건축을 해야 한다면 그건 제가 알아서 할게요. 저를 위해서 해주는 말씀이라는 건 아는데 이 얘기는 못 들은 걸로 할게요. 다른 식구들한테도 그렇게 전해주세요."

올케는 떨떠름한 표정으로 입을 다물었다. 세상 물정에 어두워도 너무 어둡다는 말을 하고 싶은 걸 간신히 참으며.

NO. 2

연우는 결혼식이 끝나자마자 집 근처 페인트 가게로 달려가 퍼런 풋사과 색깔의 페인트를 주문하고 배달시켰다. 그리고 집을 향해 열심히 걸어가고 있었다. 그때 뒤에서 연우를 부르며 급히 뛰어오는 여자가 있었다. 고개를 돌려보니 동네에서 오랫동안 부동산 중개업을 하고 있는 아주머니였다.

"무슨 일이세요?"

"저기, 집 말이야. 파격적인 가격에 살 임자가 나타났는데……."

"아줌마, 저 집 안 팔아요."

연우는 더 들을 필요도 없다는 듯 말을 잘랐다.

"웬만하면 팔아. 나중에 후회하지 말고."

"안 팔아요. 저 그 집에서 평생 살 거예요. 아줌마, 저 가요."

연우는 성마르게 되풀이해 말하며 매정하게 뒤돌아섰다.

"앞으로 그런 조건 제시할 사람 절대 없을 텐데!"

연우의 등에다 대고 크게 외친 아주머니는 큰 건을 놓쳐 못내 아쉬운지 씁쓸한 표정이었다.

"도대체 어떤 놈이 그런 제안을 해서 사람을 피곤하게 하는 거야?"

연우는 잔뜩 짜증이 난 얼굴로 중얼거렸다.

조그만 구멍가게, 세탁소, 약국, 정육점, 미용실, 그리고 문방구를 지나쳤을 즈음 연우는 우뚝 걸음을 멈췄다. 그리고 하늘을 올려다보았다. 씁쓸한 표정이 된 연우는 고개를 흔들고 다시 걷기 시작했다. 보지 않아도 다 외웠을 정도의 낯익은 전경이 차례로 지나쳐 갔다.

연우는 또 한 번 걸음을 멈추고 고개를 오른쪽으로 돌렸다. 많은 사람들로 북적대는 떡볶이집이 눈에 들어왔다. 꽤 매울 거라는 생각만으로도 입 안 가득 군침이 돌았다. 입맛을 다시던 연우는 크게 숨을 들이마셨다.

그때 핸드폰이 울렸다. 발신인을 확인하니 '보라공주'라는 글자가 떴다. 보라공주는 오늘 결혼한 경우를 일방적으로 열렬히 사모하다 결국 포기할 수밖에 없었던 비련의 여인이자 연우의 절친한 친구인 소희였다. 그들은 운전면허를 따기 위해 같은 자동차학원에 등록했다가 우연히 만나 친해진 사이였다. 연우가 위로를 담은 목소리로 전화를 받았다.

"소희야."

[내가 너 생각하면 오늘 결혼식에 가야 했지만, 차마 그럴 수 없었다는 거 알지?]

울었는지 소희의 목소리는 잠겨 있었다.

"알지."

[경우 오빠는 행복해 보이든? 너의 열한 번째 올케는 예뻤고?]

"결혼하는 날 안 그래 보이는 사람도 있니?"

연우는 신혼여행을 떠나는 순간까지 입을 귀에 달고 있었던 경우와 열한 번째 올케를 떠올리며 말했다.

[마음 찢어지는 사람 생각해서 조금만 행복하고 조금만 예쁜 척하지. 흐흑……]

소희의 울음소리에 연우는 괜히 미안한 마음이 들었다.

"오빠가 그러더라, 올케 만나기 전에 네 마음 알았더라면 너랑 잘해볼 수도 있었다고 말이야. 그리고 넌 예쁘고 매력적이라서 분명 좋은 남자 만나게 될 거라고 했어."

물론 경우는 그런 말을 한 적이 없었다. 실연당한 친구를 위로하기 위해 연우가 살짝 지어낸 이야기였다.

[정말? 하긴 지금도 나 좋다고 따라다니는 놈들이 얼마나 많은데. 그건 너도 알지?]

"알지."

인간 개조에 가까울 만큼 몸에 들인 돈이 얼만데!

연우는 낮에 먹은 갈비탕이 속에서 분수처럼 올라올 것 같은 느낌을 꾹 참아냈다.

[그럼, 오늘부터 너 혼자 사는 거야?]

소희의 말에 연우는 금방 헤벌쭉해졌다.

"응! 드디어 백연우 인생도 쨍하고 해뜰 날이 찾아왔다!"

[좋겠다.]

부러움이 잔뜩 섞인 소희의 음성에 연우는 어깨가 으쓱해졌다.

"좋아. 진짜진짜 좋아! 으흐흐흐……."

[무너질 것처럼 위태위태한 집이라도 그게 어디냐? 아, 나도 재산세 좀 내면서 살고 싶다.]

"부잣집 아가씨가 뭐 부족한 게 있다고 그런 소리를 하냐?"

소희의 어머니는 유명한 한복 디자이너이고 아버지는 섬유 전문 업체의 회장이어서 엄청난 재력을 지니고 있었다.

[나도 내 능력으로 일해서 돈 벌어보고 싶다는 소리야.]

"참아라. 너희 부모님, 그리고 너희 언니까지 그렇게 벌어대는데 너까지 동조할 필요는 없잖아. 그냥 너는 어머니 말씀에 따라 조신하게 신부수업 받고 봉사 활동 하면서 살아라."

[참, 엄마가 너 한번 와서 천 가져가라고 하시더라.]

연우는 궁중 한복 원단에 직접 전통 손자수를 놓아 그것으로 수공예 다이어리나 주머니, 액세서리를 만들어 인터넷으로 판매하는 일을 하고 있었다. 그래서 소희 어머니는 그런 연우에게 자투리 천들을 무상으로 공급해 주고 있었다.

"그래? 오늘은 가게 벽 페인트칠 해야 하고 내일은 주문 들어온 거 보내야 하고 모레쯤 갈 수 있겠다."

[그런데 요즘도 주문이 많이 들어와?]

"나 요즘 새삼 인터넷의 위력을 느끼고 있잖아. 조만간 대박 터뜨려서 뜰 것 같다."

생각만 해도 즐거운 연우였다. 게다가 집까지 혼자 쓸 수 있게 됐으니 그야말로 만사형통이었다.

[난 우리 엄마 딸인데 어쩜 손재주가 이리도 없을까 모르겠다.]

사실 그 점은 연우도 의아스러웠다. 소희는 자신을 꾸미는 일조차도 남의 손에 맡길 정도로 손으로 할 줄 아는 게 거의 없었다. 그렇게 돈을 쏟아 부으며 공예, 요리, 메이크업을 배워도 무용지물이었다.

"또, 또, 또! 예쁜 것들이 욕심도 많아요!"

[하긴 이 미모에 재주까지 뛰어나면 남자들이 나한테 접근하기가 좀 힘들 거야. 그치?]

연우의 농담 한마디에 소희의 공주병이 또 시작됐다. 연우는 잠시 서서 역겨운 표정으로 핸드폰을 귀에서 떼고 쳐다보았다. 그러다 자신의 집 일층 가게를 들여다보고 있는 젊은 남자를 발견했다.

"야, 손님인가 봐. 내가 나중에 전화할게."

[알았어. 끊어.]

재빨리 전화를 끊은 연우는 빠른 걸음으로 가게를 향해 걸어
갔다.

"어서 오세요."

연우는 가쁜 숨을 몰아쉬며 남자에게 다가가 인사를 건넸다.
하지만 연우가 다가오는 걸 미처 알지 못했던 남자는 화들짝 놀
랐다.

"깜짝이야!"

"어머, 죄송합니다. 많이 놀라셨어요?"

놀라게 할 의도가 없었던 연우는 미안한 표정을 지었다.

"이 가게 주인이세요?"

남자의 물음에 연우는 남자에게 혹시 직업이 성우나 성악가
가 아니냐고 묻고 싶어졌다. 그만큼 목소리가 매혹적이었다.

"네, 이 가게 주인이자 건물주죠."

연우는 환하게 미소를 지으며 자랑스럽게 대답했다.

"아, 네."

남자는 간판도 없는 가게를 눈으로 훑어보며 고개를 끄덕였
다.

"들어오셔서 구경하세요."

연우는 가방에서 열쇠를 꺼내 문을 열고 가게 안으로 들어가

버렸다. 남자는 그럴 생각이 없는데 일이 이상하게 돌아간다는 듯한 표정으로 뒤따라 들어갔다.

연우는 가방을 내려놓고 벽에 걸린 선풍기를 틀었다. 그리고 따라 들어온 남자가 덥다는 듯 손으로 부채질을 하자 궁색한 변명을 늘어놓으며 냉장고를 향해 걸어갔다.

"오늘 무지 덥죠? 일주일 전에 주문한 에어컨이 아직도 안 와서……. 저기, 시원한 냉커피라도 좀 드실래요?"

물론 에어컨을 주문한 적은 없었다. 하지만 내년 여름엔 꼭 하나를 장만해야겠다고 다짐하며 컵에 냉커피를 따랐다. 그리고 얼음 두 개를 넣었다.

"아뇨, 괜찮습니다."

남자는 주위를 둘러보다 거절하려 하는데 이미 연우가 냉커피가 든 컵을 내밀며 미소 짓고 있었다. 연우의 재빠른 행동이 우스운지 남자는 피식 웃음을 터뜨렸다.

"한발 늦으셨어요. 만든 거니까 드셔야 해요."

사실 이런 행동들은 연우의 지극히 계산되고 의도적인 것이었다. 그래야 물건 하나라도 팔 수 있기 때문이다.

"고맙습니다."

"뭐, 마음에 드는 물건이라도 발견하셨나요?"

연우는 말이 끝나기가 무섭게 물었다. 이제 본격적으로 영업을 시작해 볼 생각이었던 것이다.

"글쎄요."

남자는 또다시 주위를 둘러보았다.

"여기 있는 물건들은 다 제가 직접 만든 것들이에요. 이곳은 저의 작업장이자 가게고 이 물건들은 온라인으로도 판매를 하고 있죠."

고등학교 시절 꽤 성적이 좋았던 연우가 어느 순간부터 공부에 흥미를 잃고 의욕 상실로 방황하다 대학도 보기 좋게 낙방했다. 그때 연우의 아버지는 가정집이었던 일층을 개조했다. 그리고 연우에게 이곳을 선물로 주었다. 아무런 이유 없이 이 세상에 태어나는 사람은 없으니 가장 하고 싶거나 가장 잘할 수 있는 걸 이곳에서 해보라고 했다.

연우는 한동안 텅텅 빈 공간에서 멍하니, 무기력하게 앉아 있었다. 오랫동안 공허와 허무, 그리고 우울이란 단어와 동고(同苦)한 연우로서는 점점 두터워져 가는 그 감정의 벽을 뚫고 나오는 것 또한 쉬운 일은 아니었다. 그저 아무짝에도 쓸모없는 존재가 된 것 같아 한숨만 내쉬었다. 성취감이나 만족감을 느끼게 해주는 것은 아무것도 없었다. 생기나 활기 따위는 이미 오래전에 고갈되어 버렸다.

연우의 아버지는 연우의 인생을 변화시킬 수 있는 그런 일이 생기기를 간절히 바라고 기다렸다. 그리고 연우가 가만히 앉아서 운명을 바꾸어줄 그 뭔가를 기다리지 않고 스스로 조금씩이라도 변화를 만들어가기를 바랐다.

꽤 많은 시간이 흐르고 나서 연우는 무료함을 달래기 위해 수

를 놓기 시작했다. 심심풀이로 만든 물건이 하나둘 늘기 시작하
자 아버지는 손수 진열대까지 만들어 그 물건들을 진열해 놓았
다. 바깥에서 그 물건들을 보고 문의를 하며 사가는 사람들이
생기자 아버지는 연우의 오빠들한테 부탁을 해 인터넷 쇼핑몰
까지 만들어주었다. 연우는 그때부터 자립해 나갈 수 있었고,
삶의 의욕을 다시 되찾게 되었다.

"아, 네······. 네? 이걸 모두 직접 만드셨다고요?"

건성으로 듣던 남자가 눈을 동그랗게 뜨고 묻자 연우는 이때
다 싶어 다이어리 하나를 들고 열심히 설명을 하기 시작했다.

"이건 고급 실크 100% 원단에 제가 전통 자수를 직접 놓은
다이어리예요."

"아주 고급스럽고 우아하네요. 시간이 많이 걸렸겠어요."

남자가 관심을 보이자 연우의 눈이 초롱초롱 빛을 발했다.

"요즘 전통 손자수 놓는 분들 찾기 힘들어서 대부분 못 믿으
시는데요, 이건 절대 공장 자수나 중국산 자수가 아니에요. 제
가 아는 분한테 직접 배워서 놓은 거예요."

연우는 손가락으로 다이어리 모서리 금장식을 가리켰다.

"그리고 이건 끼웠다 뺄 수 있어요. 필요없으면 빼서 사용해
도 돼요. 그리고 이 손잡이 부분은 스프링 도트 단추에 원단을
씌워 더 고급스럽게 했어요. 이 다이어리는 특수 접착제를 사용
해서 24시간 건조를 시켜 만든 제품이고요 한정수량만 판매하
는 거라 소장용으로 가치가 있죠. 아, 그리고 이런 다이어리를

보관할 주머니도 있고, 여자들이 화장품 넣고 다니면 좋을 주머니도 있어요."

남자는 쉬지 않고 열심히 설명하는 연우에게 감탄한 듯 넋을 놓고 바라보았다. 연우는 그 틈을 타 속으로 주문을 걸었다.

사라. 사라. 좋은 말 할 때 사라.

연우의 주문이 효력을 발휘한 듯 남자는 체면에 걸린 사람처럼 물었다.

"이거 얼마죠?"

연우는 다섯 손가락을 펴 보이며 또박또박 가격을 말해 주었다.

"오만 원이요."

남자의 손이 슬그머니 바지 뒷주머니로 가 지갑을 꺼내자 연우는 속으로 환호했다.

앗싸! 하나 팔았다!

연우는 오늘이 가장 행복한 날이라고 생각했다.

"금방 포장해 드릴게요. 그리고 혹시라도 물건에 이상이 있으시면 가져오세요. 여기 가방에 저희 가게 이름과 연락처가 적혀 있으니까요."

연우는 남자에게 가방을 건네며 말했다.

"저기……."

남자가 다시 입을 열자 연우는 눈이 다시 초롱초롱해졌다.

또 뭘 사려는 거지?

"뭐, 또 마음에 드신 다른 물건이라도⋯⋯."

"혹시⋯⋯ 이 집 파실 생각 없으세요?"

그 말에 연우의 눈썹이 한쪽으로 훌쩍 올라갔다. 그리고 눈빛이 서서히 날카로워졌다.

"얼마 주실 건데요?"

이미 안색이 확 변한 연우는 냉정하고 단호하게 물었다.

"시세의 두 배 가격으로 쳐드리겠습니다⋯⋯."

남자가 냉큼 대답을 하면서도 연우의 오싹한 표정이 무서운지 말끝을 흐렸다.

"평당 십억씩 주면 한번 생각해 보죠."

"네?"

말도 안 되는 소리에 남자가 눈살을 찌푸렸다. 그 말은 절대 안 판다는 소리나 다름이 없었다.

"저기⋯⋯."

남자는 용기를 내 다시 설득하려 했다. 하지만 점점 구미호로 변해가는 연우를 보고선 금세 마음을 고쳐먹었다.

"안녕히 계세요."

고개 숙여 인사를 건넨 남자가 꽁무니를 슬슬 빼며 가게를 빠져나갔다.

"정말 웃기고 있어!"

연우는 벽에 페인트칠을 하며 혼자 중얼거렸다.

"강남 타워팰리스를 통째로 준다고 해봐라. 내가 눈 하나 깜짝하나!"

잠시 후 연우는 페인트칠을 멈추고 눈동자를 떼구루루 굴리며 생각에 잠겼다.

"그런데 통째면 그게 도대체 얼마야?"

그러다 스스로를 꾸짖기 시작했다.

"백연우! 너 지금 무슨 생각을 하는 거야? 네 머리로 그게 계산이 돼? 관둬! 관둬!"

연우는 다시 페인트칠을 하기 시작했다. 더운 날씨, 높은 습도, 지독한 페인트 냄새에 질식사할 것 같지만 연우는 하루빨리 마음속에 그려진 설계도대로 진행하고 싶었다.

"새롭게 바뀐 모습을 보면 아무도 뭐라고 하지 않을 거야. 그런데 왜 이렇게 냄새도 독하고 눈도 매운 거야? 싼 페인트라 냄새가 지독한가? 어떡해야 냄새도 덜하고 눈도 덜 아프지? 그래, 맞아!"

뭔가 좋은 아이디어가 떠오른 듯 연우는 이층으로 올라갔다. 그리고 잠시 후 휴지로 콧구멍을 막고 지난겨울 스키장에서 사용했던 고글을 낀 모습으로 내려왔다. 그때 전화가 울렸다.

"주문 전환가?"

연우는 잽싸게 전화를 받았다. 콧구멍을 막아서 그런지 평소보다 아주 간드러지고 예쁜 목소리가 나왔다.

"안녕하세요. 백년 묵은 여우입니다."

백년 묵은 여우는 연우의 별명이자 그녀가 운영하는 인터넷 쇼핑몰 이름이었다.

[네가 백년 묵은 여우라는 사실을 인정하기는 하는구나!]

목소리를 들으니 열한 번째 오빠인 경우였다. 신혼여행지에 잘 도착했다는 안부를 전하기 위해서 전화를 한 것 같았다. 순간 연우는 장난기가 발동했다.

"여보세요? 여보세요? 전화를 하셨으면 말씀을 하셔야죠? 여보세요! 아니, 뭐 이런 개 같은 경우가 다 있어? 여보세요! 너 혹시 아까 전화했던 변태 아니야? 왜 또 헉헉대는 숨소리 좀 내보시지!"

[야! 안 들려? 나야, 나!]

예상대로 경우의 고함이 들려왔다. 연우는 입을 가리고 숨죽여 키득거렸다. 그리고 악을 쓰며 말했다.

"이 변태새끼야! 전화를 했으면 말을 하란 말이야!"

전화를 끊어버린 연우는 배를 움켜잡고 웃어댔다. 잠시 후 페인트칠을 하려는데 전화가 또 울렸다. 연우는 여우의 미소를 지으며 전화를 받았다. 그리고 고함을 질렀다.

"야, 이 변태새끼야! 한 번만 더 전화하면 사람 보내서 남자구실 못하게 만든다고 했는데도 계속 전화질이야! 너 정말 죽고 싶어서 그래!"

연우는 더 이상 들을 말이 없다는 듯 전화기를 힘껏 내려놓았다. 경우가 아닌 다른 남자가 겁에 질린 눈으로 자신이 남성임을 규정지어 주는 아주 중요한 부분을 내려다보며 식은땀을 흘리는 것도 모른 채.

가게 안 물건들과 이층에 있는 물건들을 혼자 다 정리해서 바깥에 있는 창고에 넣고 시작한 페인트칠은 새벽 네 시가 되어서야 끝이 났다. 곤죽이 된 연우는 비틀거리며 이층으로 올라갔다. 페인트 냄새에 환각 증상을 일으킨 사람처럼 눈은 벌겋고 동공은 풀려 있었다. 고글을 썼지만 입과 코로 들어온 냄새 때문에 눈이 쓰리고 아팠다. 손에선 경련이 일어나고 어깨는 뻐근하고 쓰라렸다. 거의 이틀 밤을 새다시피 했으니 당연한 결과였다.

"으윽……."

땀에 흠뻑 젖고, 얼굴이며 머리카락, 몸에 묻은 페인트 때문에 연우는 형편없는 모습이었다. 거실에 걸린 거울로 자신의 모습을 본 연우는 스스로 생각해도 웃긴지 킬킬거렸다.

"엽기다, 엽기야! 사진 한 장 찍어놓고 싶다. 으흐흐흐……."

목욕을 하고 싶은 마음은 굴뚝같지만 당장 쓰러져 자고 싶은 마음이 더 앞섰다. 연우는 자신의 침실에 가기도 전에 거실 소파에 쓰러져 잠이 들었다. 그리고 어찌나 피곤했던지 코까지 골며 단잠에 빠져들었다. 짙은 땀 냄새로 모기들의 밥이 되는 줄도 모르면서.

두두두두! 드드드드! 따따따따!

"헉! 이게 무슨 소리야? 으악!"

지축을 뒤흔드는 굉음에 몸을 돌리는 순간, 연우는 어딘가로 뚝 떨어지는 느낌이 들었다. 그리고 엉덩이뼈에서 시작된 짜릿짜릿한 통증이 온몸으로 퍼져 나가자 그녀는 움찔하며 몸을 떨었다. 이내 그녀는 바닥에 완전히 등을 대고 누워 고통스러운 신음을 내뱉었다.

"으윽…… 빌어먹을!"

연우는 애써 눈을 뜨려 했다, 자신의 달콤한 잠을 방해한 그 굉음의 진원지를 확인하기 위해. 그러나 그것도 쉽지 않았다. 두 눈이 벌에 쏘인 것처럼 따끔따끔하게 아프고 눈 주위가 마비가 된 것처럼 얼얼했기 때문이다. 그녀는 신음을 내뱉으며 간신히 자리에 일어나 앉았다. 장님처럼 두 눈을 감은 채. 그리고 창밖에서 계속 들려오는 굉음에 점점 인상을 찡그렸다.

"도대체 아침부터 뭘 때려 부수는 거야?"

도저히 참을 수 없다는 듯 연우는 눈을 떴다. 그런데 눈앞이 뿌옇고 잘 보이지 않았다.

"싸구려 페인트 때문에 시력까지 나빠졌나?"

간신히 일어나자 이번엔 머리를 뚫고 지나가는 현기증과 온몸에서 느껴지는 근육통으로 비틀거렸다.

"으윽…… 미치겠다."

연우는 밤새 내린 눈으로 길이 얼어 어기적어기적 걷는 사람처럼 창가로 다가갔다. 그리고 자신의 눈을 믿을 수 없다는 듯 몸을 창밖으로 내밀고 비명에 가까운 소리를 질렀다.

"아악! 저건 뭐야?"

거대한 골리앗 로봇들이 옆집을 공격하고 있었다. 연우는 재빨리 뒤돌아 뛰기 시작했다. 하지만 마음만 앞설 뿐 몸은 전혀 따라주질 않았다. 마치 느린 화면을 보는 것처럼 어기적어기적 걸어 아래층으로 향했다.

대문 밖으로 나온 연우는 둥그렇게 모여 있는 무리 하나를 발견했다. 차림새로 보아하니 분명 공사와 관련된 사람들이었다. 한 남자가 사람들에게 무언가를 열심히 설명하는 게 눈에 띄었다. 공사 책임자가 틀림없었다. 그런데 굉장히 낯이 익은 남자였다. 연우는 기억을 더듬으며 중얼거렸다.

"저 인간을 어디서 봤더라? ……헉!"

연우는 어제 집을 팔라며 찾아왔던 남자와 공사 책임자가 동일 인물이라는 것을 깨닫고 주먹을 불끈 말아 쥐었다.

"내 이놈을! 이봐요! 이봐요!"

연우는 악을 쓰며 공사 책임자를 불러댔다. 하지만 남자는 철거하는 소리 때문에 그녀의 목소리가 들리지 않는지 여전히 진지한 표정으로 설명을 하고 있었다. 연우는 남자를 향해 열심히 달렸다. 하지만 속도는 여전히 느리고 굼떴다.

그런 연우를 먼저 발견한 것은 공사 책임자가 아니라 지시를 받고 뿔뿔이 흩어지려고 했던 사람들이었다. 눈과 입을 한껏 벌리고 경악한 표정을 짓자 그것을 이상하게 여긴 공사 책임자가 마침내 고개를 돌렸다. 그리고 그들과 똑같은 반응을 보였다.

"저게 괴물이야, 아니면 미친 여자야?"

"완전히 슈렉공주인데요."

공사 책임자를 포함한 사람들이 뒷걸음질치며 슬금슬금 도망을 치기 시작했다.

"뭐 하고 있어, 빨리 경찰에 신고하지 않고!"

공사 책임자의 명령에 옆에 있던 사람이 핸드폰으로 경찰에 신고를 했다.

"여보세요! 여기는 00동 000번지인데요. 온몸에 연두색을 칠하고 고글을 쓴 미친 여자가 쫓아오고 있어요. 네, 네. 장난전화 아니에요! 빨리 출동해 주세요!"

연우의 도끼눈은 단 한 사람만을 향해 꽂혀 있었다. 그것을 깨달은 공사 책임자가 짧은 숨을 급격하게 들이켰다. 그리고 사력을 다해 도망치기 시작했다.

"거기 안 서!"

연우와 공사 책임자의 쫓고 쫓기는 추격전, 숨바꼭질은 계속되었다. 동네 지리를 익힐 만큼 뛰어다닌 공사 책임자는 힘겨운 모습으로 원점에 돌아왔다. 숨을 몰아쉬며 잠시 쉬는데 연우가 뒤에서 고래고래 소리를 질러댔다.

"이봐! 나 정말 미칠 만큼 화났어. 좋은 말 할 때 저 공사 중단시켜!"

"당신이 뭔데 허가가 떨어진 공사를 해라 마라야?"

그때였다.

쿵쾅! 쿵쿵! 워그르르!!

엄청난 소리와 함께 철거 중이던 집이 폭삭 무너져 내려앉았다. 그리고 잠시 후 믿지 못할 일이 생겼다. 바로 옆집 건물 한쪽 벽이 통째로 분리되어 힘없이 점점 옆으로 기울더니 '퍽' 하는 소리와 함께 쓰러지고 말았다. 내부 공간이 잠시 훤히 보인다 싶더니 마침내 버팀대를 잃은 건물이 연달아 꿍음을 내며 주저앉고 말았다.

바로 연우의 집이!

그 일대는 뿌연 먼지로 뒤덮였다. 그 광경을 목격한 연우는 얼음기둥처럼 땅에 못 박혀 있었다.

꿈이다, 꿈이야. 꿈이 아니고서야…… 꿈도 그냥 꿈이 아니라 아주 지독한 악몽이야…….

시간이 흘러 먼지가 날아가고 가라앉았을 때 연우는 이미 땅바닥에 쓰러져 있었다.

잠에서 깬 연우는 뭔가에 심하게 두들겨 맞은 것처럼 삭신이 있는 대로 쑤셨다.

내가 너무 무리를 한 게지. 에구, 에구, 맞다. 내가 이렇게 한가하게 누워 있으면 안 되는데. 주문받은 거 오늘 다 보내줘야 하는데…….

연우는 희미하게 몰려오는 통증에 신음을 흘리며 몸을 쭉 뻗었다. 천근만근이나 되는 모래주머니에 눌린 사람처럼 온몸이 뻐적지근했다.

그런데 왜 이렇게 시끄러운 거야?

연우는 인상을 찡그리며 눈을 뜨려 했다. 그때 한 남자의 목소리가 들려왔다.

"건영아, 도대체 무슨 일…….."

순간 연우는 어디선가 많이 듣던 목소리에 놀라 바짝 긴장하고 말았다. 심장이 마구 떨려왔다.

꿈자리가 뒤숭숭하고 사납더니 이제는 환청까지 들리는구나.

"헉! 뭘 하면 이렇게 될 수 있는 거냐?"

마치 징그러운 벌레를 보고 경악한 말투였다. 연우는 그때까지만 해도 그 말이 자신을 두고 하는 말인지 알지 못했다. 심장은 여전히 미친 듯이 뛰었다.

"밀가루 반죽에 연두색 식용색소를 뿌려놓고, 군데군데 딸기를 박아놓은 것 같지? 고글까지 벗겨놓으니까 눈은 완전히 너구리 같고 말이야. 아까는 심하게 코를 골고 진득한 침까지 흘리고 자는데 정말이지 못 봐주겠더라. 군데군데 피가 난 건 모기한테 물린 자국이 간지러운지 벅벅 긁어서 생긴 거야. 경찰이 그러는데 아무래도 그 동네 옆에 있는 산에서 떠돌아다니다가 내려온 정신이상자 같대."

이 목소리는 분명 공사 책임자의 것이었다.

그럼, 정신이상자란 날 두고 하는 말이야?

연우는 남아 있던 잠이 확 달아났다. 그때 또 다른 남자의 목소리가 들렸다. 의사인 것 같았다.

"다행스럽게도 심한 외상은 없습니다. 피부에 있는 붉은 반점들은 모기한테 심하게 뜯긴 자국이고, 정신이 들면 정신과에 의뢰를 해봐야 할 것 같지만…… 뭐, 신원을 조회해 봐서 별문제가 없으면 퇴원을 해도 되겠지요."

의사 역시 연우를 정신이상자로 판단하고 있었다. 연우는 마른침을 삼키고 싶은 것을 간신히 참아내고 마지막으로 본 자신의 모습을 기억해 내려 애를 썼다. 페인트 칠을 끝내고 거울 앞에서 스스로 생각해도 엽기적인 모습이라 평하며 킬킬댔던 일이 퍼뜩 떠올랐다. 그리고 그 모습 그대로 소파에 쓰러져 잤던 일 또한 생각났다.

아아, 이건 꿈일 거야!

"그러나저러나 옆집 건물주 여자의 행방이 묘연해. 밑바닥까지 샅샅이 뒤져 봤는데 시체는 없다는 연락이 왔어. 어젯밤 전화를 받는 걸 봐서는 분명 집에 있었던 것 같은데……. 혹시……."

공사 책임자의 말이 잠시 끊어졌다.

"혹시 뭐?"

역시 낯익은 목소리. 연우는 이런 상황만 아니라면 어서 눈을 뜨고 목소리의 주인공을 확인하고 싶었다.

"어젯밤 말하는 걸 들으니 음란 전화를 계속 받았던 것 같더라고. 무척 화를 내면서 광분해했어."

연우는 공사 책임자의 말에 놀라 사레들린 사람처럼 캑캑거렸다. 어젯밤 확인도 안 하고 끊어버린 전화가 공사 책임자의 것이었다니!

연우는 더 이상 잠자는 슈렉공주 역할에 충실할 수가 없었다. 괴롭게 기침을 하며 눈을 뜨고 말았다.

이왕 이렇게 된 거 낯익은 목소리의 주인공이나 확인하자!

"깨어나셨군요. 괜찮으세요? 자, 여기를 보세요."

의사가 갑자기 작은 플래시를 켜고 연우의 눈을 까보며 이리 저리 살폈다. 그 바람에 목소리의 주인공을 제대로 확인할 수가 없었다.

"이름이 뭐죠?"

의사가 한 걸음 물러서며 질문을 해왔다. 그제야 연우는 공사 책임자 옆에 서 있는 한 남자를 발견했다. 그리고 두 눈을 동그랗게 떴다. 가슴에서 큰북을 장단에 맞추어 치는 소리가 들려왔다.

쿵덕쿵덕! 쿵덕쿵덕!

믿을 수 없는 현실 앞에서 연우는 눈을 연신 껌벅이고 손으로 비벼댔다. 그래도 자신이 예상한 남자의 모습은 사라지지 않고 더욱 선명해졌다. 연우는 떨리는 손으로 남자를 가리키며 외쳤다. 갈라지는 목소리로 떠듬거리며.

"야! 기, 기, 김지훈!"

공사 책임자와 이름을 불린 남자는 충격을 받은 듯한 얼굴로 연우를 멍하니 쳐다보았다.

"나야, 나. 나 기억 못하겠어?"

연우는 힘겹게 일어나 앉으며 손으로 자신의 가슴을 두드리며 말했다.

"누, 누, 누구세요?"

지훈이란 남자가 말을 더듬어가며 물었다. 표정이 있는 대로 일그러져 있었다.

"나, 백연우야! 너희 옆집에 살았던 백연우!"

"백…… 연…… 우? 설마, 백년 묵은 여우, 백연우?"

남자는 믿을 수 없다는 듯한 눈빛으로 연우를 쳐다보았다.

NO. 3

스무 시간에 걸친 지루한 여행 때문일까, 아니면 오는 내내 옆 자리에 앉아 노골적인 대시(dash)를 서슴지 않았던 여자 때문일까? 지훈은 짜증이 머리끝까지 용암 솟구치듯 올라 폭발 직전에 다다랐다. 온몸은 뻑적지근하고 머릿골은 띵 울렸다. 아마도 뿌렸다기보다는 전신 목욕을 했다는 표현이 걸맞을 정도로 과도하게 사용한 여자의 향수와 끈적끈적하게 추파를 던지며 성희롱에 가까운 스킨십, 즉 파렴치한 짓을 자행하는 여자의 행동이 주된 원인인 것 같았다.

누가 보면 오래전부터 잘 알고 지내온 사이라고 착각할 정도로 여자는 거머리처럼 찰싹 따라붙어 택시 정류장까지 왔다. 택시를 탈 차례가 되어 문을 열려고 하자 여자가 지훈의 손을 덥석 잡았다. 그리고 붉은 웃음을 물고 은근히 감아쥐는 목소리로 말했다.

"야경이 끝내주는 호텔을 예약해 뒀는데 같이 가실래요?"

나긋나긋하게 유혹하는 목소리에서 말랑말랑하게 무르익은 홍시가 뚝뚝 떨어졌다. 지훈은 시니컬하게 웃었다.

왜 진작 이 꽃뱀을 비행기 밖으로 내던지지 않았을까?

지훈은 아무 말 없이 예의 바른 신사처럼 택시 뒷문을 열어주었다. 흔흔히 승낙한 것으로 착각할 만한 행동이었다. 여자는 흔희작약(欣喜雀躍)한 속마음을 숨긴 채 요염한 자태로 택시에 올라탔다. 그리고 지훈이 앉을 자리를 마련해 줄 요량으로 안으로 깊숙이 들어갔다. 하지만 지훈은 꿈 깨란 듯 문을 탁 닫고 뒤 택시를 향해 성큼성큼 걸어갔다. 먹잇감을 놓친 짐승의 날카로운 포효가 뒤통수를 후려칠 듯이 날아왔다.

인천공항에서 서울로 향하는 택시 안.

지훈은 너무 낯선 전경에 이방인이 된 듯한 착각까지 들었다. 강산도 변할 만큼의 시간보다 더 많은 시간이 흘렀으니 당연하다 싶으면서도 못내 두렵고 떨렸다. 자꾸 누군가가 뒤쫓아 오는 것 같아 심장이 조여들었다. 애써 초조함을 떨쳐 보려고 꽉 쥐고 있던 손을 풀었다 쥐기를 반복했다.

서울로 진입하자 그 감정들은 서서히 흥분으로 바뀌었다. 잠들었던 기억이 하나둘씩 깨어나는 느낌이었다. 잃어버린 물건을 되찾은 기분이 들었다. 말아 쥔 주먹이 땀으로 흥건해지자 손을 펴서 바지에 문질렀다.

마음은 벌써 차의 속도를 넘어서 십삼 년 전에 살았던 집 앞에 도착했다. 어떻게 변했을지 상상이 가지 않지만 옛 모습 그대로의 집이 눈에 아른거렸다. 마냥 그리워도 다시 찾아가기 두려운 집…….

서울 시내 한 호텔 앞에서 내린 지훈은 여행용 가방을 끌고 프런트로 가 숙박 절차를 밟았다. 훤칠한 키와 수려한 이목구비를 갖춘 그에게 열쇠를 건네는 호텔 여직원의 손이 가늘게 떨렸다. 싱긋 웃으며 고맙다는 말을 덧붙이자 여직원은 황홀경에 빠진 듯한 표정을 지었다.

방에 도착한 지훈은 우선 가방을 열고 현영에게서 선물로 받은 상자를 꺼냈다. 열어보니 액자가 하나 담겨 있었다. 액자 속 사진을 들여다본 지훈은 점점 슬픈 가면을 쓴 사람이 되어갔다. 마음이 어지러운 듯 아랫입술을 깨물며 액자를 침대 옆 탁자 위에 올려놓았다. 그리고 검푸른 밤하늘을 담은 창가로 다가섰다. 뭔가를 찾듯 고개를 이리저리 돌리지만 찾을 수가 없는지 답답한 표정이었다.

분명히 별이 떠 있을 텐데…….

서울 시내가 휘황찬란해서 그런지 하늘엔 아무것도 보이지 않았다.

그곳에 가면 분명히 보일 텐데……. 그리고…….

지훈은 헤벌쭉 웃는 소녀의 얼굴을 기억해 내고선 피식 웃음을 터뜨렸다. 선머슴처럼 짧은 머리에 길쭉한 키. 유난히 수다스럽고 웃음소리가 특이했던 아이.

아직도 그 집에 살고 있을까? 결혼은 했을까? 만나면 날 알아볼까?

의문이 꼬리에 꼬리를 물고 그물처럼 끊임없이 올라왔다.

아까까지만 해도 녹초가 되어 있던 지훈은 어디에 힘을 숨겨 두었는지 점점 생기 넘치는 얼굴이 되었다. 벌써 만나기라도 한 것처럼 가슴이 벅찼다.

만약 그 집에 살지도 않고, 이미 결혼을 했다면⋯⋯.

그럴 가능성은 충분했다. 설령 그렇다 하더라도 이제 와서 뭘 어쩔 수 있는 건 아니었다. 소원해진 관계에선 안부를 묻고 답하기조차 서먹할 것이다. 어떤 설명이나 기약도 없이 헤어졌고 강산이 변하는 동안 단 한 번의 연락도 없이 살았는데 이런 가정(假定)을 한다는 자체가 아이러니한 것이었다. 생각은 이렇게 해도 바람 빠진 풍선마냥 기분이 축 늘어지는 건 어쩔 수가 없었다.

이렇게 올 줄 알았으면 진작 올 것을⋯⋯. 이렇게 깊은 절망의 구렁에 빠진 기분일 줄 알았으면 진작 찾아볼 것을⋯⋯.

후회가 성난 듯 거칠고 세차게 이는 물결처럼 밀려들었다.

결코 자의(自意)에 의한 선택이 아니었던 타국에서의 삶. 죽을 고비를 여러 번 넘겼고, 행복보다는 불행이 차지하는 면적이 더

컸다.

떠올리고 싶지 않은 악몽의 순간만 건너뛰고 흘러간 시간을 거슬러 올라갈 수 있다면…….

눈동자에 어린 슬픔의 심연은 깊이를 가늠할 수 없을 만큼 깊고 깊어졌다. 마음속 깊은 곳에 담아두었던 이름 하나가 가늘게 떨리는 입술을 비집고 흘러나왔다.

"연우야……."

그리운 이름을 입 밖으로 내뱉고 나니 그리움의 파도가 노도같이 밀려들었다. 파도의 비말을 덮어쓴 사람처럼 온몸이 그리움에 푹 젖어 들어갔다. 이대로 가만히 있을 수가 없었다. 지훈은 친구인 건영이 미리 호텔 주차장에 대기시켜 놓은 차를 몰고 십삼 년 전 살았던 집을 향해 갔다.

지훈은 선뜻 차에서 내리지 못하고 선글라스 너머로 낡은 집을 응시하고 있었다. 낮은 담 너머로 제멋대로 무성하게 자란 잡초들, 나무들, 퇴색된 건물과 깨진 유리창들이 오랜 시간 사람의 손길이 닿지 않았음을 말해 주고 있었다. 버려진 거나 다름없는 집이었다.

한국에 혼자 온 게 다행이다 싶었다. 어머니가 이 광경을 봤더라면 마음 아파할 게 분명했기 때문이다. 어머니의 마지막 소원을 들어주기 위해 장거리 여행도 마다하지 않고 이곳에 왔지만 그게 아니라면 올 염두조차 못 낼 그였다. 가슴에 사무치도록 그리워도 말이다. 지훈은 아직도 그날 밤 벌어졌던 악몽 같은 일들이 어제의 일같이 생생하기만 했다.

"야, 일어나."

섬쩍지근한 남자의 목소리에 잠이 깼다. 목에서 느껴지는 차
가운 금속이 칼이라는 걸 알고 잠이 확 달아났다. 방 안은 따뜻
했지만 공포에 몸을 떨리기 시작했다.

"소리를 지르는 순간, 네 목을 따버릴 테니 알아서 해."

앙다문 잇새로 느릿느릿 내뱉는 남자의 목소리에 오싹 소름
이 돋았다. 지훈은 남자가 시키는 대로 할 수밖에 없었다. 남자
는 지훈의 멱살을 잡고 침대에서 강제로 끌어 내렸다. 몸이 바
닥에 부딪히는 둔탁한 소리가 자신이 듣기에도 크게 들렸다.

"가방에 속옷 포함 옷 세 벌만 집어넣어. 어서!"

남자는 책상에 놓여진 지훈의 배낭을 고갯짓으로 가리키며
명령했다. 지훈은 떨리는 손으로 옷장에서 옷을 꺼내 가방에 쑤
셔 넣었다. 그것을 확인한 남자는 지훈의 목덜미를 움켜잡고 다
시 칼로 위협했다.

"거실로 나가."

거실엔 이미 그런 식으로 결박당한 지훈의 어머니 경애가 있
었다.

"지훈아! 괜찮니?"

경애가 잔뜩 겁에 질린 지훈의 모습을 보고 놀라 몸부림을 치
며 외쳤다. 그러자 그녀를 붙잡고 있던 남자가 커다란 손으로

그녀의 뺨을 후려쳤다. 그 바람에 입술이 갈라지면서 피가 흘러 나왔다.

"이 바보 같은 놈! 얼굴에 상처를 내면 어떡해?"

경애 반대편에 있던 남자가 따귀를 때린 남자를 질책하듯이 말했다.

"아줌마, 맞고 싶지 않으면 쓸데없는 짓은 하지 마. 알았어?"

질책받은 남자가 분풀이하듯 발로 경애의 무릎 뒷부분을 차자 그녀가 신음을 흘리며 주저앉았다. 그 모습을 바라보던 지훈은 분노에 몸부림을 쳤다.

"엄마!"

"이 새끼, 가만히 못 있어?"

칼로 지훈을 위협하던 남자가 팔꿈치로 등을 내려쳤다. 지훈이 외마디 비명을 지르며 땅에 꼬꾸라지듯이 주저앉았다. 지훈은 고통스러운 신음을 흘리면서도 뒤돌아 머리를 힘껏 숙이면서 어깨를 남자의 사타구니 쪽으로 밀고 들어갔다. 커다란 남자가 단번에 균형을 잃어버리도록. 하지만 남자는 지훈의 공격을 미리 예상이라도 한 듯 몸을 요령껏 피했다. 그리고 오히려 지훈을 바닥으로 넘어뜨려 다시 몸이나 손 따위를 마음대로 움직이지 못하게 주머니에서 꺼낸 줄로 단단히 동이어 묶었다.

"애송이 녀석! 한 번만 더 이런 식으로 공격하면 회를 뜨든지 송장을 만들어 버릴 테다."

"왜들 이러시는 거예요? 돈을 원하시는 거라면 다 드릴게요.

그러니 죄없는 우리 아이는 제발 놔주세요. 네?"

경애가 떨리는 입술로 애원을 하며 손까지 빌었다. 그러나 옆
에 있던 남자는 경애의 머리카락을 한 움큼 잡아 흔들면서 거칠
게 말했다.

"쓸데없는 짓 하지 말라고 했지?"

경애가 내는 고통스러운 신음에 지훈은 가슴이 갈기갈기 찢
어지는 것 같았다.

"지금부터 내가 하는 말 잘 들어. 우린 내일 아침 첫 비행기로
미국으로 간다. 가는 동안 저항을 하거나 다른 사람들한테 도움
을 요청하면 당신이나 아들은 말할 것도 없고 죄없는 다른 사람
들까지 다치거나 죽게 될 거야. 그러니까 입도 뻥긋하지 마. 알
았나?"

지훈을 결박한 남자가 날카로운 눈을 치켜뜨며 대답을 요구
하자 경애가 마지못해 고개를 끄덕였다.

"좋았어. 그럼 우린 기분 좋게 해외여행을 떠나는 거야. 죽으
러 가는 사람마냥 계속 그런 표정 지으면 지금 당장 여행 계획
취소하고 지옥으로 보내는 수가 있어. 조심하라고."

지난날의 끔찍한 기억에 지훈은 몸서리를 쳤다. 온몸에 차가
우면서도 끈적끈적한 파충류가 잔뜩 달라붙어 있는 듯한 기분
이 들었다. 운전대를 잡은 지훈의 손이 부르르 떨렸다. 그때 악
몽의 여운이 채 가시기도 전에, 어디선가 여자의 우악스런 목소

리가 들려왔다.

"나가! 나가란 말이야! 이제부터 여기는 내 집이야!"

자신의 옛집과 벽 하나를 사이에 두고 딱 달라붙은 작은 집 대문이 벌컥 열렸다. 그리고 커다란 가방을 끙끙대며 들고 나온 여자가 그것을 사정없이 땅바닥에 내동댕이쳤다. 그 바람에 풀어헤친 긴 머리카락이 여자의 얼굴 대부분을 가렸다. 지훈은 눈을 가늘게 뜨고 여자를 자세히 살펴보려 했다. 하지만 얼굴을 가린 머리카락 때문에 제대로 보이지가 않았다.

누굴까? 설마…… 연우는…… 아니겠지?

"나간다, 나가! 잘 먹고 잘살아라!"

곧 뒤쫓아 나온 남자가 가방을 차에 실었다. 그리고 미련없이 떠나가 버렸다. 순식간에 벌어진 일이라 할지라도, 속사정을 모르는 사람에게 그것은 분명 같이 살던 남녀가 싸움을 하고 헤어지는 장면이었다. 지훈 역시 그렇게 받아들였다. 여자는 헤어진 남자의 차가 보이지 않을 때까지 그 자리에 우두커니 서 있었다.

그 다음엔 울거나 속상한 표정이라도 짓겠지? 머리카락에 가려진 얼굴을 제대로 볼 수는 없지만 말이야.

하지만 그의 예상은 빗나갔다. 여자는 오히려 두 손을 번쩍 들고 쾌재를 부르며 좋아서 어쩔 줄을 몰라 했다. 덩실덩실 어깨춤을 추다 뒤로 공중제비까지 돈 후 대문 안으로 들어가 버렸다. 지훈은 여자의 별난 행동에 실소를 금할 수 없었다.

풋! 뭐, 저런 여자가 다 있지?

연우라는 확신이 조금이라도 들면 당장 벨을 누르고 확인할 텐데 생김새부터가 달라도 너무 달랐다. 아주 짧은 머리에 막대기 같은 몸매인 연우와 저렇게 긴 머리에 보기 좋게 굴곡진 유연한 몸매의 여자가 동일 인물이라고 생각하는 자체가 지훈에겐 무리였다. 지훈은 씁쓸한 미소를 지으며 차의 시동을 걸었다. 그리고 다시 호텔로 돌아갔다.

집을 매입하러 갔던 친구 건영이 호텔로 찾아왔다. 뭔가가 생각대로 잘되지 않았는지 표정이 밝지 않았다.

"아무래도 옆집을 매입하는 건 어려울 것 같아."

건영은 전설의 고향에서 자주 나오는 구미호 한 마리를 떠올리며 말했다. 그리고 진저리를 치며 식은땀을 흘렸다.

"왜? 집주인이 안 판대?"

"응. 평당 십억씩 주면 생각은 해본다고 하더라."

"뭐?"

지훈이 말도 안 된다는 듯이 눈살을 찌푸렸다.

"절대 안 판다는 소리지. 내 힘으론 역부족인 거 같고 네가 한 번 찾아가서 설득해 봐라. 혹시 아냐, 네 잘생긴 외모에 확 넘어가서 마음을 바꿀지?"

건영은 낙담한 표정이 역력한 지훈을 보며 입을 다물었다. 무거운 침묵이 찾아들었다. 그 침묵은 깬 사람은 지훈이었다.

"어쩔 수 없지. 그냥 공사 시작해라."

지훈이 소파에 몸을 파묻으며 말했다.

"아무래도 그래야 할 것 같지?"

건영의 음성에 미안함이 잔뜩 묻어 있었다.

"언제부터 할 거야?"

"준비는 다 됐어. 옆집 매입하자마자 시작하려고 했는데 안 판다고 하니 내일 아침부터 당장 시작하지 뭐."

"어느 정도 걸릴까?"

"최대 인원 투입하면 한 달 반 정도?"

"한 달 반? 더 빨리는 안 돼?"

지훈은 마음이 급했다. 미국에 있는 어머니 때문이었다. 위암 말기로 삼 개월 시한부 판정을 받은 지 벌써 두 달이 넘어가고 있어 마음이 조급하기만 했다. 그 마음을 읽은 듯 건영이 지훈을 안쓰럽게 쳐다봤다.

"최대한 노력해서 단시간 내에 끝낼게."

"고맙다."

그때 건영의 핸드폰이 울렸다. 발신인을 확인한 건영은 통화 버튼을 누른 후 핸드폰을 지훈에게 내밀었다.

"나한텐 용건도 없을 거야. 너 바꿔달라는 소리만 할 텐데 뭐."

지훈은 핸드폰을 받아 들었다.

"현영아."

현영은 건영의 여동생으로 미국에서 간호사 생활을 하고 있었다.

[지훈 오빠?]

밝고 낭랑한 목소리였다.

"그래, 나야."

[우리 오빠 눈치 빠른 거 하나는 알아줘야 한다니까. 잘 도착했어? 피곤하지는 않았어?]

반가운 마음이 앞서는지 현영은 속사포를 쏘아대는 것처럼 말을 이어갔다.

"응."

[잠깐만 기다려. 어머니 바꿔줄게.]

현영의 예쁜 마음이 전해지는 것 같아 지훈은 흐뭇해졌다.

[지훈이니?]

투병 생활이 힘들고 몸이 몹시 아플 텐데 경애는 아들에게 내색하지 않기 위해 애써 밝은 목소리를 냈다. 지훈은 순간 눈물이 울컥 치밀었다. 가슴 한복판이 아려왔다. 이렇게 다정하게 자신을 부르는 소리도 이제 얼마 안 있으면 들을 수가 없는 것이다. 지훈은 하늘과 땅과 사람들이 원망스럽기만 했다. 그는 입술을 굳게 다물고 애써 진정하려 했다. 그리고 그도 밝은 목소리를 냈다.

"네."

[현영이가 그러는데 나 많이 좋아졌대. 이럴 줄 알았으면 너

랑 같이 갈 걸 그랬다.]

그런 기적 같은 일이 생긴다면 얼마나 좋을까? 그럴 수만 있다면 뭐든 할 수 있고, 모든 걸 다 포기할 수 있었다. 어머니를 살릴 수만 있다면 말이다.

"정말요? 엄마, 한국에서 다시 진찰 받아볼까요? 아무래도 미국에서 오진을 한 것 같아요. 엄마가 얼마나 건강한데, 소화 불량으로 살이 좀 많이 빠졌다고 그런 판정을 내렸나 몰라요. 아마 너무 오랫동안 엄마 입맛에 안 맞는 음식만 먹고 살아서 그런 거 같아요. 한국에 와서 한국 사람처럼 된장 먹고, 고추장 먹고, 쌀밥 먹으면 나을지도 몰라요. 엄마, 한국에 오세요. 네?"

경애는 한동안 말이 없었다. 지훈은 알고 있었다. 경애도 지금 울고 있는 것이다. 지훈은 뼈저리게 후회했다. 왜 조금 더 일찍 어머니의 건강 상태를 체크하지 않았는가에 대해서. 왜 조금 더 일찍 어머니를 한국에 모시고 오지 못했는가에 대해서. 어머니의 병은 틀림없이 울화병과 향수병에서 시작된 것일 게다. 온통 상처 투성인 마음이 평생 아프고 쓰렸으니 어떻게 병이 나지 않을 수 있단 말인가. 그렇게 만든 사람들을 미워하고 저주해야 했었다. 그래야 속이 시원하고 이런 몹쓸 병도 얻지 않았을 것이다. 왜 진작 그러지 못했단 말인가.

[그래, 그러지 않아도 방금 현영이랑 한국에 같이 가기로 했어. 그거 알려주려고 전화한 거야. 이것저것 준비 끝나면 곧 출발할 거야.]

"잘하셨어요. 오셔야죠. 오고 싶었을 텐데 오셔야죠."

지훈은 고개를 숙였다. 만수가 된 눈물을 더 이상 어쩔 도리가 없었다. 뜨거운 눈물이 바지 위에 툭툭 떨어졌다.

오셔서 그렇게 밟고 싶어했던 고향 땅, 보고 싶어했던 가을 하늘 보세요. 엄마 마음 아프게 한 사람들 찾아가서 욕하고 침이라도 뱉어주세요. 평생 한으로 남은 거 다 토해내고 가세요.

지훈의 어깨가 심하게 떨렸다. 지훈을 바라보는 건영의 눈시울도 붉어졌다.

[현영이 바꿔줄게.]

더 이상 통화하기가 힘든지 경애의 음성이 심하게 떨렸다.

"네."

[오빠?]

"그래."

[힘내. 어머니 걱정은 말고. 내가 있잖아.]

지훈은 자신을 응원해 주고 어머니를 헌신적으로 돌봐주는 현영이 고마웠다.

"고맙다. 혹시 무슨 일 있으면 나한테 즉시 연락해 줘."

[알았어, 오빠. 어머니랑 내가 오빠 무지 좋아하고 사랑하는 거 알지? 우리 모두 힘내자! 전화 끊을게. 건영 오빠한테도 안부 전해줘.]

현영은 지훈에게 은근슬쩍 자신의 마음을 내비치며 전화를 끊었다.

지훈은 소파에서 일어나 건영에게 등을 돌리고 창가로 다가 갔다. 서울 시내 고층 건물들이 형성한 불빛들은 마치 손을 내 밀면 금방이라도 만져질 듯 가깝게 보였다. 저물어가는 노을이 유리로 된 고층 건물들에 반사되고 있었다. 맹렬한 주홍색으로 넓게 펼쳐진 하늘을 바라보던 지훈이 마침내 입을 열었다.

　"건영아, 최대한 빨리 부탁한다."

　건영은 빠른 시일 내에 공사를 마무리해야 하는 부담감 때문 에 신경이 바짝 곤두섰다. 공사하기엔 모든 조건이 최악이었다. 부실없이 안전시공을 해야 하는데 우선 날씨가 너무 안 좋았다. 높은 온도와 습도는 공사 기간 내내 최대의 적이 될 것이다.

　밤샘 작업도 밥 먹듯이 해야 할 텐데……

　엄습하는 걱정과 근심에 건영은 한숨부터 나왔다.

　"최선을 다할게. 그리고 내가 다시 한 번 옆집 주인을 설득해 볼게."

　그렇게 말하고 호텔을 떠난 건영에게 전화가 왔다. 흥분을 감 추지 못하는 목소리를 듣고선 지훈은 일이 잘됐나 싶어 반가웠 다. 하지만 뜻밖에도 사고 소식이었다. 그리고 누가 다치기라도 했는지 병원으로 빨리 오라고 했다. 눈앞이 깜깜해졌다. 지훈은 부리나케 병원으로 달려갔다. 그리고 상상도 못할 일이 벌어진 것이다.

　정말 이 여자가 연우란 말이야?

지훈은 슬쩍 곁눈질로 조수석에 앉아 창밖을 내다보고 있는 연우를 쳐다보았다. 얼떨결에 아는 척은 했지만 실감이 나지 않았다.

연우가 무너진 집의 주인이라니! 그럼 그날 아침 우악스럽게 가방을 내동댕이쳤던 여자도 연우였단 말이야?

지훈은 적지 않은 충격을 받았다.

그럼 그때 그 남잔 누구야? 남편? 애인?

질투심이 투명한 불꽃처럼 아른아른 피어오르기 시작했다. 얼토당토아니하다는 걸 알면서도 어쩔 수 없는 감정이었다. 운전대를 잡은 손에 힘이 들어갔다.

김지훈, 너 왜 그래? 이게 말이 된다고 생각해? 네가 무슨 자격으로 질투를 해?

지훈은 자신을 호되게 꾸짖었다. 하지만 질투심은 반항을 하듯 더욱 세차게 활활 타올랐다. 지훈이 주체할 수 없는 감정과 한창 씨름을 하고 있을 때 연우는 쥐구멍에라도 기어들어 가고 싶은 심정으로 하늘만 올려다보고 있었다.

정말 죽고만 싶다.

연우는 원망 섞인 한숨을 몰래 내쉬었다.

십삼 일도 아니고 십삼 개월도 아니다. 자그마치 십삼 년 만에 만나는 첫사랑이란 말이다! 꽃단장을 하고 만나도 시원찮을 판에 이게 뭐냐고, 이게!

사람들이 혀를 깨물고 죽고 싶다는 말을 왜 하는지 이제야 알 것 같았다.

그런데 지금 어디로 가고 있는 거야? 바보, 지금까지 그것도 안 물어보고!

연우는 차마 지훈의 얼굴을 쳐다볼 용기가 나지 않아 고개를 돌리지 않고 조심스럽게 입을 열었다.

"어디로 가는 거야?"

"내가 있는 곳."

질문이 끝나기가 무섭게 날아드는 지훈의 말투에서 냉기가 느껴졌다.

날 만난 게 그다지 반갑지 않은가 보다.

연우는 서운한 마음에 들어 입을 다물었다. 무거운 침묵이 흘렀다. 그런데 왜 내가 병원에 있었던 거지? 연우는 아무리 생각해 봐도 이해가 되지 않았다. 분명히 거실 소파에서 쓰러져 잤는데 왜 내가 병원에서 눈을 떴을까? 도대체 무슨 일이 있었던 거야? 연우는 눈동자를 이리저리 떼구루루 굴리며 기억을 떠올려 봤지만 더 이상 얻어낼 게 없었다.

술을 먹고 필름이 끊긴 것도 아닌데 왜 기억이 안 나는 거냐고!

연우는 답답한 마음에 속으로 외쳤다. 설마 이렇게 끔찍한 모습을 한 것도 모자라 끔찍한 일이 있었던 건 아니겠지? 연우는 오만상을 지으며 괴로워했다.

"저기…… 뭐 하나만 물어봐도 돼?"

여전히 지훈을 바라보지 못한 채 연우는 기어들어 가는 목소리로 물었다. 물론 물어보고 싶은 건 한두 가지가 아니었다. 왜 어느 날 갑자기 말도 없이 사라졌고, 그동안 어디서 어떻게 살았는지를 시작해서 묻고 싶은 걸 따지고 들면 한도 끝도 없었다. 조금만 더 물어봐도 된다면 연우는 이렇게 묻고 싶었다.

너 나한테 빌려간 책 아직까지 안 준 거 알아? 혹시 지금도 내가 만들어준 다이어리 가지고 있니? 내가 겨울방학 시작하자마자 만들어서 1월 14일 다이어리데이에 준 거 말야. 그 의미가 뭔 줄 알아? 사랑하는 애인에게 또는 좋아하는 사람에게 알찬 한 해를 보내라는 의미에서 일 년 동안 쓸 다이어리를 선물하는 거야. 그 안에 내 사진이랑 내 생일, 내가 좋아하는 것들, 나에 대한 모든 거 페이지당 한 개씩 적어놨는데 읽어봤어? 그런 나한테 한 번도 좋다는 소리, 싫다는 소리도 안 해서 나 2월 14일 밸런타인데이에 너 줄 초콜릿까지 만들었다. 그런데 너 그날 바람처럼, 연기처럼 사라졌어. 난 그날 큰맘 먹고 사랑 고백 하려고 했는데……. 몰랐지? 그리고 떡볶이도 네가 살 차례란 말이야. 그런데 정말 너한테 무슨 일이 있었던 거니?

하지만 연우는 지금 복잡한 감정과 한창 치열한 싸움을 벌이고 있는 지훈을 건드려선 안 됐다.

"말해."

짧고 아주 퉁명스런 대답이 날아들었다. 그 바람에 연우는 잔뜩 움츠러들고 말았다.

뭐야? 아주 귀찮아 죽겠다는 듯이······. 얘가 왜 이렇게 차갑게 변한 거야? 그래도 물어볼 건 물어봐야지.

"나······ 왜 병원에 있었던 거야?"

"뭐?"

놀라움이 섞인 짧은 외침을 내뱉으며 지훈이 눈살을 찌푸렸다.

"분명히 집에서 잠이 들었는데 왜 내가 병원에서 깨어났는지 잘 모르겠어. 아무리 생각을 해봐도 무슨 일이 있었는지 전혀 기억이 나지 않아. 게다가 넌 왜 거기에 있었던 거야?"

말이 끝나기가 무섭게 지훈이 운전대를 확 꺾어 도로 가장자리에 차를 세웠다. 갑작스런 지훈의 행동에 연우가 비명을 꽥 지르며 눈을 커다랗게 떴다. 그리고 애써 외면해 왔던 지훈의 얼굴을 쳐다보았다.

"왜, 왜, 왜 그래? 뭐가 잘못된 거야?"

잘못됐냐고? 잘못돼도 한참 잘못됐지!

지훈은 차마 이렇게 말하지는 못하고 마른침을 꿀꺽 삼켰다.

이런 걸 두고 기억상실이라고 하나?

"정말 기억 안 나?"

지훈이 조심스럽게 물었다. 그러자 연우가 거짓없는 눈으로 고개를 끄덕였다. 지훈의 표정이 점점 일그러져 갔다.

"제기랄! 망할! 빌어먹을!"

연우의 눈이 휘둥그레졌다. 생전 처음으로 욕하는 지훈을 봤

기 때문이다. 많이 변했다 싶기는 했지만 이렇게 적응하기 힘들
정도로 거칠게 변할 줄은 몰랐다.

"나…… 먼저 집에 데려다 주면 안 될까?"

살얼음을 밟듯이 조심스럽게 묻자 지훈의 눈빛이 아주 매섭
게 변했다. 그리고 뭐가 그렇게 못마땅한지 운전대를 주먹으로
쾅쾅 내려쳤다.

싫으면 싫다고 말을 하면 되지, 얘 도대체 왜 이러는 거야?

연우는 더 이상 어떤 말도 꺼낼 수가 없어 속으로 구시렁거렸
다.

"내가 있는 곳부터 가자."

불만 가득한 목소리로 말하고선 지훈은 다시 운전대를 꺾어
차 행렬에 끼어들었다.

서울 시내 한 호텔 앞에 지훈이 차를 세우자 연우의 눈은 또
다시 휘둥그레졌다.

"너 이 호텔에서 일해?"

"아니, 그저께 한국 들어와 묵고 있는 곳이야."

어쩜, 이렇게 묻는 말에 꼬박꼬박 대답도 잘하니? 너 참 많이
변했다.

연우는 지훈을 빤히 쳐다보며 속으로 말했다.

지훈은 연우와 같은 고등학교 같은 반 친구였다. 그다지 말도
없고 속도 안 보여주던 지훈. 연우는 그런 지훈이 참 신기하고
이상하게 느껴졌다. 뭘 물어봐도 지훈은 그저 피식 웃거나 쓴웃

음을 지었다. 지훈과 있다 헤어지면 연우는 자기 혼자만 열심히 수다를 떨고 왔다는 사실을 문득 깨닫고 화가 나기도 했었다. 그래서 어느 날은 이렇게 물어보기도 했다.

"너 나 싫어하니? 그래서 말 안 하는 거야?"

자존심이 무척 상했지만 확인을 해보고 싶었다. 그러자 지훈은 말없이 고개만 저으며 아니라고 했다.

그랬던 지훈이 지금은 뭘 물어봐도 꼬박꼬박 대답도 잘하고, 시키지도 않은 욕도 제법 할 줄 알고, 터프한 모션까지 취할 줄 안다.

친절한 지훈 씨, 도대체 무엇이 당신을 이렇게 변하게 만든 겁니까?

연우의 호기심이 점점 커져 갔다.

"그럼 여태까지 외국에 있었던 거야?"

여세를 몰아 조금씩 물어보기로 작정을 했다.

"응, 미국에."

지훈이 안전벨트를 풀며 대답했다.

"미국? 아, 미국이었구나."

연우는 씁쓸한 표정을 지으며 중얼거렸다.

미국은 아닐 거라 생각했는데……. 미국이란 나라가 지방도시 가듯 그렇게 쉽게 갈 수 있는 나라는 아니잖은가. 비자 한 번 받으려면 갖춰야 할 게 한두 가지가 아닐뿐더러 아무나 호락호락 받아주지도 않는다. 미국으로 갔다면 적어도 미리 준비를 하느라 지훈도 그 사실을 알고 있었을 거다. 그런데 지훈은 떠나는 전날까지 아무 말도 하지 않았다.

지훈이 소리 소문 없이 떠난 후 연우는 인터넷에서 사람 찾기나 친구 찾기라는 글자만 보이면 바로 클릭해 김지훈이란 이름 석 자와 출생연도, 성별을 집어넣고 수많은 사람들의 홈피, 카페, 블로그를 방문하고 다녔다. 그리고 동명이인들에게 메일을 보내 자신이 찾는 김지훈이 맞는지 확인까지 했다. 하지만 연우는 단 한 번도 자신이 원하는 답변을 듣지 못했다.

"내려, 가자."

어느새 차에서 내린 지훈이 연우가 앉아 있는 쪽 문을 열며 말했다.

수많은 사람들의 시선을 견뎌내고 지훈이 머무르고 있는 방에 도착했다. 연우는 난생처음 오는 호텔방을 둘레둘레 쳐다보았다.

"저기가 욕실이야. 샤워하고 가운 입고 있어. 난 나가서 옷 좀 사 올게."

지훈이 이렇게 말하고 나가려 하자 연우가 급히 그를 불러 세웠다.

"아냐, 나 집에 가서…… 집에 가서 목욕할래. 집에 가면 옷 많이 있는데 뭐 하러 사 와. 너 필요한 게 있어서 여기 오자고 한 거 아니었어?"

여기서 목욕을 하라니! 말도 안 돼!

연우가 말도 안 된다는 듯 눈동자를 굴렸다. 점점 얼굴이 붉어졌다.

지훈이 아무 말 없이 연우를 쳐다보았다. 연우는 그 시선의 의미를 알 수 없어 불안해지기 시작했다.

"가도 소용없어."

지훈의 말을 제대로 이해하지 못한 연우는 눈만 껌벅였다. 그리고 되물었다.

"가도 소용없다니? 그게 무슨 말이야?"

지훈은 애꿎은 아랫입술만 지근지근 씹으며 계속 망설였다.

"정말 아무 기억도 안 나는 거야?"

"도대체 무슨 일이 있었던 거야? 나 답답해 죽겠어. 계속 되묻지만 말고 빨리 말해 줘."

연우는 자꾸 대답을 회피하며 자신처럼 되묻는 지훈을 재촉했다. 지훈은 아주 힘겹게 입을 뗐다.

"집…… 너희 집이…… 무너졌어."

겨우겨우 말을 이어 사실을 말해 주었다. 하지만 연우는 아직도 실감이 나지 않는 듯 눈살을 찌푸리다가 실소를 터뜨렸다.

"말도 안 돼. 야! 그런 끔찍한 농담 하지 마."

빨리 너도 웃어. 그리고 어떻게 알았냐고, 농담이었다고 말해 줘.

연우는 계속 웃으며 눈으로 이렇게 말했다. 하지만 지훈의 표정은 점점 더 곤욕스러워져 갔다. 연우의 얼굴에서도 점점 웃음기가 사라져 갔다. 절대 인정하고 싶지 않아 고개를 가로저었다.

"아니야…… 아니야, 그럴 리가 없어……."

심장이 덜컥 내려앉았다. 온몸이 점점 사시나무처럼 흔들리기 시작했다. 무릎에서 힘이 빠져나가 뭐라도 잡지 않으면 금방이라도 쓰러질 것 같았다. 연우는 비틀거리며 옆에 있는 소파를 움켜잡았다.

"집이…… 집이…… 어떻게 무너져……."

연우는 반쯤 정신이 나간 사람 같았다.

"거, 거, 거짓말이지? 너 지금 나 놀리려고 거짓말하는 거지?"

입을 꽉 다문 지훈은 긍정도 부정도 하지 않았다.

"왜 말을 안 해? 말 좀 해봐! 나 미치는 꼴 보고 싶지 않으면 사실대로 말하란 말이야!"

연우가 고래고래 고함을 지르며 재촉했다.

"집이 무너졌어. 네 집이 무너졌다고."

다시 확인시켜 주는 지훈의 말에 연우가 숨을 꺽꺽 토해냈다. 소파 옆 바닥에 털썩 주저앉았다. 주체할 수 없는 눈물과 비명이 한꺼번에 쏟아져 나왔다.

"이 나쁜 놈! 어디서 그따위 거짓말로 날 속여! 그 집이 어떤 집인데! 나한테 어떤 집인데! 거짓말이면 두 번 다시 널 보지 않을 거야!"

순간 머리 속에서 막혔던 기억의 회로가 빠른 속도로 회복되었다. 엄청난 굉음과 함께 무너지는 집의 영상이 확연하게 떠올랐다. 심장이 터져 나갈 것만 같았다. 호흡곤란이 올 정도로 숨쉬기가 어려웠다.

"아, 아, 아니야! 아니야! 그럴 리가 없어! 이건 꿈이야! 악몽이야! 아악!"

연우가 양손으로 귀를 틀어막고 눈을 감으며 발악을 했다. 그러다 정신을 잃고 옆으로 픽 쓰러지고 말았다. 지훈이 황급히 다가와 연우를 안았다.

"연우야! 연우야! 정신 차려! 백연우!"

"야!"

연우는 지훈을 항상 그런 식으로 불렀다. 아니, 반 아이들을 부를 때도 늘 그런 식이었다.

"난 이름을 잘 못 외워서 이렇게 부르니까 오해없기 바라."

하며 배시시 웃곤 했다. 연우는 남자 아이들한테 인기가 많았다. 오빠들이 많아서 그런지 남자의 심리를 너무 잘 알았고, 남자 아이들과 어울리는 걸 전혀 이상하게 생각하지도, 꺼려하지도 않았다. 새침 떼는 여느 여자 아이들하고 달라서 오해를 살법도 했지만 워낙 천성이 밝은 아이라 그런 건 문제없이 해결해 나갔다.

내숭도, 꽁한 면도 없는 수다스럽고 늘 밝고 명랑한 여자 아이, 그게 연우였다. 가끔 남자 아이들이 유치한 장난으로 이름을 가지고 '백년 묵은 여우', '흰 여우'라고 놀려도 웬만해선 눈하나 깜짝하는 법이 없고, 계속 거들먹거리면 한판 붙자고 하면서 오빠들한테 배운 태권도와 호신술로 그들을 제압했다. 또 어떨 때는 친구들의 옷이 찢어지면 능란하게 바느질을 해줘 아이들을 감동시켰다.

그런 연우가 바로 옆집에 살았다. 아침에 해가 뜨면 아주 조용한 지훈의 집과는 달리 그곳은 전쟁터를 방불케 했다. 화장실에서 빨리 나오라는 고함 소리, 밥을 먹으면서 부딪치는 식기소리, 하다못해 대화를 나눠도 웅성웅성하는 소리가 지훈의 집까지 들려왔다. 열한 명이나 되는 장정들과 결코 그들에게 지지않는 연우까지 있어 그 집은 늘 시끌벅적했다.

지훈은 그 집 분위기가 부럽고 좋았다. 그리고 연우가 좋았다. 말이나 글로 표현은 못했지만 그랬다. 연우는 모든 사람에게 공평하게 정을 주고 충고하고 대화를 나눴다. 그래서 연우가뭘 줘도, 무슨 말을 해도 원래 그런 아이라고 생각했다. 특별한감정이 있어서 잘 대해주는 게 아니라고 생각했다. 그나마 집이가까워서 지훈은 자신이 다른 아이들보다 연우를 대할 시간과기회가 많은 거라 생각했다.

쫓기듯 미국 땅을 밟았을 때 지훈은 연우가 참 많이 그리웠다. 억울하고 분할 때 연우의 목소리를 들으면 얼마나 좋을까 생각한 적도 있었다. 비록 이름 대신 '야!' 라는 말로 자신을 부르지만 연우의 활기찬 목소리를 들으면 끝까지 미소를 잃지 않고 버텨 나갈 수 있을 것만 같았다. 말도 안 통하는 나라에서 일시적으로 실어증까지 걸려 버린 어머니를 돌보며 자신까지 미쳐 버릴 것만 같은 순간에는 어김없이 연우의 얼굴, 목소리가 떠올랐다. 그 덕분에 지금까지 모든 역경과 고난을 이겨내지 않았나 싶었다.

지훈은 침대에 누워 있는 연우를 오랜 시간 지켜보고 있었다. 그리고 진작부터 묻고 싶었던 걸 풀어내기 시작했다.

"벌써 십삼 년이란 세월이 흘렀네. 그동안 어떻게 살았니? 이런 자리, 이런 상황만 아니라면 예전처럼 수다스러운 너의 이야기를 들을 수 있었을 텐데."

지훈의 눈동자에 슬픈 빛이 감돌았다.

"나는 네 생각 참 많이 했다. 넌 내 생각 해본 적 있니?"

그날 아침 다른 남자와 싸우는 장면이 떠올라 지훈은 잠시 입을 다물었다. 그리고 힘겹게 묻기 시작했다.

"결혼은 했어? 혹시 그때 집 나간 남자가 남편이야? 아니면 애인? 그런데 너 왜 그 사람하고 싸웠어? 그 남자가 속 썩여서 그런 거야?"

지훈은 아니길 바라면서 연우의 손가락을 확인했다. 아무것도 끼지 않은 상태였다. 순간 다행스럽다는 생각이 든 지훈은 쑥스러운 미소를 지었다.

"나 정말 어처구니없지? 왜 자꾸 그 남자한테 질투가 나는지 모르겠다. 아무 자격도 없는데 말이야. 난 네가 아직까지 그 집에 살고 있을 줄 몰랐어. 그리고 항상 머리도 짧고 선머슴 같은 네가 그렇게 머리도 길고 예뻐졌으리라곤 전혀 상상치 못했어. 네가 말하기 전까지는 정말 못 알아봤어. 그런데 솔직히 지금 이 모습은 영 아니다. 도대체 뭘 하다 이렇게 됐냐?"

연우는 항상 짧은 머리였다. 어렸을 때는 미용실보다 아버지와 오빠들을 따라 이발소에 더 자주 가봤다고 했다. 그리고 자주 머리를 깎아야 하는 오빠들은 어느 순간부터 머리에 들이는 돈이 아까워 아예 바리깡을 사서 서로의 머리를 밀어주었다고 했다. 연우마저 계속 짧은 머리를 할 수밖에 없었던 건 샴푸 값을 아껴야 하기 때문이라고 했다. 머리가 길었다는 건 그만큼 지나간 세월도 길었다는 거다. 그 긴 세월 동안 연우는 소녀에서 여인으로 성숙해 있었다.

"지금도 나 네가 빌려준 책이랑 선물로 준 다이어리 갖고 있다. 그날 밤 그게 배낭에 있었던 게 얼마나 다행스러웠는지 몰라. 그거라도 있었기 때문에 그때의 악몽에서 벗어날 수 있었던 거 같아. 지금도 가끔 꺼내서 읽어보곤 해. 너무 많이 읽어서 책 내용이랑 다이어리에 적힌 너에 대한 모든 거 다 달달 외워 버린 사실 아니? 그런데 너 다이어리에 붙어 있는 사진하고 정말 다르다. 학교 다녔을 때 이렇게 머리 길었으면 인기 더 많았겠는걸? 그날 보니까 진짜 예쁘더라."

살짝 번져 나간 미소가 점점 슬프게 변해갔다.

"나…… 진작 올 걸 그랬나? 자꾸 후회가 되네. 엄마가 말려도 올 걸 그랬나 보다. 날 한눈에 알아보고 내 이름 확실히 기억하는 널 보니까 더 후회가 된다. 진작 올 걸…… 진작 찾아볼 걸……. 죽는 일이 있더라도 이렇게 올 줄 알았으면 엄마 설득하고 용기를 내서 더 일찍 올 걸. 아니, 차라리 오지 않는 게 나았을 뻔했나? 후유, 마음이 이래저래 복잡하고 혼란스럽다. 막상 널 만나니 자꾸 욕심이 생기고 가져선 안 될 감정만 생긴다. 집이 무너져서 이렇게 빨리 만나기는 했지만…… 널 아프게 해서 어떡하니? 미안하다. 미안하다는 말밖에 할 말이 없다. 널 위해서 내가 어떻게 해야 하는 걸까?"

지훈은 축축이 젖은 눈으로 연우를 바라보다 자리에서 일어났다. 그리고 크게 숨을 들이마시며 슬픔을 삼켰다.

불현듯 눈이 떠졌다. 무표정한 연우는 한참 천장을 응시하다 침대에서 일어났다. 주위를 둘러보니 호텔방 안엔 아무도 없었다. 고개를 돌리다 문득 침대 옆 테이블 위에 놓인 액자 하나가 눈에 들어왔다. 경애, 지훈, 그리고 연우가 모르는 현영이 함께 행복한 미소를 지으며 찍은 사진이었다. 좀처럼 느껴본 적이 없는 질투가 스멀스멀 기어올라 왔다. 가슴마저 아려왔다. 사진을 한참 들여다보던 연우가 경애를 보며 입을 열었다.

"아줌마……."

불러놓고선 뭔가가 목구멍으로 울컥 치밀어 올라 잠시 말을 끊었다. 그리고 감정을 조심스럽게 조율하며 한숨처럼 느껴지는 말을 느릿느릿 해나갔다.

"안녕하셨어요? 여전히 고우시네요. 그동안 어떻게 지내셨어요? 많이 보고 싶었는데……. 제가 아줌마 참 많이 좋아한 거 아시죠? 저 아줌마한테 배운 자수 지금도 잘하고 있어요. 수를 놓을 때마다 아줌마 생각 많이 하곤 해요."

연우는 경애 옆에 있는 지훈을 바라보았다. 예전에 알던 지훈과 사뭇 다른 분위기였다. 자신감 넘치는 눈빛과 미소, 늠름함, 성숙함이 왠지 낯설기만 했다. 연우는 다시 경애에게 물었다.

"아줌마, 지훈이 왜 이렇게 많이 변했어요? 옛날엔 말도 잘안 하던 애가 말도 잘하고……. 아줌마…… 실은 저 고백할 게하나 있어요. 사실 저…… 자수보다는 지훈이한테 관심이 더 많아서 아줌마한테 자꾸 말도 걸고 찾아가서 자수도 가르쳐 달라고 했던 거예요. 저 되게 많이 괘씸하시죠? 그런데 왜 말씀도 없이 그렇게 가셨어요? 그렇게 가실 줄 알았으면……."

연우는 속이 답답해져 왔다. 밀려오는 상실감, 허탈감에 절로 깊은 한숨이 나왔다.

"아뇨, 가지 말아야 했어요. 제가 얼마나 지훈이랑 아줌마 좋아했는데요. 날마다 집 앞에서 서성거렸어요. 밤중에 아줌마네 집에서 무슨 소리라도 들리면 벌떡 일어나 뛰쳐나가기까지 했다고요."

옛날 생각이 나는지 연우는 눈물을 글썽거렸다. 그러다 지훈에게 딱 달라붙어 있는 여자를 보고 다시 물었다. 또다시 질투가 불같이 일어났다.

"그런데 이 여자는 도대체 누구예요? 지훈이랑 무슨 사이인데 이렇게 딱 달라붙어 있어요? 지훈이 애인인가요? 아니면…… 와이프?"

연우는 치솟는 질투와 흥분을 간신히 억눌렀다.

"인정하고 싶진 않지만 저보다 예쁘고 아는 것도 많아 보이네요. 저 지훈이가 떠난 후로 공부하기 싫어서 대학도 안 갔어요. 솔직히 말하면 성적이 안 돼서 못 갔어요. 매일 지훈이만 생각나서 공부가 돼야 말이죠. 이 여자…… 지훈이랑 아줌마랑 너무 잘 어울려 보여요. 그건 인정하는데 너무 속상하고 질투가 나네요. 소희 말대로 마음 찢어지는 사람 생각해서 조금만 행복하고, 조금만 예쁜 척하지……. 지훈이한테 이렇게 좋은 사람 있을 줄 알았으면 저도 다른 남자 만나서 시집갈 걸 그랬나 봐요. 진작 와서 확인 좀 시켜주지……."

연우는 액자에서 시선을 떼고 욕실로 천천히 걸어갔다. 거울을 보니 정말 낮도깨비 같은 모습이었다. 욕조 안에 물을 채워넣고 들어가 앉은 연우는 깊은 생각에 잠겼다.

"집이 무너졌어. 네 집이 무너졌다고."

지훈이 한 말이 떠오르자 두 눈이 금세 촉촉이 젖어들었다. 그리고 끔찍한 광경이 다시 떠올라 몸을 심하게 떨어댔다.

　집만 무너진 게 아니야. 내 인생, 내 추억, 그리고 소중한 내 꿈이 함께 무너진 거야. 그렇게 만든 사람 절대 용서하지 않을 거야. 되돌려 놓기 전엔 절대 용서하지 않을 거야. 그런데 설마…… 공사 수주한 사람이…….

　불길한 예감이 갑자기 엄습하자 연우는 미간을 좁히며 인상을 찡그렸다.

　연우가 잠에서 깰까 봐 조용히 문을 열고 들어서는 순간 지훈은 창가에 서 있는 여자를 발견했다. 지훈은 곧 그 여자가 연우라는 걸 깨달았다. 하얀 목욕 가운을 입은 연우는 아무런 움직임도 없이 창문 너머의 화려한 세상을 향해 있었다. 고요하고 신성한 태도로 세상과 대화를 나누듯 그렇게 바깥을 바라보고 있었다. 지훈은 연우에게서 눈길을 떼지 못하고 연우에게 줄 옷이 담긴 쇼핑 가방을 소파 위에 올려놓았다.

　지훈은 연우가 입은 아주 평범하고 단순한 목욕 가운이 지독하게 섹시하다는 생각이 들었다. 뒤에서 볼 때 드러난 신체 부위는 길쭉한 다리와 맨발뿐인데도 그런 생각이 들었다. 끈으로 묶어 드러난 잘록한 허리와 보기 좋은 모양의 엉덩이는 결정적으로 지훈의 몸을 갈망으로 고동치게 했다. 그때 인기척을 느낀 연우가 고개를 돌렸다. 속마음을 들킨 것처럼 당황한 지훈은 쇼핑 가방을 가리키며 말했다.

"나가서 옷 좀 사 왔어."

연우는 말이 없었다. 그저 지훈을 바라볼 뿐이었다. 지훈은 군이 그럴 필요가 없는데 스위치를 눌러 실내를 더욱 환하게 했다. 애써 침착해 보이려는 의도적인 행동이었다. 하지만 지훈은 아주 깨끗해진 연우의 얼굴과 맑은 눈동자를 발견하고선 더욱 숨이 막혀왔다. 풀어헤친 머리카락은 젖어서 그런지 더욱 검고 선명해 보였다. 지훈은 머리색과 대조적으로 하얀 얼굴과 목덜미, 그리고 귀에서 예전에 봤던 세 개의 아주 작은 점을 발견하고 그곳에 키스를 하고 싶은 충동을 느꼈다. 아무런 장신구 없이, 어떤 꾸밈 없이 순수한 모습으로 서 있는 여자가 이렇게 예쁘고 섹시할 수 있다는 걸 지훈은 처음 알았다. 연우가 너무나 사랑스러웠다. 지금 이 순간만큼은 눈앞에 있는 연우만 보였다.

연우는 지훈의 눈이 자신의 머리 위에서 시작하여 얼굴로, 목덜미를 따라 가슴으로, 그리고 몸의 아래쪽으로 움직여 가자 더 이상 견딜 수가 없었다. 그것은 친구가 아니라 여자를 보는 남자의 눈이었다. 사랑이 아니라 욕망이 앞선 눈이었다. 연우를 바라보는 지훈의 눈빛의 열기는 전혀 식을 줄 몰랐다.

그런 눈으로 쳐다보지 마. 네가 아닌 거 같고 기분이 이상해. 마치 지금 날 안고 사랑이라도 나누고 싶어하는 표정 같잖아. 외국 물 먹고 살면 성격도 뻔뻔해지고 대담해지니? 너 아줌마랑 저 여자가 보고 있는데도 계속 그런 눈으로 쳐다볼래?

연우는 속으로 지훈을 꾸짖었다. 그리고 침묵으로 일관된 묘한 분위기를 깨고 먼저 말을 걸었다.

"묻고 싶은 게 있어."

지훈이 그제야 정신을 차린 듯 보였다.

"말해."

"그 집 아직도 너희 거니?"

지금까지의 정황으로 미루어볼 때 그럴 가능성이 가장 높았다. 그래도 연우는 지훈에게 직접 확인하고 싶었다.

"응."

역시 연우의 짐작이 맞아떨어졌다.

"그럼 혹시 내 집을 사려고 했던 사람도 너니?"

이번 짐작은 제발 아니기를 바라며 다시 물었다.

"응."

빌어먹을!

연우는 점점 화가 나기 시작했다.

"그럼 공사도 네가 시킨 거야?"

연우의 차가운 목소리에 지훈이 눈살을 찌푸렸다.

"그래, 내가 그랬어."

연우가 매서운 눈으로 그를 노려보았다.

"왜? 왜 갑자기 나타나서 내 집을 사려고 했어?"

"땅이 더 필요했으니까."

"다시 한국에서 살 생각이라도 한 거야?"

연우는 일말의 희망을 가지고 조심스럽게 물어보았다. 다시 한국에서 살 생각으로 그랬다면 그의 죄가 조금은 감면되리라. 적어도 그를 볼 수 있는 기회가 더 많아지는 거니까.

"그건 아냐."

전혀 그럴 생각이 없다는 듯 내뱉는 말에 연우는 크게 실망했다. 그리고 또다시 화가 났다.

"그것도 아니면서 왜 갑자기 버려둔 집을 부수는 건데? 넓은 땅에 새 집 지어서 돈 많이 받고 팔려고 그랬니!"

속상한 마음에 연우가 버럭 소리를 질러댔다.

"그게 너랑 무슨 상관이야? 다 이유가 있으니까 그러는 거지."

"뭐? 무슨 상관이냐고? 너 때문에 내 집이 무너졌어. 그런데도 상관이 없다고?"

마음이 쓰리고 아파왔다. 눈시울이 뜨거워졌다. 연우는 울지 않으려고 애를 썼다.

"본의 아니게 네 집까지 그렇게 된 건 정말 미안해. 하지만……."

"미안해? 미안하다고? 정말 미안하기는 한 거니? 넌 미안한 게 정말 뭔지 모르는 애야."

나한테 진짜 미안하다면 우선! 그렇게 많은 시간을 함께했으면서도 내 마음 읽지 못한 거, 너한테 사랑 고백 하려고 밤새 초콜릿 만들면서 고민하고 연습했는데 갑자기 어정쩡한 상태에서 말도 없이 사라진 거, 오랜 세월 동안 나 한 번 찾아보지 않은 거, 오늘같이 단 한 번에 나 알아보지 못한 거, 어느 날 갑자기 나보다 훨씬 예쁜 여자랑 커플 됐다고 사진 들고 나타난 거, 그런데도 묘한 눈으로 날 희롱한 것부터 미안하다고 해! 그게 옳은 순서야! 그리고 너 내가 그렇게 말시키려고 노력했을 땐 안 하더니 지금은 왜 이렇게 잘해? 그 여자가 그러래? 너 정말 해도 해도 너무한다!

속으로 이렇게 외친 연우는 울먹였다.

"그럼 더 이상 뭐라고 말해?"

지훈이 답답하다는 듯 말하자 연우가 또다시 마음속으로 외쳤다.

나한테 하고 싶은 말이 고작 그거밖에 없어? 너 떠나고 십삼 년 동안 내가 어떻게 살아왔는지, 어떤 마음이었는지조차 알고 싶지 않은 거야? 어떻게 이럴 수가 있니? 어떻게…… . 네가 내 마음을 조금이라도 안다면 네가 이럴 수는 없는 거야.

"너 십삼 년 전 그 집에 살던 김지훈 맞니? 너무 변해서 당황스럽다. 너 그땐 나하고 눈도 잘 안 마주치고 말도 없었던 애야. 적어도 내 기억 속엔 넌 그런 애야. 그런데 왜 갑자기 나타나서 네 집 부수고, 내 집까지 부수고, 내 모든 걸 부수는 건데? 왜 갑자기 나타나 그러는 건데!"

마침내 연우는 울음을 터뜨리고 말았다.

"사정이 있으니까!"

지훈 역시 도저히 참을 수 없다는 듯 폭발하고 말았다.

"지지리 고생만 하다가 기껏 살 만해지니까 엄마가 위암 말기
란다! 뭐 원하는 게 없냐고 물었더니 옛날 집 고쳐서 마지막으
로 좋은 일 하고 싶단다. 가면 안 된다고 그렇게 결사적으로 말
리실 때는 언제고 말이야. 나 그래서 돌아왔다, 어머니의 마지
막 소원 들어주기 위해. 그게 아니었으면 영영 이곳에 올 일도
없었을 거야!"

지훈은 지난날의 끔찍했던 영상들을 다시 떠올리며 말했다.
이유도 모르고 끌려간 미국에서 삼 개월 내내 갖은 폭력과 폭언
에 시달렸던 일, 탈출을 시도하다 총에 맞고 거의 초주검이 됐
던 일, 한국에 다시 들어오면 정말 쥐도 새도 모르게 죽이겠다
는 협박과 함께 사막에 버려졌던 일, 탈진한 어머니를 업고 울
부짖으며 사막을 헤맸던 일, 세탁소에서 일을 하다 무장한 강도
에게 총으로 위협받고 간신히 살아났더니 돈 빼앗겼다고 주인
한테 월급 한 푼 못 받고 쫓겨났던 일 등등이 그의 머리 속을 주
마등같이 스쳐 지나갔다. 지금도 가끔 악몽으로 되살아나는 그
때의 일들 때문에 지훈은 온몸을 부르르 떨어댔다.

"영영 이곳에 올 일도 없었다고?"

연우는 가슴이 아려왔다.

역시 그랬던 거야. 나 같은 건 이미 오래전에 잊은 거라
고……. 너무해…….

"그래!"

또다시 그런 지옥을 경험하고 싶진 않았다. 열일곱 살 사춘기 소년이 감당하기엔 너무나 버거웠던 일과 고통, 공포는 서른 살 성인이 된 지금까지 뼛골 깊이 사무쳐 있었다. 그래서 어머니는 한국에 간절히 가고 싶어했던 자신을 만류하신 것이리라. 지훈은 이제껏 그렇게 생각해 왔다. 그랬던 걸 생각하면 어머니의 마지막 소원은 참 의외의 것이었다. 정말 대단한 결심을 하지 않고선 그런 소원을 말할 수 없기 때문이다.

지훈 또한 두려운 마음이 아주 없는 건 아니었다. 누가 무슨 연고로 자신을 미국으로 내쫓았는지를 알면 덜 그럴 텐데 무방비한 상태에선 두려울 수밖에 없었다. 그렇게 산전수전을 겪고 큰맘 먹고 왔는데 막상 와서 보니 해후한 연우에겐 이미 다른 남자가 있는 것 같고, 그건 아주 당연한 일인데도 자꾸 얼토당토아니한 복잡한 감정에 휩쓸려 혼란스러웠다. 미안한 마음은 있는데 자꾸 심술이 나고 질투와 분노가 일어났다. 어르고 달래도 시원찮을 판에 말과 행동은 자꾸 뾰족해지고 있었다.

망할! 일이 왜 이렇게 꼬이고 힘들어지는 거야?

지훈은 흥분을 가라앉히지 못하고 숨을 거칠게 내뱉었다.

"그런데 왜 왔어? 차라리 오지 않았으면 이런 일도 없었잖아!"

연우는 울먹이며 말했다. 차라리 지훈을 만나지 말았어야 했다. 아는 척하지 말았어야 했다. 모든 진실을 다 안다고 좋은 건 절대 아니었다. 소중히 간직했던 추억과 사랑이 산산이 부서지고 있고 있었다.

"나도 내가 여기에 왜 왔나 싶다! 이 빌어먹을 땅에 오지 말았어야 했는데! 내 발을 찧고 싶을 정도로 정말 후회스럽다. 그리고 네 집! 내가 다시 지어주면 되잖아! 내가 다시 지어준다고!"

변해도 너무 변했다. 지훈한테 이런 면이 있을 줄은 정말 몰랐다. 연우는 이 상황을 견딜 수가 없었다. 언제부턴가 흐르는 눈물로 눈앞이 흐려져 지훈의 표정이 잘 보이지 않았다. 연우는 양 손바닥으로 눈물을 닦으며 애써 진정하려 했다. 이제는 지훈의 눈조차 마주치기 싫었다. 더 이상 곤욕스러워서 그의 말을 들을 수가 없었다. 지독하게도 기분이 나빠졌다. 그가 너무 미웠다.

"다시 지어준다고? 그 말 진심이야? 그래, 좋아. 그럼 무너지기 전 그 상태 그대로 복원해 놔. 가서 한 조각 한 조각 주워서 다 붙여놓으라고. 이때까지 벽에 체크해 놓은 내 키 높이, 우리 오빠들이 발로 차서 망가진 문짝, 우리 엄마가 애지중지하셨던 텃밭 채소들, 우리 아빠가 만들어주신 책상까지 하나도 빠짐없이 다 복원해 놔. 알았어? 그렇게 해주면 내가 지금 너한테 한 짓 무릎 꿇고 진심으로 사과할게. 그러면 되는 거지?"

이렇게 말한 연우는 쇼핑 가방을 낚아채 욕실로 들어갔다. 하염없이 흐르는 눈물을 벽에 걸린 수건으로 닦고 또 닦았다. 그리고 지훈이 사 온 옷을 꺼냈다. 그런데 그것은 연우가 가장 싫어하는 색, 보랏빛 원피스였다. 또다시 눈물이 났다.

김지훈! 넌 정말 구제불능이야!

옷을 갈아입은 연우는 욕실을 나와 쏜살같이 문을 향했다.

"이 밤에 어딜 가려고?"

지훈이 잽싸게 다가가 연우의 팔을 잡아 뒤돌아서게 했다.

"너야말로 내가 어딜 가든 말든 무슨 상관이야?"

"날 밝아지면 가."

"싫어! 난 지금 너하고 단 일 초라도 함께 있고 싶지 않아. 너
무너무 끔찍해!"

연우가 으르렁거리며 외치자 지훈이 연우를 와락 끌어안았
다.

"가지 마, 가지 말라고."

이대로 보낼 순 없었다. 십삼 년 만에 만난 연우를 이대로 보
낼 순 없었다. 자신이 아닌 다른 사람 곁으로 절대 보내고 싶지
않았다.

"이거 놔! 이거 못 놔!"

연우가 지훈의 품 안에서 벗어나려고 버둥거리며 사납게 외
쳤다. 하지만 지훈은 꿈쩍도 하지 않았다. 오히려 지훈의 힘에
의해 벽까지 밀려갔다.

"미안해. 미안해, 내가 잘못했어. 그러니까 가지 마, 제
발……."

애원하던 지훈이 갑자기 두 손으로 연우의 얼굴을 잡고 열정
적으로 키스하기 시작했다. 연우는 순간 그대로 얼어붙고 말았

다. 그의 혀는 굶주린 듯 연우의 입속으로 들어갔다. 몇 번이나 그녀의 맛을 느끼고, 입술의 감촉을 즐기기 위해 잠깐 후퇴했다가는 다시 어둡고 달콤한 입 안 구석구석까지 파고들어 갔다. 연우에게서 나는 향긋한 샴푸와 비누 향기가 그의 머리를 가득 채우고, 몸을 흥분시키며 정열에 불을 당겼다. 가슴은 고통스러울 정도로 뛰고 있었다. 머리 속은 욕망으로 인해 폭발할 것 같았다.

지훈은 한 손을 연우의 젖가슴으로 옮겨 옷 위를 애무했다. 여성 특유의 유쾌한 부드러움과 나긋나긋함이 느껴졌다. 그의 엄지손가락의 움직임에 따라 굳어지는 젖꼭지가 느껴지자 지훈은 기절할 만큼 황홀해졌다. 그때 연우가 그의 손을 잡아 동작을 멈추게 했다. 그리고 그를 거칠게 떠밀며 그의 뺨을 향해 손을 날렸다. '찰싹!' 하는 소리와 함께 분위기는 찬물을 끼얹은 것처럼 급속도로 냉랭해졌다.

"너 정말 구제불능이구나! 어떻게 나한테…… 어떻게……."

연우는 후들거리는 다리로 간신히 버티고 서서 숨을 몰아쉬었다. 분노의 눈물이 솟구쳤다. 연우는 죄의식이란 돌덩이를 억지로 삼키게 한 지훈에게 화가 났다. 그리고 달콤하고 짜릿한 첫키스에 짧게나마 이성과 양심을 날려 버렸던 자신에게 더 더욱 화가 났다. 가까스로 브레이크를 밟아 고장난 자전거를 세웠지만 평생 씻을 수 없는 상처가 남을 것 같았다.

사고를 쳤다는 건 십대들한테나 어울리는 소린데 어쩌자고!

이 나쁜 놈!

"김지훈! 다른 사람도 아닌 네가 날 이렇게 불행하게 만들 줄은 정말 꿈에도 생각지 못했다. 도대체 왜 돌아온 거야? 왜? 왜? 나는 지금 네가 너무, 너무 밉다."

연우는 분노의 눈물을 흘리며 문을 열었다. 그리고 '쾅!' 하는 소리와 함께 문을 닫고 사라져 버렸다.

고등학교에 다닐 때 1학기 기말고사를 앞두고 연우는 집 근처 독서실을 다녔다. 시끌벅적한 집에선 도무지 공부에 집중을 할 수 없어서였다. 연우는 새벽에 독서실에서 나오다 우연히 바깥에 서서 하늘을 쳐다보고 있는 지훈을 발견했다. 늘 땅만 보고 다니던 지훈이 하늘을 쳐다보고 있는 게 신기해서 웃음이 다 나왔다.

지훈은 고등학교에 입학할 즈음 연우네 옆집으로 이사를 왔다. 겨울비가 내리는 날 이삿짐을 나르는 걸 보고 연우의 아버지는 가족들을 동원해 이삿짐을 함께 날랐고 그것이 계기가 되어 친밀하게 지내는 사이가 되었다. 연우는 동갑인 지훈에게 자연스럽게 말을 걸었지만 지훈은 그런 연우에게 최대한 말을 아꼈다. 처음엔 지훈에게 언어장애가 있는 게 아닐까 싶을 정도였다.

연우와 지훈은 같은 학교, 같은 반에 배정이 되었고, 거의 자는 시간만 빼고 하루 종일 함께 생활을 했다. 하지만 연우는 거의 말을 하지 않는 지훈에 대해 정확히 알 수 있는 게 별로 없었다. 늘 말하는 건 연우였고, 듣는 건 지훈이었다. 지레짐작으로 사람을 안다는 건 한계가 있었다. 한 학기가 다 되어도 연우는 지훈에 대해 아는 게 그다지 많지 않았다. 늘 고개를 숙이고 다니는 지훈이 잘생긴 이목구비와 좋은 목소리를 지녔다는 것을 아는 사람도 그다지 많지 않았다. 그럴 정도로 지훈은 그늘에 가려져 있는 아이였다.

연우는 지훈에게 다가가 불쑥 말을 걸었다.

"뭘 그렇게 봐? 너 별자리 볼 줄 알아?"

갑자기 나타난 연우 때문에 깜짝 놀란 지훈이 고개를 가로저었다.

"나는 볼 줄 아는데. 집에 가면서 가르쳐 줄까?"

연우의 제안에 지훈은 말없이 고개를 끄덕였다. 그런 지훈에게 연우는 무거운 가방을 덥석 안기며 말했다.

"세상에 공짜 없는 거 알지? 가르쳐 주는 대신에 내 가방 집까지 들어주기."

지훈이 어이없다는 표정을 지으며 피식 웃었다.

"에, 지금이 여름이니까 여름 별자리에 대해서 가르쳐 드리겠습니다. 여름밤 하늘의 별들 중에서 눈에 가장 잘 띄는 것은 거문고자리의 직녀별과 독수리자리의 견우별, 그리고 백조자리의 데네브입니다. 따라서 여름철의 별자리를 찾기 위해서는 우선 이 세 별부터 찾아야 합니다. 이 세 별은 커다란 삼각형을 형성하고 있는데 이것을 여름밤의 삼각형이라고 부르죠. 그리고 이 여름밤의 삼각형은 매우 뚜렷한 이등변 삼각형의 밑변을 위로 하고 꼭지점을 아래쪽으로 하여 배열되어 있습니다. 거꾸로 선 삼각형을 생각하면 되지요. 우리 한번 찾아볼까요? 자, 저기를 보세요, 거기. 삼각형 찾으셨나요?"

담임선생님의 말투를 그대로 흉내 내며 설명한 연우가 하늘을 가리켰다. 하지만 지훈은 찾기가 힘든지 고개를 가로저었다.

"저기, 저기 말이야. 아직도 못 찾았어? 자, 봐봐."

연우가 답답하다는 듯 지훈의 머리를 잡아 잘 볼 수 있는 방향으로 돌려주고 지훈의 손을 잡아 별자리를 가리켰다.

"저거 말이야."

"어, 찾았다."

마침내 지훈이 별자리를 발견하자 연우는 신이 나서 삼각형을 그려가며 설명을 이어갔다.

"꼭지점을 이루는 아래 남쪽의 별이 독수리자리의 견우별이야. 천정 부근에서 밑변을 이루는 두 별은 거문고자리의 직녀별과 백조자리의 데네브겠지. 직녀별이 데네브보다 밝기는 한데 둘의 밝기는 그리 크게 차이가 나지 않기 때문에 밝기로는 구별하는 것이 힘들어. 앞서서 서쪽으로 가고 있는 별이 거문고자리의 직녀별이고, 뒤에서 따라가는 별이 백조자리의 데네브이야. 이렇게 해서 여름밤의 삼각형을 찾았으면 나머지 별자리들은 이 별자리를 중심으로 찾아 나가면 돼. 여름밤의 삼각형 안에는 화살자리와 여우자리가 포함되어 있어. 견우별에 가까운 좁은 지역에 여러 개의 별들이 옹기종기 모여서 만드는 별자리가 화살자리이고, 삼각형의 가운데 넓게 흩어져 있는 별자리가 여우자리야. 그러나 화살자리와 여우자리는 어두운 별들로 이루어져 있어서 시골에서나 찾을 수 있대."

긴 설명을 끝낸 연우는 뿌듯한 표정을 짓고 지훈을 쳐다보았다. 하지만 하늘을 쳐다보고 있을 줄 알았던 지훈이 자신의 얼굴을 빤히 쳐다보고 있었다. 그때 연우는 처음으로 남자 때문에 얼굴이 붉어지고 심장이 뛸 수 있다는 걸 알았다. 그리고 아무 생각 없이 잡았던 손에서 전류도 느낄 수 있다는 걸 깨달았다. 내리비치는 달빛과 별빛, 어디선가 부드러운 바람을 타고 날아오는 들꽃 향기에 사로잡힌 듯 그들은 그곳에 서서 서로를 말없이 쳐다보고 있었다.

연우는 지훈에게 별자리를 설명해 줬던 자리에서 꽤 오랜 시간 서 있었다. 하늘을 올려다보고 손가락으로 삼각형으로 그리며.

바보 같은 놈! 누가 내 얼굴을 보라고 했나? 멍청이, 맹추, 곰!

연우는 속으로 구시렁거리며 다시 걸어가기 시작했다. 그때였다.

꼬르륵!

하루 종일 굶은 배에서 순대를 채워달라고 있는 대로 항의를 해댔다. 하지만 연우는 말 그대로 빈털터리였다. 연우는 걷다

지훈과 함께 자주 갔던 떡볶이집을 발견했다. 그곳에 가면 주인 아주머니는 항상 빨간 고추장 떡볶이에 단골한테만 공짜로 제 공하는 삶은 계란 두 개를 얹어주셨다. 하지만 연우는 어느 순 간부터 그곳을 찾지 않았다.

지훈이 떠나고 혼자 갔을 때 친구는 나중에 오냐며 얹어준 두 개의 계란을 보고 사람들 앞에서 펑펑 운 적이 있었기 때문이 다. 이유를 알지 못했던 아주머니는 난감한 표정을 지었고 연우 는 그 자리를 박차고 나올 수밖에 없었다. 그 후론 절대 떡볶이 를 먹지 않았다. 아니, 먹을 수가 없었다는 표현이 더 옳았다.

내가 떡볶이를 얼마나 좋아하는데……. 나쁜 놈! 날 이상하게 만들어놓고 뭐가 어쩌고저쩌고?

연우는 눈물을 글썽이며 다시 걷기 시작했다.

모퉁이만 돌면 집인데 연우는 차마 가지 못하고 모퉁이에 쪼 그려 앉아 있었다. 너무 무섭고 두려웠다. 있어야 할 집이 이제 없다는 걸 알지만 차마 두 눈으로 확인할 자신이 없었다. 연우 는 무릎 사이에 얼굴을 파묻고 눈물을 흘리며 숨죽여 울기만 했 다. 호텔에서부터 뒤따라온 지훈의 존재를 전혀 의식하지 못한 채.

멀찍이 서서 연우를 바라보던 지훈은 묵직한 돌덩어리가 얹 어진 것같이 가슴이 답답해져 왔다. 아주 먼 길을 걸어 집으로 향하는 연우를 몇 번이고 잡고 싶었지만 그럴 수가 없었다. 가 봤자 아무 소용이 없다고 말해 주고 싶었지만 그 말에 또 상처

받은 얼굴을 할까 봐 할 수가 없었다. 차라리 오빠네 집이나 친구네 집으로 가면 안심을 하고 뒤돌아설 텐데 연우는 고집스럽게 집을 향해 걸어갔다.

하지만 막상 모퉁이만 돌면 무너진 집의 실체를 확인할 수 있을 텐데 연우는 더 이상 발걸음을 옮기지 못하고 전봇대 밑에 쪼그려 앉아 울기만 했다. 그런 모습에 연민이 느껴졌다. 당장이라도 뛰어가서 미안하다 사과하고 안아주고 싶었다. 하지만 그것 또한 병 주고 약 주는 행동 같아서 그럴 수가 없었다. 연우가 깊은 슬픔의 늪에 가라앉는 동안 지훈은 갈등의 미로에 갇혀 이러지도 저러지도 못하며 헤매고 있었다. 그러는 사이에 동쪽에서 붉은 해가 떠오르기 시작했다.

NO. 5

"연우 아니야?"

얼핏 잠이 들었는데 누군가가 연우를 알아보고 물었다. 고개를 드니 집을 팔라고 했던 아주머니였다.

"아줌마."

연우의 핼쑥한 얼굴을 본 아주머니는 눈을 휘둥그렇게 떴다.

"아니, 여기서 뭐 하는 거야? 오빠들이 집 무너진 소식 듣고 모두 달려왔었는데 못 만난 거야? 도대체 어딜 갔다 온 거야? 사람들이 연우 걱정을 얼마나 한 줄 알아?"

자리에서 일어서려던 연우가 다시 힘없이 주저앉았다.

"괜찮아?"

아주머니가 연우의 안색을 살피며 걱정스레 물었다.

"아줌마, 혹시 핸드폰 있으세요?"

연우가 나지막이 중얼거리듯 물었다.

"핸드폰? 아, 그래. 여기 있어."

아주머니는 주머니에서 핸드폰을 꺼내 건넸다. 연우는 잠시 고민한 후에 오빠들이 아닌 소희에게 전화를 걸었다. 자고 있을 거란 생각을 하며 길게 기다렸다.

[여보세요?]

마침내 소희의 목소리가 들렸다. 잠에 잔뜩 취한 목소리였다.

"야, 난데."

연우가 힘없이 말했다.

[연우? 너 연우 맞아? 너 지금이 몇 신데 전화를 했어?]

소희의 음성을 들으니 연우는 또다시 눈물이 왈칵 쏟아졌다.

"흐흑……. 너 지금 나 좀 데리러 오면 안 돼? 나 한 발자국도 못 움직이겠어. 흐흑……."

[너 울어? 연우야, 도대체 무슨 일이야? 거기가 어딘데? 너 지금 어딘데?]

집 근처라는 말을 듣고 소희는 번개처럼 차를 끌고 나타났다. 연우는 놀란 얼굴을 한 소희를 보고 다시 울음을 터뜨렸다. 부축하며 달래는 소희에게 연우는 아무 말도 못하고 눈물만 흘렸다.

소희는 연우에게 고열이 있다는 걸 발견하고 병원으로 직행

했다. 응급실에서 링거를 맞은 후에야 연우는 소희에게 상황 설명을 했다. 소희는 연우를 자신의 집으로 데리고 가서 재웠다. 그리고 평소 잘 알고 지내는 아홉 번째 올케에게 연락을 했다.

"네. 네. 지금 막 제 방에서 잠들었어요. 핸드폰도 없고 가족들이 걱정할까 봐 저한테 연락을 했나 봐요. 걱정 마세요. 제가 잘 돌볼게요. 네. 그럼 전화 끊을게요."

소희는 전화를 끊고 한숨을 내쉬었다.

"대관절 아침부터 이게 무슨 소동이라니? 난 어제 매장 직원들한테 철거 중에 멀쩡한 옆집이 무너졌다는 소리를 들었지만 그게 연우네 집일 줄은 몰랐다. 세상에, 조금만 더 그곳에 있었더라면 큰일날 뻔했네."

소희의 어머니인 은경은 생각만 해도 끔찍한지 몸서리를 치며 커피를 마셨다.

"연우 사는 동네가 00동이지?"

소파에 앉아 아침 신문을 뒤적거리던 소희의 언니인 태희가 별생각없이 물었다.

"응. 그 동네에서 태어나서 지금까지 쭉 살았대."

태희와 소희의 대화를 듣던 은경의 표정이 다소 굳어졌다. 기억하기도 싫은 무언가가 떠오른 듯 낯빛이 좋지 않았다. 그건 맞은편에서 묵묵히 앉아 있던 은경의 남편, 중권도 마찬가지였다.

"여보, 이번 미국 출장 당신이 꼭 가셔야 해요? 그냥 태희가 갔다 오면 안 돼요? 요즘 컨디션도 안 좋은데 당신이 그 먼 곳까지 가신다고 하니 제가 다 걱정이 돼요."

은경은 일부러 화제를 돌리며 중권에게 물었다.

"엄마, 이번 출장 건은 제가 나설 만한 게 아니에요. 회사에 아주 중요한 일이라고요."

중권 대신 태희가 그렇게 대답을 하자 은경의 신경이 날카로워졌다.

"너는 도대체 이제껏 뭘 했니? 아버지 회사 일에 더 일찍 적극적으로 나섰으면 굳이 네 아버지가 그 먼 곳까지 가실 필요도 없잖아!"

난데없는 은경의 꾸지람에 놀란 태희가 눈을 휘둥그레 떴다. 그건 소희 역시 마찬가지였다. 지난달 중권이 유럽 장기출장을 다녀왔을 때만 해도 은경은 중권에게 아직도 정정하니 앞으로 몇 년은 아무 문제가 없을 거라 했다. 그랬던 은경이 갑자기 시니컬한 반응을 보이니 이상한 노릇이었다.

"자식들이라고 마음에 드는 녀석들이 하나도 없어!"

은경이 벌떡 일어나 침실로 휙 하니 들어가 버렸다. 태희와 소희는 입술을 앞으로 쭉 내밀고 서로를 바라보았다. 그리고 눈으로 똑같은 질문을 했다.

도대체 왜 저러시는 거야?

아무런 말 없이 있던 중권도 천천히 일어나 무거운 걸음으로 서재를 향해 걸어갔다.

회사에 출근한 은경은 불안한 얼굴로 옛 생각에 잠겨 있었다.

"이젠 돌아오고 싶어도 절대 올 수 없을 겁니다. 비자 기간이 끝나서 불법체류자 신세가 됐고 수중엔 돈 한 푼 없습니다. 혹여 한국에 들어오고 싶으면 아들 죽일 각오를 하고 오라 했으니 아무 걱정 마십시오."

칭찬받을 일이라도 한 것처럼 남자의 표정은 의기양양했다. 가방에서 봉투를 하나 꺼내 건네자 남자는 얼른 낚아채 액수를 확인하고 희색이 만면해졌다.

"아이고, 사모님 고맙습니다. 혹시 또 무슨 일이 생기면 말씀만 해주십시오. 아주 깨끗하게 처리해 드리겠습니다! 하하하!"

징그러운 남자의 웃음소리가 지금도 귓가에서 쩌렁쩌렁 울려댔다.

"선생님!"

"으응?"

매장 직원인 연희가 부르는 소리에 은경이 소스라치게 놀랐다.

"회의 준비 다 됐습니다."

"알았어. 곧 나갈게."

은경은 나가보라는 뜻으로 손짓을 하고 나서 골치가 아픈 듯 관자놀이를 세게 문질렀다. 안 그러려고 해도 자꾸 신경이 쓰이는 건 아무래도 요즘 반복적으로 꾸는 꿈 때문인 것 같았다. 꿈에 경애가 나타났다, 그것도 뼈만 앙상하게 남은 모습으로. 경애는 검은 천에 흰색 실로 수를 놓고 있었다. 이름을 불러도 들리지 않는지 그저 열심히 손만 움직일 뿐이었다.

오늘 아침 경애가 살았던 동네 이름을 듣고 예민한 반응을 보인 것도 다 그런 이유에서였다. 오랜 세월 애써 잊으려고 했던 이름들과 관련된 사항들이 그 꿈 이후로 계속 신경 쓰였다.

은경은 책상 서랍을 열어 깊숙이 넣어둔 수첩 하나를 꺼냈다. 뭔가를 찾아 뒤적이는 손길이 다급했다. 곧 뭔가를 찾은 그녀는 핸드폰으로 전화를 걸기 시작했다. 상대방이 전화를 받은 것 같았다. 그녀는 인사를 건너뛰고 본론으로 들어갔다.

"사람 좀 찾아주세요."

지훈은 건영의 연락을 받고 연우의 첫째 오빠인 강우네 집에 불려갔다. 그곳엔 강우를 포함한 모든 식구들이 다 모여 있었다. 신혼여행 중인 경우네 부부만 빼고. 그래도 결코 작지 않은 거실이 발 디딜 틈조차 없이 꽉 찼다. 열 쌍의 부부와 그들의 아이들, 지훈과 건영까지 사십 명이 넘는 인원이었다.

지훈은 먼저 연우의 가족들에게 사과의 뜻을 전했고, 최선을 다해 수습하겠노라 약속했다. 연우의 오빠들과 지훈은 서로 아는 사이라 별 마찰 없이 대화를 진행시킬 수 있었다.

"정말 일이 이렇게 돼서 죄송할 따름입니다. 진심으로 사과드

립니다."

지훈이 다시 한 번 용서를 구하듯 말했다.

"일부러 그런 게 아니잖은가. 그건 단지 사고였어. 인명 사고
가 없는 게 천만다행일세."

아버지라고 해도 될 만큼 나이가 많은 강우가 침착하게 말했
다. 강우는 지훈을 부르기 전 가족들과 이 문제에 대해 긴 시간
동안 의논했다. 가족들은 이 참에 연우를 설득해 그 집을 팔자
고 했다. 강우 또한 연우만 괜찮다면 그게 낫다는 판단이 들었
다. 하지만 아직 연우를 만나보지 못한 상황에선 어떤 결론도
내릴 수가 없었다. 누구보다 연우의 의견이 중요하다고 생각했
기 때문이다.

"이해해 주셔서 감사합니다."

지훈은 진심을 다해 말했다.

"우린 자네가 그 집을 사고 싶어한다는 얘길 들었네."

"네, 그렇습니다."

"자네가 알까 모르겠는데 그 집은 이제 연우 걸세. 우린 어떤
권한도 없기 때문에 그 문제에 대해 뭐라 쉽게 결정을 할 수 없
네."

"네."

"오늘 우리가 자네를 부른 건 어제 우리 연우를 자네가 데리
고 갔다는 소리를 들었는데 그 문제에 대해 연우와 어떻게 하기
로 했는지 그 말이 듣고 싶어서야. 지금 연우는 친구 집에 있다

고 하더군. 자네와 연우, 친구 사이라 서로 말하기도 쉬웠을 텐데 연우가 대체 뭐라고 하던가? 우리는 아직 들은 바가 없어서 말이야."

강우의 말에 지훈은 난감한 표정을 지었다. 어젯밤 있었던 일이 떠올라 연우의 식구들과 눈을 마주칠 수가 없었다. 그래서 죄지은 사람마냥 고개를 푹 숙이고 말았다. 그 모습에 아홉 번째 올케가 바로 위인 여덟 번째 올케를 툭 치며 속삭였다.

"형님, 수상한데요."

"뭐가?"

"무슨 일이 있었던 게 틀림없어요."

"무슨 일?"

"에헤, 신체 건강한 두 선남선녀가 하룻밤을 함께 보냈는데 아무 일이 없었겠어요? 최소한 손이라도 잡고 키스라도 했겠죠. 뻔한 스토리잖아요."

"에이, 설마!"

"설마라뇨! 저랑 내기하실래요? 진 사람이 이긴 사람한테 갈비 쏘기."

"번번이 지는 내가 불쌍하지도 않냐?"

여덟 번째 올케의 말에 아홉 번째 올케는 장난기 많은 눈으로 웃으며 고개를 절레절레 흔들었다. 그때 지훈이 하는 소리가 들려왔다.

"연우는 제가 그 집을 다시 원상복구 해주기를 바라고 있습니다."

　지훈이 강우네 집에서 앞으로의 계획에 대해 설명하는 동안
연우는 소희네 집에서 꽤 오랜 시간 잠을 잤다. 늦은 오후가 되
어서야 깨어난 연우는 침대에 우두커니 앉아 한참 동안 생각에
잠겼다. 그리고 마침내 생각을 다 정리했는지 연우는 이불을 젖
히고 아래층으로 내려왔다.

　"어머, 연우야! 깼어?"

　자는 줄 알았던 연우가 이층 계단에서 내려오자 소희는 데리
고 놀던 강아지를 품에 안았다. 연우가 동물을 아주 끔찍이 싫
어한다는 걸 알기 때문이다.

　"몸은 좀 어때? 배고프지? 아줌마한테 죽 좀 끓여달라고 했
는데 먹자."

　소희만큼 정이 넘치는 친구는 보기 드물 것이다. 저 품에 안
은 코카스파니엘도 소희 덕분에 죽다 살아난 강아지였다. 누가
그랬는지 몰라도 강아지는 소희네 집 앞에 버려져 있었다. 보기
에도 전혀 멀쩡하지 않은 병든 강아지였다. 아파서 낑낑거리는
강아지를 소희는 불쌍하다며 동물병원에 데려갔고 자비를 들여
병을 고쳐 주었다. 그렇게 집에 들인 동물은 한두 마리가 아니
었다. 그런 소희 때문에 골머리를 썩는 은경은 집에 온 손님들
이 동물을 갖고 싶다는 뜻만 내비춰도 얼른 내주고, 시외에 있
는 별장으로 보내기도 했다.

"아니야. 소희야, 나 가봐야 할 거 같아."

"가족들 때문에 그런 거라면 염려 안 해도 돼. 내가 벌써 전화해 놨거든."

"물건 주문한 사람들 때문에 그래. 집에 가봐서⋯⋯."

집이란 소리를 해놓고 마음이 아픈지 연우는 잠시 말을 끊었다. 그리고 다시 말을 이어나갔다.

"내가 사고나기 전에 가게 물건들이랑 이층에 있던 물건들 다 박스에 담아서 창고에 갖다 놨거든. 그것들은 괜찮을지도 몰라. 가서 보낼 건 보내고 옮길 건 오빠네 집으로 옮겨야 할 것 같아."

언제까지 엎질러진 물이 다시 컵 속으로 들어가기만 바라고 있을 수는 없었다. 정신을 차려야만 했다. 가서 수습을 해야만 했다. 그리고 다시 시작을 해야만 했다. 지훈과는 상관없이 말이다.

"그랬구나. 그나마 다행이다. 그런데 지금 밖에 비 오는데."

소희는 걱정스런 얼굴로 창밖을 내다보며 말했다. 손재주가 없는 소희는 운전면허 또한 굉장히 힘들게 땄다. 게다가 비가 오는 날 차를 가지고 나갔다가 연속 세 번 접촉사고를 낸 경력이 있어 은경의 특별관리 체제하에 감시를 받고 있었다. 이런 날 차를 가지고 나가면 분명 소희는 은경에게 차를 빼앗길 것이다. 물론 연우도 그 사실을 잘 알고 있었다.

"나 혼자 가도 돼."

설상가상으로 비까지 내리고 있다니 연우의 마음은 더욱 조급해졌다. 박스에 물이라도 스며들면 자신의 소중한 물건들은 무용지물이 될 게 뻔했다.

"비 그치면 나랑 같이 가자. 응? 내가 걱정이 돼서 그래. 죽 먹고 비 그치면 내가 데려다 줄게. 응?"

"죽은 됐고 우산하고 돈 좀 빌려줘. 차비할 돈이 필요해."

"그건 빌려줄 수 있지만…… 너 정말 괜찮겠어?"

"응."

"그런데 너 웬일로 보라색 원피스를 다 입었니? 너 보라색 제일 싫어하잖아."

소희는 내내 궁금했던 걸 물어보았다. 하지만 연우의 눈빛과 표정이 심상치 않게 변하자 괜히 물어봤나 싶은 후회가 들었다.

소희네 집을 떠나 자신의 집 앞에 택시를 세운 연우는 눈을 커다랗게 떴다 가늘게 뜨기를 반복했다. 하지만 몇 번이고 확인하고 또 확인해 봐도 믿을 수가 없어 택시에서 내렸다. 사실 내릴 필요도 없는데 말이다.

연우는 과연 여기가 자신의 집과 지훈의 집이 있던 자리인지 의심스러웠다. 허허벌판이 된 땅엔 아무것도 남아 있지 않았다. 무너진 집의 잔재, 마당에 심겨진 나무들, 그나마 멀쩡할 거라 믿었던 작은 창고까지 모두 사라진 상태였다.

말도 안 돼. 어떻게 이럴 수가 있어? 어떻게?

연우는 심장이 미친 듯이 뛰었다. 마치 귀신한테 홀린 기분이었다.

내 집…… 내 물건들이…… 다 사라진 거야?

기초를 다지기 위해 깊이 판 엄청난 크기의 웅덩이 두 개가 하늘에서 떨어지는 엄청난 양의 비만 마셔대고 있었다. 시간도 별로 없었을 텐데 공사는 급속도로 진행되고 있었다. 비만 오지 않았더라면 벌써 건물이 올라가고 있을지도 모른다. 억세게 쏟아지는 비 때문에 공사가 중단된 것 같았다.

연우는 이제 하도 울어서 눈물도 나오지 않았다. 그저 분노만 일었다. 너무 화가 나서 빌려온 우산이 있다는 생각조차 못하고 비를 홀딱 맞아가며 서 있었다.

이 모든 게 다 지훈이 짓이란 말이지? 내 허락도 없이 몽땅 쓸어다 버리고 집을 새로 지을 생각을 했단 말이지?

연우는 두 주먹을 꽉 쥐고 부르르 몸을 떨어댔다.

가만두지 않을 거야!

연우는 이를 빠드득 갈며 다시 택시에 올라탔다. 그리고 냉랭한 목소리로 택시기사에게 자신이 가야 할 목적지를 다시 말해 주었다.

지훈이 머무르고 있는 방의 문이 열리자마자 연우는 지훈의 멱살을 움켜잡았다. 그리고 으르렁거리며 외쳤다.

"너 내가 한 말 뭐로 알아들었어? 발바닥으로 알아들었어? 외국에서 오래 살다 보니 이젠 한국말도 제대로 이해 못해?"

"호텔이야. 사람들 몰려오기 전에 이거 놓고 들어와서 말해."

복도를 지나가던 투숙객들이 힐끔거리며 쳐다보자 연우는 씩씩거리며 지훈의 멱살을 놓아주고 그를 밀치며 안으로 들어갔다. 문을 닫고 연우를 뒤쫓아 들어온 지훈이 전화기를 들었다. 그것을 본 연우가 흥분을 가라앉히지 못하고 고함을 질렀다.

"왜? 프런트에 전화라도 해서 나 내쫓으려고!"

"진정해. 옷이 다 젖었잖아. 세탁해 달라고 맡겨놓은 네 옷 갖다 달라고 하는 거야."

친구네 집에 있을 줄 알았던 연우의 등장이 놀랍고 반가운 지훈이었다. 하지만 잔뜩 흥분한 연우에겐 내색할 수 없었다. 비에 홀딱 젖은 연우는 하루 사이에 살이 쏙 빠져 보였다. 그리고 몹시 아파 보였다. 몸도, 마음도 엉망인 것 같았다. 배가 고프면 기분이 나빠지고 배가 부르면 한없이 너그러워진다고 했던 연우의 말이 갑자기 기억났다.

뭐라도 먹이면 달라질까?

지훈은 망설이다 입을 열었다.

"뭐라도 먹을래?"

"내가 지금 여기에 파티라도 하려고 온 줄 알아?"

말이 끝나기가 무섭게 고함이 날아들었다. 연우는 화가 나도 아주 단단히 나 있었다. 지훈은 용건만 간단히 하고 전화를 끊었다. 그리고 냉장고에 가서 물을 가져왔다.

"이 정도 가지고는 네 머리와 가슴에서 난 불을 끌 수는 없겠지만 그래도 마셔라."

도대체 또 뭣 때문에 저렇게 화가 났을까?

지훈은 조마조마했다.

"그래. 이 정도 가지고는 어림도 없어. 저렇게 쏟아지는 비를 맞아도 소용없었다고. 그러니까 괜히 애쓰지 말고 내가 묻는 말에 대답이나 해. 어디다 갖다 버렸어? 내 집 쓸어다가 어디에 갖다 버렸냐고!"

"지금쯤 건축폐기물 처리장에 있겠지."

"뭐?"

연우는 지훈을 죽일 듯이 노려보며 다가갔다. 그리고 두 주먹을 불끈 쥐고 지훈의 가슴을 퍽퍽 때리기 시작했다.

"네 눈엔 그게 쓰레기로 보였어? 그걸 어떻게 갖다 버릴 수가 있어! 어떻게!"

지훈은 연우의 두 손목을 낚아챘다. 솔직히 연우의 주먹은 맵고 아팠다. 절로 인상이 찡그려졌다.

"어린애처럼 억지 쓰지 마. 퍼즐처럼, 블록처럼 맞추고 쌓아서 다시 만들 수 있다면 천 번이고 만 번이고 그렇게 해줄 수 있어. 하지만 그럴 수 없다는 거 잘 알잖아."

"나쁜 자식!"

분노 때문인지 비를 맞아 추워서인지 연우는 덜덜 떨고 있었다. 이상한 기분이 든 지훈이 손으로 연우의 이마를 짚어보았다. 그리고 욕설을 내뱉었다.

"빌어먹을! 너 지금 정신이 있어, 없어? 몸이 펄펄 끓고 있잖아!"

"상관 마! 차라리 죽고 싶은 심정이니까!"

연우가 몸을 비틀며 지훈에게서 벗어나려고 했다. 하지만 그는 꿈쩍도 하지 않았다. 오히려 그녀를 확 끌어안으며 소리쳤다.

"죽는 게 뭔지나 알고 그딴 소리 하는 거야? 이 세상엔 죽고 싶지 않은데도 죽어가는 사람이 있어! 그딴 소리 함부로 하지 마! 사치스럽고 배부른 소리야!"

지훈은 어머니를 떠올리며 연우의 원피스 지퍼를 확 잡아 내렸다. 그리고 눈 깜짝할 새에 몸에서 벗겨냈다. 깜짝 놀란 연우가 비명을 질렀다.

"아악! 뭐 하는 짓이야?"

하지만 지훈은 전혀 아랑곳하지 않고 속옷 차림의 연우를 번쩍 안아 들고 침대를 향해 걸어갔다. 그리고 버둥거리는 연우를 침대 위에 내려놓고 이불을 덮어주었다.

"속옷도 다 벗어."

하나도 이상할 게 없다는 듯 말하는 지훈에게 당황한 연우는 말문이 막힌 상태였다.

"셋 셀 동안 안 벗으면 내가 벗긴다. 하나, 둘."

지훈이 위협하는 눈빛으로 쳐다보며 다가오자 연우는 꿈지럭거리며 속옷을 벗기 시작했다. 지훈이 그것을 달라는 듯이 손을 내밀자 연우는 그를 원망하는 눈초리로 째려보았다.

"내가 이불 속으로 손 집어넣고 찾기 전에 빨리 내놔."

연우는 입술을 깨물며 지훈에게 속옷을 건네주었다. 그때 벨소리가 들렸다. 옷을 가지고 온 것 같았다. 지훈은 원피스와 속옷을 들고 현관으로 걸어갔다. 잠시 후 문 여는 소리와 옷을 맞바꾸며 뭔가를 묻고 답해주는 소리가 들려왔다. 연우는 막상 포근한 침대에 눕자, 졸음이 밀려오는지 몇 번 눈꺼풀을 깜박이다 이내 잠이 들고 말았다.

열이 다시 오른 연우는 꿈을 꾸는지 머리까지 흔들며 중얼거리기 시작했다.

"추워……. 추워……. 춥단 말이야……."

열성경련을 일으키는지 속눈썹과 메마른 입술까지 파르르 떨렸다. 지훈은 춥다는 말에 이불을 더 덮어주고 싶었다. 하지만 계속 열이 오르면 안 될 것 같아 미지근한 물로 연우의 얼굴과 목, 팔다리를 열심히 닦아주었다. 그리고 마른 입술 위에 젖은 손수건을 대주었다. 연우는 목이 마른지 손수건을 힘없이 빨아대기 시작했다. 지훈은 안 되겠다 싶어 베개에서 연우의 머리를 들어 올려 가슴에 안고는 입술에 컵을 대주었다. 잠결에 연우는 물을 조금씩 삼켰다.

지훈은 물방울이 맺힌 연우의 입술을 보자 자연스레 그녀와의 키스가 생각났다. 달콤하고 감미로웠던 키스. 지훈은 충동적으로 연우의 입술에 자신의 입술을 가져다 댔다. 그러자 연우는 아까처럼 물을 갈구하듯 힘없이 빨아댔다. 그로 인한 전기적인 충격의 파급 효과는 엄청났다. 걷잡을 수 없을 만큼 심장이 두근거리고 짜릿했다. 하마터면 손에 들고 있던 컵을 떨어뜨릴 뻔했다. 지훈은 스스로에게 욕설을 퍼부으며 연우에게서 떨어졌다.

"미친 놈! 정신 나간 놈!"

지훈은 허둥지둥 컵을 들고 욕실로 갔다. 곧 다시 나와 탁자 위에 컵을 내려놓았다. 연우가 걱정돼 다시 다가가다 멈칫했다. 열을 내리기 위해 팔다리를 드러낸 연우의 몸을 보자 자기도 모르게 낮은 신음 소리가 흘러나왔다. 지훈은 뒷걸음질치며 가능한 한 연우에게서 멀찍이 떨어지려 했다. 그래야만 제정신으로 돌아올 수 있을 것만 같았다. 등이 벽에 닿자 지훈은 더 이상 뒤로 물러날 수 없음을 깨닫고 손으로 머리카락을 쓸어 올렸다. 곤욕스런 표정으로 뒤돌아 벽에 머리를 쿵쿵 박아댔다. 자신을 호되게 꾸짖으며.

바보! 멍청이! 변태 같은 놈! 넌 지금 그걸 키스라고 생각하는 거야? 정신을 잃고 아픈 여자한테 흥분을 느끼는 넌 도대체 어떤 정신세계를 가지고 있는 거야?

지훈은 자신의 육체적인 갈망이 당혹스러웠다. 그 갈망이 온 힘을 기울인 추진력으로 자신을 강타해 왔다. 자꾸만 노골적인 환상들이 솟구쳐 올랐다. 기쁨과 고통이 함께 느껴졌다. 지훈은 호색한이 되어버린 자신을 힐책해 댔다.

연우만 아픈 게 아니라 나도 아픈 게 틀림없어! 병이 들어도 아주 단단히 들었다고!

지훈은 더 이상 연우를 바라볼 수가 없었다. 마구 방망이질하는 심장과 온몸의 피가 하체의 한곳으로 집중되는 것을 해결하려면 이곳을 벗어나야만 했다. 지훈은 황급히 바깥으로 나가 버렸다.

시간이 꽤 흐른 후 쉰 목소리가 연우에게서 흘러나왔다.

"무울…… 물……."

아주 목이 말랐다. 하지만 아무도 물을 가져다 주지 않았다. 연우는 겨우겨우 눈을 뜨고 일어나 앉았다. 그러자 머리에서 천둥이 울려댔다. 연우는 신음 소리를 내며 다시 베개로 쓰러졌다. 그래도 어제보단 한결 나아졌는지 연우는 버럭버럭 소리를 지르며 지훈을 찾았다.

"야! 김지훈! 이 나쁜 놈아! 목말라 죽을 것 같단 말이야! 물 좀 줘!"

그래도 아무 소리가 없자 연우는 다시 힘겹게 일어나 앉았다. 목도 마르고 경우의 결혼식 이후로 거의 아무것도 먹지 못한 위는 쓰려왔다.

"나쁜 자식…… 아픈 사람을 혼자 남겨두고 어딜 간 거야?"

연우는 침대에서 간신히 내려와 주위를 둘러보며 물 또는 먹을 게 없는지 찾아보았다. 그러다 거울을 통해 몸에 아무것도 걸치지 않은 여자 하나를 발견하고 숨을 급격하게 들이마셨다. 그게 바로 자신이라는 걸 알고 연우는 허둥지둥 옷을 찾기 시작했다.

"세상에! 세상에! 내가 이러고 걔 앞에서 잔 거야? 미쳤어! 미쳤어! 난 몰라!"

다행히 소파 위에서 자신의 옷을 찾은 연우는 그걸 가지고 서둘러 욕실로 뛰어들어 갔다. 양치질과 샤워를 한 연우는 옷을 갈아입고 욕실을 나왔다. 그때 문이 열리고 지훈이 들어왔다. 연우는 어젯밤 자신이 알몸으로 잤다는 사실에 얼굴이 붉어져 아무 말도 하지 못했다. 차마 지훈을 쳐다볼 수가 없었다.

"깼어?"

지훈이 말을 걸어도 연우는 여전히 입을 꽉 다물고 시선을 피했다.

"나가서 죽 좀 사 왔어. 배 많이 고프지?"

지훈이 죽이 든 가방을 들어 보이며 물었다. 오랜 시간 거리를 방황하다 발견한 가게에서 사 온 것이었다. 속보(速步)에 가까운 새벽 산책 덕분에 지훈은 아주 지쳐 쓰러질 지경이었다. 하지만 아까보다는 훨씬 더 정상에 가까운 정신 상태로 돌아올 수 있었다.

갑자기 연우의 허기진 배에서 어서 음식물을 달라는 항의성 소리가 요란하게 울렸다. 새치름한 표정으로 연우는 자존심도 없는 내장한테 소리를 질렀다.

넌 이 상황에서 저놈이 주는 죽을 먹고 싶냐?

내장이 흐느끼며 그래도 먹고 싶다고 아우성을 쳤다. 연우는 조금만 있으면 등과 키스를 할 정도로 쏙 들어간 배를 노려보았다.

그래, 네가 무슨 죄가 있냐? 주인 잘못 만나 고생한 네가. 그래, 내가 널 위해 자존심을 버리고 먹어주마. 조금만 기다려라.

연우는 지훈에게 다가가 낚아채듯 가방을 빼앗아 소파 위에 앉았다. 그리고 죽을 꺼내 먹기 시작했다. 지훈은 그런 연우를 보며 피식 웃었다.

죽은 아주 맛있었다. 하지만 연우는 투덜댔다.

"고맙다는 소리 안 할 거야."

"알았어."

지훈이 연우의 맞은편 소파에 앉으며 말했다. 밤새도록 간호를 하고 새벽 산책까지 다녀와서 그런지 다리가 뻐근했다.

"먹어보란 소리도 안 할 거야. 네가 굶었는지, 뭘 먹었는지 하나도 안 궁금해."

연우는 일부러 지훈과 시선을 마주치지 않으려고 딴곳을 응시했다.

"알았어."

지훈은 어린애처럼 구는 연우의 말에 웃음이 나오는 걸 애써 참았다. 오물오물 움직이는 입술이 꽤 귀엽게 느껴졌다. 죽이 손등에 떨어지자 연우는 황급히 혀로 핥아먹고선 쪽쪽 빨아댔다. 그 모습에 지훈은 한탄에 가까운 신음 소리를 낼 뻔했다. 더이상 다리가 아파서 뛰쳐나갈 수도 없는데 속도 모르는 연우가 해선 안 될 짓을 하고 있었다. 지훈은 속으로 구구단을 외우고 애국가를 불러댔다. 그래야 팔딱팔딱 뛰는 심장과 예민해진 신경, 그리고 흥분된 감각을 잠재울 수 있을 것만 같았다.

둘 사이에 어색한 침묵이 강물 흐르듯 계속되었다. 연우는 죽을 먹다 한숨을 내쉬었다. 이런 어색한 분위기는 딱 질색이었다. 좋은 감정은 죽처럼 소화가 잘돼도 안 좋은 감정은 소화불량을 일으킬 만큼 거북했다. 체증으로 속이 더 갑갑해지기 전에 그런 감정은 빨리 해결을 해야 했다.

"아줌만 잘 지내셔?"

연우가 눈을 내리깔고 숟가락으로 애꿎은 죽을 휘저으며 물었다. 말을 걸었다는 건 지훈의 죄를 어느 정도는 용서한다는 뜻이었다. 그러나 지훈은 쉽게 대답을 하지 않았다. 많이 망설인 끝에 입을 열었다.

"잘…… 못 지내셔."

탁한 음성에서 괴로움이 묻어나자 연우가 조심스럽게 고개를 들었다.

"왜? 무슨 일 있는 거야?"

연우는 자세한 설명을 요구하고선 잔뜩 궁금한 눈빛으로 지훈을 바라보았다. 하지만 지훈의 입은 쉽게 열리지 않았다.

"사실은…… 엄마가…… 위암 말기 판정을 받으셨어."

충격적인 소식에 연우는 눈을 동그랗게 떴다.

"뭐?"

생각만 해도 눈물이 나는지 지훈이 일부러 손으로 이마를 문지르며 자신의 눈을 가렸다.

"앞으로 한 달 정도밖에 못 사셔."

연우는 그저 입만 벌린 채 아무 말도 하지 못했다.

"솔직히 지금도 믿기지는 않아. 의사들이 무슨 예언자처럼 말을 해주는데 도무지 믿을 수가 있어야 말이지. 처음엔 이 병원 저 병원 다니면서 확인을 하고 또 했어. 하지만 의사들이 모두 다 한통속인지 똑같은 말만 하더라. '당신의 어머니는 삼 개월밖에 사실 수가 없습니다' 라고 말이야. 나…… 그래서 온 거야. 엄마의 마지막 소원을 들어주기 위해서."

애써 눈물을 참는 지훈의 턱에 작은 경련이 일어났다.

세상에! 어떻게 그런 일이!

연우는 벙어리가 된 것처럼 어떤 말도 할 수가 없었다. 자신이 눈물을 흘리는 것조차 느끼지 못하고 있었다.

연우는 죽을 테이블 위에 놓고 지훈의 옆 자리로 다가가 앉았다. 그리고 슬픔에 떠는 지훈의 손을 지그시 잡아주었다. 눈을 가린 손 아래로 한줄기 눈물이 흘러내렸다. 연우는 자기도 모르게 다른 손으로 그것을 닦아주었다. 걷잡을 수 없는 슬픔에 지훈은 온몸을 떨어대며 울음을 터뜨렸다. 연우는 그런 지훈을 품에 안아주었다. 하지만 그 어떤 말도 할 수가 없었다. 그저 함께 눈물을 흘릴 뿐이었다.

NO. 6

서로의 품이 따뜻하고 넉넉했다. 그들은 어떤 말도 없이 그저 고즈넉한 눈빛으로 서로를 응시하고 있었다. 아주 오래되고 익숙한 연인처럼 그렇게 평화롭게 앉아 있었다. 그리고 둘은 각각 이대로 영원히 함께 있으면 얼마나 좋을까 하는 바람을 꿈꿨다.

"자고 싶다."

밤새 연우를 간호했던 지훈이 피곤한지 속삭이듯 말했다.

"자."

연우는 별생각없이 말하다 피식 웃는 지훈을 째려보며 가슴을 찰싹 때렸다.

"엉큼해."

"뭐가? 난 아무 말도 안 했는데."

지훈이 장난기 많은 눈으로 능청스럽게 웃었다.

"꼭 그걸 말로 해야 아니?"

연우가 질책하듯 말하자 지훈이 조심스럽게 손을 들어 연우의 오른쪽 뺨과 귀와 목에 난 아주 작은 점을 어루만지며 가리켰다.

"예전부터 여기, 여기, 여기에 있는 여름밤의 삼각형 만져 보고 싶었는데……."

지훈은 눈빛을 반짝이며 예의 그 거부할 수 없는 매력적인 미소를 보냈다. 지훈의 말과 손길이 연우의 마음을 심하게 흔든 게 틀림없었다. 연우의 가슴은 콩닥콩닥 뛰고 있었다. 얼굴은 이미 빨간 토마토가 되어 있었다. 뭔가에 홀린 것처럼 꽤 오랫동안 그를 멍하니 바라보고 있었다. 그리고 그 사실을 갑자기 깨달은 듯 서둘러 시선을 돌렸다.

연우는 당황한 나머지 자기도 모르게 혀로 입술을 축였다. 도발할 의도는 아닌 것 같았다. 오해하지 말라는 뜻을 전하고 싶은지 다시 그를 쳐다보았다.

지훈의 눈동자는 열대의 태양 광선만큼이나 뜨거웠다. 그 시선의 강렬함과 열기로 그녀는 연체동물처럼 흐물흐물해지는 것 같았다. 그들은 서로를 쳐다보고만 있었다. 생각할 수도 없고, 숨을 쉴 수도, 움직일 수도 없었다.

"나만 널 원하는 거니?"

지훈의 허스키한 목소리에 연우의 가슴은 쿵쾅거리며 위가 졸아드는 것 같았다. 지훈은 어수룩한 고등학생이 아니라 핸섬하고, 섹시하고, 완벽한 남자였다. 이런 남자의 유혹을 받고도 뿌리칠 수 있는 여자가 과연 몇이나 될까?

하지만 원한다고 모든 걸 가질 순 없는 거잖아. 끔찍한 상처만 남을지도 몰라.

그렇기에 연우는 그가 아무리 욕망을 자극하고, 그녀가 여자라는 사실을 일깨워 주고 있다고 해도 위험한 모험을 감행할 용기가 나지 않았다.

"우리 후회할 짓은 하지 말자."

연우는 애써 아무렇지 않은 척하며 말했다. 지훈의 눈썹이 의심스럽다는 듯 휘어졌다. 그녀는 그에게서 몸을 떼고 일어나려 했다. 하지만 그가 그녀의 손목을 잡아당겨 다시 앉혔다.

"너나 나나 이대로 끝내면 더 후회하지 않을까?"

지훈이 애절하게 바라보며 연우를 설득했다.

"상처가 남느니 차라리 후회하는 게 나아."

연우의 말이 한숨처럼 느껴졌다.

"내 모든 것이 널 지독하게 원하는데 안 되는 거니?"

그것은 다급한 애원의 목소리였다. 그가 미치겠다는 듯 길게 한숨을 쉬었다. 연우는 마른침을 삼키며 축축한 손바닥을 입고 있는 반바지에 문질러 댔다. 그리고 중얼거렸다.

"나 역시 널 원하는 것 같아. 하지만……."

말이 끝나기도 전에 지훈의 얼굴이 다가왔다. 놀란 연우가 눈을 찔끔 감고 말았다. 입술에 키스할 줄 알았던 그가 음미하듯 가슴에 얼굴을 비벼댔다. 그리고 얼굴을 셔츠의 패인 곳으로 집어넣어 키스를 했다. 그녀는 터져 나오려는 신음을 맘껏 내지르고 싶었다. 그의 머리를 힘껏 끌어안고 싶었다. 하지만 그러지 않았다. 오히려 그를 슬그머니 밀어냈다. 잠시 무거운 침묵이 흘렀다. 이윽고 지훈이 먼저 입을 열었다. 애절한 표정으로.

"서로가 원하는데도 정말 안 되는 거야?"

연우는 뒤통수가 따가울 정도로 침대 옆 탁자 위에 있는 사진 속 여자의 존재가 신경 쓰였다. 먼 곳에 와서까지 그 사진을 침대 옆에 둘 정도면 지훈이 그 여자를 얼마나 소중하게 생각하는지는 묻지 않아도 알 수 있었다. 그 여자는 너무 멀리 떨어진 곳에 있었고 지훈은 한창 혈기왕성한 시기라 잠시 한눈을 파는 것뿐이었다. 그런 지훈에게 동조한다면 아마 자신은 씻을 수 없는 죄의식에 시달리며 살게 될 것이다. 연우는 슬픈 표정을 지으며 말을 하기 시작했다.

"오늘 우리가 사랑을 나누면 너나 나나 죄짓는 거잖아. 다른 사람 마음 아프게 하고 웃으면서 살 자신 없어. 오늘 우리가 사랑을 나누면 너나 나나 더 이상 친구로 남을 수도 없잖아. 난 그러고 싶지 않아."

지훈의 표정이 서서히 굳어져 갔다. 잡고 있던 연우의 손도 놓아주었다. 자리를 털고 일어나 창가로 걸어갔다. 바깥을 쳐다보고 있는 지훈이 좀처럼 뒤돌아서지도 않고 그렇게 서 있었다. 연우는 지훈의 뒷모습을 바라보다 이윽고 일어났다. 그리고 힘겹게 입을 뗐다.

"나…… 그만 갈게."

지훈은 아무 말도 하지 않았다. 배웅조차 하지 않았다. 그저 돌기둥처럼 그렇게 서 있기만 했다.

그래도 안 되는 건 안 되는 거잖아!

연우는 괴로운 눈빛으로 지훈을 바라보며 속으로 외쳤다. 자신을 원하는 남자를 홀로 두고 호텔을 나서는 일은 여자라고 해서 쉬운 건 아니었다.

연우는 호텔을 나와 곧장 아홉 번째 올케네 집으로 향했다.

"아가씨, 괜찮아요?"

올케가 연우의 뒤를 바짝 쫓으며 물었다. 질문보따리를 짊어지고.

"네."

연우의 말이 끝나기가 무섭게 올케는 질문보따리를 풀어 그중 한 가지를 꺼냈다.

"지금 어디서 오는 길이에요?"

"친구네 집에서요."

아주 거짓말은 아니었다. 지훈은 친구이고 호텔은 임시로 묵고 있는 그의 집이나 마찬가지니까. 올케의 눈이 점점 호기심으로 반짝거렸다.

"앞으로 어떻게 할 거예요?"

"뭐가요?"

"집이요. 안 팔아요?"

"네."

올케는 아주 크게 실망한 표정이었다. 하지만 그것도 잠시 올케는 황홀한 듯 눈을 반짝이며 화제를 돌렸다.

"그런데 그 김지훈이란 남자요, 아직 미혼이죠? 진짜 매력있더라. 연예인 해도 되겠어요."

"언니가 걔를 어떻게 알아요?"

깜짝 놀란 연우가 올케의 팔을 잡아당기며 물었다. 올케는 연우의 행동이 의심스러운지 그녀를 살피며 천천히 설명해 나갔다.

"첫째 아주버니 댁에 온 식구가 다 모였는데 그 사람하고 친구라는 공사 책임자가 왔어요. 그래서 알죠."

"네에."

새로운 사실을 안 연우는 아까 호텔에서 있었던 일이 떠올라 얼굴에 홍조를 띠었다. 다시 가슴이 두근댔다.

"아가씨, 그 사람하고 손 잡고 키스하니까 어땠어요?"

"허걱!"

연우는 뛸 듯이 놀란 얼굴을 했다. 평소에도 범상치 않은 올케란 생각은 했지만 오늘만큼 두려운 적이 없었다. 조상 중에 혹시 점쟁이가 있었나?

"앗싸! 갈비 먹게 됐다!"

연우는 손가락을 튕기며 좋아하는 올케에게 단 한 마디도 하지 못했다. 그저 어떻게든 입막음을 해야 한다는 생각만 할 뿐이었다.

잠시 후, 연우는 아홉 번째 올케와 함께 고깃집에 앉아 있었다.

"아이고, 맛있다, 맛있어. 입에 착착 감기네. 씹을수록 감칠맛이 아주 살살 녹네, 녹아."

당연하지! 일등급 중 최상급 한우 갈빗살인데 안 그럴 리가 있나.

연우는 숯불에서 지글지글 소리를 내며 구워지기가 무섭게 아홉 번째 올케 입속으로 쏙쏙 들어가는 고기를 쳐다보며 속으로 구시렁거렸다.

"아가씨, 이 뛰어난 마블링(고기의 자른 단면에 지방이 퍼져 있는 상태) 좀 보세요. 고기는 뭐니 뭐니 해도 이 마블링이 많으면 많을수록 좋은 거예요. 호호호! 아줌마, 여기 눈꽃등심 이 인분 추가요!"

연우는 한껏 신이 난 올케를 보며 괴로운 미소를 지어주었다.

"아가씨, 좀 먹어봐요. 얼마나 맛있는데요."

아무리 맛있는 음식이라도 지금은 전혀 먹을 생각이 없었다.

게다가 죽도 제대로 못 먹은 상황에서 뱃속에 저 비싼 고기를 밀어 넣으면 내장이 아마 적응을 못해 탈이 날 것이다. 연우는 무슨 일이 있더라도 아홉 번째 올케 입을 잘 단속해야 했다. 그렇지 않으면 가족들이 주최한 청문회에 참석해야 하는 불상사가 벌어질 것이다.

"제 걱정은 마시고 언니나 많이 드세요."

연우는 반찬 접시를 올케에게 밀어주며 말했다. 그리고 신신당부를 했다.

"언니, 가족들한테는 절대! 절대! 절대! 말씀하시면 안 돼요."

"알았어요, 알았다고요. 그렇게 날 못 믿어요? 아줌마, 여기 시원한 물냉면도 하나 추가요!"

연우는 올케의 목구멍까지 고기를 채워준 뒤 집으로 돌아왔다. 피로가 누적이 됐는지 몸이 한없이 늘어졌다.

"아가씨, 많이 피곤해 보여요. 방에 들어가서 좀 쉬세요."

고맙기도 하지.

연우는 떨떠름한 표정으로 고개를 끄덕이며 방으로 들어갔다. 그리고 침대에 쓰러지듯 누웠다. 따로 에어컨이 설치된 방은 아주 시원하고 쾌적했다. 하지만 최상의 환경에서도 연우의 몸은 계속 뜨겁고 안정이 되지 않았다. 긴장된 근육을 풀어보려고 팔다리도 펴고 등도 오므려 보았다. 낮고 깊은 숨도 여러 번 내쉬어보았다. 얼얼하게 간지러운 느낌을 없애보려고 가슴 위로 팔짱을 껴보았다. 하지만 그것은 긴장되고 민감한 젖꼭지를 더욱 느끼게 할 뿐이었다. 가랑이 사이의 열띤 부분이 수치스러워 허벅지를 힘껏 꼬집어보았다. 그러나 그녀를 괴롭히는 육체적인 증상들을 해소하는 데는 아무런 도움이 되지 않았다.

한 마리 두 마리 양을 세어보아도, 집에 대한 계획을 생각해보아도, 아니면 의례적인 기도를 해보아도 연우의 마음은 지훈과의 키스, 육체적인 접촉에서 벗어날 수가 없었다. 손 밑에 닿았던 그 피부의 감촉, 그리고 가슴에 닿았던 그의 수염 난 얼굴의 달콤한 압박……. 그 모든 것들이 수면을 방해하고 있었다.

지훈은 연우에게 자고 싶다고 했다. 함께 자고 싶은 말투였다. 하지만 연우는 그의 말이 아직은 이렇게 들렸다. '너와 섹스를 하고 싶어' 라고.

'참을 수 없는 존재의 가벼움' 이란 책의 작가 밀란 쿤데라가 그랬다. 한침대에서 잘 수 있다는 것은 한침대에서 섹스를 할 수 있다는 것과 다르다고. 한침대에서 잠이 든다는 것은 서로의 코 고는 소리, 이불을 내젓는 습성, 이 가는 소리, 단내 나는 입을 이해한다는 것 외에도 눈을 떴을 때 그런 입에 키스를 하고 눈곱을 떼어주며 떠 있는 까치집의 머리를 손으로 빗겨줄 수 있다는 뜻이다.

애인과 섹스를 할 때에는 일단 몇 시에 호텔에 들어가서 몇 시에 나선다는 그런 합의, 그곳에 가기 전에 상대방의 귀 또는 엉덩이를 만진다든지 '하고 싶어' 라는 말을 한다든지 하는 서로의 확실히 약속된 언어적, 비언어적 합의가 있어야 한다. 자기 위해 계산을 하고, 콘돔을 준비하라고 말을 하며 일을 벌이고 나서 여자는 화장을 고치고 남자는 자신이 여자를 만족시켰나 하며 다시 되씹어본다. 집에 늦어 불안한 여자, 더 머무르고 싶은 남자. 가임 기간이면 더욱 불안한 그들.

그들은 항상 꾸민 모습으로 만나고 눈곱 낀 얼굴을 볼 수 없으며 단내 나는 입술에 키스를 할 수 없다. 남자는 여자의 화장 안 한 얼굴이 얼마나 큰 상상력을 요하는지 알지 못하고, 여자는 남자가 얼마나 씻기 싫어하고 게으른지 알지 못할 것이다. 그들은 항상 잘 차려진 모습으로 만나며 섹스는 그들만의 합의된 축제이다. 그러므로 한침대에서 잘 수 있다는 것과 한침대에서 섹스를 할 수 있다는 것은 다르다고 했다.

연우는 지훈과 한침대에서 자고 싶지 섹스만 하고 싶지 않았다. 평생 한침대에서 함께 자고 싶었다. 하지만 그에게 그를 기다리는 여자가 있는 한 그런 일은 절대 없을 것이다. 기다린다는 건 사랑한다는 것이다. 사랑하지 않는 사람을 기다리는 사람은 없다. 사랑하는 사람을 막연히 기다린다는 게 뭔지 연우는 그 누구보다 잘 알고 있었다. 그러기에 더욱 그럴 수가 없었다. 연우는 피곤하지만 막상 잠은 오지 않았다.

그 시각, 지훈 또한 잠을 못 이루고 있었다. 얼굴의 아래쪽이 거뭇거뭇한 수염 자국으로 거칠게 어두워져 있는 그는 표정 또한 어두웠다. 왼쪽으로 몸을 돌리자 연우가 베고 잤던 베개가 눈에 들어왔다. 그리고 연우의 긴 머리카락 한 올을 발견했다.

손으로 그것을 집자 연우에게서 났던 체취, 감촉, 서로 교환했던 감정들까지 모두 되살아났다.

지훈의 전신이 또다시 욕망으로 팽팽해졌다. 지훈은 자신이 완전히 정신이 나간 미치광이란 생각이 들었다. 연우라는 이름만 생각해도 세포 하나하나가 흥분이 되고 뼛속까지 짜릿짜릿해지니 안 그럴 수가 없었다. 연우만 보면 그녀의 머리카락과 피부를 쓰다듬고, 온몸에 키스하고 싶었다. 그리고 소유하고 싶었다. 촉촉하게 열린 입술 사이로 내쉬는 그녀의 빠른 숨결을 얼굴에서 느낄 수 있었던 어젯밤이 떠올랐다.

제기랄!

지훈은 다시 연우의 입술을 맛보고 싶었다. 하지만 연우는 금단의 열매였다. 그리고 자신은 죄를 짓고 싶지 않다고 하는 연우를 유혹하는 뱀이었다. 연우에겐 분명 누군가가 있었다.

다른 사람의 마음을 아프게 하고 싶지 않다고 하지 않았는가. 어떤 남자일까? 그날 헤어졌던 남자일까? 아직도 그 남잘 사랑하는 걸까? 그 남자와 헤어지고 오라고 하면 과연 연우는 나에게 올까?

지훈은 좀 더 자세히 물어볼 걸 하는 후회를 하며 한숨을 내쉬었다. 지훈은 일부러 몸을 오른쪽으로 돌렸다. 그러자 액자 속 사진이 눈이 들어왔다. 자신을 향해 활짝 웃고 있는 어머니와 현영이었다. 지훈은 괴로운 듯 더 길게 한숨을 내쉬었다. 그리고 아무 생각도 하고 싶지 않다는 듯 눈을 감았다.

잠을 이루지 못하는 건 두 사람뿐만이 아니었다.

"아, 글쎄, 진짜라니까요."

연우의 아홉 번째 올케가 화장실에서 핸드폰으로 목소리를 줄여가며 여덟 번째 올케와 통화를 하고 있었다. 아무리 참으려 해도 입이 근질근질해서 잠이 오지 않기 때문이다.

"아가씨가 지금 우리 집에 와서 자는데 저한테 모든 사실을 자백했다고요. 네, 네. 그러니까 형님은 조만간 저한테 갈비 쏘실 준비하고 계세요. 호호호! 네, 네. 끄윽."

아홉 번째 올케는 트림을 하며 볼록 튀어나온 배를 행복한 듯 두드렸다. 그러자 마음 한구석에 처박혀 있던 양심으로부터 질문을 받았다.

넌 연우가 그토록 신신당부를 했는데도 전혀 죄책감이 느껴지지 않니?

올케는 콧방귀를 끼며 대답했다.

어머? 제가 그런 약속을 했나요? 어머머머! 어떡하지? 애 둘 낳고 살다 보니 금방금방 까먹네요. 이걸 어쩌나? 호호호!

다음날 아침, 연우는 첫째 오빠인 강우에게 연락을 받고 오빠의 집을 찾아갔다. 그리고 깜짝 놀랐다.

"세상에! 여기 다 있었네!"

건축폐기물 처리장에 실려간 줄 알았던 상자들이 창고에 고

스란히 놓여 있었다. 연우는 낯익은 상자들을 덥석 껴안으며 눈물을 글썽였다.

"다행이야, 다행이야."

"그래, 정말 다행이야."

강우가 다가와 연우의 어깨를 토닥였다.

"오빠, 하늘이 도우셨나 봐요. 그날 창고로 짐 옮길 땐 힘들어서 다음날 나눠서 할까 하는 생각도 했었거든요. 그런데 괜히 다 하고 싶더라고요. 그래서 다 옮겨놨는데, 그런 일이 있을 줄 알고 그랬나 봐요."

비록 집은 무너져 없어졌지만 아직 희망은 살아남아 있었다. 연우는 가슴이 벅차올랐다.

"오빠, 이것 보세요. 제가 우체국에 가서 물건 부치고 요금 지불하려고 넣어두었던 지갑이에요. 여기에 제 카드, 신분증, 통장, 도장 다 들어 있거든요. 이게 없어져서 제일 막막하고 속상했는데 이젠 살았어요."

연우가 상자에서 지갑을 꺼내 가슴에 품으며 말했다. 강우는 연우가 기뻐하는 모습을 보면서 그저 흐뭇한 미소만 지었다.

"저 지금 당장 우체국 가서 이 물건들 보낼래요. 손님들이 많이 기다릴 거예요."

연우는 마음이 조급해져 말했다.

"연우야, 그건 조금 있다가 하고 나랑 얘기 좀 하자."

"네."

강우는 연우와 마주 앉아 차를 마시며 내심 걱정이 되었다. 어떻게 말을 꺼내야 할지 난감했다. 아침에 아내로부터 들은 이야기가 사실인지 연우에게 확인해 봐야 하는데 도무지 입이 떨어지지 않았다.

"으흐흐흐……. 이젠 정말 살 것 같아요."

예전처럼 밝은 미소를 되찾은 연우가 신이 나서 말했다.

"그런데 오빠, 하실 말씀이 뭐예요? 자꾸 마음이 조급해져서요. 빨리 말씀해 주세요."

"몸은 괜찮은 거지?"

강우는 망설이다 뜸을 들이며 물었다.

"네, 괜찮아요."

많이 아팠지만 언제 그랬냐는 듯 힘이 펄펄 넘치는 연우였다.

"집은 안 팔기로 했다며?"

"네."

"집을 새로 지어줄 생각이라고 그러던데……."

지훈이 계속 그렇게 말했기 때문에 연우는 대답 대신 고개를 끄덕였다.

"연우야, 사실은 뭣 좀 물어보고 싶은 게 있다."

강우가 마음을 다잡고 본격적으로 묻기 시작했다.

"말씀하세요."

"친구라는 공사 책임자랑 공사 때문에 이런저런 얘기를 하다가 알게 된 건데, 지훈이가 그 친구의 여동생이랑 결혼을 할지도 모르다고 하더구나. 알고 있었니?"

연우는 갑자기 안색이 어둡게 변했다.

역시 그런 거였어.

연우는 힘없이 고개를 끄덕였다.

"대충 알고는 있었어요."

"지훈이랑 너는 그냥 단순한 친구인 거지? 그런 거지?"

뭔가를 눈치챈 강우에게 연우는 아무 말도 할 수가 없었다. 강우는 연우의 어지러운 속마음을 읽었는지 걱정스런 눈빛을 했다.

"연우야, 오빠나 가족들은 네가 마음 다치는 거 원치 않는다. 알고 있지?"

"네."

연우는 고개를 푹 숙이며 간신히 대답을 했다.

"오빤 우리 연우를 믿는다."

"네."

연우는 강우가 겨우 알아들을 정도의 목소리로 대답을 했다.

우체국에 가서 주문 받은 물건을 보내고 아홉 번째 올케의 집으로 돌아온 연우는 자신이 운영하는 인터넷 쇼핑몰에 당분간 영업을 중단한다는 광고를 띄우고 한숨을 내쉬었다.

"아가씨, 땅 꺼지겠어요. 웬 한숨을 그렇게 쉬어요?"

화장을 하고 방에서 나오던 올케가 말을 걸었다.

"아무것도 아니에요."

연우는 시큰둥하게 대답했다.

"그런데 오늘 아침에 들은 얘긴데요, 그 김지훈이란 남자하고 공사 책임자 여동생이 그렇고 그런 사이라면서요?"

그러면 그렇지!

연우는 입술을 삐죽이며 올케를 째려보았다. 올케가 이미 집집마다 전화를 돌린 게 틀림없었다. 연우는 강우가 왜 그렇게 뜸을 들이며 말을 했는지 이제야 이해가 갔다.

탓하면 뭐 하리오! 한두 번 당한 것도 아닌데.

연우는 아무 말 없이 또 한 번 한숨을 내쉬었다.

"어머, 어쩌면 좋아! 완전히 삼각관계네!"

올케가 호들갑을 떨자 연우는 떨떠름한 표정을 지으며 들은 척도 안 했다.

"참, 아가씨, 나 지금 애들 아빠랑 판교 쪽 좀 돌아보고 올 건데 애들 학원에서 오면 간식 좀 챙겨주시고 같이 놀아주세요. 그럼 저 가요."

연우는 올케의 행동이 그렇게 잽싼 줄 미처 몰랐다. 무슨 말을 하기도 전에 나가 버린 것이다. 연우는 시무룩한 표정으로 한숨을 크게 내쉬었다.

"애고…… 내 팔자야."

예상대로 연우는 조카들에게 어김없이 시달렸다.

"고모, 나랑 카트라이더 해요. 네?"

"고모, 나랑 엄마놀이 해요. 네?"

여덟 살짜리 남자 조카인 재영과 여섯 살짜리 여자 조카인 수영은 연우의 양팔을 서로 잡아당기며 조르고 있었다. 벌써 놀이터에서 한 시간 놀아주고, 공원에서 자전거를 한 시간 함께 타주고, 패스트푸드점에 데려가 푸짐하게 먹이고, 문방구에서 요즘 유행하는 캐릭터 딱지까지 사주고 겨우 집에 왔는데 또 난리를 치는 것이다. 연우는 정말 괴롭고 미칠 지경이었다.

"고모! 고모!"

"야! 그만 좀 괴롭혀! 나도 좀 쉬자!"

연우는 팔을 뿌리치며 고함을 질렀다. 고함 소리에 놀란 아이들이 눈을 똥그랗게 뜬 채로 얼었다. 하지만 그것도 잠시, 둘은 약속이나 한 듯이 훌쩍거리더니 이내 큰 소리로 울기 시작했다.

"엄마!"

"앙, 무서워!"

연우는 더 미치겠다는 표정으로 아이들을 달래기 시작했다.

"미안해, 미안해. 고모가 잘못했어. 울지 마. 뚝!"

그때 전화기가 울렸다. 연우는 잠시 아이들 달래는 것을 중단하고 전화를 받았다.

"여보세요?"

아이들 울음소리가 커서 그런지 전화 내용을 알아들을 수가 없었다. 연우는 한쪽 귀를 막고 큰 소리로 말했다.

"여보세요? 잘 안 들려서 그러는데 좀 크게 말씀해 주실래요?"

[나, 지훈이라고.]

크고 선명한 목소리에 연우는 그만 얼어붙고 말았다. 지훈은 지금 아파트 주차장에 와 있으니 나오라고 했다. 연우가 지금 그럴 상황이 아니라고 하자 이번엔 올라오겠다고 했다. 연우는 안 된다고 단호하게 말했다. 잠깐의 실랑이 끝에 연우는 아이들을 데리고 아파트 주차장으로 가겠다고 했다.

"안녕, 얘들아?"

아파트 주차장에서 기다리고 있던 지훈이 아이들에게 먼저 인사를 건넸다.

"안녕하세요."

울어서 그런지 재영과 수영은 시무룩한 표정으로 인사를 했다.

"이름이 뭐야?"

지훈이 다정하게 묻자 재영이 나서서 설명을 하기 시작했다.

"저는 재영이고요, 얘는 수영이에요."

"수영아, 왜 울었어?"

아직도 울음이 남은 수영은 훌쩍이며 서럽게 말했다.

"흐흑…… 고모가요, 엄마놀이 하자고 했는데 안 해준대요. 흐흑……."

"고모가 그랬어?"

지훈이 수영을 번쩍 안아 들며 묻자 수영은 작은 손으로 눈물을 닦으며 대답을 했다.

"네. 흐흑……."

"고모 대신 아저씨가 놀아줄게. 너희들, 뭐 하고 싶은데?"

"노래방 가고 싶어요."

수영이 금방 얼굴이 환해져서 이렇게 말했다.

"노래방?"

아침 내내 올케가 수영이한테 노래방 광고 전단지를 가지고 한글을 가르친다고 하더니 그 효과는 금방 나타났다. 언제부터 친했다고 지훈의 손을 꼭 잡고 걸어가던 수영은 번쩍거리는 노래방 네온사인을 보더니 크게 외쳤다.

"와! 노! 래! 방! 노래방이다!"

돈을 내고 들어간 노래방은 신장개업 기념으로 계속 시간을 채워주었다. 긴 시간 동안 재영과 수영은 번갈아가며 노래를 부르고 백댄서 역할을 했고, 연우와 지훈은 번호를 눌러주고 탬버린과 박수를 쳐주었다. 실컷 논 재영과 수영이 이제는 또 다른 요구를 하기 시작했다.

"고모, 그 노래 불러줘요. 좋아 좋아 노래요."

연우는 지훈 앞에서 노래를 부르기 싫은지 괴로운 표정을 지었다. 그러자 수영이 다시 시무룩해지며 울먹였다.

"나도 그 노래 듣고 싶은데……. 그놈이 노래."

지훈은 무슨 소린지 몰라 어리둥절한 표정을 지었다. 연우는 더 이상 시달리기 싫어서 책에서 번호를 확인하고 눌렀다. 그리고 빠른 템포의 리듬이 흐르자 연우는 소리 높여 위치스라는 그

룹의 '떴다, 그녀'를 부르기 시작했다. 그녀를 그놈으로 개사 해서.

"어느 날 내 곁을 떠나 버린 그놈이 나에게 와서 용서를 구하며 비네~ 여기저기 난데없이 헤매다 나에게 와서 눈물을 흘리고 있네. 워워~ 워워~ 망설일 필요 없지, 그놈을 받아줘야지. 애타게, 너무나 애타게 기다려 왔던 그놈이 내게로 왔네. 좋아, 좋아. 네가 와서 좋아. 너무나도 기다렸던 네가 와서 좋아. 왔어, 왔어. 그놈 내게 왔어. 너무나도 기다렸던 그놈. 내게 왔어. 보고 싶어서, 안고 싶어서 그놈 나를 그리워서 다시 왔나. 좋아, 좋아. 네가 와서 좋아. 너무나도 기다렸던 그놈~"

아이들은 탬버린을 치며 좋다고 춤을 추었지만 연우는 지훈이 이 노래를 어떻게 받아들일지가 더 걱정이었다. 화면에 뜬 가사와 연우를 번갈아보는 지훈의 얼굴이 심상치 않았다. 연우의 노래가 끝나자 이번엔 아이들이 지훈에게 당연하다는 듯이 책과 마이크를 주었다. 지훈은 난감한 표정을 지었다. 하지만 또다시 아이들의 눈빛이 애처롭게 변하자 책에서 노래를 찾아 번호를 눌렀다. 그리고 김민우의 '사랑일 뿐야'를 불러주었다.

"나를 어떻게 생각하냐고 너는 내게 묻지만 대답하기는 힘들어. 너에게 이런 얘길 한다면 너는 어떤 표정 지을까. 언젠가 너의 집 앞을 비추던 골목길 외등 바라보며 길었던 나의 외로움의 끝을 비로소 느꼈던 거야. 그대를 만나기 위해 많은 이별을 했는지 몰라. 그대는 나의 온몸으로 부딪쳐 느끼는 사랑일 뿐야."

연우는 동네에 노래방이 처음 생겼을 때가 떠올랐다. 연우는 노래방에 너무 가고 싶었다. 대학에 다니는 오빠들과 사회에서 직장 생활을 하는 오빠들이 노래방에 다녀와 재미있게 놀았다는 말을 할 때마다 더욱 가고 싶은 마음이 생겼다. 하지만 그때만 해도 공부하는 학생들의 출입이 제한되어 있어서 갈 수가 없었다. 그래서 연우는 지훈을 꼬시기 시작했다.

"야, 딱 한 번만 가자. 응?"

연우는 싫다고 하는 지훈에게 억지로 오빠들의 옷과 모자를 씌우고, 자신은 첫째 올케의 옷과 신발을 빌려 노래방에 들어갔다. 그리고 당시 유행했던 노래들을 불렀다. 그때도 지훈은 이 노래를 불렀다. 연우는 뭐든 지훈과 연관지어 생각하게 됐다. 예전에도 그랬지만 요즘엔 더욱 그랬다. 지훈과 함께 시간을 보내면 보낼수록 더욱 그럴 거란 생각에 연우는 서글퍼졌다.

노래방에서 실컷 논 아이들은 패밀리 레스토랑에서 밥을 먹은 후 거의 녹초가 돼 지훈의 차에 오르자마자 잠이 들고 말았다.

"애들 때문에 네가 여기에 왜 왔는지 묻지도 못했네."

연우가 앞만 보며 말했다.

"애들 때문에 나도 여기에 왜 왔는지 기억이 안 나네."

사실 지훈은 무작정 연우가 보고 싶어서 물어물어 연락처를 알아내 온 것이다. 사람들한테는 집 핑계를 대면서까지 말이다.

둘 사이에 무거운 침묵이 흘렀다. 연우는 갑자기 뭔가가 생각난 듯 말했다.

"참, 내 물건들 오빠네 집에 가져다 놔줘서 고마워."

"아, 그거. 파손된 건 없었니?"

"응."

"다행이네."

또다시 침묵이 찾아들었다. 무슨 말이라도 해야 할 것 같아서 연우가 입을 열었다.

"미국엔 노래방도 없니? 넌 어떻게 십삼 년 전이나 지금이나 그 노래밖에 몰라?"

놀리는 듯한 말에 지훈이 피식 웃었다.

"말도 안 통하는 나라에서 불법체류자 신세로 도망 다니면서 일하고 그래 봐. 어디 그럴 시간이 있나."

지훈은 아무렇지도 않게 말했지만 연우는 충격을 받은 듯 깜짝 놀란 얼굴을 했다.

"그게 무슨 말이야? 불법체류자라니?"

지훈의 눈빛이 점점 어두워졌다.

"어느 날 갑자기 집에 괴한들이 쳐들어와 우리를 강제로 미국으로 끌고 갔어. 어떻게 그리도 철저하게 준비를 했을까 싶을 정도로 빈틈이 없었어. 우린 그들한테 삼 개월 동안 붙잡혀 있었어. 그리고 관광비자가 만료된 시점에 우리는 거의 사막이나 다름없는 곳에 버려졌어. 거의 죽다 살아나 빈털터리 신세로 식당에서 접시도 닦고, 청소도 하고 그렇게 하루하루를 살았어. 아니, 살았다는 표현은 맞지 않아. 고통스럽게 하루하루를 버텨

냈다는 게 더 맞을 거야. 엄마는 큰 충격을 받아 실어증을 앓기도 했어. 삼 년 정도 지났을 즈음, 다행히 엄마가 일하시던 곳에서 현지인인 양아버지를 만나셨어. 그분의 도움으로 엄마는 실어증에서 벗어날 수 있었어. 정말 헌신적으로 엄마와 나를 돌봐주시고 사랑해 주셨어. 그분이 먼저 엄마한테 청혼을 하셨고, 마다하는 엄마를 끊임없이 설득해 결혼까지 하게 만드셨어. 양아버지는 우리가 행복해질 수 있도록 많은 노력을 하셨어. 늘우릴 웃게 하시고, 감격하게 만드셨지. 우리가 시민권을 얻을수 있었던 것도 다 양아버지 덕분이었어. 그런데 이 년 전에 갑자기 양아버지가 뇌출혈로 돌아가셨어. 우리에게 모든 재산을다 남긴다는 유언까지 미리 준비해 놓으실 정도로 양아버지는진심을 다해 우리를 사랑해 주셨어. 정말 하늘에서 보내주신 천사라고 생각했었는데……."

연우는 마치 소설 한 편의 줄거리를 요약해서 들은 기분이었다.

어떻게 그런 일이 일어날 수 있을까? 끔찍한 공포영화나 다름없는 일을 당했다니…….

연우는 할 말을 잃은 사람처럼 지훈을 멍하니 바라만 보았다.

"나는 지금까지도 누가, 왜 우리를 그렇게 만들었는지 몰라. 엄마는 알고 계신 것 같은데 절대 말씀을 안 해주셔. 그 나쁜 놈들이 우리를 풀어주면서 그랬거든, 아들 죽이고 싶으면 다시 들어오라고. 그래서 이곳에 돌아올 수가 없었어. 왜 오고 싶지 않

앗겠어? 오고 싶었어. 정말 미치도록 오고 싶었어. 솔직히 누군
가의 인생을 그렇게 짓밟고 망가뜨릴 수 있는 사람들이 살고 있
는 이 땅이 싫기는 했지만…… 그래도 오고 싶더라. 정말 죽을
수도 있는데 그래도 오고 싶더라. 눈물이 날 정도로 그립더라.
땅도, 사람도, 추억도 모두 그립더라. 단 하루만이라도 좋으니
보고 싶었다. 특히…… 너. 정말 보고 싶었다. 후후……. 그런데
너무 늦게 온 거 같은 느낌이 드네."

지훈이 쓴웃음으로 이야기를 마무리했다.

연우는 연민의 눈으로 그를 바라보았다. 그를 원망하는 동안
그는 지옥에서 고통스럽게 살아온 것이다. 누가 그랬는지 몰라
도 그렇게 큰 죄를 저지른 사람들은 분명 천벌을 받게 될 거라
생각했다. 연우는 자신한테 소중한 사람들을 그렇게 아프게 한
그들을 저주했다. 연우는 운전대를 잡고 있지 않은 그의 다른
한 손을 지그시 잡아주었다. 그리고 자신의 뺨으로 가져와 부드
럽게 쓰다듬어 주었다. 연우의 뜨거운 눈물이 그의 손을 타고
흘러내렸다.

"몰랐어, 네게 그런 끔찍한 일이 있었는지 정말 몰랐어. 많이
힘들고 아팠을 텐데 난 그것도 모르고 널 많이 원망하고 나쁘다
고 욕했어. 미안해, 정말 미안해."

마음이 이렇게 아플 줄은 몰랐다. 날카로운 유리 조각을 삼킨
것처럼 쓰리고 아팠다. 연우는 어머니의 마지막 소원만 아니었
으면 영영 이곳에 올 일이 없었을 거란 지훈의 말이 이제야 이

해가 갔다. 하지만 이유야 어찌 됐든 간에 자신은 여전히 지훈의 곁에 있을 수 없는 것이다. 그 생각에 가슴은 여전히 저려왔다.

지훈은 자신을 이해해 주는 연우가 고마웠다. 그리고 껄끄러웠던 관계가 다소 회복된 것 같아 기뻤다. 하지만 마음은 여전히 허전했다. 그는 지금 사랑이 아니라 동정과 연민을 받고 있는 것이기 때문이다.

"너 아까 불렀던 노래 말이야."

지훈이 간신히 웃으며 말을 했다.

"착각일지는 모르겠는데 내 귀엔 날 위한 환영가로 들리더라. 내가 와서 네가 좋아했으면 좋겠다고 생각했어."

지훈의 말에 연우는 그저 눈물만 흘릴 수밖에 없었다.

바보! 그럼 그 노래가 누굴 향한 노래겠어?

연우는 속으로 슬프게 외쳤다.

지훈과 연우가 아이들을 안고 집 안으로 들어서자 아홉 번째 올케와 진우는 깜짝 놀랐다.

"안녕하셨어요?"

지훈이 인사를 건네자 올케와 진우는 그제야 정신을 차린 듯했다.

"아, 네."

"그래."

하지만 호기심 가득한 눈빛은 여전했다.

"언니, 애들 눕혀야 해요."

"아, 내 정신 좀 봐. 이리 주세요."

연우의 말에 진우와 올케가 아이들을 받으려 했다. 하지만 지훈이 먼저 선수를 치며 말했다.

"방을 알려주시면 저희가 눕힐게요."

자연스럽게 지훈이 진우의 집에 들어가게 되었다. 진우와 올케는 지훈과 연우의 뒤를 쫓으며 서로에게 눈짓으로 이게 어떻게 된 일이냐며 물었다. 그걸 알기라도 하듯 연우가 걸어가며 말했다.

"집 문제 때문에 상의할 게 있어서 지훈이가 전화를 했는데 애들이 울고불고 난리쳐서 데리고 나갔어요. 애들이 노래방에 가자고 해서 저녁까지 먹고 온 거고요."

아이들을 방에 눕히고 나오자 올케가 때는 이때다 싶은지 술을 권하기 시작했다.

"우리 애들 때문에 오늘 고생이 많으셨죠? 날씨도 더운데 시원한 맥주 한잔하고 가세요."

"애 운전해야 해요."

연우는 올케의 호의가 순수하지 않다는 걸 알기에 말리려 했다. 그런데 이번엔 진우가 합세를 했다.

"술 깨고 가면 되지 뭐. 아니면 여기서 자고 가도 되고 말이야. 자, 어서 이리로 와 앉아. 여보, 어서 가서 술상 좀 봐와."

얼떨결에 거절을 못한 지훈과 연우는 진우와 올케가 주는 술을 마시게 됐다. 연우는 올케의 눈이 이렇게 반짝반짝 초롱초롱 빛이 나는 줄 예전엔 미처 몰랐다. 마치 대박을 터뜨릴 만한 땅을 발견한 사람처럼 진지하고 신중했다.

"공사는 잘 진행돼 가고?"

"네, 덕분에 순조롭게 돼가고 있습니다."

"거기다 어린이집을 지을 계획이란 소리를 들었는데……."

진우의 말은 거기서 끝날 수밖에 없었다. 연우가 맥주를 마시다 분수처럼 내뿜었기 때문이다. 연우는 눈을 커다랗게 뜨고 새된 소리를 냈다.

"어린이집?"

모두 연우를 뚫어지게 바라봤다.

왜 저러는 걸까?

"거기에 어린이집이 들어선단 말이야?"

모두들 고개를 끄덕였다. 연우는 자리에서 벌떡 일어났다. 그리고 소리를 질러댔다.

"지훈이 너! 왜 그런 얘기 지금까지 나한테 안 했어?"

"연우야, 너 왜 그래?"

진우가 이상하다는 듯이 물었다.

"앞으로 거기에 수많은 애들이 우글거릴 거란 소리야?"

연우는 마치 미생물이 우글거리는 장면을 연상하듯 인상을 찡그리며 물었다.

"아가씨, 진정하세요."

올케가 연우의 팔을 슬그머니 잡으며 말했다. 하지만 연우는 머리를 부여잡고 큰 소리로 외쳤다.

"안 돼! 안 된다고! 절대 안 될 얘기야!"

제발 진정 좀 하라고 말리는 통에 연우는 팔짱을 끼고 불만스러운 표정으로 앉아 있었다. 눈에 쌍심지를 켜고 지훈이 뭐라고 말만 하면 '안 돼! 절대 안 돼! 죽어도 안 돼!' 라는 말을 되뇌며 그렇게 홀로 외로운 투쟁을 하고 있었다.

"아가씨, 그렇게 싫으면 지금이라도 지훈 씨한테 그 집 팔면 되잖아요."

올케가 옆에서 한마디를 거들자 연우는 그러고도 무사할 줄 아느냐는 듯 눈을 무섭게 치켜떴다. 하지만 올케는 연우가 그러든지 말든지 아무런 상관이 없다는 듯 오징어 다리를 물어뜯었다.

"예쁜 지상 이층 건물에 넓은 정원, 놀이터. 그야말로 아이들의 천국이겠네요. 보육사업으로 돈 좀 버시겠는데요? 그 동네에 워낙 맞벌이 부부들이 많아서 대박일 거예요."

올케와 다른 사람들한테는 그곳이 아이들의 천국일지는 몰라도 연우에게는 그야말로 끔찍한 지옥이나 다름이 없었다.

그렇게 원했던 자유와 평화, 적막함을 위협하는 작은 괴물들과 이웃이 되라니! 그건 절대 용납할 수 없어!

연우는 항적필사(抗敵必死)의 의지를 불태우며 지훈을 노려보았다.

"그 어린이집은 무상으로 운영이 될 겁니다. 영리를 목적으로 짓는 게 아닙니다. 그게 바로 저희 어머니의 마지막 소원입니다."

그 순간 분위기는 엄숙해졌다. 진우는 술을 마시다 말고 잔을 내려놓고, 올케는 물어뜯던 오징어 다리를 접시에 내려놓았다. 연우 또한 더 이상 구시렁거리지 않았다.

밤이 되어 지훈은 대리운전을 불러 호텔로 돌아갔고 연우는 일생일대의 위기를 논하기 위해 소희에게 전화를 걸었다. 연우는 그동안 일어난 모든 일을 다 털어놓았다. 그리고 울상을 지으며 도움을 요청했다.

"그래도 안 되는데……. 난 어쩌면 좋니?"

[세상에, 정말 감동적인 이야기다. 이런 이야기는 방송으로 내보내야 해. 그래야 모든 사람들이 함께 감동을 나눌 수 있지.]

"뭐? 방송? 너 지금 누구 죽는 꼴 보고 싶어 그래? 이게 방송이 되면 아마 그 집은 수용할 수 없을 정도로 애들이 많아질 테고, 매일 그걸 보는 난 하루에 십 년씩 늙어갈 텐데!"

연우가 발끈해서 소리를 질렀다.

[네 이기심 하나 때문에 이런 감동 뉴스가 빛을 발하지 못하는 건 정말 슬픈 일이야.]

어디 하나 틀린 구석이 있어야 따지고 들 텐데 그런 게 없어서 연우는 입을 다물고 말았다.

소희의 말대로 내가 너무 이기적인 것일까? 물론 아줌마의 소원은 감동 뉴스를 넘어서 모든 이에게 귀감이 될 만한 것이다. 하지만 내 소원이자 내 꿈은 어쩌라고! 흐흑······.

연우는 정말 울고만 싶은 마음이었다.

[만약에 이런 내용이 방송을 타게 되면 혹시 아니? 그 사람들한테 못된 짓 한 사람들도 찾아낼 수 있을지.]

"맞다!"

연우는 소희의 번뜩이는 아이디어에 자기도 모르게 자신의 허벅지를 찰싹 때렸다.

"소희야, 너 어떻게 그런 생각을 다 해냈니? 정말 장하다, 장해."

옆에 있으면 엉덩이라도 두들겨 주고 싶을 정도로 소희가 기특했다.

[방송이 되는 순간부터 경찰한테 신변보호 요청을 하는 거야. 그러면 문제될 게 없지 않을까?]

"어머, 어머, 소희야. 너 갑자기 왜 이렇게 됐니? 무엇이 널 이렇게 똑똑하게 만든 거야?"

[그러게. 내가 생각해도 그러네.]

둘은 서로 키득거렸다. 그러다 연우는 다시 울상이 되고 말았다.

"결국은 내가 양보해야 하는 거지? 흐흑······."

[아무래도 그래야 할 것 같은데? 그런데 너 어떻게 할 거야?]

소희가 조심스럽게 말을 꺼냈다.

"뭘?"

[김지훈이란 남자.]

연우는 눈동자를 한 바퀴 떼구루루 굴리다 입술을 쭉 내밀었다.

"생으로 먹을까, 구워 먹을까, 삶아서 먹을까 고민 중이야. 그냥 안 먹을 수도 있고."

무슨 엽기적인 얘기냐는 식으로 소희가 한동안 말을 하지 않았다.

"잊었니? 난 백년 묵은 여우잖아."

어이가 없다는 듯한 웃음소리가 들려왔다.

"너 백년 묵은 여우와 어떤 효자에 관한 전설을 아니?"

[아니, 몰라.]

"경기도 김포엔 공항만 있는 게 아니야. 김포시 봉정리에 가면 산 중턱에 성황당고개가 있는데, 서낭고개라고도 해. 아주 옛날, 그 마을에 덕칠이란 청년이 살고 있었대. 바보지만 효성이 지극한 덕칠이는 노모와 동네에서 조금 떨어진 외딴 집에서 살고 있었어. 덕칠이는 매일 땔나무를 열심히 해서 장에 내다 팔아 늙으신 홀어머니를 극진히 봉양했대. 그러나 이렇게 착하기만 한 덕칠이를 동네 사람들은 골려주기를 좋아했던 거야. 어느 추운 겨울날, 동네 청년들은 덕칠에게 '이봐, 덕칠이. 우리가 자네 장가보내 줄까?' 하니까 덕칠이는 '헤헤, 좋아요' 하면서 마을 청년들을 따라 동구 밖 서낭고개에 갔어. 청년들은 서낭고개를 지나가는 여자에게 장가가는 것이라고 하면서 제각기 '나는 첫 번째 지나가는 여자, 나는 두 번째, 나는 세 번째, 나는 몇 번째' 이런 식으로 순서를 정한 거야. 덕칠은 마지막 여자에게 길장가를 가기로 정하고 고개 근처에 숨어서 여자들이 오기를 기다렸대. 첫 번째 여자는 노파였고, 다음은 어린아이, 다음은 중년 부인 등등 모두가 우스운 상대였는데 마지막에는 젊고 아름다운 낭자가 나귀를 타고 성황당고개를 넘어갔어."

[어머머!]

연우의 이야기에 귀가 솔깃해진 소희는 감탄사를 내질렀다.

"그날 밤 으스름 달빛 아래, 덕칠은 성황당고개에서 본 낭자를 떠올리며 홀로 뜰에서 서성거렸어. 그때 웬 낭자가 덕칠에게 사뿐히 다가와 곱게 절을 하며 '도련님, 저는 지금 갈 곳이 없는 몸입니다. 저를 거두어 도련님 댁에서 지내게 하여 주십시오. 비록 연약한 여자이오나 힘닿는 데까지 도련님 댁을 도와드리겠습니다' 하고 간청했어. 이렇게 해서 낭자는 덕칠이 집에서 살게 되었는데, 그 낭자는 하룻밤 사이에 덕칠의 집을 고래 등 같은 기와집으로 바꾸고, 창고마다 곡식을 가득 채워 덕칠이를 부자로 만들었어. 또 덕칠이도 그 낭자와 혼인한 후 둘이 어머니를 더욱 극진히 봉양했대. 그런데 덕칠이 집의 갑작스런 변화를 이상히 여긴 동네 사람들은 그에게 백년 묵은 여우의 요망한 짓이라고 하면서, '자네, 정신 차리게. 자넨 반드시 요망한 여우에게 죽고 말 거야. 여우는 썩은 고기를 좋아하니까 여우인지 아닌지 알려면 썩은 고기를 자네 댁 머리맡에 놓아두고 어떻게 하는지를 보게' 하면서 덕칠이에게 끊임없이 권한 거야. 달 밝은 어느 보름날, 덕칠이는 썩은 고기꾸러미를 아내의 머리맡에 놓아두고 밖으로 나와서 아내의 동정을 살폈어. 그러자 아내는 고기꾸러미를 풀어헤치고 허겁지겁 썩은 고기를 먹기 시작한 거야."

[헉!]

연우의 리얼한 목소리 연기가 가미된 이야기에 푹 빠진 소희가 외마디 비명을 짧게 질렀다.

[그 여자가 진짜 여우였던 거야?]

소희가 이야기를 재촉했다.

"아내의 행동에 놀란 덕칠이가 방문을 활짝 열어젖혔어. 그러자 사람들의 말대로 아내는 무서운 여우로 변해서는 '예, 저는 인적이 없는 깊은 산중에서 백년 동안 인간이 되기 위해 수도한 여우입니다. 저는 오늘 보름달이 지는 새벽까지 당신의 간을 먹으면 사람이 되고, 그때까지 당신의 간을 먹지 못하면 영원히 죽고 맙니다. 자, 어서 이리 가까이 오세요. 어서 당신의 간을 저에게 주세요' 하고 덕칠의 가슴을 풀어헤치며 간을 먹기 위해 혈안이 되어 있었어."

[어머, 어머, 어쩌면 좋아?]

소희의 서글픈 목소리가 들려왔다.

"덕칠은 눈을 감으며 '나는 당신의 은혜를 갚기 위해서라도 내 간을 기꺼이 줄 수 있소. 그러나 아무것도 모르고 계신 늙은 우리 어머님을 모시지 못함이 안타까울 따름이오' 하고 말했어. 이 말에 여우는 덕칠이 곁을 떠나 밖으로 뛰어나갔어. 큰 바위 위에서 달빛을 받으며 서 있던 언니 여우가 동생 여우를 보자 '어서 가서 그놈의 간을 먹어라. 오늘 새벽이 되기 전에 그놈의 간을 먹지 못하면 정녕 인간이 되지 못하고 죽는다. 어서 빨리!' 하면서 언니 여우는 동생을 다그쳤지. 하지만 동생은 '언니, 제가 죽는 한이 있더라고 그분은 안 됩니다. 그분은 마음씨가 곱고 효성이 지극한 분입니다. 그리고 얼마 되지 않은 기간이었지만 저에겐 낭군이 아닙니까. 그런데 제가 어떻게 그분을……' 하면서 언니와 옥신각신했던 거야. 그러는 사이에 점점 새벽이 다가왔고 언니 여우는 어디론지 사라졌어. 그리고 동생 여우는 모질게 찬바람이 부는 눈 쌓인 언덕에서 죽어갔어."

[어쩌면 좋아. 불쌍해라.]

소희가 울먹이며 말했다.

"덕칠은 밤이 새도록 아내를 찾아 헤매다 눈 쌓인 언덕에서 성스럽게 죽어간 아내 여우를 발견하자 부둥켜안고 통곡했어. 하지만 아내 여우는 영영 대답이 없었지. 그 후 덕칠은 여우를 양지바른 언덕에 묻고 어머니를 모시고 어디론지 떠나 버렸대. 이렇게 백년 묵은 여우와의 애절한 사랑 이야기는 서낭고개를 맴돌며 고을 사람들의 입에 전해왔어. 그리고 사람들이 거기에서 주민들의 무사를 빌고 지성(至誠)을 드렸대. 현재 이 고개는

이름은 남아 있지만 사람의 통행이 거의 없어 길의 흔적만 남아
있고 서낭당은 사라진 지 오래래."

　[너무 슬픈 전설이야.]

　"너무 슬퍼할 거 없어. 내가 바로 그 백년 묵은 여우의 후손이
니까."

　연우가 능청스럽게 대꾸했다.

　[뭐?]

　"크크큭……. 난 그 전설과는 반대로 남자의 간을 푸아그
라(foie gras)로 만들어서 먹어버릴 테야. 너 푸아그라를 어떻
게 만드는지 아니?"

　[아니.]

　"기름진 간이라는 뜻의 푸아그라는 철갑상어알, 송이버섯과
더불어 세계 3대 별미로 꼽히는 음식이야. 혀에서 녹아내릴 만
큼 부드러우면서 고소한 맛을 지녔는데, 로마 시대부터 서양의
최고급 요리로 등장했던 대단한 음식이지. 그런데 이 푸아그라
를 만드는 방법이 좀 잔인해. 푸아그라를 만들기 위해서는 먼저
거위나 오리를 움직이지 못하게 틀에 고정시켜. 그런 다음 거위
의 입속에 깔때기를 꽂고 옥수수 가루나 알갱이를 밀어 넣는 거
야. 이렇게 옥수수 사료를 계속 먹이면 정상적인 거위에 비해
간이 열 배 정도 커진다고 해. 이 비대해진 거위나 오리의 간이
바로 푸아그라의 주재료야. 푸아그라를 위해 옥수수 사료를 강
제로 먹이며 사육하는 과정을 가바주(gavage)라고 하는데, 동물

애호가들은 사료를 반복해서 먹여 비정상적으로 간을 비대하게 만드는 가바주를 동물 학대라고 주장하고 있어."

[너무 잔인하다! 그런데도 그 남자의 간을 네가 그렇게 먹겠다고?]

"그러니까 고민 중이란 소리를 하지. 네가 생각해도 내가 그러면 안 되겠지? 그냥 안 먹고 말아야겠다. 골치 아프고 과정도 복잡하잖아. 그치?"

연우는 씨익 웃으며 말했다. 하지만 눈빛만은 왠지 서글퍼 보였다. 이 전설과 푸아그라를 만드는 과정을 예전에 지훈에게 똑같이 설명해 준 적이 있었다. 그때 지훈도 소희와 같은 반응을 보이며 똑같이 물었다. 하지만 연우는 그때 지훈에게 이렇게 말했다.

"응, 먹을 거야. 간은 시간이 흐르면 똑같이 커진대. 그러니까 남자가 살 만큼만 남겨두고 먹어버려야지. 평생 남자를 속이면서 여우로 살 수는 없잖아. 진짜 여자가 된 다음에 남자한테 미안하다고 하고 함께 잘살래. 그리고 이왕 먹는 건데 제일 맛있게 해서 먹어야지!"

그때 지훈은 어이가 없다는 듯이 한참을 웃어댔다. 전설에서는 덕칠이에겐 어머니는 있어도 다른 여자는 없었다. 이야기의 흐름 자체가 달라졌는데 소희에게 똑같은 대답을 해줄 수는 없었다. 연우는 뭔가가 얹힌 것처럼 속이 답답해져 왔다.

[참, 엄마가 너 언제 천 가져갈 거냐고 물어보셨는데.]

소희가 갑자기 생각난 듯 말하자 연우도 그제야 기억이 난 듯한 얼굴을 했다. 하지만 곧 얼굴이 어두워졌다. 자신은 그야말로 집도, 작업장도 없는 떠돌이 신세가 아닌가. 그걸 눈치채기라도 한 듯 소희가 말했다.

[우리 집에 와 있을래? 언니랑 아빠랑 미국으로 출장 가셨거든. 엄마도 괜찮다고 하실 거야.]

"뭐라고요? 한국에 있다고요?"

전화기를 붙든 은경의 손과 목소리가 심하게 떨렸다.

[생각보다 쉽게 알아냈습니다. 예전에 살던 동네에 가보니 집을 새로 짓고 있더군요. 집주인 명의는 그대로고 집주인 아들이 와서 공사를 진행하고 있습니다. 공사가 거의 마무리되면 집주인도 한국에 올 예정이라고 합니다. 그런데 집주인이 위암 말기 환자라는 말이 있더군요. 회생 가능성이 전혀 없고 곧 죽게 될 거라고 합니다. 그래서 그 집을 무상으로 운영하는 어린이집으로 지어 불우한 아동을 위해 쓸 예정이라고 하네요.]

은경은 하마터면 손에서 전화기를 떨어뜨릴 뻔했다. 충격적인 소식에 심장이 터져 나갈 것만 같았다.

전화를 끊은 은경은 오랫동안 의자에 앉아 안절부절못했다. 하늘이 노하신 것 같았다. 그러니 그런 꿈을 계속 꾼 것이다. 참회하고 죗값을 치르라는 뜻이리라. 죽일 생각은 추호도 없었다. 단지 남편에게서 멀리 떨어지게 하고 싶었다. 그들을 미국으로 쫓아 보내고 난 뒤 은경은 몇 년간 심한 죄책감과 불면증에 시달렸다. 비슷한 사람만 봐도, 같은 이름만 들어도 심장이 떨리고 숨통이 조이는 것 같았다.

경애가 곧 죽는다고?

은경은 친구인 경애를 떠올렸다. 마지막으로 경애를 만났을 때가 생각났다. 아직도 경애의 목소리가 귓가에 선했다.

"은경아, 이러지 마."

경애는 애처로운 눈빛으로 울먹이며 말했다.

"이러지 말라고? 너야말로 나한테 왜 이러는 건데?"

은경은 잔뜩 흥분한 모습으로 세간을 던지고 때려 부쉈다.

"제발 부탁이야. 그러지 마. 응?"

경애가 두 손을 빌며 애원을 했다.

"네가 내 친구라면 어떻게 나한테 이럴 수가 있어? 어떻게 나한테 잔인하게 칼을 꽂을 수가 있냐고! 저 아이 중권 씨 애지? 그렇지?"

은경은 눈물을 흘리는 경애의 어깨를 부여잡고 흔들며 물었다. 하지만 경애는 아무 말도 할 수가 없는지 그저 눈물만 삼키고 있었다. 말이 없다는 건 사실을 인정한다는 뜻이다. 은경은 떠나가라 비명을 질러댔다. 그리고 경애를 두 주먹으로 때리기 시작했다.

"네가 어떻게! 네가 어떻게!"

"흐흑……."

"넌 이미 중권 씨랑 이혼한 사이야. 이제 중권 씨 아내는 나라고. 그런데 둘이서 다시 만나? 그것도 모자라서 살림까지 차리고? 게다가 아이까지 낳아? 네가 그러고도 사람이야? 그러고도 내 친구냐고! 내 배를 봐! 둘째 아이까지 있는 날 보라고! 그런데 어떻게 네가 이런 짓을 할 수가 있니? 어떻게…… 어떻게…… 아악!"

은경의 분노는 하늘에 다다를 정도로 거셌다.

"미안해. 미안해, 내가 잘못했어."

경애는 눈물로 은경에게 호소했다.

같은 고아원 출신인 경애와 은경은 어려서부터 자매나 다름없는 친구 사이였다. 그들은 커서 같은 공장에 취직을 했고 함께 살았다. 그러던 중 공장주의 아들인 중권이 경애에게 구애를 했고 그들은 곧 결혼을 했다. 하지만 오 년이 넘도록 아이가 생기지 않자 삼대 독자였던 중권에게 경애는 이혼을 요구했다. 그리고 헤어졌다. 그 후 은경은 중권을 그동안 짝사랑해 왔노라 고백하고 결혼을 하게 이르렀다. 은경은 곧 딸을 낳았고 그 딸이 지금의 태희였다. 그런데 둘째 딸인 소희를 낳을 즈음 이상한 소문이 들리기 시작했다. 남편인 중권이 경애를 만나고 있고 그들 사이에서 아들이 태어났다는 소문이었다. 사람을 붙여 뒷조사를 해본 결과 그 소문은 사실이었다. 만삭 상태였던 은경의 충격은 이루 말할 수가 없었다.

"절대 저 아이 중권 씨 아이로 인정할 수 없어! 떠나, 아무도 모르게 떠나. 그렇지 않으면 너 후회하게 될 거야. 반드시 후회하게 될 거야."

경애는 은경의 말대로 떠났다. 한동안 소식을 들을 수 없었다. 하지만 어떻게 찾아냈는지 중권이 다시 경애를 만나고 있다는 소문이 들려왔다. 은경은 도저히 그들을 용서할 수 없었다. 아들을 낳지 못한 은경은 더 더욱 그럴 수가 없었다. 집안에서 알기라도 하면 대를 잇지 못한 자신의 처지가 더 불리할 수 있다는 생각이 들어서였다. 그래서 오랜 시간 공을 들여 계획을 세우고 치밀하고 철저하게 실행해 나갔다. 아무도 알아선 안 됐다. 평생 그 비밀이 드러나서는 안 됐다. 그런데 절대 돌아와서는 안 될 그들이 나타난 것이다. 은경은 도저히 진정할 수가 없었다.

어쩌자고, 어쩌자고 돌아온 걸까? 그 비밀을 세상 사람들에게 폭로라도 할 작정인가? 내가 한 짓이라는 걸 알고 있을까? 알겠지, 알고도 남겠지. 난 이제 어떻게 되는 거지? 죽음을 앞둔 사람이 무슨 짓인들 못하겠어? 뭐가 두렵겠어? 아들을 앞세워 날 파멸시킬 생각일까? 그럴 순 없어. 내가 어떻게 살아왔는데! 내가 피땀 흘려 평생 이루어놓은 걸 하루아침에 무너뜨리려고? 안 돼! 안 돼! 절대 안 돼! 우리 아이들은 어쩌라고. 이 사실을 남편이 알게 되면…….

은경은 생각만 해도 끔찍한지 식은땀을 흘리며 몸을 떨어댔다.

무슨 수를 내야 해. 무슨 수를 내서라도 막아야 해!

"엄마!"

몇 번을 불러도 은경이 못 듣자 소희가 가까이 다가가 소리를 질렀다.

"으응?"

그제야 정신이 든 은경이었다.

"연우랑 저 왔어요. 그런데 무슨 생각을 하시는데 사람이 와서 불러도 모르세요?"

소희가 질책하듯 말했다.

"내가…… 그랬니? 어, 연우 왔구나?"

"안녕하셨어요? 그날은 심려 끼쳐 드려서 죄송했어요."

연우가 밝은 얼굴로 다가와 인사를 했다.

"몸은 괜찮아?"

"네."

"너희들, 점심은 먹었니?"

은경의 안색이 창백하고 힘이 없어 보였다.

"엄마, 지금이 오후 네 시거든요? 요즘 패션쇼 준비하시느라 많이 힘드셨어요? 엄마야말로 금방이라도 쓰러지실 거 같은데 괜찮으세요?"

소희가 안쓰럽다는 듯 엄마를 껴안으며 말했다.

"괜찮아. 요즘 신경 쓸 게 많아서 그렇게 보이는 것뿐이야."

"엄마, 그런데 연우요, 우리 집에 와 있어도 되죠? 언니랑 아빠도 없고 엄마도 항상 밤늦게 오시고 저 외롭고 쓸쓸해요. 연우라도 와서 함께 있으면 좋을 거 같아요."

"그러렴."

생각해 볼 것도 없다는 듯 은경에게서 대답이 쉽게 나왔다.

"고맙습니다."

연우가 깍듯이 고개를 숙여 인사를 하자 은경이 그제야 희미하게 웃었다.

"고마운 건 나야. 우리 소희 외롭지 않게 늘 곁에 있어줘서 고맙다."

"별말씀을요. 저야말로 항상 아줌마한테 감사드려요."

"엄마, 연우한테 줄 천 가지고 저희 집에 갈게요."

소희가 일어서며 말하자 은경이 고개를 끄덕이며 웃어주었다.

NO, 8

연우는 소희에게 빌린 돈도 갚고 핸드폰도 새로 개통한 뒤 소희네 집으로 향했다. 집에 도착하자마자 소희는 시장기를 느끼는지 배가 고프다고 했다.

"날씨가 더워서 그런지 밥보다는 시원한 걸 먹고 싶어."

"시원한 거? 음, 우리 비빔국수 해먹을까?"

"좋지!"

둘은 곧장 부엌으로 들어가 재료를 찾았다. 그리고 요리를 하기 시작했다.

"맛있겠다."

소희가 입맛을 다시며 침을 꿀꺽 삼켰다.

"입 좀 다물어줄래? 침 떨어지겠다."

연우는 뜨거운 여름, 입맛이 없을 때 엄마가 만들어줬던 비빔국수의 맛을 기억하며 양념장과 김치, 그리고 국수를 넣고 비볐다.

"넌 정말 이걸 눈으로 보고 배웠단 말이야?"

소희는 엄마가 하는 걸 그냥 눈으로 보고 배웠다는 연우의 말을 도무지 믿을 수가 없었다. 정말 타고난 눈썰미였다. 연우는 전통 손자수도 이웃집 아주머니가 하는 걸 보고 따라 했다고 했다. 소희는 뭐든 그냥 보기만 해도 배우는 연우가 정말 부럽기만 했다.

"난 요리학원 다니면서 정확하게 용량 맞춰가며 해도 안 되는데 넌 어떻게 대충 대충 넣기만 해도 이런 게 나오니?"

"글쎄다. 내 입장에선 네가 참 신기할 따름이야. 어떻게 그렇게 배우는데도 안 되니? 자, 거의 다 됐다. 냉장고에 가서 그릇 한번 봐봐, 다 얼었나."

연우는 얼마 전 TV에서 본 얼음 그릇을 보고 오늘 소희에게 시도해 보자고 했다. 소희는 냉장고로 다가가 문을 열고 커다란 그릇 두 개를 꺼내왔다. 큰 그릇 안에 작은 그릇을 넣고 그 틈 사이에 물을 부어 얼리는 방법이었다. 그 결과는 대성공이었다.

"와! 진짜 좋다."

소희가 박수를 치며 아이들처럼 좋아했다. 그때 연우의 핸드폰이 울렸다. 비닐장갑을 벗고 살펴보니 모르는 번호였다. 혹시 주문 전환가?

"여보세요?"

[나야.]

연우의 눈이 커졌다. 전화를 건 사람은 지훈이었다.

"지훈이 너, 이 핸드폰 번호 어떻게 알았어?"

지훈이란 이름을 들은 소희는 핸드폰 가까이로 귀를 바짝 가져다 댔다.

[진우 형네 형수님이 너 오늘 핸드폰 다시 만들었다고 하면서 알려주셨어. 친구네 집 주소까지 알려줘서 나 지금 와 있는데 나올래?]

정말 못 말리는 아홉 번째 올케와 그에 버금가는 김지훈!

연우는 이를 바득바득 갈았다. 소희는 '어머, 어머'를 반복하며 놀라워했다. 그리고 작은 목소리로 연우에게 말했다.

"들어오라고 해."

"뭐?"

연우가 잠시 핸드폰을 두 손으로 잡고 소희를 쳐다보았다.

"들어와서 같이 국수 먹자고 그래. 나도 그 남자 만나보고 싶어."

연우가 고개를 설레설레 흔들었다. 그러자 소희가 핸드폰을 얼른 빼앗아 들고 지훈에게 외쳤다.

"안녕하세요? 저는 연우 친구 소희라고 하는데요. 문 열어드릴 테니까 들어오세요."

하고 핸드폰을 끊어버렸다. 그리고 잽싸게 현관문을 통해 나가 버렸다. 그러지 않아도 지훈의 행동 때문에 어이가 없는데 소희까지 덩달아 그러니 연우는 할 말을 잃고 말았다. 잠시 후 소희와 지훈이 나란히 현관문을 열고 들어왔다. 지훈 또한 소희에게 거의 강제로 끌려온 표정이었다.

"지금 막 연우랑 국수 먹으려고 했던 참이에요. 어서 들어가서 같이 드세요."

소희는 신이 나 있었다. 지훈을 식당 쪽으로 밀며 뒤에서 엄지손가락을 쳐들고 입 모양으론 '진짜 잘생겼다'라고 소리없이 말했다. 연우는 그런 소희한테 주먹을 불끈 쥐고 '너 이따가 봐, 죽었어'라고 소리없이 대답해 주었다.

"맛있죠?"

소희는 얼음 그릇에 담긴 국수를 먹으며 지훈에게 물었다. 지훈이 웃으며 고개를 끄덕이자 소희는 더욱 수다스러워졌다.

"연우는 못하는 게 없어요. 뭐든 잘해요. 이 얼음 그릇도 연우가 이렇게 만들면 될 것 같다고 해서 해봤는데 역시 잘됐어요. 누군지 몰라도 연우 남편 될 사람은 복 많은 사람일 거예요. 그렇죠?"

갈수록 태산이었다. 연우는 계속 못마땅한 눈으로 소희를 째려보았다.

"저 연우가 만들어준 국수 예전에도 먹어본 적 있어요. 우리 집에 와서 우리 어머니랑 저한테 만들어줬거든요. 국수뿐만 아니라 별의별 걸 다 만들어줬어요. 김치부침개도 만들어주고, 호떡도 만들어주고, 설탕하고 소다로 뽑기도 만들어주고……. 연우가 우리 집 국자 여러 개 태워먹고 자기네 집에서 갖다 놓기도 했는데…….”

연우는 국수를 먹다 말고 체한 사람처럼 가슴을 두드렸다.

김지훈! 너 왜 이렇게 말이 많아졌니? 그 옛날의 김지훈은 이렇게 수다스럽지 않았다고!

“정말요?”

소희는 눈을 반짝거려가며 연우의 상태가 좋거나 말거나 전혀 신경 쓰지 않고 지훈만 관찰했다. 그리고 뭔가가 생각난 듯 말을 이어나갔다.

“참, 어머님은 한국에 안 오시나요?”

“조만간 들어오실 거예요.”

“저기, 이런 말 하면 어떠실지 모르겠는데요, 어머님이 좋은 일을 계획하고 계신다는 걸 연우를 통해서 들었어요. 그리고 원치도 않았는데 미국으로 끌려갔고 거기서 오랫동안 고생하신 얘기요. 그래서 말인데요. 이 내용을 방송으로 내보내면 어떨까요? 저희 사촌 오빠가 TV 방송기자거든요. 그러면 그런 나쁜 일을 한 사람들도 찾아내고 처벌할 수 있을지도 모르잖아요. 지훈 씨, 한번 생각…… 어? 엄마!”

소희의 말은 거기에서 끝날 수밖에 없었다. 언제 들어왔는지 몰라도 그들의 대화를 듣고 있던 은경을 발견했기 때문이다. 은경은 곧 쓰러지기라도 할 것처럼 부들부들 떨며 그렇게 서 있었다. 그리고 고개를 돌린 지훈을 보고 그 자리에서 그대로 기절하고 말았다.

"엄마!"

"아줌마!"

한바탕 난리를 치른 후 연우는 지훈을 배웅하기 위해 집 밖으로 나왔다. 이미 바깥은 어두워져 있었다.

"나 때문인가?"

지훈은 은경이 쓰러진 게 자꾸 마음에 걸려 중얼거리며 말했다.

"그래, 이게 다 너 때문이야."

깜짝 놀란 지훈이 연우를 쳐다봤다.

"딸만 있는 집에 소도둑 같은 놈이 떡하니 앉아 있으니까 아줌마가 놀라서 그런 거라고."

지훈이 설마 하는 표정을 지어도 연우는 계속 딴청을 부리며 놀려댔다.

"너 이제 큰일났다. 멀쩡한 사람을 저 지경을 만들어놨으니 너 앞으로 어떡할래?"

"너 내 친구 맞니?"

지훈이 뾰루퉁한 얼굴로 물었다.

"너야말로 날 친구로 생각하는 거 맞니?"

여러 가지 의미가 담긴 말이었다. 친구로 생각한다면 자꾸 키스를 하고 애무를 나누고 섹스를 하고 싶어해서는 안 된다는 뜻이었다. 자신 또한 그러지 않으려고 무던히 애를 쓰고 있었다. 하지만 지훈은 잘 이해가 안 간다는 표정이었다. 연우는 말을 해서 뭐 하냐는 듯한 얼굴로 다시 물었다.

"또 소희랑 아줌마 때문에 네가 여기에 왜 왔는지 묻지 못했네. 혹시 너도 또 소희랑 아줌마 때문에 네가 여기에 왜 왔는지 잊어버렸니?"

말속에 가시가 듬뿍듬뿍 담겼다.

"아까 국수에다 칼, 송곳, 압정 같은 거 갈아서 집어넣었니? 속이 콕콕 쑤시고 아프다."

지훈이 인상을 찡그리며 배를 쓰다듬었다.

"말 돌리지 말고 날 찾아온 용건이나 말해."

연우가 매정하게 재촉했다.

"물어보고 싶은 게 있어."

한참 망설인 끝에 짓는 지훈의 표정이 어느 때보다 진지해 보였다.

"뭘?"

"안 그러려고 해도 자꾸 신경이 쓰이고, 눈을 감아도 아른거리고, 안 보이면 불안하고, 보면 가지고 싶고…… 그럴 땐 어떻게 해야 하는 거야?"

연우는 지훈을 빠히 쳐다만 보았다. 자신이 원하는 대답을 기대하며 초조하게 기다리는 지훈의 애를 바짝바짝 태우며.

"그렇게 쉬운 답을 몰라서 날 찾아온 거야?"

마침내 연우가 입을 열었다. 하지만 말투는 여전히 퉁명스럽고 차가웠다.

"그게…… 뭔데?"

지훈이 혀로 입술을 축이며 조심스럽게 물었다.

"약은 약사에게 진료는 의사에게! 잘 가!"

연우는 무뚝뚝하게 말하고선 뒤돌아섰다. 그때 갑자기 지훈이 연우의 손목을 낚아채 다시 뒤돌게 만들고 확 끌어안았다. 그리고 불만을 토로하듯 외쳤다.

"누가 그딴 대답 듣고 싶대?"

"놔."

낮지만 강한 힘이 느껴지는 말이었다.

"자꾸 네가 아른거려. 안 보이면 불안하고, 보면 자꾸 이러고 싶고……."

지훈이 한 손으로 연우의 허리를 감고 다른 손으로는 그녀의 머리를 한 움큼 쥐었다. 그리고 연우의 입술에 키스를 했다. 참을 수 없는 기다림의 고통과 스스로 해소하지 못한 욕구불만, 그리고 오기 전 굳게 결심한 바를 어긴 자신 때문에 키스가 거칠어졌다. 지훈의 팔이 연우의 허리를 조이며 더 가까이 끌어당겼다.

하지만 그런 지훈에게서 연우가 교묘히 몸을 뺐다. 그리고 단

한 번의 성난 동작으로 머리를 어깨 뒤로 젖혔다. 그리고 얼음 같이 차가운 목소리로 말했다.

"가능한 한 네 애인 빨리 오라고 해. 난 더 이상 그 여자를 대신해서 네 욕구불만을 해소해 주는 역할 따윈 하고 싶지 않아. 네가 뭘 잘못 생각하나 본데 친구한테는 그딴 소리 함부로 하는 게 아니야."

빠른 속도로 연우의 그림자가 소희의 집 안으로 빨려 들어갔다. 지훈은 한참 동안 어둠 속에서 그 집을 응시했다. 그리고 이렇게 얼간이가 된 것에 대해 자신을 마구 책망해 댔다.

대체 왜 자꾸 이런 상황을 만드는 거야? 오늘은 절대 손 안 대고 말만 하기로 했잖아! 이 바보! 멍청이! 얼간이!

지훈은 갑자기 연우가 한 말이 떠올랐다.

애인? 애인이라니? 도대체 누굴 보고 애인이라는 거야?

지훈은 눈동자를 굴리며 답을 찾으려 했다. 그리고 곧 의심스럽다는 듯 눈썹이 휘어졌다.

혹시…… 사진 때문에 현영이를 애인이라고 생각한 건가?

지훈은 이제야 뭔가를 깨달은 사람처럼 고개를 끄덕였다.

바보!

지훈은 오해라고 소리를 지르고 싶었다. 하지만 소희와 오늘 쓰러진 은경을 위해 간신히 참아냈다.

연우는 비명을 지르고 싶을 만큼 화가 났다. 누군가한테 사랑의 대상이 아니라 그저 성적 욕망의 대상으로 취급받고 있다는 게 너무 화가 났다. 그리고 그렇게 끔찍할 만큼 이기적이고 독단적인 누군가가 바로 자신이 그토록 좋아하고 사랑하는 지훈이라니!

연우는 지훈이 한 말을 다시 되씹어보았다.

"안 그러려고 해도 자꾸 신경이 쓰이고, 눈을 감아도 아른거리고, 안 보이면 불안하고, 보면 가지고 싶고…… 그럴 땐 어떻게 해야 하는 거야?"

부정하고 싶지만 연우 역시 그랬다. 속을 들여다본 것처럼 지훈이 너무나 정확하게 표현했다. 눈물이 솟구쳤다.

너한테 결혼할 사람만 없으면 아무 문제 없잖아!

연우는 속으로 외쳤다.

그런데 왜 자꾸 날 죄짓게 만들어? 끝까지 날 나쁜 여자 만들어놔야 속이 시원하겠어? 어쩌자고…… 어쩌자고…… 자꾸 그래……. 이 나쁜은 노옴…….

연우는 어두운 정원 한가운데 서서 얼굴을 가리고 흐느껴 울었다. 그녀의 등 뒤에 서 있는 기다란 그림자도 아무 말 없이 그녀를 바라보며 함께 울었다.

소희는 창밖으로 그런 연우를 걱정스럽게 바라보았다. 연우를 안아주고 어깨라도 두드려 줄 생각에 나가려는데 전화기가 선수를 치며 시끄럽게 울어댔다.

"여보세요?"

[소희니?]

언니인 태희였다.

"언니!"

엄마도 아프고 이것저것 신경 쓰이는 게 많던 차에 온 전화라 너무 반가운 소희였다.

[아이, 깜짝이야. 내가 그렇게 보고 싶었어?]

"응."

소희는 눈물을 글썽였다. 아버지도, 언니도 없는 상황에서 엄마가 쓰러졌고 단짝 친구도 무슨 이유로 울고만 있으니 소희 또한 울고 싶은 심정이었다.

[무슨 일 있구나? 무슨 일인데?]

"엄마가 과로로 쓰러지셨어. 흐흑……."

소희가 손으로 눈물을 닦으며 말했다.

[뭐? 엄마가 쓰러지셨다고?]

태희가 깜짝 놀라며 외쳤다.

"응. 의사선생님이 괜찮을 거라 했지만 그래도 무섭고 두려워. 언니, 언제 와?"

[일이 생각보다 빨리 끝났어. 지금 공항이니까 너무 염려하지 말고 있어. 알았지?]

"몇 시쯤 도착해? 내가 나갈게."

[내일 오전 열 시쯤.]

"응. 알았어, 끊어."

전화를 끊은 소희는 티슈를 뽑아 코를 풀고 마음을 가라앉히려 했다. 그때 연우가 조심스럽게 문을 열고 들어왔다. 울었던 흔적을 보이지 않으려고 눈길을 피하는 연우를 보자 소희는 눈물이 다시 나왔다.

"엉엉……. 도대체 다들 왜 그래? 도대체 무슨 일이야? 엉엉……."

소희의 집을 나온 뒤 지훈은 현영에게서 전화를 받았다. 공항이라 했다. 내일 오전에 도착할 것 같다고 했다. 그런데 갑자기 현영이 불쑥 물었다.

[오빠…… 무슨 일 있지?]

여자들의 직감은 곤충의 더듬이처럼 정확했다. 보이지도 않는데 어쩜 그리 잘 아는 걸까? 지훈은 난감한 표정을 지었다.

[오빠가 말없이 시간을 끈다는 건 숨기고 싶은 게 많거나 아니면 할 말이 아주 많다는 거야. 그렇지?]

숨기고 싶은 게 많은 건 아니지만 할 말이 아주 많다는 건 맞는 소리였다. 지훈은 현영이 받을 충격을 감안하며 입을 열었다.

"현영아."

[그래, 오빠. 나 거기에 도착하면 말해 주겠다는 소리만 빼고 말해 줘. 난 지금 당장 듣고 싶어.]

"나…… 연우 만났어."

예상대로 충격을 받았는지 현영은 한동안 말이 없었다. 숨소리조차 들리지 않았다. 현영은 더 이상 뒷말을 하지 않아도 지훈이 무슨 말을 하려고 하는지 다 알고 있는 것 같았다. 그래서 어떤 질문을 하거나 확인하지 않는 것 같았다. 지훈은 손으로 머리를 쓸어 올리며 곤욕스런 표정을 지었다.

"현영아, 미안하다."

지훈이 진심으로 사과를 하고 있다는 건 알았지만 현영은 그래도 지훈이 원망스러웠다. 그리고 후회가 됐다.

[물어보지 말 걸. 말하고 싶다고 해도 안 들을 걸. 오빠 혼자 그렇게 보내지 말 걸…….]

톤이 한껏 낮아지고 속도가 느려진 현영의 목소리에서 슬픔과 애절함이 느껴졌다. 지훈은 말을 하면 할수록 현영에게 더 미안해질 것 같아 어떤 말도 할 수가 없었다.

[오빠가 연우 씨 찾아볼 거라는 생각은 했지만 이렇게 빨리 만날 줄은 몰랐어…….]

참으려고 애를 쓰지만 말의 끝부분은 거의 울음에 가까운 소리였다.

[연우 씨…… 아직 결혼 안 했어? 연우 씨도 오빠 사랑한대? 나…… 오빠랑 한 약속 지켜야 하는데 마음이 너무 아프다.]

지훈은 애꿎은 입술만 깨물었다. 지훈은 연우가 어떤 상황이라도 사랑한다고 말하고 싶었다.

[오빠가 그랬지, 사랑은 악수하는 것과 같다고. 서로 손을 내밀어야 악수가 되듯 사랑도 그래야 한다고. 잡아주지도 않는 손 혼자 오랫동안 내밀고 있으면 무안하고 부끄러워서 거둬들여야 하는데 쉽지가 않네. 나…… 이제 정말 오빠 포기해야 하는 거야?]

"미안해."

[재고의 여지도 없는 거야?]

지훈은 미안해서 금방 대답하지도 못했다.

"미안해."

[오빠랑 연우 씨는 지금 무척 행복할 텐데 난 너무 힘들고 슬프다. 조금이라도 덜 힘들고 슬퍼지면 그땐 두 사람 축복해 줄게. 오빠, 그런 나 이해해 줄 수 있지?]

한 마디 한 마디 말하는 사람도 힘들고 듣는 사람도 힘들었다.

[난 모든지 쿨하게 하고 싶었는데 그게 말처럼 쉬운 게 아닌가 봐. 왜 자꾸 눈물이 나지?]

흐느껴 우는 소리가 들리자 지훈은 어쩔 줄을 몰라 했다.

[다 내 잘못이지 뭐. 오빠가 누누이 마음 접으라고 했는데도 무작정 오빨 좋아한 내 잘못이지. 어머니한테는 내가 말씀드릴게. 오빠보다는 내가 하는 게 좋을 거야. 그게 오빨 위한 일이겠지. 나 혼자 좋아하고 결혼하고 싶어서 오빠 졸라댔으니 내가 수습하는 게 나을 거야. 요즘 어머니도 자꾸 연우 씨 얘기하시

더라. 일부러 그러시는 건 아닌데 솔직히 나 질투났어. 오빠랑 연우 씨 잘된 거 아시면 아마 어머니도 기뻐하실 거야. 물론 나 때문에 티는 못 내시겠지만. 나 이해해. 오빠랑 어머니가 얼마나 연우 씨 그리워했는지, 좋아했는지 누구보다 잘 아니까. 어머닌 분명히 날 많이 위로해 주실 거야. 같은 여자니까, 여자 마음이 어떤지 잘 아실 테니까. 그러니까 오빠도 나 한국 가면 잘해줘. 내가 그러고 싶지 않아도 눈물 흘리면 어깨 두드려 주고 손수건도 주고…… 알았지?]

지훈은 고개를 끄덕이며 간신히 대답했다.

"그래."

[이제 그만 전화 끊을게. 그럼 도착해서 봐.]

현영은 전화를 끊었다. 그리고 참았던 눈물을 펑펑 쏟아냈다. 아무리 공항이 떠나는 사람을 위해 슬픔을, 돌아온 사람을 위해 기쁨을 표현하는 자리라고 해도 사람들의 이목이 집중되는 걸 원치 않는다면 눈물을 멈춰야만 했다. 간신히 눈물을 억제한 현영은 공중전화 박스에서 나왔다. 그때 누군가가 말을 걸며 다가섰다.

"잠깐만요. 혹시 이 지갑 주인 아니세요?"

현영은 그제야 공중전화 박스에 자신의 지갑을 놓고 나온 사실을 깨달았다.

"아, 제 거 맞아요. 고맙습니다."

현영은 여자에게서 지갑을 받아 들며 인사를 건넸다.

"그런데 그 지갑 한국에서 사셨어요?"

여자가 궁금한 얼굴로 물었다.

"네? 아닌데요."

"제 동생 친구가 만든 거랑 비슷해서요. 이거 직접 손으로 놓은 자수 맞죠?"

"네. 하지만 이건 저분이 만들어주신 건데……."

현영은 모자를 쓰고 휠체어에 앉아 있는 경애를 가리키며 말했다.

"그렇군요. 그런데 정말 비슷해요."

여자가 살짝 웃으며 말했다. 그때 여자의 아버지로 보이는 남자가 다가왔다.

"태희야."

"어? 아빠, 다 됐어요?"

"그래. 그만 가자."

"네. 그럼 안녕히 가세요."

여자가 현영에게 인사를 건네며 가려 했다. 그때 남자의 눈빛이 심상치 않게 변했다. 이번엔 남자가 현영이 들고 있는 지갑을 뚫어지게 쳐다봤다.

"저기…… 잠시만요. 그 지갑 좀……."

남자가 현영의 지갑을 뺏다시피 하며 살폈다. 갑작스런 남자의 행동에 현영뿐만 아니라 남자의 딸도 당황한 표정을 지었다.

"이거 어디서 나신 거죠?"

남자의 목소리가 심하게 떨렸다.

"따님한테 말씀은 대충 들었는데 이건 저기에 앉아 계신 분이 만들어주신 거예요. 무척 비슷한가 보죠?"

현영은 다시 한 번 경애를 가리키며 말했다. 그러자 남자는 뭔가에 홀린 듯한 표정으로 경애를 향해 걸어가기 시작했다. 그리고 경애 앞에 다가가 믿을 수 없다는 표정으로 말했다.

"경애야……."

"주, 주, 중권 씨……."

경애는 유령이라도 본 듯한 표정이 되었다. 뒤따라간 현영은 사색이 된 경애가 걱정스럽기만 했다.

"어머니, 괜찮으세요?"

현영이 묻자 경애가 힘겹게 고개를 끄덕였다. 그리고 떨리는 목소리로 덧붙여 말했다.

"다시는 못 보게 될 줄 알았던 오랜 친구를 만났구나."

"아…… 네."

현영은 자신의 좌석을 중권에게 양보하고 좀 멀리 떨어진 곳에서 태희와 함께 앉았다. 두 사람은 목을 길게 빼고 중권과 경애를 유심히 살폈다. 아주 오랜 친구 사이라면서 서로 말없이 앉아 있기만 한 두 사람이 이상하기만 했다.

"할 말이 많으실 텐데 꽤 조용하시네요."

태희가 중얼거리며 말하자 현영도 '그러게요' 하며 맞장구를 쳤다.

"그런데 저분이 어머니세요?"

"시어머니가 될 뻔한 분이시죠."

현영의 애매모호한 말에 태희가 눈을 깜박거렸다.

"아, 그럼 저분 아드님하고 사귀셨던 거예요?"

"음…… 사실은 제가 일방적으로 좋아했죠. 오빠는 저를 그냥 친구 동생 정도로만 생각했었거든요. 오빠가 좋아하는 여자는 따로 있어요, 한국에."

현영는 지훈과의 통화가 생각났는지 시무룩한 표정이 되었다.

"아……. 그런데 저분 어디 많이 아프세요?"

"위암 말기세요. 한 달도 못 버티실 거예요."

현영의 눈에 눈물이 점점 고이기 시작했다.

"어머나!"

태희가 안타깝다는 듯 말했다.

"많이 힘드시지만 고향에 가신다는 생각 때문에 지금 잘 버티시는 거 같아요. 무리하면 안 되는데……."

그때 중권이 경애에게 뭐라고 말을 하기 시작했지만 현영과 태희에겐 그 말이 그저 웅얼거리는 소리로밖에 들리지 않았다.

"무슨 말을 먼저 해야 할지 모르겠다."

그렇게 찾으려고 애를 써도 찾을 수 없었던 사람을 이렇게 우연히 만나게 되다니. 중권은 그저 꿈만 같은 이 상황이 믿기지 않았다.

"애써 말하려고 하지 마세요. 그냥 이렇게 만나게 해주신 신
께 감사하며 가요."

여전히 바깥의 구름만 쳐다보며 경애가 말했다. 병으로 인해
기맥이 심히 쇠해진 그녀의 목소리는 매우 작고 힘이 없었다.
하지만 평온하게 들렸다.

"도대체 왜 이렇게 된 거야?"

한눈에 봐도 경애의 상태는 온전하지 않았다. 중권의 눈과 목
소리는 연민이 가득했다. 경애가 고개를 돌렸다. 그리고 희미하
게 미소 지으며 말했다.

"다른 사람보다 제가 가지고 태어난 모래시계의 양이 적었을
뿐이에요."

"경애야, 내가 널 얼마나……."

낮지만 괴로움을 가득 담은 목소리로 중권이 말하자 경애는
그의 손을 지그시 잡았다. 그리고 그의 눈을 응시하며 천천히
읊조리듯 말했다.

"과거에 발목 잡힌 사람은 결코 행복해질 수 없어요. 전 그 과
거를 땅속 깊이 묻었어요. 그 위로 흙을 덮었더니 풀이 자라고
꽃이 자라고 나무가 자랐어요. 다시 땅을 파면 풀도, 꽃도, 나무
도 상처 입고 다칠지 몰라요. 그러고 싶지 않아요. 그러니 아무
말 하지 마세요. 그냥 마음으로만 얘기해요. 전 힘을 아껴야 해
요. 그래야 조금 더 행복해질 수 있어요."

최고의 영화를 누리고 살았던 솔로몬도 헛되고 헛되며 헛되고 헛되니 모든 것이 헛되다고 했다. 빈손으로 왔다가 빈손으로 가는 게 인생이니 경애는 미움도, 원망도, 분노도 모두 내려놓고 가려 했다. 누군가가 자신으로 인해 마음 아팠으면 미안하다 용서해라 하고, 누군가가 자신으로 인해 기뻐했으면 고맙다 나도 기뻤다 하는 마음으로 조용히 가고 싶었다. 많지 않은 시간을 그렇게 보내고 싶었다. 그런 경애를 바라보는 중권의 눈엔 점점 눈물이 가득 고였다.

연우는 소희의 방에 혼자 머무르고 있었다. 소희는 은경을 돌보기 위해 아래층에 있었기 때문이다. 침대에 누워 있는 연우는 십삼 년 만에 재회한 후 지훈이 한 말과 행동을 곱씹고 있었다. 그리고 치밀어 오르는 부아를 억누르며 중얼거렸다.

"나쁜 자식!"

그리고는 슬프게 덧붙였다.

"하지만 너도 싫지는 않았잖아, 그렇지?"

스스로 인정하기는 어려웠지만 그건 사실이었다. 연우는 괴로운 듯 눈을 감았다 떴다. 그리고 이번엔 자기 자신에게 변명을 하기 시작했다.

"나도 사람이야. 그리고 여자라고. 정신적으로나 육체적으로 젊고 건강한 여자. 삼십 년 동안 숫처녀로 살면서 욕망을 잠재워야 했으니, 그 욕구가 얼마나 컸겠어! 더구나 상대는 지훈이라고. 첫사랑한테 싫지 않은 반응을 보이는 건 전혀 이상할 게 없잖아. 하지만…… 걘 결혼할 여자가 있는 남자야."

연우는 베개에다 대고 중얼거렸다. 몸을 옆으로 굴려 무릎을 가슴까지 끌어 올리면서 낮게 신음을 흘렸다. 자신을 이렇게 비참하게 만든 지훈을 저주하면서도, 몸에 닿았던 그의 강한 팔을 느끼고 싶어 견딜 수 없었다. 그가 해주었던 키스가 생생하게 떠올랐다. 눈을 감으니, 자신의 입술에 닿았던 축축하고 불타는 듯한 그의 혀의 감촉이 또다시 되살아났다. 그렇게 가슴 떨리는 느낌을 다시는 경험하지 못할 것이다. 지훈은 연우에게서 뜨거운 감정과 반응들을 끌어냈을 뿐만 아니라, 다른 남자들에 대한 그녀의 욕망마저도 파괴해 버렸다. 연우는 마음속 깊이, 지훈도 자기만큼이나 비참해한다면 좋겠다고 생각했다. 하지만 그는 아마 아무런 죄책감도 느끼지 않을 것이다. 그게 남자들의 못된 습성이니까…….

연우는 밤새도록 잠들지 못하고 많은 생각들로 뒤척이며 괴로워했다. 새벽녘이 돼서야 잠이 든 연우는 요란하게 울려대는 핸드폰을 확인도 하지 않고 그냥 받았다.

"여보세요?"

[나야.]

지훈이었다. 정신이 몽롱해서 이게 꿈인지 생시인지 구분도 되지 않았다. 하지만 연우는 인상을 찡그리며 짧게 물었다. 아주 퉁명스러운 말투로.

"왜?"

[사랑해.]

되도록 피하고 싶기만 한데 지훈이 황당한 고백을 해왔다.

"뭐?"

연우가 눈을 감은 채 눈살을 잔뜩 찌푸렸다.

[사랑한다고.]

가장 황홀해하고 기뻐해야 할 사랑 고백이 이렇게 기분 나쁘게 들리다니. 엉망인 기분을 탓해도 연우의 표정은 전혀 나아질 기미가 보이지 않았다.

"재미있어?"

[뭐가?]

연우는 보이지 않지만 지금 지훈이 어떤 표정을 짓고 있는지가 궁금했다. 그리고 그 뻔뻔한 얼굴의 두께를 한번 가늠해 보고 싶었다. 마지막으로 그 철면피 같은 얼굴의 양 볼을 잡아 흔들어주고 싶었다.

"나 가지고 노는 게 재미있냐고?"

점점 연우의 언성이 높아졌다.

[가지고 놀 게 없어서 사람을 가지고 노냐?]

"그런데 너 왜 이래?"

연우가 쌀쌀맞게 물었다.

[아무리 생각하고 생각해 봐도 널 사랑하니까.]

지훈의 말이 다시 한 번 연우의 성미를 치솟게 했다. 어쩜 한

마디도 지지 않고 이렇게 말을 또박또박 잘한단 말인가. 김지훈이란 인간을 이렇게 만든 미국이 정말 대단하게 느껴졌다. 연우는 아마도 지훈의 혈관을 들여다보면 피 대신 미끈둥한 버터가 흐를 거라 생각하며 톡 쏘아주었다.

"여자들은 이 여자 저 여자한테 사랑한다고 남발하고 다니는 남자들 싫어해. 그러니까 그러지 마."

[나 우리 엄마 빼고 사랑한다고 말해 본 사람 너밖에 없어.]

"이젠 거짓말까지 하니?"

연우는 콧방귀를 뀌며 지훈의 말을 비웃었다.

[왜 안 믿어?]

"내가 남자를 모르니? 거의 삼십 년을 늑대들이 우글거리는 소굴에서 늑대소녀처럼 살아온 내가?"

지훈이 도저히 연우를 이겨낼 재간이 없다고 생각했는지 너털웃음을 터뜨렸다.

[하하하……. 연우야, 공항에 가자.]

이건 또 무슨 수작일까 싶어 연우가 눈을 뜨고 일그러진 표정으로 시간을 확인했다. 아침 여덟 시였다.

"공항엔 왜?"

[엄마가 오셔.]

"뭐? 아줌마가? 진짜야?"

순식간에 표정이 바뀐 연우는 자리에서 벌떡 일어나 앉으며 외쳤다.

[엄마 가지고 장난치는 아들도 있냐?]

"아프시잖아. 어떻게 오시는 건데?"

그새 연우의 눈에 눈물이 고였다. 생각만 해도 가슴이 찡하고 아파왔다.

[네가 빨리 오라고 했던 사람이랑 오는 거야.]

"뭐?"

연우는 갑자기 말을 멈추었다. 아무 생각도 나지 않았다. 잠시 동안 숨도 쉬지 못한 채 멍청하게 앉아 있을 뿐이었다.

"같은 비행기를 탔을지도 모르겠다."

운전대를 잡은 소희가 앞을 보며 중얼거렸다.

"그랬을지도 모르겠다."

연우가 안전벨트를 신경질적으로 끌어당겼다 놓기를 반복하며 안절부절못했다.

"너 왜 그래?"

"부침개를 뒤집는 것처럼 마음이 이랬다 저랬다 해."

말인지 한숨인지 분간이 안 되는 말에 소희가 눈살을 찌푸렸다.

"넌 뭐가 그렇게 어려워?"

"어렵다니?"

"사랑이 수학 문제니? 뭘 그렇게 어렵게 생각하느냐고?"

"수학 문제는 해답지라도 있어서 풀다 못 풀면 들여다보기라도 하지만 남녀 관계는 그럴 수도 없잖아."

"그냥 마음이 시키는 대로 해. 그게 제일 좋아."

"마음이 시키는 대로?"

"그래, 마음이 시키는 대로."

"다른 사람 마음은 개의치 말고?"

"개의치 말고. 너만 생각해. 넌 여자지, 콩쥐도 천사도 나이팅게일도 아니야."

"다른 사람이 그러면 몰라도 네가 그런 소리 하니까 너무 이상하다."

너무나 확고한 말과 태도로 일관하는 소희가 다른 사람처럼 느껴졌다.

"나같이 미련하게 속으로 꽁꽁 숨기다가 다른 여자한테 남자 빼앗겨 봐. 변할 수밖에 없지."

"적응이 안 돼."

"요즘 착하다는 말은 '나는 잡아먹힐 준비가 되어 있어요' 하는 말이래. 그리고 착한 여자보다는 나쁜 여자들이 성공하는 세상이고 말이야. 우리를 봐, 어디 하나 틀린 말 있나. 그러니까 너도 괜히 그 여자한테 어수룩하게 얕보이지 말고 지훈 씨 잡아. 알았니? 나도 이제부터 사랑에 있어서만큼은 착한 여자 되지 않을래. 파이팅!"

주먹을 쥐고 '파이팅'을 외치는 소희가 연우에게 어서 따라하라는 식으로 눈짓을 했다. 연우는 마지못해 주먹을 쥐고 들릴락 말락 한 목소리로 외쳤다.

"파…… 이…… 팅……."

공항 로비에서 지훈을 발견한 소희가 먼저 다가가 인사를 건넸다.

"지훈 씨, 안녕하세요?"

하지만 연우는 심란한 마음에 그들과 다소 멀찍이 떨어진 곳에 서 있었다.

"네, 소희 씨도 안녕하셨어요? 어머님은 좀 어떠세요?"

지훈은 소희와 이야기를 나누면서도 연우에게 시선을 던졌다.

백연우, 이 바보야. 진작 물어보면 됐을 걸 가지고 왜 혼자 오해를 하고 끙끙 앓는 거야?

지훈은 속으로 연우를 꾸짖었다.

연우는 지훈을 보고 싶지 않은 건 분명한데, 그것만큼이나 그에게서 눈을 뗄 수가 없었다. 자신이 좋아하는 그린 계열의 셔츠를 입어서 그런 거라고 애써 변명을 해봐도 설득력이 없어 보였다. 청바지와 운동화 차림인 그는 줄곧 창문을 열어놓고 운전을 했는지 머리가 헝클어져 있었다. 연우는 빨리 시선을 돌리는 게 급선무라고 생각했다. 하지만 그의 시선에 저항할 힘이 전혀 생기지 않았다. 그의 눈동자는 계속 강한 광선처럼 연우에게 꽂혀 있었다.

"엄마는 많이 좋아지셨어요."

둘의 그런 마음을 읽기라도 하듯 소희의 얼굴엔 장난기가 가득했다.

"다행이네요."

"연우야, 부침개 그만 뒤집어라. 탄다, 타."

소희가 다소 큰 소리로 이렇게 말하자 연우가 뜨거운 물에 덴 사람처럼 펄쩍 뛰었다.

"야아!"

"그게 무슨 소리죠? 부침개라뇨?"

어리둥절한 지훈이 물었다.

"후후, 그런 게 있어요."

손으로 입을 가린 소희는 혼자 웃어댔다.

"어? 우리 아빠랑 언니 나온다. 언니! 아빠!"

소희의 말에 지훈과 연우의 시선이 동시에 옮겨졌다. 연우는 중권과 태희를 발견하고선 고개 숙여 인사를 건넸다. 그러다 그들 뒤에서 휠체어에 앉은 여자와 그것을 밀고 오는 여자를 발견했다. 그리고 낮게 중얼거렸다.

"아줌마……."

연우는 자기도 모르게 경애를 향해 뛰어가기 시작했다. 그리고 잔뜩 긴장한 표정을 감추지 못하는 경애에게 외쳤다.

"아줌마!"

"누구……?"

경애가 난데없이 나타난 연우를 알아보지 못하고 당황하며 물었다.

"아줌마, 저 연우예요, 연우. 흐흑……."

연우는 너무나도 쇠약해진 모습으로 나타난 경애를 부둥켜안고 눈물을 쏟아내기 시작했다.

"연우? 네가 연우란 말이야?"

연우는 고개를 끄덕였다. 그제야 경애 또한 눈물을 흘리며 연우를 안았다.

"연우야!"

"아줌마, 흐흑……."

뒤에서 그들의 상봉을 지켜보던 현영 또한 눈시울이 뜨거워졌다. 애써 참으려는데 지훈을 보자 또다시 눈시울이 붉어지고 이내 눈물을 글썽였다.

"오빠……."

"현영아."

미안한 기색이 역력한 지훈이었다. 현영은 그런 지훈에게 귓속말로 속삭였다.

"아직 말씀 못 드렸어. 오는 내내 어머니가 친구 분하고 같이 앉아서 오셨거든. 그래서 할 수가 없었어."

"친구 분?"

지훈이 고개를 들어 두리번거렸다. 그때 자신을 뚫어지게 쳐다보고 있던 남자와 눈이 마주쳤다. 소희가 아빠라고 불렀던 남자였다. 지훈은 고개 숙여 인사를 건네고 자신을 소개했다.

"처음 뵙겠습니다. 김지훈이라고 합니다. 저희 어머니의 친구 분이시라고요?"

인사를 받은 남자의 표정은 뭐라 말할 수 없이 참담했다. 시종일관 무거운 눈빛으로 지훈을 바라만 보았다. 그리고 아주 힘든 일인 것처럼 손을 내밀어 악수를 청했다. 지훈은 싱긋 웃으며 중권의 손을 잡았다.

중권 옆에 있던 소희도 놀라며 경애를 향해 인사를 건넸다.

"어머, 저희 아빠랑 친구 분이세요? 안녕하세요? 저는 김소희라고 합니다. 정말 세상이 좁네요. 여기서 이렇게 다 만나다니. 저는 연우 친구이기도 해요."

경애가 말없이 고개를 끄덕이며 인사를 받아주었다. 힘겹게 지은 미소가 왠지 서글퍼 보였다.

그들은 인사 외엔 나눌 게 없었다. 잘 가란 인사를 마지막으로 그들은 나뉘어 헤어졌다. 연우는 자신의 손을 놓지 않는 경애의 곁에 남을 수밖에 없었다. 소희네 일행이 가자 현영이 연우를 향해 인사를 건넸다.

"백연우 씨, 안녕하세요? 만나서 반가워요. 저는 최현영이라고 해요."

연우가 잔뜩 긴장한 눈으로 현영을 바라보았다. 사진보다 실물이 훨씬 더 예쁘고 착하게 생긴 여자였다. 연우는 마른침을 꿀꺽 삼키고 고개를 숙여 인사를 건넸다.

"네."

"오빠한테 말씀 많이 들었어요."

내 말을 했다고?

연우는 속으로 깜짝 놀랐다.

나에 대해서 무슨 말을 어떻게 했을까?

연우는 궁금했지만 차마 물어볼 수가 없었다. 그저 바보같이 계속 '네, 네' 라는 말밖에 할 수 없었다. 지훈과 있었던 일 때문이었다. 연우는 현영에게 죄책감을 느끼고 있었다.

연우는 밤이 될 때까지 경애에게 붙잡혀 있었다. 함께 식사도 하고 오랜 시간 담소를 나눴다.

"널 다시 만나게 돼서 정말 꿈만 같고 기쁘다. 오늘은 정말 감사한 날이구나. 만나야 할 사람들을 거의 다 만났으니 말이다. 연우야, 부모님은 안녕하시지?"

연우는 질문에 곧바로 대답하지 못하고 희미하게 쓴웃음을 지었다.

"작년에 교통사고로 두 분 다 돌아가셨어요."

"어머나! 그런 일이 있었어? 이런, 마음이 많이 아팠겠구나."

경애가 연우의 두 손을 꼭 잡으며 위로를 했다.

연우는 자꾸 현영에게로 눈길이 갔다. 현영은 환생한 나이팅게일처럼 경애를 그림자처럼 쫓으며 온갖 시중을 들고 자질구레한 것까지 신경 쓰며 챙겼다. 아무나 할 수 있는 일이 아니었다. 연우는 만나는 순간부터 현영의 일거수일투족을 살피면서 마음이 더욱 갈팡질팡해졌다.

"결혼은 했니?"

경애는 딸 같기만 한 연우의 소식이 궁금했다.

"아뇨, 아직……."

연우는 고개를 떨어뜨리며 말했다. 지훈과 현영이 자신을 눈여겨보는 것도 모른 채.

"이렇게 예쁘고 착한 널 아무도 안 데려갔단 말이야?"

경애는 연우가 진작 결혼을 했을 거라고 생각한 모양이었다.

"저 예쁘지도, 착하지도 않아요."

연우는 아침에 소희가 한 말이 떠올랐는지 그렇게 대답을 했다. 연우는 자신이 착하다는 생각을 해본 적이 없었다. 하지만 그렇다고 해서 남의 남자를 빼앗을 만큼 나쁜 여자라고 생각해본 적도 없었다. 지금으로서는 착한 여자가 되는 것보다 나쁜 여자가 되는 게 더 어려울 것 같았다.

"호호호, 그래도 애인은 있겠지?"

경애가 환하게 웃으며 다시 물었다.

"아뇨, 없는데요."

연우는 여전히 고개를 떨어뜨린 채 수줍게 대답했다. 그래서 지훈이 의심스러운 눈길로, 그리고 천만다행이라는 듯이 자신을 쳐다보는 것도 몰랐다.

"그래?"

"엄마, 오시는 동안 다 나으신 거 아니에요? 힘이 넘치시는데
요?"

지훈이 일부러 화제를 돌리기 위해 그들 사이에 끼어들었다.

"그러게 말이다. 연우를 만나서 그런가? 옛날부터 연우만 보
면 늘 즐겁고 힘이 생겼는데 그래서 그런가 보다. 연우야, 난 오
늘 무척 행복하구나."

경애는 오늘만큼만 아프면 앞으로 얼마든지 견뎌낼 수 있을
거란 생각을 했다. 사라진 줄로만 알았던 욕심이 고개를 쳐들기
시작했다. 살고 싶었다. 이렇게 사랑하는 사람들과 모여 도란도
란 이야기꽃을 피우며 그렇게 소박하게 살고 싶었다. 마음속에
서 절로 기도가 우러나왔다.

"저도 그래요."

연우는 경애의 손을 꽉 잡으며 진심으로 말했다.

"밤새도록 너랑 얘기하고 싶은데 몸이 안 따라주네."

장시간의 여행으로 인한 피로를 더 이상 버틸 수 없는지 경애
는 무거운 눈꺼풀을 내리며 말했다.

"주무세요. 또 올게요."

"꼭 와야 한다."

경애는 간신히 눈을 뜨며 말했다.

"네."

"그나저나 밤늦게 집에 가게 돼서 어쩌니?"

"걱정 마세요. 택시 타고 가면 돼요."

"엄마, 주무세요. 제가 알아서 할게요."

연우와 지훈이 번갈아가며 경애를 안심시켰다.

"그래. 연우야, 잘 가라."

"네. 푹 주무세요."

경애가 잠든 것을 확인한 연우는 자리에서 일어났다. 현영이 조명을 어둡게 해 경애가 편히 잠들 수 있는 환경을 만들어주었다.

"저 갈게요."

연우는 일부러 환하게 웃어 보이며 현영에게 인사를 건넸다.

"네. 안녕히 가세요."

자신도 힘들 텐데 전혀 내색하지 않는 현영이 연우는 참 대견스럽고 존경스러웠다. 트집 잡을 만한 단점이 없었다. 모든 게 따뜻하고 부드러웠다. 말과 행동과 시선, 그리고 느껴지는 마음까지 모두가 그렇게 느껴졌다. 차마 이런 여자에게 나쁜 짓을 할 순 없었다. 연우는 고심 끝에 마음의 결정을 했다.

"따라오지 마. 나 혼자 갈 수 있어."

연우는 지훈에게 미리 말하며 둘만의 시간을 갖기를 거부했다. 하지만 지훈은 전혀 그럴 생각이 없어 보였다.

"현영아, 자라. 내일 보자."

오히려 현영에게 인사를 한 후 연우의 손목을 잡고 방을 나섰다.

"야아, 나 혼자 갈 수 있대도!"

호텔 밖으로 나오자 연우는 지훈의 손아귀에서 빠져나오려고 몸을 비틀어댔다. 하지만 지훈이 놓아주지 않았다.

"너 뭐냐?"

버럭 고함을 치는 연우의 얼굴엔 불쾌감이 서려 있었다. 지훈을 노려보는 눈은 위험스럽게 가늘어졌다.

"뭐가?"

마침내 지훈이 연우의 손을 놓아주었다. 그리고 턱을 도전적으로 들고 눈은 침착성을 유지한 채 꿈쩍도 하지 않았다. 연우는 그런 그를 못마땅하게 보다가 머리를 헤집었다.

"현영 씨 기분 나쁠 거 아냐! 멀리서 너 하나 보고 온 건데 네가 그러면 돼? 현영 씨가 아줌마 생각해서 여기 있겠다고 했으면 너라도 같이 있어줘야 하는 게 맞잖아. 그런데 어떻게 이러니?"

"걱정 마. 이해해 줄 거야."

아무렇지도 않게 말하는 지훈에게 연우는 화가 났다. 머리를 뒤로 젖히고는 미치겠다는 듯 다시 말을 하기 시작했다.

"너 정말 나쁘다. 현영 씨가 아무리 이해해 준다고 해도 넌 그러면 안 되는 거야. 어떤 여자가 바보가 아니고서야 이런 상황을 이해할 수 있니? 그 여자 사람 아니고 천사야? 성모마리아라도 돼? 더 이상 현영 씨 기만하지 마. 날 위한답시고 어쭙잖게 양다리 걸칠 생각도 말란 말이야!"

한 마디 한 마디 할 때마다 화가 치밀어 마지막 말을 할 때는 거의 소리치는 것과도 같이 되어버렸다.

"연우야, 그런 게 아니야."

지훈은 연우의 오해를 풀어주고 싶었다. 하지만 연우가 급하게 말을 잘랐다.

"더 이상 네 말 듣고 싶지 않아. 그리고 나 더 이상 현영 씨한테 미안한 짓 하고 싶지 않아. 좋은 여자야. 보면 알아. 널 아주 많이 사랑하는 여자야. 느낌으로 알아. 그러니까 우리 더 이상 현영 씨한테 죄짓지 말자."

지훈은 잠시 깊은 심호흡을 한 다음 새까맣고 강철 같은 눈으로 연우를 쳐다보며 말했다.

"너도 나 사랑하잖아."

"누가 널 사랑해?"

연우는 버럭 고함을 질러 버렸다. 그리고 스스로 내심 놀랐다. 하지만 계속 말을 이어나갔다.

"내가 널 사랑한다고 생각했어? 왜 네 마음대로 내 마음 넘겨짚어? 왜 네 멋대로 생각하고 행동해?"

연우는 거짓말을 하고 말았다. 진실을 소리 내어 말하지 않고 가슴에 묻어두는 건 쉬운 일이 아니었다. 하지만 그것이 바로 지금 해야 할 일이라고 생각했다.

지훈은 충격이 얼마나 컸던지 하늘이 무겁게 내려앉는 기분이었다. 지훈은 자기도 모르게 욕설을 퍼부으며 연우를 노려보았다.

"날 똑바로 봐."

연우가 시선을 피하며 가려 하자 지훈이 그녀의 어깨를 잡아 앞으로 홱 잡아당겼다. 그녀의 두 손이 그의 가슴에 닿았다.

"왜 이래?"

그들은 격렬한 증오심으로 이글이글 불타오르는 눈빛으로 서로를 쳐다보았다. 증오가 두 사람 사이에서 끓어 넘칠 듯이 어른거렸다.

"날 보고 다시 말해."

"유치하게 굴지 마. 나, 나이 서른이야. 사랑하고 욕정 구분 못할 정도로 철없고 어리석지 않아. 너, 나 한번 안아보고 싶은 거잖아. 나 한번 정복해 보고 싶은 거잖아. 내가 자꾸 네가 원하는 대로 안 해주니까 오기가 생겨서 그런 거잖아. 아니야?"

이렇게까지 잔인하게 굴 필요가 있을까?

연우는 견딜 수 없이 괴로웠다. 하지만 마음속에 이는 소용돌이를 들키지 않으려고 애써 침착하게 말했다. 자신의 진심을 들키지 않기를 간절히 바라면서.

"뭐?"

지훈은 이가 딱딱 부딪칠 정도로 연우를 흔들어주고 싶었다. 고통스러운 말로 가슴을 후려치는 연우를 벌주고 싶었다. 지훈은 땅 밑 지옥으로 떨어진 듯 마음이 괴로웠다.

"한번 주면 나 그만 가지고 놀래? 주는 건 어렵지 않아. 하지

만 똑똑히 알아둬. 여자는 남자들의 장난감이 아니야. 함부로
사랑이니 뭐니 떠들어가며 가지고 놀 생각 하지 마."

　연우는 또다시 거짓말을 내뱉고 그를 떠밀었다. 그리고 뒤돌
아 뛰어가 버렸다. 진정되지 않는 마음에 눈물이 쏟아져 나왔
다.

　백연우, 꼭 이런 식이어야만 했니? 너 앞으로 지훈이 어떻게
보려고 이런 식으로 행동하는 거야? 연우는 자신을 꾸짖었다.
눈물을 쏟아낼수록 후회가 밀려왔다.

　지훈이한테 다시 가서 아까 한 말 다 취소하고 진심을 털어놓
을까? 하지만 그럴 용기도 없었다.

　이제껏 곁에 없어도…… 사랑해 왔잖아. 그 마음은 변하지 않
잖아. 앞으로도 변하지 않을 거잖아. 그러면 된 거 아니야? 꿈이
라 생각하면 되잖아. 흘러가는 구름, 스쳐 지나가는 바람이라고
생각하면 되잖아. 어차피 또 떠날 건데…….

　가슴이 천 갈래 만 갈래로 찢어지는 것 같았다.

　침울한 표정으로 방에 틀어박혀 있는데 올케가 문을 열고 들
어왔다. 맥주와 마른안주가 담긴 쟁반을 들고.

　"아가씨, 저랑 한잔해요."

　연우는 순순히 올케의 제안에 응했다. 마음이 괴롭고 울적하
니 술이 더 당겼다.

　어느 정도 술이 들어갔을 즈음 연우는 올케에게 물었다.

"언니는 진우 오빠가 좋은 남자라는 걸 어떻게 알았어요?"

"아가씨는 진우 씨가 좋은 남자라고 생각해요?"

올케는 땅콩을 입 안에 쏙 넣으며 같잖다는 듯이 되물었다.

"네? 그럼 좋은 남자도 아닌데 오빠한테 끌리고 결혼까지 했단 소리예요?"

같이 살 수 있을 만한 그 누군가와 결혼하지 말고, 같이 살 수 없으면 안 될 누군가와 결혼하라는 말을 전폭적으로 지지하는 연우로서는 올케의 말이 절대 이해되지 않았다.

"제가 진우 씨한테 마음이 끌린 건 좋은 남자라서가 아니라 진우 씨만의 이상한 마력 때문이에요. 무뚝뚝하고 찌푸린 얼굴로 그다지 친절하지도 않고 심지어 건방지기까지 한 진우 씨가 제 눈엔 멋져 보이더라고요."

올케가 배시시 웃으며 옛 기억을 회상했다.

"우리 오빠가 그랬어요?"

연우의 눈이 휘둥그레졌다.

"집에선 어땠는지 몰라도 회사에선 늘 삐딱한 시선을 하고 웃을 땐 한쪽 입 끝으로만 씨익 웃고요, 반골 기질이 있어 협조도 잘 안 하고, 조직 생활에 불만도 많고, 여러 사람들이 함께 있을 때는 대화에 잘 끼지도 않다가 절묘한 타이밍에 한마디 툭 던지고 자리를 뜨는 게 주특기였어요. 한마디로 폼생폼사였죠. 남자들은 대개 이런 스타일을 재수없다고 욕하는데 바로 그 점 때문에 저는 한 번 더 진우 씨를 돌아보게 됐어요. 상처받은 짐승처럼 모성본능을 자극한다고나 할까?"

"그런데 오빠 같은 남자를 사랑하게 되면 여자가 감내해야 할 일이 너무 많잖아요. 끊임없이 걱정하고 조바심 내고 아파해야 하고."

"그렇죠."

"더 비참하고 괴로운 쪽은 여자인데도 관계의 중심은 언제나 남자에게 있다는 사실이에요. 그런 남자를 사랑하는 건 에너지 소모가 너무 많은 일이에요."

연우는 지훈을 떠올리며 말했다.

"그래서 저도 진우 씨 나쁘다 생각하고 다른 남자 만나볼까 하고 노력한 적도 있어요. 그런데 참 웃긴 건 또다시 진우 씨 같은 남자한테 빠지고 만다는 거였어요."

"정말요?"

"네. 좋은 사랑을 시작하고픈 마음은 앞서지만 정작 마음속으로는 좋은 남자를 맞이하기 위한 마음의 준비가 없었던 것 같아요. 나쁜 남자를 찾는 내면의 소리가 더 강렬하기 때문일 수도 있고요. 나중에 누군가가 이런 말 하는 걸 들은 적이 있어요. 나쁜 남자를 보면 평강공주 신드롬이 발동해 착한 남자로 만들겠다는 장한 결심을 하고, 폐인 같은 남자라도 내 손으로 구원할 수 있다는 구원자 신드롬이 발동하고, 아픔을 보듬어주겠다는 간호사 신드롬을 가진 여자들이 적지 않다는 거예요. 그 여자들 중 한 사람이 저라는 생각이 들더라고요. 그래서 다시 진우 씨한테 돌아간 거예요."

"후회 안 하세요?"

연우가 조심스럽게 물었다.

"제 눈에 안경이란 소리가 괜히 있나요? 남들이 뭐라고 해도 제가 좋으면 되는 거죠 뭐. 그런데 갑자기 그런 건 왜 물어요?"

"그냥요."

연우가 시선을 피하며 둘러댔다.

"요즘 아가씨 되게 이상한 거 알아요?"

올케의 눈을 바라보기가 두렵기만 한 연우였다. 눈빛만 봐도 마음을 읽을 수 있는 대단한 능력의 소유자는 피하는 게 상책이었다.

"제가요?"

연우는 천장을 응시하며 괜히 있지도 않는 파리나 모기를 쫓는 손짓을 하며 딴청을 부렸다.

"마치 제가 진우 씨한테 푹 빠져 있었던 때의 모습 같다고나 할까?"

연우는 마음이 뜨끔했지만 애써 아닌 척했다.

"그런 거 아니에요."

"아니긴요. 누굴 속이시려고? 지훈 씨 때문에 그런 거잖아요. 지훈 씨가 하는 말이 진실인지 거짓인지 헷갈리고, 친구도, 연인도 아닌 그런 어정쩡한 관계도 그렇고, 애인이 있는 남자를 잡아야 하나 포기해야 하나 하는 고민도 들고……. 내 말이 맞죠?"

연우는 깜짝 놀라 천장을 보고 있던 고개를 내려 올케를 바라보았다. 심장이 마구 뛰고 있었다. 뛰어봐야 부처님 손아귀에 있는 손오공이 된 듯한 기분이었다.

"언니, 나 가끔 언니가 되게 무서운 거 알아요?"

"호호호, 저도 가끔 이런 제가 무섭답니다. 난 어쩜 이리도 잘 알까?"

올케는 아주 고소해 죽겠다는 표정으로 즐거워했다.

"오늘 걔한테 후회할 짓만 잔뜩 하고 왔어요. 전 제가 평소에도 거짓말을 잘한다고 생각했지만 오늘처럼 뛰어난 거짓말 개인기를 보인 적이 없었던 것 같아요."

연우는 더 이상 감출 게 없어지자 속마음을 털어놓기 시작했다. 가족들한테 소문이 나거나 말거나 상관없었다. 이 순간만큼은 그저 속마음을 탈탈 털어놓을 대화 상대가 필요했기 때문이다.

"애고……. 드디어 우리 아가씨도 사랑의 험난한 난코스로 접어드셨군요."

올케가 마른 오징어를 고추장에 찍어먹으며 안타깝다는 듯 외쳤다.

"하루 종일 마음을 이리 뒤집고 저리 뒤집으면서 고민을 하고 마음의 결정을 다 했다 싶었는데 막상 그게 안 되는 거예요. 현영 씨가 지훈이네 엄마한테 지극정성을 쏟는 걸 봐서 그런 거 같아요. 그 여자가 지훈이를 바라보는 눈 때문에, 그 마음 때문에 그런 거 같아요. 소희 말대로 그냥 착한 척하지 말고 마음이 시키는 대로 지훈이 빼앗자 했는데 그게 마음처럼 쉽지 않은 거예요. 그래서 마음에도 없는 소리도 막 하고 화도 내고 그랬어요."

연우의 눈빛이 촉촉해졌다. 마음이 다시 아파왔다.

"사랑이라는 실타래를 푸는 방법은 절대 쉽지 않아요. 그리고 정답도 없어요. 아가씨가 스스로 알아서 풀어나가야 해요. 사랑을 해본 사람들이 한 얘기나 경험은 아가씨한테 적용이 되지 않을 수 있으니까 그냥 참고만 하시고요. 저 또한 마찬가지예요. 뒤에서 응원밖에 해줄 게 없네요."

올케는 어느 때보다 진지한 눈빛으로 연우를 바라보며 위로하고 충고했다. 연우는 그런 올케가 고마웠다.

"언니, 충고해 줘서 고마워요. 진짜 고마워요."

"그렇게 고마우면 말로만 그러지 말고 맥주 한 잔 더 따라봐요!"

올케가 빈 잔을 연우에게 불쑥 내밀며 말했다.

"네! 알겠습니다!"

창문을 통해 들어오는 달빛으로만 겨우 볼 수 있는 어둠 속에서 지훈은 욕설을 내뱉었다. 연우가 한 말에 대해서는 더 이상 생각하고 싶지도 않았다. 그렇지 않으면 손에 들고 있는 술병을 창문으로 향해 던지는 일이 실제로 일어날 판이었다.

지훈은 소파에서 일어섰다. 어지러움 때문에 몇 번이나 균형을 잃을 뻔하면서 핸드폰을 찾았다. 그리고 연우에게 전화를 걸었다. 받기 전까지는 전화를 끊을 생각이 전혀 없는 지훈이었다. 꽤 깊은 밤이라 잠에서 깨울 수 있다는 생각도 들었지만 지훈은 그래서라도 전화를 하고 싶었다. 마침내 연우의 목소리가 들려왔다.

[여보세요?]

"백연우!"

지훈은 거의 고함에 가깝게 연우의 이름을 불렀다.

[말해.]

"넌 사랑하지도 않는 남자한테 널 줄 수 있는 거야? 남자가 원하면 키스도 해주고, 안아주고, 손도 잡아주고, 눈물도 닦아주는 거야? 너, 나 없는 동안 이때까지 그렇게 살아왔니? 그래서 그런 말 하는 거 어렵지도 않은 거야?!"

지훈이 고래고래 고함을 쳐댔다. 쇳소리에 가까운 소리를 낸 그의 가슴이 급하게 오르락내리락했다.

[뭐?]

지훈은 자신의 비꼬는 말이 연우를 얼마나 자극했는지 느끼며 뒤틀린 만족감을 느꼈다. 그리고 동시에 자신의 잔인함에 놀라기도 했다. 자기가 여자에게, 어떤 여자에게라도 이렇게 말할 수 있으리라고는 꿈도 꿔보지 못했다. 단 한 번도. 더구나 연우에게.

"그래, 나 한번 주라. 그렇게 쉽게 줄 수 있으면 나한테도 줘라. 나 너 미치도록 갖고 싶으니깐 줘라."

지훈은 연우가 상처받은 표정으로 손으로 입을 막고 터져 나오려는 울음을 참고 있는지 몰랐다. 핸드폰을 쥔 손이 덜덜 떨리고 심장이 지독하게 아파서 더 이상 지훈의 말을 듣지 못하고 전화를 끊은 사실을 몰랐다. 오늘 그녀의 가슴속에는 영원히 씻어지지 않을 깊은 상처가 남고 말았다.

"사랑하지도 않는 남자들한테 줄 수 있으면 미치도록 널 사랑하는 나한테 주는 건 어렵지도 않을 거 아니야!"

이를 꽉 깨문 지훈의 입술이 모두 하얘져 있었다. 그가 잇새로 숨을 토해내었다.

NO, 10

그 일이 있은 후 삼 일이 지났다. 연우는 그동안 아홉 번째 올케네 집에 머무르며 수를 놓고 액세서리를 만드는 일로 시간을 보냈다. 그리고 시간이 남으면 재영과 수영을 돌보고 집안일을 도왔다. 가끔 재영과 수영이 지훈과 노래방에 또 가자고 졸랐지만 연우는 그 순간만큼은 귀머거리가 된 것처럼 행동하고, 화장실이 급한 척하며 요리조리 내뺐다.

연우는 혹시나 지훈에게서 전화가 오면 아예 상종을 안 할 생각으로 발신인 표시를 확인하며 전화를 받았다. 하지만 정작 지훈에게선 어떤 연락도 없었다. 연락이 와도 안 와도 지훈이 께 씸하기는 매한가지였다.

올케와 조카들이 다 외출하고 아무도 없는 집에서 연우는 선풍기 앞에 앉아 수를 놓고 있었다. 그때 핸드폰이 울렸다. 발신인을 확인해 보니 전혀 모르는 번호가 떴다. 연우는 받을까 말까 고민을 하다 전화를 받았다.

"여보세요?"

[연우 씨.]

연우의 목소리를 단번에 알아버린 상대를 정작 연우는 누군지 알지 못했다.

"누구세요?"

[최현영이에요.]

최현영이 누구지?

연우는 잠시 생각을 해보았다. 그리고 이내 기억이 난 듯 당황한 기색으로 대답을 했다.

"아, 네. 안녕하세요. 그런데 무슨 일이세요?"

[제 힘만으로는 역부족이네요.]

연우는 무슨 뜻으로 하는 말인지 몰라 눈만 껌벅였다.

"네?"

[낮에 어머니 돌봐 드리는 건 그렇다 치더라도 지훈 오빠까지 돌보기가 너무 힘들어요.]

속상하다는 말투였다.

"그게 무슨 말이죠? 지훈이가 아프기라도 한가요?"

상종도 안 하겠다고 생각했던 지훈이지만 아프기라도 할까 봐 연우는 내심 걱정이 되었다.

　[네, 아파요. 그것도 아주 많이. 그런데 아픈 사람이 약 대신 술만 퍼마시고 있네요. 어머니한테 핑계 대주는 것도 한계가 있는데 그래도 그러네요. 연우 씨 다녀간 날 이후로 오빠가 저러니까 어머니가 걱정을 많이 하세요. 연우 씨, 도와주세요. 이곳으로 와주세요. 어머니도 연우 씨 많이 보고 싶어하세요.]

　현영이 말하고자 하는 의도는 꿰뚫었지만 다시 마음을 다잡을 수밖에 없었다. 지훈을 만날 순 없었다. 그러면 또 마음이 어떻게 변할지 모른다. 연우는 자신이 없었다.

　"저기…… 저도 아줌마 많이 보고 싶어요. 하지만 제가 지금 그럴 상황이……."

　[사람보다 더 중요한 일은 없어요. 그러니 와주세요. 부탁이에요.]

　현영이 말을 자르며 단호하게 말하자 연우는 더 이상 대꾸를 할 수가 없었다.

　[저, 이런 전화 드리는 거 쉽지 않았어요. 오빠를 위해서 부탁하는 거예요. 꼭 와주세요.]

　현영은 일방적으로 전화를 끊었다. 그리고 무작정 연우를 기다렸다.

　늦은 오후쯤에 벨소리가 들리자 현영은 쏜살같이 문을 향해 돌진했다. 그리고 문을 벌컥 열며 말했다.

"연우 씨?"

하지만 문밖엔 연우가 아니라 낯선 여자가 서 있었다.

"누구……."

"김경애 씨 좀 뵈러 왔습니다."

안색이 창백하고 느낌이 좋지 않은 여자여서 현영은 잠시 망설였다. 그때 안에서 경애의 목소리가 들려왔다.

"현영아, 누구니?"

"어머니 찾는 손님이세요."

현영이 안에다 대고 말했다. 경애는 잠시 말이 없었다. 하지만 길지 않은 순간이었다.

"들어오시라고 해라."

"들어오세요."

현영은 경애의 허락이 떨어지자 옆으로 비켜서며 말했다. 낯선 여자를 앞세우고 들어가자 경애는 한참 여자를 바라보다 현영에게 느닷없이 이런 말을 했다.

"현영아, 잠시 산책이라도 좀 하고 와라."

현영이 이상한 분위기를 파악했는지 머뭇거리자 경애가 다시 안심을 시키며 말했다.

"내 친구야. 내가 불렀어. 그러니까 염려하지 말고 다녀와."

"네."

현영은 지갑과 핸드폰을 들고 바깥으로 나갔다. 그것을 확인한 경애는 그제야 낯선 여자에게 말을 건넸다.

"은경아…… 오랜만이다. 앉아, 그렇게 서 있지 말고."

은경은 그럴 생각이 없는 듯 경애만 바라보았다.

"내 꼴이 말이 아니지? 이렇게 누운 채 널 맞이해서 미안하다."

은경은 상상했던 것보다 더 피골이 상접한 경애를 보고선 할 말을 잃고 말았다. 위암 말기 환자를 대해본 적이 전혀 없는 그녀로서는 경애를 보는 것만으로도 충분히 충격을 받았다.

"조만간 올지도 모른다고 생각했어. 중권 씨가 나 만났다고 했니?"

경애는 오늘 컨디션이 영 안 좋은지 숨을 헐떡거리며 말했다.

비밀이 새지 않도록 잡도리할 마음으로 이곳을 찾은 은경이지만 이런 모습의 경애에게 단 한 마디도 할 수가 없었다. 증오와 경멸, 분노로 가득했던 마음이 어느새 연민과 긍휼이라는 감정과 함께 뒤엉키어 그녀를 혼란스럽게 했다.

"딸들이 참 예쁘게 컸더라. 너 닮아서 아주 예뻐."

희미하게 웃는 경애의 이마에 송골송골 식은땀이 맺혔다. 은경은 손에 쥔 손수건에 더욱 힘을 주었지만 차마 경애를 닦아주지는 못했다.

"나 너한테 고맙게 생각해. 네 덕분에 미국에서 좋은 남자 만나 결혼도 하고 행복하게 잘살았어. 여기 있을.때보다 더 행복했어."

음모를 꾸민 사람에게 고맙다니.

은경은 경애의 말에 또 한 번 커다란 충격을 받았다. 좀처럼 진정이 되지 않았다.

"너 아직도 나 밉니? 이젠 나 미워하지 마라. 나 아프잖아. 얼마 살지도 못해. 항암치료로 머리도 다 빠지고 더 이상 여자로 살 수도 없어. 거울 쳐다보기가 무서워. 내 모습이 너무 흉해서 송장 같다는 생각이 들 정도야. 그러니까 나 불쌍하게 생각해 줘."

은경은 속에서 무언가가 월컥 올라오는 느낌이 들었다. 가슴 한복판에서 일어난 지진으로 이제는 온몸이 떨려왔다.

"우리 지훈이한테 단 한 번도 중권 씨가 아버지라고 한 적도, 너에 대해서 말한 적도 없어. 나 너한테 지은 죄가 너무 커서 눈 감는 순간까지 그럴 거야. 그러니까 나 미워하지 마라."

말을 이어나가기가 힘든지 경애는 잠시 숨을 몰아쉬었다. 그리고 다시 입을 열었다.

"남의 나라에서 뼈 묻으면 내 영혼이 이곳까지 오기 너무 힘들 것 같아서 왔어. 수구초심이라고, 여우도 죽을 땐 머리를 제 살던 굴 쪽으로 두고 죽는다는 말도 있잖니. 그러니까 네가 나 좀 너그럽게 봐주라. 응? 나 죽으면 우리 아들도 곧 미국으로 갈 거야. 네가 염려하는 일 절대 없을 거야. 은경아…… 네가 이번 한 번만 나 좀 봐주라. 응? 나 조용히 눈감을게. 입 꼭 다물고 눈 감을게. 그러니까 네가 나 한 번만 봐주라. 은경아…… 미안하다. 내가 너한테 그러면 안 되는 거였는데 정말 미안하다. 날…… 부디 용서해 다오."

"흐흑……."

참았던 눈물이 왈칵 쏟아진 은경이었다. 손수건으로 얼굴을 가리고 뜨거운 눈물을 흘리는 은경은 경애에게 어떤 말도 할 수 없었다. 밉다는 말도, 자신 또한 용서해 달란 말도…… 그 어떤 말도 할 수가 없었다.

그런 은경을 바라보는 경애도 함께 눈물을 흘렸다.

한편, 호텔로 찾아온 연우는 지훈이 묵고 있는 방 앞에서 크게 숨을 들이마셨다가 천천히 내쉬었다. 현영이 부탁해서 오기는 했지만 이게 잘하는 짓인지 스스로도 의심스러웠다. 자신이 사랑하는 남자가 다른 여자를 곁에 두고 싶어하는 마음을 품고 있는데도 질투를 하기는커녕 오히려 그 사실을 전해주는 현영의 행동을 도무지 이해할 수 없었다.

나이팅게일도 모자라 이젠 인현왕후라도 되고 싶은 건가?

현영이 이렇게 나올수록 연우는 지훈을 향한 마음을 접을 수밖에 없었다.

얼마나 사랑해야 이런 내공이 가질 수 있는 걸까?

자신은 죽었다 깨어나도 절대 따라갈 수 없다는 생각이 들었다. 연우는 그저 힘들어하는 친구에게 안부를 전하기 위해 온 거라고 스스로에게 말하며 벨을 눌렀다. 문이 벌컥 열리고 초췌한 지훈이 나타났다. 연우는 명랑스레 대뜸 물었다.

"여기 김지훈이란 애 없어요?"

"무슨 일이야?"

연우를 본 지훈의 얼굴이 실룩거렸다. 화가 나도 아주 단단히 난 모양이었다. 하지만 연우의 눈 또한 싸울 준비를 갖춘 듯 불꽃이 튀고 있었다.

"어머! 네가 김지훈이니? 난 네가 아닌 줄 알았다."

능청을 떨며 연우가 말해도 소용없다는 듯 지훈이 쌀쌀맞은 표정을 풀지 않았다. 지난 사흘 동안 연우를 다시 볼 수 없을지도 모른다는 생각에 공허하고 우울했던 그였지만 그런 마음을 내보이기는 싫었다.

"날 찾아온 용건이 뭐니?"

"누가 SOS 구조요청을 하기에 출동해 본 거야. 얼마나 응급 상황인지 보려고."

"현영이가 쓸데없는 짓을 했나 보구나. 가라, 아무 일 없으니까."

말과는 달리 지훈은 연우가 가지 않기를 바랐다. 태어나 처음으로 누군가가 옆에 있어주었으면 하는 바람이 생겼다. 연우와 가정을 꾸리고 싶었다.

아침마다 그녀와 함께 잠을 깨면 얼마나 좋을까?

그녀를 품에 안고 누워 있는 상상을 하자 지훈은 목이 메어왔다. 그녀가 자신의 것이라는 도장이라도 찍어 다른 사람들이 넘보지 못하게 하고 싶었다.

연우는 지훈이 마음에도 없는 소리를 하고 있다는 걸 알고 있었다. 지훈과 눈이 마주친 순간부터 그의 마음을 읽을 수 있었다. 연우는 문득 마법에 걸려 꼼짝 못하는 자신이 느껴졌다. 나방이 날개가 탈 줄 알면서도 어쩔 수 없이 불을 찾아 날아가듯 그에게 빨려들고 있는 자신이 느껴졌다. 연우는 속으로 자신에게 소리쳤다.

정신 차려, 백연우! 이러지 않기로 했잖아!

연우는 사력을 다해 시선을 피했다. 그리고 덤덤하게 말했다.

"그래, 그런 거 같다. 아직 부패한 냄새도 안 나고, 어디 하나 부러진 데 없이 멀쩡한 거 같고. 뭐, 이 정도면 괜찮네. 죽을 정도는 아니야. 그런데 불쌍한 현영 씨 힘든 거 생각해서 속 좀 작작 썩이지 그러니? 그러다 현영 씨까지 쓰러지면 어쩌려고 그래? 오죽 힘들었으면 나한테까지 전화를 했겠어?"

"알았어. 앞으론 그런 일 없을 거니까 염려하지 말고 가."

"내가 여기에 온 주 목적은 널 염려해서가 아니라 아줌마 때문이야. 날 찾으신다고 해서 온 거야. 못 믿겠으면 씻고 따라와 보든지. 간다."

연우는 거짓말을 하고 뒤돌아섰다. 곧 뒤에서 문 닫는 소리가 '쾅' 하고 들려왔다. 눈살을 찌푸린 연우가 확 돌며 삿대질을 하기 시작했다.

"자기가 뭘 잘한 게 있다고 큰소리야! 밴댕이 소갈딱지 같은 놈!"

연우는 마음을 다스리고 옆방을 향해 걸어갔다. 그때 문이 확

열렸다. 깜짝 놀란 연우가 엉겁결에 문을 덥석 잡았다. 그리고 더 놀란 얼굴을 했다. 문을 연 사람이 은경이기 때문이다.

"어? 아줌마!"

느닷없이 나타난 연우의 등장에 은경이 놀라 멈칫했다. 손수건으로 코와 입을 가리고 있었지만 차마 눈물 젖은 눈은 가리지 못한 상황이라 당황한 기색이 역력했다.

"여, 여, 연우야."

"아줌마도 아저씨처럼 친구 분이셨어요?"

세상에 별일이 다 있다는 식으로 말하는 연우의 음성은 복도에 쩌렁쩌렁 울릴 정도였다.

"어? 어."

은경은 여전히 손수건을 떼지 않고 말했다.

"그랬구나. 아줌마, 마음이 아프셔서 우셨어요?"

"연우야, 내가 좀 바빠서……. 나중에 보자꾸나."

연우의 말에 더 더욱 당황한 은경이 서둘러 자리를 떠났다.

"네, 안녕히 가세요."

연우는 급하게 떠나는 은경에게 허리를 굽혀 인사를 했다. 그리고 경애의 방으로 들어갔다.

"아줌마, 저 왔어요."

당연히 깨어 있으리라 생각했던 경애가 눈을 감고 있었다. 그새 잠이 든 모양이었다. 연우는 황달 증상까지 보이는 경애를 안타까운 눈으로 바라보았다. 힘든지 자면서도 숨이 고르지 못했다. 연우는 이마에 맺힌 땀을 옆에 놓인 수건으로 닦아주었다. 그때 경애가 힘겹게 눈을 떴다. 울었는지 눈가가 촉촉했다.

"아줌마, 저 때문에 깨신 거예요?"

연우가 근심 어린 눈으로 쳐다보았다.

"연우야."

목소리마저 너무 지쳐 있었다.

"네, 말씀하세요."

연우는 마음이 아파왔다.

"우리 지훈이를 잘 아는 사람은 나 다음으로 너일 거야. 우리 지훈이 나 없이 많이 외롭고 힘들어하면 위로도 많이 해주고 즐겁게 해줄래?"

이런 부탁은 현영한테 해야 하는 게 아닌가?

연우는 이런 생각이 들었지만 경애를 생각해서 순순히 응했다.

"네."

"마음이 편하다. 모든 걸 다 내려놓으니까 마음이 가뿐해."

경애는 다시 눈을 감았다. 여전히 숨소리가 고르지 못했다. 연우는 수건으로 계속 경애의 얼굴에 맺힌 땀을 닦아주었다.

경애가 잠이 든 후에 현영과 지훈이 함께 들어오며 대화하는 소리가 들렸다. 현영이 연우를 발견하고 인사를 건넸다.

"연우 씨, 안녕하세요?"

"네, 안녕하세요? 아줌만 지금 막 잠드셨어요."

연우는 함께 있는 그들을 바라보면 마음이 아플까 봐 고개를 돌리지 못한 채 그대로 인사를 했다.

"그럼 전 두 분한테 어머니 부탁드리고 집에 좀 다녀올게요. 볼일이 있어서요."

연우는 그제야 당황해서 고개를 돌렸다. 하지만 이미 현영은 가방을 들고 나가 버린 상태였다. 지훈과 다시 눈이 마주친 연우는 서둘러 고개를 다시 돌려 버렸다.

연우와 지훈은 누가 오래 버티며 말하지 않나 하고 경쟁하는 사람들처럼 오랫동안 서로에게 말을 하지 않았다. 연우는 꼭 이런 상황에서 침묵을 깨야 할 사람은 자신인가 싶어 지훈을 살짝 노려보며 입을 열었다.

"집은 언제 완성돼?"

"곧."

지훈이 창밖을 응시한 채 짧게 말했다.

"되게 빠르네. 비도 오고, 날씨도 더워서 쉽지 않았을 텐데. 다 완성되면 미국으로 다시 가는 거니?"

연우가 의자에서 일어나 지훈이 있는 창가로 걸어가며 물었다.

"응."

"넌 미국에서 뭐 하는 사람이었어?"

지훈의 옆 자리에 선 연우가 팔짱을 끼며 물었다.

"식당 주인."

"식당 주인?"

예상 못한 답이 나오자 연우가 배시시 웃었다.

"응. 왜?"

지훈은 죽어도 연우를 보지 않을 작정인지 창밖만 바라보았다.

"너 라면 하나도 제대로 못 끓였잖아. 그런 네가 식당 주인이라고 하니까 웃음이 나오네."

"주방장은 따로 있어. 양아버지가 운영하셨던 레스토랑을 이어받았을 뿐이야."

"그렇구나. 그럼 너 영어도 잘하겠다."

연우는 이런 식의 대화 정도는 해도 되겠다 싶어 계속 말을 이어나갔다.

"살다 보니 자연스럽게 하게 됐지."

"좋겠다. 난 영어도 못하는데. 현영 씨까지 영어 잘할 테니까 너는 애들 생겨도 영어 걱정 없이 살겠다. 훗날 나 결혼해서 애들 생기면 네가 우리 애들 홈스테이 해줄래?"

지훈이 연우의 말에 긴 한숨을 토해내며 미치겠다는 듯이 머리카락을 손으로 긁어 올렸다.

"왜? 싫어? 싫으면 관둬라. 친구 덕 좀 보려고 했더니 안 되겠네. 그럼…… 나 신혼여행 거기로 가면 좀 재워줄래? 그것도 안 돼?"

도저히 참을 수 없다는 듯 지훈이 자리를 옮겨 소파에 앉았다.

그리고 넓게 벌린 무릎 사이에 두 손을 맞잡고 손의 하얀 관절을 오래도록 살폈다. 마침내 그가 머리를 들고 연우를 불렀다.

"연우야."

"왜?"

이번엔 연우가 창밖만 쳐다보며 말했다.

"네 말이 아프다. 넌 아무 생각 없이 하는 말인데도 나는 아프다."

"아파?"

여전히 창밖만 바라보는 연우였다.

"그래."

"정말?"

"그래."

지훈은 되묻는 연우에게 다소 큰 목소리로 그렇게 대답했다.

"고것참, 쌤통이다!"

"뭐?"

지훈은 뒤통수라도 한 대 맞은 듯 훅 하고 숨을 내쉬며 뒤를 돌아보았다. 그때 연우도 비로소 뒤돌아서며 지훈의 눈을 똑바로 쳐다보았다.

"네가 나 아프게 했잖아. 그러니까 너도 아파야 공평하지."

연우의 말을 곰곰이 생각하며 지훈이 뺨의 안쪽을 곱씹었다. 그리고 이내 피식 웃고 말았다. 오랜만에 보는 그의 웃음에 연우 또한 전염이 된 듯 피식 웃고 말았다.

지훈이 손짓으로 가까이 오라는 표시를 했다. 연우는 잠시 머뭇거리다 그에게 다가갔다. 지훈이 연우의 손을 쥐었다. 그리고 그의 옆 자리에 앉혔다. 연우는 그에게서 손을 빼려 했지만 그가 허락하지 않았다. 마치 자신의 것인 양 꽉 쥐었다. 연우가 입을 열어 뭐라고 하려 하자 지훈이 자신의 입에 손가락을 가져다 대며 조용히 하라고 했다. 지훈은 소파에 기대어 연우를 뚫어지게 쳐다보았다.

연우는 할 말이 있으면 빨리 하란 식으로 눈짓을 하며 그에게 시선을 보냈다. 하지만 지훈은 아무 말 없이 연우의 얼굴을 가만히 들여다보았다. 그리고 한참 후 지훈은 손을 들고 연우의 얼굴을 만졌다. 그리고 그 손을 내려 목을 더듬었다. 연우의 하얀 목덜미에서 심하게 두근거리는 맥박이 느껴졌다. 연우는 그의 뜻밖의 행동에 깜짝 놀랐다. 그래서 들릴락 말락 한 소리로 말했다.

"뭐 하는 짓이야, 아줌마 계신 곳에서?"

지훈은 아무 소리도 안 들리는지 꿈쩍도 하지 않았다. 오히려 연우를 품에 끌어안았다. 연우는 눈을 동그랗게 뜨고 그의 단단한 가슴에 기대어 그를 올려다보았다. 경애가 잠든 이 상황에서 큰 소리를 낼 수 없어 그저 꿀 먹은 벙어리처럼 그를 노려볼 뿐이었다. 지훈이 연우의 귀에다 대고 속삭이기 시작했다.

"난 널 사랑하고 싶지 않아. 하지만 사랑이란 하고 싶다고 하고, 하기 싫다고 하지 않는 게 아닌 거 같아. 난 널 영원히 사랑할 것만 같은 느낌이 자꾸 들어. 널 사랑하지 않는 방법이 있다면 말해 주라."

연우는 갑자기 몸에서 기운이 빠져나가 지훈의 셔츠 앞자락을 꼭 쥐었다. 애원을 담아 자신을 자극하는 지훈의 목소리에 아까 한 맹세는 온데간데없이 사라졌다. 두손두발 다 들고 항복을 해야만 할 것 같았다.

"널 보면 널 사랑하는 만큼 원하게 돼. 안 그러려고 애를 써도 그게 안 돼. 나 어쩌며 좋니?"

지훈은 계속 연우의 귀에다 대고 속삭였다. 지훈은 이렇게 깊은 감정을 느껴본 적이 없었다. 연우에 대한 사랑을 주체할 수가 없었다.

"내가 네 몫까지 사랑하면 안 될까? 난…… 너 아니면 안 될 것 같은데…… 넌 아니라고 하고……. 나 정말 미쳐 버릴 것만 같다. 나 어떡하니? 나 정말 구제불능인데 어떡하니?"

이렇게 애원을 하고 사랑을 고백하는데 어떻게 지훈을 밀어낼 수 있단 말인가. 아무리 다른 여자가 있다 하더라도 말이다.

연우는 순간 마음이 시키는 대로 하고 싶어졌다. 다른 사람은 개의치 말고 이 순간만큼은 철저하게 이기적이고 싶었다.

연우는 마침내 그윽한 눈빛으로 지훈의 얼굴을 쳐다보았다. 그리고 그가 한 것처럼 똑같이 손을 들어 그의 얼굴을 매만지고 목으로 손을 옮겨 더듬었다. 그리고 그의 검은 머리 속에 손을 밀어 넣고 그를 끌어당겨 깊고 진한 키스를 하기 시작했다.

지훈은 작은 신음을 내뱉으며 눈을 감았다. 정신이 혼미해졌다. 실크처럼 부드러운 그녀의 입술이 그를 거의 광란 지경으로 몰아가고 있었다. 그는 입술을 떼고 고개를 들었다. 당황스러움이 기쁨으로 흥분으로 점점 변해갔다. 그는 간신히 숨을 몰아쉬며 작게 속삭였다.

"너야말로 뭐 하는 짓이야, 엄마 계신 곳에서?"

그렇게 말하고선 지훈은 장난기 많은 눈으로 환하게 웃었다. 연우는 그런 그가 얄밉다는 듯 노려보며 속삭였다.

"내가 백년 묵은 여우란 사실을 잊었느냐? 어서 네놈의 간을 내놓아라. 조금만 먹고 돌려줄 테니 어서 다오."

지훈이 '풋' 하는 소리를 내며 키득거렸다. 연우도 손으로 입을 가리고 웃음을 터뜨렸다. 그들은 진작 잠에서 깬 경애가 그들의 대화를 엿듣고 있다는 사실을 미처 알지 못했다.

저녁이 되어 현영이 집에서 돌아왔다. 현영은 지훈과 연우에게 저녁을 먹고 오라며 그들을 거의 내쫓다시피 했다. 그리고 여전히 잠이 든 경애 옆에서 책을 읽고 있었다.

"현영아."

언제 깼는지 경애가 현영을 불렀다.

"네, 어머니."

현영이 급히 책을 덮고 경애를 주시했다. 경애가 떨리는 손으로 현영의 얼굴을 더듬었다.

"현영아, 고맙다."

"고맙긴 뭐가 고마우세요?"

갑작스러운 경애의 말에 현영이 쑥스러운 듯 미소 지었다.

"모든 게 다 고마워."

"어머니, 지금 제가 연우 씨한테 지훈 오빠 양보한 거 고마워서 그러시는 거죠?"

현영은 되도록 아무렇지도 않게 말하려 했지만 마음이 가라앉는 건 어쩔 수 없는 일이었다. 경애는 아무 말이 없었다.

"전 오빠 좋아하지만 오빤 항상 저한테 그랬어요. '난 너 동생으로밖에 생각 안 해'라고요. 오빠 저한테 단 한 번도 마음 준 적 없어요. 그걸 알면서도 무작정 오빨 좋아했어요. 오빠 잘못 아니에요. 사랑이 강요한다고 이루어지는 게 아니잖아요. 오늘 집에 가서 건영 오빠랑 엄마한테 말씀드렸어요. 아무도 오빠 원망 안 해요. 단지 아쉬워할 뿐이에요. 어머니, 사랑이 깨졌다고 해서 미움이 생기는 건 아니라고 생각해요. 전 오빠랑 연우 씨하고 좋은 관계 유지하고 싶어요. 그게 다예요. 그러니 어머니가 저한테 고마워하실 것도, 미안해하실 것도 없어요. 전 오빠도 좋아하지만 어머니도 참 좋아해요. 인자하시고, 따뜻하고, 정도 많으시고……. 정말 좋아요. 어머니, 아들 하나 더 낳으시지 그러셨어요. 그러면 저도, 어머니도 좋았잖아요."

현영의 농담에 경애가 빙그레 웃었다.

"**여**길 가자고?"

"응."

택시에서 내린 연우가 손가락으로 가리키는 곳은 예전에 둘이 자주 갔었던 분식집이었다. 지훈이 머뭇거리는 연우의 손을 잡아 이끌었다. 그리고 문을 열자마자 큰 소리로 주문을 했다.

"아줌마! 여기 떡라김순 한 개씩이요!"

떡라김순이란 떡볶이, 라면, 김밥, 순대를 줄인 말로 예전에 연우가 주문했던 방식이다. 연우는 지훈이 지금까지 그걸 잊지 않고 있었다는 게 놀랍기만 했다. 지훈은 의자를 꺼내 연우을 앉히고 자신도 앉았다. 그리고선 작은 소리로 물었다.

"여기 아직도 단골한테 계란 두 개 주냐?"

하지만 연우는 아무 대답도 할 수가 없었다. 여기에서 펑펑 울다 뛰쳐나간 뒤론 온 적이 없어서 알지 못하기 때문이다. 그때 주인 아주머니가 다가와 탁자에 어묵 국물과 단무지가 담긴 그릇을 놓아주었다. 그리고 둘을 유심히 살펴보기 시작했다.

"여기 되게 오랜만에 왔죠? 낯이 익은데⋯⋯."

"저 여기 단골이었어요. 십삼 년 만에 다시 오긴 했지만요."

지훈이 빙그레 웃으며 말했다.

"아! 이제 알겠다. 이 아가씨를 보니까 기억난다."

여기에서 연우는 눈이 휘둥그레졌다.

설마 아주머니가 그 까마득한 일을 잊지 않고 기억하는 건 아니겠지. 하지만 잠시 후, 연우는 설마가 사람 잡는다는 말이 뭔지 확실하게 알게 됐다.

"아가씨, 옛날에 여기 혼자 와서 펑펑 울다 나간 아가씨 맞죠?"

평소에 가벼운 거짓말 정도는 즐기는 연우지만 이 순간만큼은 돌기둥이 되어버렸다. 지훈이 정말 그런 적이 있냐는 듯 연우를 쳐다보았다.

"아이, 기억 안 나요? 내가 떡볶이 주면서 친구는 언제 오냐고 물으니까 갑자기 펑펑 울다 그냥 나갔잖아요. 그때부터 오지 않아서 내가 기억이 나요. 지금 보니까 이 남자 분이 그때 그 친구구만."

연우는 얼굴이 붉어졌다. 그리고 울지는 않더라도 다시 뛰쳐나가고 싶은 마음이 들었다.

"그런데 그땐 왜 그랬던 거유? 그 이유가 무지 궁금한데."

이 아주머니가 이렇게까지 말이 많았던가?

연우는 고개를 푹 떨어뜨리고 난처한 표정을 지었다. 그리고 겨우 모기만한 목소리를 내며 말했다.

"아주머니, 저희 배고픈데……."

"알았어요. 뭔가 말 못할 사정이 있었던 게지."

주인 아주머니의 퇴장에 연우는 속으로 안도의 한숨을 쉬며 고개를 들었다. 그러나 이번엔 지훈이 그 이유를 듣고 싶어하는 얼굴로 연우를 뚫어져라 쳐다보고 있었다.

"왜 그랬어?"

마침내 지훈이 물었다.

"기억 안 나."

연우가 둘러대며 젓가락으로 단무지 하나를 집어 깨물어 먹었다.

"그런데 여기는 그동안 왜 안 왔어?"

지훈이 집요하게 캐물었다.

"그냥……."

그때 주인 아주머니가 주문한 음식을 가져와 탁자에 놓아주었다.

"맛있게들 먹어요."

"네. 어? 아직도 계란 두 개 주시네요."

지훈이 빨간 떡볶이 옆에 놓인 계란을 발견하고선 말했다.

"우리 가게 전통인데 줘야지."

"고맙습니다."

지훈이 고개 숙여 인사를 하고 숟가락으로 계란을 반으로, 반을 다시 반으로 나눠 잘랐다. 그리고 그것을 떡볶이 국물에 섞었다. 그런 다음 김밥의 맨 끝부분을 하나 집어 떡볶이 국물에 콕 찍어 입 안에 넣는 것이었다. 연우는 자신이 늘 했던 방식대로 먹는 지훈을 쳐다보았다. 세세한 부분까지 기억하는 지훈 때문에 연우는 괜히 눈물이 날 것만 같았다.

"맛있다. 너도 먹어."

입 안 가득 밀어 넣은 김밥 때문에 지훈의 말이 불분명하게 들렸다. 연우는 십삼 년 만에 먹어보게 되는 떡볶이를 선뜻 먹지 못하고 빤히 쳐다만 보고 있었다. 만약 지훈이 다시 돌아오지 않았더라면 영영 먹지 못할, 그리고 먹지 않을 떡볶이였다. 연우는 괜히 눈시울이 뜨거워졌다.

"왜? 먹고 싶지 않아? 표정이 왜 그래?"

지훈이 연우를 이상하다는 듯이 쳐다보았다.

넌 죽었다 깨어나도 이 떡볶이가 어떤 떡볶이인 줄 모를 거다.

연우는 속으로 말하고선 떡볶이를 입 안에 집어넣고 우물우물 씹었다. 꾹꾹 눌러 참은 눈물이 떡볶이와 함께 목구멍을 타고 내려갔다.

"난 미국에 가서 중독이라는 게 뭔지 확실하게 알았다."

연우가 깜짝 놀라 주위를 두리번거렸다. 그리고 고개를 낮춰 작은 목소리로 물었다.

"너 마약이라도 했던 거야?"

"그게 아니라, 토요일 오후만 되면 어김없이 이게 생각나는 거야. 정말 미치겠더라."

지훈이 앞에 놓인 떡볶이를 가리키며 말했다.

"이게 다 네가 날 그렇게 길들여 놓아서 그런 거야."

학교에 다닐 때 연우는 토요일 오후만 되면 지훈을 끌고 이곳에 왔다.

"지워지지 않는 이 냄새, 맛, 느낌의 기억 때문에 난 늘 널 생각할 수밖에 없었다. 그거뿐인 줄 아니? 여름밤만 되면 나도 모르게 별자리를 찾고, 소나기가 내리면 너랑 우산 없이 길을 걸었던 생각이 나서 우산 접고 비 맞고 다녔어. 산을 봐도, 강을 봐도, 바다를 봐도, 하늘을 봐도 온통 너랑 관련된 것만 생각나는 거야. 이게 바로 십삼 년 동안 백년 묵은 여우한테 홀려서 산한 남자의 전설이다."

지훈과 연우의 눈빛이 공중에서 엉겼다. 그들은 한동안 아무 말 없이 그렇게 서로 응시하고 있었다. 마침내 연우가 눈을 내리깔고 입을 열었다.

"아마 그 여우도 그랬을 거야. 곁에 없는 친구가 그리워서 밤

하늘을 쳐다보고, 비도 맞고, 산과 강과 바다를 헤맸을 거야. 그리고 그 여우는 영리해서 인터넷 세계도 헤매며 그 친굴 찾았을 거야."

비로소 연우가 하는 말을 이해한 지훈의 표정은 점점 환해졌다.

"너 그랬어? 정말 그랬어?"

연우는 살짝 눈을 들어 지훈을 쳐다보고선 다시 눈을 내리깔았다. 그리고 부끄러운 듯 고개를 끄덕였다.

"너, 나 사랑하지 않는다고 했잖아."

그 말에 연우가 아랫입술을 깨물며 얼굴을 붉혔다.

"바보…… 그립다고 그랬지, 언제 사랑한다고 그랬니?"

"거짓말. 사랑하니까 그리운 거지."

"시끄러, 떡볶이나 먹어."

연우는 핀잔을 주며 더 이상 아무 말도 하지 말라는 듯 일축해 버렸다. 그러자 지훈이 자리에서 벌떡 일어나 지갑에서 만원을 꺼내 주인 아주머니에게 건넸다.

"아줌마, 잘 먹었습니다. 갑자기 가야 할 데가 생각나서요. 다음에 또 올게요."

지훈은 연우의 손목을 잡고 바깥으로 끌고 나갔다.

"야아, 나 떡볶이 한 개밖에 못 먹었어."

연우가 아쉬운 듯 탁자 위에 놓인 음식을 바라보며 말했다.

"내가 나중에 떡볶이 장수를 해서라도 실컷 먹여줄게."

시원했던 분식집에서 나오자 바깥은 불쾌할 정도로 무더운 기운이 감돌고 있었다. 하지만 연우의 손을 잡고 뛰는 지훈의 마음은 그 어느 때보다 상쾌했다.

　지훈이 연우를 데려간 곳은 약수터 근처에 있는 돌담이었다.

　"집어넣어 봐."

　예전에 연우가 '로마의 휴일'이라는 영화를 보고 지훈을 이곳으로 데려와 우리나라에도 진실을 심판하는 입을 가진 돌담이 있다고 설명했다. 그래서 이 돌담 속에 손을 집어넣고 진실을 말하지 않으면 손이 잘린다고 했다. 물론 연우가 지어낸 100%짜리 거짓말이었다. 비록 산타마리아 코스메딘 성당의 입구 한쪽 벽면에 새겨진 강의 신 홀르비오의 얼굴 조각상은 아니지만 어른 손 하나가 들어갈 정도로 깊숙이 파인 돌담의 구멍은 정말 그런 전설을 하나쯤 가져도 될 정도로 그럴듯해 보였다. 그때는 피식 웃으며 믿지 않아 다 잊은 줄 알았는데 지훈은 용케도 기억하고 있었다.

　"바보, 이딴 걸 믿고 있었니? 이건 다 내가 지어낸 거짓말이라고."

　연우는 지훈에게 핀잔을 주었다. 하지만 지훈은 심각한 표정으로 조용히 말했다.

　"나도 네 말이 거짓말이라고 생각했어. 그래서 우리 반 애들한테 물어도 보고, 역사 선생님한테 여쭈어봤는데 진짜 그런 전설이 있더라."

"에이, 거짓말! 누굴 속이려고!"

연우가 비웃으며 믿지 않았다. 그래도 지훈의 표정은 누그러지지 않았다.

"너 인터넷 많이 하는 것 같던데 한번 찾아봐. 나도 그때 정말 믿기지 않아서 백과사전까지 뒤져 봤다니까."

연우는 아니라고 생각하면서도 지훈의 확고한 태도 때문에 점점 의심이 가기 시작했다. 연우는 '에이, 거짓말!' 하면서 지훈의 눈빛에서 거짓말의 흔적을 찾으려 했다. 하지만 이미 어둠이 내린 약수터 주변은 어두컴컴해져 있어서 그건 힘든 일이었다.

"그럼, 내 말이 사실인지 아닌지 넣어보면 알 거 아냐."

지훈이 아주 자신만만하게 말했다.

"그래, 그러면 되겠다. 뭐, 별것도 아닌 걸 가지고……."

호기롭게 대답은 했지만 그래도 연우는 살짝 두려워졌다. 혹시 그 안에 뱀이나 다른 생물이 살고 있어서 공격해 오지 않을까 하는 걱정이 들었다. 꾸물거리고 움직이는 건 뭐든 싫었기 때문이다. 겉으론 아무렇지도 않은 것처럼 손을 그 안으로 집어넣으려 했다. 긴장이 되고 식은땀이 흐르기 시작했다. 거의 다 집어넣었을 즈음이다.

"악!"

지훈이 연우의 손목을 확 낚아채며 고함을 질렀다. 그 바람에 너무 놀란 연우가 '꺅!' 하는 비명을 따라 지르며 지훈의 품에 와락 안겼다. 지훈은 자신의 거짓말과 장난에 속은 연우를 안고 깔깔거리며 웃어댔다. 그제야 자신이 속았다는 걸 깨달은 연우가 지훈을 때리기 시작했다.

"야아! 너, 뭐야? 날 속인 거야? 미워, 정말 미워 죽겠어!"

지훈은 계속 웃으며 연우를 꽉 껴안았다.

"그러니까 너도 속이지 마. 그러면 나도 너 미워서 죽을 것만 같단 말이야."

지훈이 연우의 귀에다 속삭이듯 말했다. 그리고 연우의 귓불을 살짝 깨물며 목에서부터 입술까지 키스를 해왔다. 지훈의 입술을 느낀 순간 연우는 강렬한 감각의 파도에 휩쓸리며 신음 소리를 내뱉었다. 그들은 환희의 물결에 온몸을 내맡긴 채 서로를 뜨겁게 포옹했다. 지훈의 몸속에서 뿜어져 나오는 열기가 입술을 통해 전해졌다. 연우는 지훈에게 몸을 붙인 채 숨을 몰아쉬었고, 그들의 몸과 마음은 물론 심장 박동도 하나로 녹아들었다.

"어? 비 온다."

연우가 한두 방울 내리는 비를 쳐다보며 말했다.

"산불 날까 봐 오나 보다."

지훈이 손을 펴서 비를 받으며 말했다.

"산불?"

"우리 지금 너무 뜨겁잖아. 산불이 나고도 남지."

연우는 어이가 없다는 듯 웃었다. 그때 빗줄기는 점점 굵어지고 거세졌다. 떨어지는 빗방울에 피부가 아플 정도였다. 하지만 연우와 지훈은 서로를 마주 보며 다시 입술을 맞췄다.

지훈과 연우는 손을 잡고 빗속을 걸었다. 비는 리듬을 타는 것처럼 가늘어졌다 다시 굵어지기를 반복했다. 한밤중 서울 시내 거리는 한산했다.

"네가 사준 옷 호텔에 있니?"

연우가 갑자기 생각이 난 듯 물었다.

"응."

"그런데 왜 하필이면 내가 제일 싫어하는 보라색이었어?"

연우가 뾰루퉁한 얼굴로 다시 물었다.

"일부러 그거 골랐어."

지훈이 앞을 보며 말했다.

"왜?"

"네가 미워서."

"내가 왜 미웠는데?"

연우가 갑자기 걸음을 딱 멈추며 물었다.

"난 너만 생각하면서 살았는데 넌 딴 남자 있었더라."

"나만 생각하며 살았다고? 피…… 거짓말. 말도 안 돼. 그런데 남자라니?"

연우의 눈이 휘둥그레졌다가 점점 가늘어졌다.

"한국에 와서 너네 집 앞에 갔었어. 그런데 어떤 여자가 남자의 가방을 들고 나오더니 내팽개치는 거야. 솔직히 난 그때 그 여자가 너라는 생각을 못했어. 병원에서 널 만나고 나서야 그 여자가 너라는 걸 알게 됐지."

연우가 지훈을 한참 쳐다보았다.

"왜 날 알아보지 못했어? 난 너 한눈에 알아봤는데?"

"머리카락이 얼굴을 가리고 있었고, 예전의 너하곤 많이 달랐으니까."

"내가 그렇게 많이 변했어?"

"응, 아주 많이."

지훈이 흐뭇한 미소를 지었다.

"하긴 내가 좀 늙었지. 가족들조차 이젠 똥차 취급을 하니까."

"그런 뜻 아니야."

"그럼?"

"너 아주 예뻐 보였어."

연우의 얼굴이 붉어졌다. 그러다 재미있다는 표정으로 물었다.

"그런데 그 남자 때문에 내가 미웠어?"

"그래. 그 남자랑 헤어지는 것 같았지만 그래도 나 없는 동안 네가 다른 남자랑 사랑도 하고 함께 살았다는 사실이 화가 나고 질투가 났어."

"뭐, 너는 나 없는 동안 다른 여자 만난 적 없니? 그런데 나 어쩌지? 그 남자랑 헤어진 거 아닌데."

연우의 말이 폭탄같이 여겨진 지훈은 점점 굳은 표정을 했다.

"그 남자 다시 만날 거니?"

"응."

연우는 속으로 재미있어 죽겠다는 표정을 하고 덤덤하게 대답을 했다.

"그 남자…… 사랑했어?"

그렇게 묻는 지훈의 음성이 떨렸다.

"물론하지. 지금도 사랑하는걸. 그것도 아주 많이."

자신에게는 목숨같이 아끼며 인색하게 굴었던 말을 연우가 너무나 자연스럽게 하자 지훈의 인상이 점점 험악해졌다.

"그래서 나한테 사랑한다는 말 못 한 거야? 그럼, 앞으로 난 어쩔 건데?"

"어쩌기는, 너도 만나고 그 남자도 만나야지."

지훈의 눈이 처음엔 커졌다 나중에 가늘어졌다.

"양다리를 걸칠 생각이야? 너 나한테 어쭙잖게 양다리 걸칠 생각 말라고 해놓고선 어떻게 그럴 수가 있어?"

지훈이 버럭 화를 내며 물었다.

그러나 연우는 지훈이 화를 내면 낼수록 더욱 재미있었다.

"그럼 너부터 앞으로 절대 양다리 걸치지 않겠다고 맹세해. 그럼, 나도 맹세할게."

"맹세해. 절대 양다리 안 걸칠게."

지훈이 손까지 들어 보이며 진지하게 말했다.

"그래, 나도 맹세해. 절대 양다리 안 걸칠게."

연우가 터져 나오려는 웃음을 참고 맹세했다. 그리고 덧붙여 말했다.

"맹세한 거 안 지키면 그날 네가 봤던 우리 경우 오빠한테 다 이른다."

"뭐? 경우…… 형?"

"메롱! 속았지?"

연우가 혀를 내밀고 깔깔대며 도망을 치기 시작했다.

호텔에 도착한 그들은 차례로 샤워를 하고 옷을 갈아입었다.

"자고 가라."

목욕 가운을 입은 지훈이 소파에 앉아 말했다. 세탁돼 있던 보라색 원피스를 입고 거울 앞에 서서 머리를 묶던 연우는 그런 그를 살짝 째려보았다.

"비 많이 오잖아. 시간도 많이 늦었고."

어떤 이유를 대서라도 연우를 붙잡고 싶은 지훈이었다. 하지만 연우는 안 된다는 듯 고개를 가로저었다.

"그냥 손만 잡고 잘게. 응? 아니, 털끝 하나도 안 건드릴게. 응?"

연우는 거울에 대고 더 단호하게 양손으로 X자 표시를 하며 안 된다고 했다. 그리고 지훈을 지나쳐 가려 했다. 그때 지훈이 연우를 놀라게 할 만큼 강한 힘과 민첩함으로 연우의 손을 움켜

쥐어 자신의 무릎 위로 세게 주저앉았다. 팔로 연우를 껴안은 지훈은 그녀를 꼭 붙든 채로 두 손을 깍지 꼈다.

"알았어, 알았다고. 그럼 딱 십 분만 이러고 있자."

연우는 그토록 애원하는 지훈을 차마 뿌리치지 못하고 그가 원하는 대로 있어주었다.

"연우야."

"말해."

"나…… 예약할게."

"예약이라니?"

"청혼 예약."

"청혼 예약?"

"난 당장이라도 너한테 청혼을 하고 싶은데 반지가 없어. 너한테 주고 싶은 반지, 지금 미국에 있거든. 그러니까 혹시라도 나 아닌 다른 남자가 청혼을 하더라도 절대 받아들여선 안 된다. 내가 먼저 예약했으니까."

연우는 웃음이 나왔다. 지훈에게 이런 면이 있었나 싶어 그를 쳐다보다 그의 입 가까이로 입을 낮추곤 지훈의 입술을 약하게 빨아댔다. 천천히, 그리고 감미롭게 그녀의 혀가 그의 입속에서 움직였다. 지훈이 잠시 입을 떼고 괴로운 듯 말했다.

"넌 키스를 하고 있는 게 아냐. 날 고문하는 거라고."

연우는 자신만의 음흉한 웃음소리를 냈다.

"<u>으흐흐흐</u>……. 이게 왜 고문이니? 기특한 말을 해서 상 주는 건데."

"그래? 그럼 이왕 주는 거 후하게 주라."

말을 끝낸 지훈이 연우에게 팔을 뻗어 그녀의 원피스 지퍼를 내렸다. 그리고 어깨 끈과 브래지어 끈을 함께 잡아당겼다. 고개를 숙인 지훈은 자기 뺨을 연우의 젖가슴에 비벼대다가 그녀 젖가슴 사이의 깊게 패인 골에 코와 입술을 디밀어 애무했다. 연우는 흐느끼는 듯한 소리를 냈다. 지훈이 부드럽고 풍만한 그녀의 젖가슴과 유두를 혀로 애무하자 연우는 신음 소리를 냈다.

"그만 해. 기분이 묘해."

하지만 지훈은 연우가 힘없이 부탁하는 것을 무시하고 그의 입술로 뻣뻣하게 경직되어 있는 유두를 잡아당겨서 가볍게 빨았다.

"나도 그만 하고 싶은데 그게 안 돼."

그녀의 다른 젖가슴으로 입술을 옮기면서 지훈이 중얼거렸다. 연우는 자기에게서 지훈의 머리를 떨어뜨려 놓으려고 그의 머리카락 속으로 손가락을 밀어 넣었다. 그러나 그녀는 전에 한 번도 느껴보지 못했던 쾌락을 주고 있는 그의 따뜻하고 촉촉하게 젖어 있는 입에서 자신을 떼어낼 수가 없었다. 격렬한 통증을 느끼게 하는 뜨거운 열기가 그녀의 젖가슴과 허벅지 사이로 소용돌이쳤다. 고개를 든 지훈이 고통스러워하는 듯한 연우의 두 눈을 뚫어지게 쳐다보았다.

"아팠어?"

"아니, 짜릿했어."

연우가 대답했다. 지훈이 싱긋 웃고선 다시 연우의 입술에 재빠르게 키스했다. 또다시 입으로 연우의 입을 사로잡으면서 지훈은 손으로 그녀의 젖가슴을 덮쳤다. 혀로 그녀의 혀를 애무하는 동안 지훈은 그녀의 젖가슴을 부드럽게 쓰다듬었다. 그는 자기의 키스로 인해 여전히 촉촉하게 젖어 있는 그녀의 유두를 엄지손가락으로 천천히 문질렀다. 연우는 두 손을 그의 어깨 위에 힘없이 내려놓았다. 가운 속에 있는 그의 따뜻한 피부에 자기의 맨살을 갖다 대고 싶었지만 그 유혹에 저항했다. 연우의 정신은 뜨거운 열정으로 멍한 상태였다. 어떻게 이런 일이 일어났는지, 어느 시점에서부터 상황에 대한 통제력을 잃게 되었는지를 전혀 알 수 없었다. 그러나 자기가 철두철미한 신조를 어기고 있다는 것을 깨달을 만큼은 충분히 맑은 상태였다. 연우는 지훈의 어깨를 부드럽게 밀어내며 자리에서 일어섰다. 그리고 손을 위로 올려 어깨 끈을 바로 하고 지퍼도 올렸다.

"십 분 지났어."

연우의 말에 지훈은 쿠션에 얼굴을 파묻었다. 그리고 괴로운 신음 소리를 냈다. 연우는 웃음이 나왔지만 애써 참았다.

"참는 자에게 복이 있나니. 그만 옷 갈아입고 나 데려다줘."

"내일 아침 일찍 와줄 거지?"

"알았어."

"오자마자 키스해 줄 거지?"

연우는 어린애처럼 구는 지훈이 귀엽게 느껴졌다.

"생각해 보고."

"그럼 너 못 가. 안 보낼 거야."

"알았어, 키스해 줄게."

"기다릴게. 아아, 정말 미치겠다. 누가 내 심정을 알랴!"

고개를 든 지훈은 천장을 원망스럽게 쳐다보았다. 그런 지훈을 보는 연우는 자꾸 입이 헤벌쭉해졌다.

올케네 집에 돌아온 연우는 한껏 흥분해 있었다. 창문으로 흘러들어 오는 달빛과 별빛은 번쩍번쩍 빛나는 은가루 같았다. 창가에 선 연우는 커튼을 잡아 뺨에 대보았다. 감촉이 황홀하게 느껴졌다. 연우는 가까운 곳이 보이지 않는다는 듯 앞을 뚫어지게 바라보며 손을 들어 자기 입술을 만져 보았다. 부풀어 오른 것처럼 느껴졌다. 아랫입술을 혀로 빠르게 핥았다. 지훈을 음미하고 있었다. 강렬한 힘이 느껴졌다. 힘이 강렬하다는 증거는 그녀의 입술에, 젖가슴에 확연히 남아 있었다.

잠옷으로 갈아입기 위해 원피스와 브래지어를 벗은 연우는 자기 젖가슴을 쳐다보았다. 젖가슴의 끝부분은 아직도 붉은색을 띠고 있었고, 부드러웠다. 순간 그녀의 얼굴이 토마토처럼 붉어졌다. 지훈의 자극적인 애무에 대한 생각을 하자 손바닥에서 땀이 배어나와 축축해졌다. 잠옷으로 갈아입은 연우는 침대 위 이불 속으로 미끄러지듯 들어갔다. 그리곤 꿈에서만이라도 지훈과 아까 못다 한 사랑을 나누고 싶다는 생각을 했다.

그 느낌은 진짜 어떨까?

연우는 궁금하기만 했다. 얼굴 위로 헝클어진 머리를 뒤로 쓸어 넘기면서 한 손으로 이불을 가슴께로 끌어당긴 뒤 팔베개를 베었다. 그리고 행복한 미소를 지으며 눈을 감았다.

연우를 집에 데려다 주고 호텔에 돌아온 지훈은 일층 로비를 서성이는 중권을 발견했다. 중권은 술에 잔뜩 취했는지 제대로 몸을 가누지 못하고 비틀거렸다. 중권을 발견한 호텔 측 직원들이 그를 향해 다가가는 것이 보였다. 그러자 곧 실랑이가 벌어졌다.

"아, 글쎄, 사람을 찾으러 왔다니까!"

중권이 그를 잡으려고 하는 직원들의 손을 뿌리치며 큰 소리를 냈다. 지훈은 그들에게 서둘러 다가갔다.

"안녕하세요? 이분은 절 만나러 오신 겁니다."

지훈은 중권에겐 인사를 하고 직원들에겐 임기응변식으로 둘러댔다. 직원들이 수긍을 하고 가자 지훈은 중권을 바라보았다.

"술을 많이 드셨나 봐요."

중권의 눈동자에는 깊은 슬픔이 어려 있었다. 중권은 말없이 고개를 끄덕였다.

"설마 이 밤에 저희 어머닐 만나기 위해 오신 건 아니죠?"

지훈은 중권이 대답을 하지 않아도 눈빛으로 그렇다는 걸 깨달았다. 지훈은 이상한 생각이 들었다.

이렇게 늦은 밤에 만취한 상태에서 어머니를 만나야 할 이유가 뭘까?

"제 방으로 가서 뭐라도 드시겠어요?"

지훈은 이대로 중권을 보낼 수가 없어 그에게 제안을 했다. 중권은 사양을 하지 않았다. 뭔가 하고픈 말이 많은 사람처럼 순순히 지훈을 따랐다.

지훈은 비틀거리는 중권을 부축해 방으로 안내했다. 소파에 앉히고 냉장고에서 차가운 음료를 꺼내 중권 앞에 놓아주었다.

"드세요."

중권이 말없이 고개를 끄덕였다.

"저희 어머니랑 오랜 친구 분이신데 전 아저씨를 뵌 기억이 나질 않네요. 혹시 아저씨는 제가 어렸을 때 절 본 적이 있으셨나요?"

지훈은 미안한 표정을 지으며 중권에게 말했다. 중권의 눈동자와 입술이 미세하게 떨렸다.

"자네는…… 아버지에 대한 기억이 있나? 자네 생부 말일세."

중권이 느린 어조로 조심스레 물었다.

"아뇨, 전혀 없습니다. 제가 태어나기도 전에 돌아가셨다고 하시더군요."

질문에 질문으로 대답하는 중권의 태도에 점점 의구심이 들었지만 지훈은 솔직하게 대답했다. 그리고 한마디를 덧붙였다.

"혹시 저희 아버지에 대해 아는 게 있으신가요?"

중권이 고통스러운 표정으로 힘겹게 고개를 끄덕였다. 지훈은 그런 중권이 이상하게 느껴졌지만 자신의 아버지에 대해 알수 있는 기회가 마련된 것에 대해 흥분을 감추지 못했다.

"어떤 분이셨나요? 말씀 좀 해주세요."

중권은 힘든 선택의 기로에 섰다. 삼십 년을 아버지가 돌아가신 줄 아는 지훈에게 자신이 생부임을 알리는 것이 과연 옳은 것인지, 그리고 그의 말에 지훈이 어떤 반응을 보일지가 두렵기만 했다. 심장이 터져 나갈 것처럼 뛰었다. 오늘 은경과 심하게 말다툼을 하고 저녁 내내 술을 푼 중권이었다. 중권은 은경에게 경애가 죽고 나면 지훈을 자신의 호적에 친자로 올리겠다고 선언했다. 하지만 은경은 예상대로 절대 그렇게 할 수 없다고 했다.

중권은 이 모든 게 자신의 죄라고 생각했다. 경애가 이혼을 요구했어도 그때 헤어지지 말아야 했었다. 은경이 결혼을 하자고 했어도 해서는 안 됐다. 차라리 경애가 새로운 인생을 살아갈 수 있도록 미련을 갖지 말아야 했었다. 자신의 아이를 낳은 경애를 그렇게 도망치듯 다니게 해서는 안 됐다. 그 밖에 더 많은 것들을 하지 말아야 했었다. 중권은 이런 상황조차 만들지 말아야 했다고 훗날 후회하는 게 아닐까 하는 근심이 생겼다. 하지만 자식이 묻고 있다. 자신의 유전자와 피를 물려받은 아들이 아버지에 대해 묻고 있다. 어떻게 거짓을 말한단 말인가!

"자네 아버지는……."

마침내 입을 연 중권이었다. 지훈은 바짝 긴장했다.

"자네 어머니를 아주 많이 사랑했네."

지훈의 얼굴에 희색이 돌았다. 그리고 더 말해 달라는 듯 재촉하는 눈빛으로 중권을 쳐다보았다.

"그들은 결혼을 했고 행복한 나날을 보냈지. 단 한 번도 언성을 높일 일도, 싸울 일도 없었어. 그러나 삼대 독자인 자네 아버지는 결혼한 지 오 년이 넘도록 자식을 보지 못했네. 자네 어머니는 시부모님과 친척들에게 시달렸으면서도 절대 내색하지 않았어. 하지만 더 이상 견딜 수 없었던 자네 어머니는 결국 이혼을 요구했고 혼자 살게 되었네."

지훈의 얼굴에서 점점 미소가 사라졌다. 처음 안 사실이었다.

"자네 아버지는 재혼을 했고 아이들을 낳았어. 그러면서도 자네 어머니를 많이 그리워했고 잊지 못했네. 그래서 다시 자네 어머니를 찾았고…… 그 후 자네가 태어나게 된 거네."

지훈의 눈이 휘둥그레졌다. 충격을 받은 듯 몸을 떨기 시작했다.

"어떻게 그럴 수가…… 어떻게……."

중권은 죄책감에 주먹을 불끈 쥐었다. 지금 당장이라도 모든 사실을 털어놓고 아들에게 용서를 구하고 싶었다. 하지만 결코 쉬운 일은 아니었다.

"자네 아버지는 얼마 전까지도 자네 어머니와 자네를 찾고 있었네. 전국 방방곡곡을 다 뒤져 가며 찾았고 해외에 나가서 찾기까지 했네."

"그만 하십시오. 더 이상 들을 수가 없군요."

지훈이 자리에서 벌떡 일어섰다.

"제 아버지가 그렇게 무책임하고 이기적인 사람이었군요! 사랑이란 명목으로 한 여자의 일생을 송두리째 망가뜨린 것도 모자라 새로 꾸린 가정까지 흔들고 배신했군요. 어떻게 사람이 그럴 수가 있죠? 그런 사람이 제 아버지라고요? 세상에! 말도 안 돼."

점점 격앙된 지훈이 소파 주위를 맴돌았다. 그런 지훈을 바라보는 중권은 비통한 심정을 감출 수 없었다.

"그런 분이 지금도 우릴 찾고 계시다고요? 왜죠? 뭘 어떻게 하려고 찾으시는 거죠? 주위 사람들에게 얼마나 더 상처를 안겨주려고 그러신대요?"

거칠게 내뱉는 지훈에게 중권은 더 이상 아무 말도 할 수가 없었다. 은경이 똑같은 말로 비난을 했을 때보다 더 더욱 가슴이 찔리고 아팠다.

"전 그런 분을 아버지로 생각할 수 없습니다. 그런 분의 피를 이어받았다는 사실이 참으로 부끄럽고 끔찍합니다. 우리 어머니가 그런 분을 사랑했다는 사실이 정말 믿겨지지 않습니다. 전 그분을 용서할 수 없습니다. 혹시라도 그분을 만나게 되시면 절대 제 앞에 나타나지 말라고 전해주십시오. 전 오늘밤 들은 얘기 다 잊을 겁니다. 깨끗하게 지울 겁니다. 떠올리는 자체만으로도 피가 거꾸로 솟고 화가 납니다."

지훈의 얼굴이 도저히 통제할 수 없는 분노로 벌겋게 달아올랐다. 앙다문 잇새로 거친 숨을 내쉬고 이로 아랫입술을 여러 번 깨물었다. 점점 험악해지고 불쾌한 표정을 짓는 지훈을 바라보는 것 자체가 중권에겐 곤욕이었다. 중권이 조용히 자리에서 일어났다. 그리고 자기의 잘못을 뉘우치는 듯한 목소리로 말했다.

"비난받아 마땅하네. 어느 누구한테도 이해받을 수도, 용서받을 수도 없을 걸세. 평생 잘못된 선택만 하고 산 사람이니 평생 가슴을 짓찧으며 후회하는 게 마땅하네. 지은 죄가 크니 분명 천벌받을 게야. 자네 아버질…… 절대 용서하지 말게."

말을 끝낸 중권이 비틀거리며 문을 향해 걸어갔다. 중권의 말은 지훈의 마음을 께름칙하게 만들었다. 혼란의 늪에 점점 빠져드는 기분이 들었다. 지훈은 알 수 없는 힘의 이끌려 다급한 음성으로 중권을 불러 세웠다.

"잠깐만요!"

중권이 걸음을 멈췄다. 하지만 지훈을 향해 몸을 돌리진 않았다.

"저기…… 말도 안 된다는 건 알지만…… 그건 알지만…… 설마 아저씨가 제……."

지훈은 차마 말을 끝까지 이어나갈 수가 없었다. 얼토당토아니한 질문을 하는 자신이 어리석게 여겨졌다.

"아니죠? 하하하……. 내가 도대체 무슨 말을 하는 거야? 아저씨, 죄송해요."

지훈은 머리카락을 쓸어 올리며 헛웃음 소리를 냈다. 잠시 무거운 침묵이 흘렀다. 그 침묵을 깬 사람은 중권이었다.

"날…… 절대 용서하지 마라."

울음 섞인 중권의 말에 지훈은 심장이 쿵 내려앉는 기분이 들었다. 곧 문이 닫히는 소리가 들려왔다. 하지만 지훈은 그대로 얼음 기둥이 되어버린 상태였다.

충격의 소용돌이에 휩싸인 건 지훈뿐만이 아니었다. 함께 영화를 보고 저녁 때 귀가했던 소희와 태희도 안방에서 들려오는 소리에 충격을 받고 혼란스러워하고 있었다. 도저히 믿을 수 없는 말이라 태희와 소희는 각각 머리 속에서 그 말을 계속 반복 재생시켰다.

"그 앤 내 아들이라고! 아무리 부정하려고 해도 그 사실은 변하지 않아!"

"언니, 그게 정말 사실일까?"

소희가 침울한 표정으로 태희에게 물었다. 무릎을 끌어안고 침대에 앉아 있는 태희는 눈을 감은 채 묵묵부답이었다.

"난 도무지 믿기지가 않아. 아빠가…… 다른 사람도 아닌 우리 아빠가 어떻게……."

소희는 손톱을 잘근잘근 씹으며 불안한 듯 방 안을 서성였다.

"정신없으니 좀 앉아줄래?"

눈을 감았어도 소희가 하는 행동이 못마땅했는지 태희가 사납게 외쳤다. 잠시 후 태희가 갑자기 눈을 뜨고 벌떡 일어났다. 자신의 청력을 의심하는 것보다는 직접 은경에게 확인하는 게 더 정확할 거라는 판단이 들어서였다. 태희는 씩씩거리며 아래층을 향해 뛰듯 내려갔다. 소희가 그런 태희를 부르며 뒤쫓았다.

"언니, 언니!"

태희는 거실 소파에 눈을 감고 앉아 있는 은경을 불렀다.

"엄마!"

은경은 눈을 동그랗게 뜨고 자신을 향해 뚜벅뚜벅 걸어오는 태희를 바라보았다. 거실 조명 불빛에 분노 어린 태희의 얼굴이 드러났다.

"왜…… 그래?"

은경이 소파에서 천천히 일어서며 말했다.

"아빠한테 우리가 모르는 아들이 있다는 게 사실이야?"

태희가 두 주먹을 불끈 쥐고 눈을 부릅떴다. 화가 많이 난 듯 관자놀이의 핏줄이 도드라져 있었다. 태희의 말에 충격을 받은 은경이 다리에서 힘이 풀린 듯 소파에 다시 주저앉고 말았다.

"사실이야? 사실이냐고?"

거의 발악에 가까운 외침에 은경이 괴로운 듯 눈을 꽉 감았다.

"엄마, 너무 터무니없는 말이라 믿기지가 않아. 엄마, 말해 줘. 아니라고 말해 줘. 응?"

뒤따라온 소희가 은경의 옆 자리에 앉으며 애처로운 눈빛으로 말했다. 얼굴이 하얗게 질린 은경은 금방이라도 심장마비로 쓰러질 듯한 표정이었다.

맙소사! 이 위기를 모면할 방법은 없는 걸까? 왜 모두들 날 괴롭게 하는 거지?

"왜 말을 못해? 아니라고 왜 말을 못해?"

태희가 언성을 높였다.

"언닌 왜 엄마한테 소리를 지르고 그래?"

소희가 소리쳤다. 은경은 더 이상 듣고 있을 수가 없어 귀를 틀어막고 방으로 달려갔다. 넘치는 눈물로 시야가 뿌옇게 흐려졌다. 차마 딸들 앞에서 눈물을 보일 수가 없었다. 문을 잠근 은경은 계속 흘러내리는 눈물을 닦을 생각도 않고 소리없는 비명을 질렀다.

NO, 12

다음날 아침, 연우는 지훈을 만나기 위해 일찌감치 집을 나섰다. 콧노래를 흥얼거릴 정도로 기분은 아주 좋았다. 지나가는 사람들에게 '여러분, 행복해지고 싶으십니까? 그럼, 사랑을 하세요!' 라고 외치고 싶었다. 오랜만에 입이 헤벌쭉헤벌쭉해지고 특유의 웃음소리가 흘러나왔다.

"으흐흐흐……."

그러다 지난밤 일이 떠올라 얼굴이 사과처럼 후끈 달아올랐다. 가슴은 콩닥콩닥 세차게 뛰었다. 호텔 복도에서 현영을 발견하기 전까지.

현영이 지훈의 방 앞에서 노크를 하며 그를 애타게 불러대고 있었다.

"오빠! 오빠!"

안에서 아무런 대답이 없자 현영은 핸드폰을 꺼내 전화를 걸었다. 잠시 후 방 안에서 핸드폰 벨소리가 들려왔다. 안에 지훈이 있거나 핸드폰을 두고 나간 게 틀림없었다. 그때 벨소리가 멈췄다. 지훈이 전화를 받은 것 같았다. 핸드폰을 통해 무슨 소리를 들었는지 현영이 놀란 얼굴을 하며 그를 다시 불렀다.

"오빠, 문 좀 열어봐. 무슨 일이야? 응? 문 좀 열어봐!"

현영은 불안한 얼굴로 문을 쳐다보며 안절부절못했다. 그때 문이 열렸다. 현영의 얼굴이 심하게 일그러졌다.

"오빠?"

지훈이 쓰러지듯 나오더니 현영의 목과 허리를 감싸 안았다. 현영도 엉겁결에 지훈의 허리를 꽉 끌어안았다.

"오빠, 도대체 왜 그래? 무슨 일이야? 응?"

현영은 지훈에게 안긴 채로 방 안으로 들어갔다. 그리고 문을 닫았다.

문이 닫히는 순간 연우의 심장도 바닥으로 추락하고 말았다. 방금 본 장면이 머리 속에서 도돌이표가 그려진 악보를 연주하듯 되풀이됐다. 온몸이 납덩어리가 된 것같이 무겁기만 했다. 도망을 가든 지훈의 방으로 달려가든 하고 싶은데 도무지 움직일 수가 없었다. 한참을 그렇게 서 있어도 굳게 닫힌 문은 열릴 기미가 보이지 않았다.

이게 무슨 의미일까? 난 이제 어떻게 해야 하는 걸까?

연우는 떨리는 손으로 간신히 벽을 짚었다. 그리고 복도 모퉁이에 주저앉았다. 더 이상 문도 보이지 않았다. 복도는 너무나 조용했다. 적막감이 길어질수록 심장이 오그라드는 것처럼 고통스러웠다. 하지만 지훈에 대한 일말의 믿음을 버리고 싶지는 않았다.

시간이 계속 흘러갔다. 연우의 마음속엔 불안감을 가득 담은 상자가 테트리스 게임을 하는 것처럼 뚝뚝 떨어져 차곡차곡 쌓여갔다. 연우는 상자를 비워냈다. '게임 오버'라는 글자가 뜰까 봐 조바심을 내며 열심히 움직였다.

무슨 사연이 있을 것이다. 내가 그들을 오해하는 것이다. 내가 이렇게 의심하는 걸 알면 그들 또한 나에게 크게 실망할 것이다. 확인도 안 한 상태에서 그들을 죄인 취급하는 건 크나큰 잘못이다. 나한테 맹세까지 했는데……. 그래, 아닐 거다. 그들이 그럴 리가 없다. 그럴 리가 없어. 절대 그럴 리가…….

연우는 주문을 외우는 것처럼 연신 중얼거렸다. 그때 문 열리는 소리가 들렸다. 떨리는 마음으로 게임 중지 버튼을 누르고 모퉁이 너머를 조심스럽게 바라보았다. 그리고 금방 후회하고 말았다. 간신히 붙들고 있던 믿음의 줄이 '팅' 하는 소리를 내며 튕겨져 나갔다. 모든 사고의 전원을 끊어진 듯 아무 생각도 나지 않았다.

간신히 정신을 차린 연우는 주위를 둘러보았다. 한강 고수부

지였다. 어떻게 자신이 이곳까지 왔는지 기억조차 나지 않았다. 뜨거운 햇살 때문에 피부가 벌겋게 익었지만 아무런 느낌이 없었다. 넋이 나간 연우는 다시 멍해지고 말았다.

다시 정신을 차렸을 땐 주위가 어두컴컴해지고 있었다. 연우는 자리에서 일어나려 했다. 하지만 오랜 시간 똑같은 자세로 앉아 있어서 그런지 뼈와 근육에서 뻐근함이 느껴졌다. '끙' 하는 소리를 내며 겨우 일어선 연우는 방향 감각 없는 사람처럼 전혀 연고가 없는 엉뚱한 쪽으로 걸어가기 시작했다.

핸드폰 소리에 다시 정신이 들었을 땐 한강의 수많은 대교 중 한곳의 중간 지점을 걷고 있었다. 하지만 소리의 근원지가 가방 속 핸드폰이라는 것을 깨닫기까지는 시간이 좀 걸렸다. 가방에서 핸드폰을 꺼냈다. 발신인을 확인해 보니 지훈이었다. 연우는 무표정한 얼굴로 그 이름을 쳐다보았다.

나쁜 놈……. 마음이 변했다는 말 하고 싶어서 전화한 거니? 그럴 거면서 맹세 같은 건 뭐 하려고 했어? 나쁜 놈! 수고할 필요 없다. 물고기들한테나 실컷 떠들어라.

핸드폰을 들고 있는 손을 다리 난간 바깥으로 뻗었다. 그리고 손에서 천천히 힘을 뺐다. 핸드폰의 무게가 빠져나간 손이 가벼워졌다. 울지 않으려고 이를 악문 연우는 다시 걸어가기 시작했다. 뻔뻔한 인간한테는 눈물 한 방울도 아까웠다.

연우는 성난 황소처럼 콧구멍으로 뜨거운 콧김을 내뿜었다. 만약 지훈이 지금 눈앞에 나타나면 당장이라도 으르렁거리며 돌진해 뿔로 받아버리고 싶은 심정이었다. 다시 떠올리고 싶지 않은 장면이 머리 속에서 재방송되자 연우는 난간을 부여잡고 사나운 짐승처럼 포효했다.

"이 나쁜 놈아! 인생 그따위로 살지 마!"

지훈은 연우가 간신히 쌓아 올린 믿음의 탑을 배신이라는 채찍으로 사정없이 후려쳐 무너뜨렸다. 이상한 포즈로 함께 방에 들어간 건 그렇다 쳐도 둘 다 머리가 젖어 있는 상태에서 옷을 갈아입고 다정히 나오는 건 무슨 말로도 해명이 되지 않을 것이다. 더구나 현영은 연우가 어제 두고 간 옷까지 입고 있었다. 연우는 다리 난간을 사정없이 흔들어대며 다시 포효했다.

"내가 그렇게 만만하게 보이던? 이 나쁜은 것들아!"

지훈은 남자니깐 본능이 앞서는 짐승이라고 치자. 하지만 현영은 도대체 뭐란 말인가? 나이팅게일이고 인현왕후라고 생각했는데 그것은 정말 착각 중의 왕 착각이었다. 백년 묵은 여우를 능가하는 짐승이 뭐가 있을까? 속 다르고 겉 다른, 간교하고 이중적인, 위선과 위장을 잘하는 여자를 비교할 만한 짐승이 과연 뭐가 있을까?

연우는 마음에 들 만한 정답을 제시하는 사람에겐 푸짐한 상품을 주고 싶었다. 그럴 정도로 현영에게 어울릴 만한 단어를 붙여주고 싶었다.

"에라! 날마다 전설의 고향 같은 꿈만 꿔라. 내가 출연해서 심장을 콩알만하게 만들어 먹어줄 테니!"

연우는 다리 난간을 그들의 다리 몽둥이라고 생각하며 부러뜨릴 양으로 힘껏 구부러뜨렸다. 멀리서 호루라기 소리가 들려오자 연우는 분한 표정을 지었다.

"천만다행인 줄 알아라. 내 나중에 이 자리에 와서라도 널 꼭 부러뜨리고 말 테다!"

연우는 사력을 다해 반대 방향으로 도망을 치기 시작했다.

연우는 현금 인출기에서 잔뜩 돈을 뺐다. 그리고 고속버스 터미널 공중전화 박스에서 아홉 번째 올케에게 전화를 걸었다.

"언니, 저예요."

[아가씨, 어디예요? 왜 핸드폰 안 받아요? 배터리라도 나갔어요? 여기저기서 아가씨 찾는 전화가 자꾸 와요.]

"언니, 저 당분간 집에 못 들어가요."

[네? 아가씨, 무슨 일……]

"제 걱정은 하지 마세요. 바람 좀 쐬고 올게요. 그럼 끊어요."

연우는 올케의 말을 자르고 통화를 끝내 버렸다. 그리고 밤 열두 시에 부산으로 떠나는 심야우등 고속버스에 몸을 실었다.

컴컴한 버스 안에서 연우는 또렷또렷한 눈빛으로 앞만 노려보고 있었다. 거의 모든 승객이 잠이 들었지만 연우는 오히려 전시(戰時) 상황에서 불침번을 선 군인처럼 또렷또렷한 눈망울을 흐트러뜨리지 않고 있었다. 그런 연우의 모습을 본 고속버스 운전기사는 식은땀을 흘리며 룸미러로 계속 뒤를 살폈다. 마치 귀신을 본 사람마냥 하얗게 질려서 다리를 덜덜 떨어댔다.

저게 사람이야, 아니면 구미호야? 우씨, 오줌 마려워 죽겠네!

아무 대책도 없이 떠나는 게 아니었다. 인간이 싫어서 떠날 여행이라면 무인도가 가장 제격인데 목적지를 잘못 선택한 연우였다. 확 트인 바다라도 보면 마음이 시원할까 싶어 간 바다는 온통 파라솔 밭으로 변해 있었고, 해변은 그야말로 물 반 사람 반이었다. 백사장은 오가는 인파들로 발 디딜 틈조차 없었다. 연우는 그야말로 피서 전쟁을 방불케 하는 곳 한가운데 서 있었다. 튜브에 몸에 맡긴 사람들은 파도를 따라 춤을 추었고 물살에 이리저리 떠밀려도 모두가 마냥 즐겁기만 했다. 멀리 수평선에는 바나나보트와 제트스키가 시원스레 물살을 가르고 있었고 한쪽에선 구릿빛 피부를 가꾸기 위한 선탠에 여념이 없었다. 연우는 이런 북새통을 원한 게 절대 아니었다.

드라마나 영화 속 한적한 바다는 도대체 어디에 있는 거야?

연우는 벌끈 신경질이 나서 발로 뜨거운 모래를 퍽퍽 차며 걷기 시작했다. 그러다 땅에 떨어진 밀짚모자를 발견했다. 연우는 그것을 홧김에 힘껏 차버렸다. 그런데 밀짚모자가 있던 곳에서 남자의 비명 소리가 들렸다.

"악!"

어머나, 세상에!

그것은 땅에 버려진 밀짚모자가 아니라 모래찜질을 하고 있던 남자가 덮어쓰고 있던 밀짚모자였다. 연우는 뜨거운 태양빛 아래에서도 얼굴이 사색이 되고 말았다.

"엄마야! 이 일을 어째?"

연우의 발을 정통으로 맞은 남자가 머리를 부여잡고 일어나 앉았다. 마치 모래로 만든 인간 같은 모습이었다. 남자는 고통을 호소하는 신음 소리를 냈다.

"으윽……."

연우는 남자에게 다가가 어쩔 줄을 몰라 하며 사과를 하기 시작했다.

"죄, 죄, 죄송해요. 전 버려진 모자인 줄로만 알고……. 많이 아프세요?"

남자는 연우의 어이없는 행동에 울지도 웃지도 못하고 있었다.

"축구선수예요?"

남자가 맞은 부위를 문지르며 물었다.

"아뇨. 하지만 잘해요."

죄를 진 연우는 고개를 떨어뜨리며 대답했다. 그 바람에 남자가 어이없는 표정으로 소리없이 웃는 걸 보지 못했다.

"병원에 갑시다."

남자가 연우의 손목을 확 낚아채며 무섭게 말했다.

"네?"

연우가 눈을 똥그랗게 뜨며 고개를 번쩍 들었다.

"머리뼈에 금이 간 것 같단 말이에요."

"정말요?"

연우가 울먹이며 말했다.

"정신이 혼미해지는 게 아무래도 상태가 심각한 것 같아요."

연우의 눈이 쟁반만큼 커졌다.

"네에? 그럼 가야죠. 어서 일어나세요."

연우는 남자의 팔을 자신의 목에 걸치고 남자를 일으켜 세우려 했다. 남자는 웃음이 터져 나오려는 걸 간신히 참고 일부러 신음 소리를 더 냈다.

"아아아…… 아야야……."

그리고 연우에게 더욱 몸을 맡겨 기댔다. 하지만 연우는 심각한 사태를 어떻게 해결해야 할지 몰라 계속 울먹였다.

"병원 가실 때까지 정신 놓으시면 안 돼요. 조금만 참으세요."

그러다 연우는 온몸이 모래투성이인 남자가 손바닥만한 수영복만 걸친 상태라는 걸 깨닫고선 걱정스레 물었다.

"그런데 우선 씻고 옷 좀 갈아입은 다음에 가야 할 것 같은데……."

"아, 그럼 제 숙소에 먼저 들렀다가 가죠."

연우는 남자가 묵고 있는 콘도 복도에 서서 눈물을 글썽였다. 그리고 오른쪽 다리를 손으로 때리며 혼자 중얼거렸다.

"이것아! 그놈의 성질 좀 죽이지, 도대체 왜 그랬니? 왜 그랬어?"

연우는 혹시 남자가 옷을 갈아입다 쓰러진 건 아닐까 싶어 계속 문을 기웃거렸다.

만약 그랬다면 어떻게 해야 하는 거지? 시집가기도 전에 별을 달고 감옥에 가게 되는 건 아닐까? 차라리 눈 딱 감고 도망을 칠까? 아니다. 아까 남자를 부축하며 들어올 때 너무나 많은 사람들의 이목이 집중됐었다. 난 이제 어떻게 되는 걸까? 오빠들이 보고 싶다. 올케들도, 그 징글징글한 조카들도 너무 보고 싶다. 엄마, 아빠! 저 좀 살펴주세요. 흐흑…… 김지훈! 이 나쁜 놈아! 이게 다 너 때문에 생긴 일이라는 거 아냐? 흐흑…….

잠시 후 문이 열렸다. 그리고 멀끔하게 생긴 남자가 나왔다. 연우는 깨끗하게 샤워를 하고 검은 티셔츠와 면바지, 운동화 차림에 기분을 상쾌하게 만드는 향수까지 뿌린 남자를 멍하니 쳐다보았다. 남자에게 홀딱 반해서가 아니라 과연 이 남자가 조금 전의 모래인간인지, 아니면 모래인간의 지인인지 구분이 가지 않아서였다. 그리고 남자는 병원에 가지 않아도 될 정도로 너무 멀쩡해 보였다.

"갑시다."

남자가 이렇게 말하자 연우의 첫 번째 의문점이 해결되었다. 이 남자는 틀림없는 모래인간이었다.

"저기…… 머리는 좀 어떠세요?"

연우가 손가락으로 남자의 머리를 가리키며 물었다.

"머리요? 아…… 시간이 갈수록 집중력, 판단력, 이해력, 기억력이 점점 흐릿해지는 것 같고……."

남자의 말에 연우의 표정이 점점 울상이 되어갔다.

"나한테 이름 가르쳐 줬죠? 김? 최? 박씨라고 했나?"

남자가 눈동자를 이리저리 굴리며 기억을 떠올리는 것처럼 말했다.

"제 소개를 한 적은 없지만 전 백연우라고 해요."

"아까 저한테 서울에 살고 스물여섯 살이라고 했잖아요."

연우의 말이 끝나기가 무섭게 남자가 다시 말을 이어가자 연우는 정말 남자의 상태가 심각하다는 생각을 했다.

"아뇨. 전 그런 적 없는데요. 서울에 사는 건 맞지만 전 서른이에요."

"이상하다. 아까 분명히 그렇게 말했는데……. 그런데 보기보다 나이가 좀 많네요? 그럼 제가 제 이름이 김지훈이라고 말했던가요?"

연우는 남자의 말에 뛸 듯이 놀라 뒤로 자빠질 뻔했다.

"기, 기, 김지훈이요?"

연우는 가슴을 움켜잡고 거친 숨소리를 냈다.

"네. 그런데 왜 그러세요?"

"정말 김지훈이에요?"

"네, 김! 지! 훈! 우리 부모님이 지어주신 이름 김지훈 맞는데요."

김지훈을 피하려고 이 먼 곳까지 왔는데 또 다른 김지훈을 만나다니! 이게 무슨 운명의 장난이란 말인가!

연우는 떡 벌린 입을 다물 수가 없었다.

"혹시 애인이나 남편 이름이 김지훈이에요? 왜 그렇게 놀라세요?"

낯빛이 변한 연우는 여전히 아무 말도 할 수가 없었다.

"맞나 보네. 하긴 저도 백연우라는 이름이 낯설지가 않아요. 분명히 어디선가 들어본 적이 있는 이름인데……. 내가 어디서 들었더라?"

남자는 또다시 기억을 더듬었다. 연우는 그 순간 남자가 자신과 같은 나이에 같은 사이트 미니홈피가 있는 사람이라면 틀림없이 자신의 메일을 받은 적이 있을 거라고 생각했다.

하지만 그럴 확률이 얼마나 되겠어?

연우는 불안하게 남자를 쳐다보았다.

"저한테 메일 보낸 적 있으시죠?"

오! 하나님, 맙소사!

연우는 절망하고 말았다.

"그래요, 그 내용이 이랬어요. '혹시 OO고교에 다녔던 김지훈 아닌가요? 전 백연우, 일명 백년 묵은 여우라고 하는데. 제가 아는 김지훈 씨가 맞으면 연락 주세요' 맞죠?"

이 남자, 머리 아픈 사람치곤 기억력이 너무 뛰어나잖아. 병원에 갈 필요도 없겠어.

연우는 속으로 이렇게 말하며 남자를 빤히 쳐다보았다.

"말 못하는 거 보니까 맞구나! 맞아!"

남자는 마치 산삼을 발견한 심마니처럼 굴었다.

"와! 진짜 신기하다. 그거 알아요? 그런 메일을 얼마나 많은 김지훈한테 보냈는지 몰라도 전 연우 씨한테 답장 썼다고요. 기억나요?"

연우는 기억이 나도 시치미를 뗄 작정으로 고개를 힘껏 가로 저었다.

"'백년 묵은 여우님, 유감스럽게도 전 당신이 찾는 김지훈이 아닙니다. 하지만 꼭 찾으시길 바랍니다. 부산 사는 동명이인 김지훈으로부터' 라고 썼잖아요. 정말 기억 안 나요?"

아, 생각났다! 그 사람이구나!

연우는 새삼스럽게 답장을 받았던 그때가 떠올랐다. 비록 자신이 찾는 지훈이 아니어서 실망은 했지만 그냥 지나치지 않고 답장을 해준 남자에게 고마운 마음을 품었던 그때가. 하지만 연우는 시치미를 떼며 고개를 힘껏 가로저었다. 지훈에 관한 대화를 더 이상 하고 싶지 않아서였다.

"에이, 연우 씨 기억력 안 좋은가 보네. 그럼 혹시 그때 찾던 김지훈 씨는 만났어요?"

이번 물음에 연우는 아니라고 할 수가 없었다. 갑자기 복도가 답답하게 느껴졌고, 지금 당장 시원한 바람을 쐬지 않으면 토할 것만 같았다. 남자는 눈치가 꽤 빠른 것 같았다. 연우의 표정을 살피던 남자가 화제를 돌렸다.

"음…… 옛날 일까지 다 기억나는 거 보니까 제 머리 다 회복됐나 본데요? 연우 씨, 이렇게 만난 것도 다 인연인데 어디 가서 점심이라도 먹죠."

남자는 연우의 의향도 묻지 않고 앞장서서 먼저 걷기 시작했다. 연우는 일이 이상하게 꼬이는 게 영 마음에 걸리는지 인상을 찡그리며 그의 뒷모습만 바라보았다.

연우는 남자를 김지훈이란 이름 대신 '모래인간'이란 별명으로 지칭하기로 했다. 김지훈이란 이름을 생각하는 것만으로도 충분히 마음이 아프고 뒤숭숭한데 그 이름을 입에 올려서 스스로를 고문하고 싶진 않았다. 그냥 상해를 입힌 것에 대해, 메일을 보냈을 때 다른 사람들처럼 그냥 무시하지 않고 답장을 보내준 것에 대해 인사하는 차원에서 점심 한 끼 대접하고 헤어질 생각으로 모래인간이 선택한 식당에 앉았다. 식당은 맛있다고 소문이 난 곳이어서 그런지, 아니면 워낙 피서 인파가 많아서 그런지 몰라도 사람들로 북적거렸다.

"오늘이 말복인 거 알아요?"

연우는 기억을 더듬다 모른다는 듯 고개를 저었다.

"말복엔 닭을 먹어줘야 해요."

모래인간은 연우에게 손수건을 건넸다. 연우가 영문을 몰라 어리둥절하게 쳐다보자 모래인간이 설명을 하기 시작했다.

"여기 매운 닭 한번 먹으면 울고 싶지 않아도 눈물을 쏟게 되거든요. 눈물만 흘리면 다행인데 콧물도 만만치 않게 나오니까 조심해요."

평소 매운맛을 즐기는 연우는 매워봤자 얼마나 매울까 싶어 시큰둥한 표정을 지었다. 하지만 모래인간의 말이 사실인 양 주위 사람들이 혀를 내두르며 맵다고 야단법석을 떨어댔다. 드디어 연우와 모래인간 앞에 매운 닭 한 접시가 놓여졌다. 모래인간이 젓가락을 들자 연우도 따라 들었고, 모래인간이 뭔가를 푹 찔러 입에 넣자 연우도 그렇게 하려고 했다. 그런데 모래인간이 먹은 것이 바로 떡볶이란 사실을 깨달은 연우는 그대로 굳어버리고 말았다.

"왜요? 겁이 나서 못 먹겠어요?"

모래인간의 말대로 연우는 덜컥 겁이 났다. 김지훈이란 이름만 봐도 심장이 고장나고 떡볶이만 봐도 눈물이 나는 증상이 또 시작되고 있었다. 연우는 눈물이 핑 돌아 젓가락을 내려놓았다. 도저히 먹을 수가 없어서였다.

"냄새만 맡고도 눈물이 나요?"

연우는 모래인간의 말 때문에 자신이 울고 있다는 사실을 깨달았다. 연우는 모래인간이 준 손수건을 꼭 쥐고 눈가를 닦아냈다. 그렇게 여러 번을 닦아내도 눈물이 멈출 생각을 안 하자 연우는 허둥지둥 자리에서 일어났다.

"저기, 죄송해요. 계산은 제가 할 테니 천천히 드시고 가세요."

연우는 서둘러 계산을 끝내고 가게를 뛰쳐나왔다. 그리고 마침 가게 앞을 지나가는 빈 택시를 잡아탔다.

"부산역이요."

연우는 초고속 열차를 타고 서울로 올라와 지훈이 머물고 있는 호텔에 도착했다. 그리고 당당하게 지훈의 방까지 걸어가 벨을 눌렀다. 하지만 아무런 대답이 없었다. 연주를 하듯 계속 벨을 눌러댔다. 하지만 그래도 아무 소용이 없었다. 연우는 이 순간 현영과 마주치는 것이 껄끄러워 옆방을 물끄러미 바라보았다. 하지만 피한다고 문제가 해결되는 게 아니라는 생각에 옆방으로 걸음을 옮겼다. 그리고 벨을 눌렀다. 하지만 옆방 또한 아무런 대답이 없었다. 그때 호텔을 청소하는 사람이 지나가다 연우에게 말을 건넸다.

"그 방에 계셨던 분들 오늘 아침에 체크아웃 하셨는데요."

"혹시 저 방도요?"

연우는 지훈의 방을 가리키며 물었다.

"네."

연우는 앞이 컴컴해지는 것만 같았다. 지훈이 또 사라졌다.

어디로 간 걸까?

연우는 점점 불안해지는 마음을 진정시킬 수가 없었다. 십삼 년 전 지훈이 사라졌을 때의 기억이 다시금 되살아나는 것만 같았다. 연우는 깊은 절망의 구덩이에 빠져드는 것만 같은 느낌에 바닥에 털썩 주저앉고 말았다.

꼭 해야 할 말이 있는데……. 아, 맞다. 핸드폰.

연우는 벌떡 일어나 가방 속을 뒤지기 시작했다. 하지만 어제 한강에 투하시켰던 핸드폰이 있을 리 만무했다. 연우는 성급했던 자신의 행동을 깊이 후회했다. 연우는 지훈의 핸드폰 번호를 기억해 내려고 애를 썼다. 사람 이름도 못 외우는 판에 이름보다 더 긴 번호를 외운다는 건 연우에게 정말 대단한 일이나 다름없었다. 머리에 쥐가 날 정도가 돼서야 비로소 몇 가지 유사한 번호를 얻어낸 연우는 그 번호들을 잊지 않기 위해 계속 중얼거리며 공중전화기를 찾았다. 다섯 개 중 네 개를 실패한 연우는 기도하는 마음으로 마지막 번호를 눌렀다. 잠시 후 상대방이 전화를 받았다.

[여보세요?]

남자가 아니라 여자의 목소리였다. 연우는 크게 낙담하고 말았다. 그때 상대방이 덧붙여 말했다.

[김지훈 씨 핸드폰입니다.]

전화를 받은 사람은 바로 현영이었다. 연우는 마른침을 삼켰다. 그리고 현영이 전화를 건 용무를 재촉하기 전에 용기를 내 입을 열었다.

"백연우예요."

이번엔 현영이 아무 말이 없었다.

"지훈이 좀 바꿔주세요."

연우는 떨리는 목소리를 애써 가라앉히고 다시 말했다.

[오빠 지금 전화를 받을 수 있는 상황이 아니에요.]

현영의 목소리가 꽤 쌀쌀맞게 들렸다. 그리고 말의 의미가 무척 당혹스러웠다. 전화를 받을 수 없는 상황이라는 게 구체적으로 어떤 걸 의미하는지가 궁금했다. 차마 되물을 수가 없었다. 그걸 알기라도 한 것처럼 현영이 친절하게 설명을 해주었다.

[지금 자고 있거든요.]

연우는 손과 다리에서 힘이 쭉 빠져나가는 기분이었다. 또 한편으론 불쾌하고 화가 났다.

"깨워서라도 바꿔주세요. 할 말이 있어요."

연우는 비장한 목소리로 말했다.

[아뇨, 그러고 싶지 않아요.]

짧은 시간이었지만 연우는 현영에게 어울릴 만한 단어를 다시 생각해 내려 했다. 처음과 너무나 다르게 나오는 현영이 왜 갑자기 이런 식으로 돌변을 했는지 연우는 그 이유가 궁금했다.

[제가 잘못 생각한 거 같아요. 오빠 포기하고 연우 씨한테 양보하려고 했던 거 말이에요. 저, 오빠에 대한 생각 달라졌어요. 오빠 포기 안 해요. 오빠 붙잡을 거예요. 다시는 연우 씨한테 안 보내요.]

"지훈이 바꿔주세요. 지훈이한테 직접 확인하고 싶어요."

[아뇨, 거절하겠어요. 지금 이 순간 오빠 곁에 연우 씨가 아닌 제가 있다는 것보다 확실한 대답이 어디 있어요? 그것만큼 중요한 건 없어요. 그러니까 더 이상 오빠 힘들게 하지 마세요. 이만 전화 끊을게요.]

현영은 매정하게 전화를 끊어버렸다. 하지만 연우는 전화기를 내려놓을 수가 없었다. 아직 하고 싶은 말을 꺼내지도 못한 상태라 그럴 수가 없었다.

"가고 싶지 않은 길 억지로 가게 해놓고 무책임하게, 비열하게 혼자 도망간 놈한테 전해요. 이렇게 비겁하게 숨지 말고 나한테 직접 와서 해명하라고요. 안 그러면 평생 용서하지 않을 거라고 전해요."

연우의 입에서 흐느낌이 터져 나왔고, 몸이 심하게 떨렸다. 슬픔과 치욕의 눈물이 계속 흘러내렸다.

연우는 지훈이 머물렀던 호텔방에 체크인을 하고 들어갔다. 아홉 번째 올케네 집으로 갈까 생각도 했지만 초췌한 모습으로 가면 가족들이 놀랄 것 같아서 이 같은 결정을 했다. 지훈이 없는 방은 낯설기만 했다. 그리고 너무나 적막했다. 연우는 금방이라도 쓰러질 것같이 지쳐 있었다. 저절로 침대가 눈에 들어왔다. 하지만 쉽게 다가갈 수가 없었다. 괜히 이 방을 선택했나 싶은 후회가 들었다.

사람은 누구나 남보다 자신을 먼저 생각하기 마련이다. 곁에 지훈이 없어서 이 방에 들어오면 그나마 지훈에 대한 좋은 기억만 떠올릴 수 있을 거라 생각했다. 그날 지훈과 현영이 이 방에 함께 있었다는 사실은 까맣게 잊고 말이다.

나를 눕혔던 저 침대에 현영도…….

연우는 생각을 다 마치기도 전에 심장이 아픈지 눈을 감아버렸다. 연우는 어느 한군데 편안하게 앉을 자리가 없음을 깨닫고 문 가까이에 있는 벽에 기대어 앉았다. 그리고 눈을 감았다. 아직도 귓가에서 지훈이 했던 말들이 너무나 선명하게 들려왔다.

"사랑해."

"거짓말."

연우는 읊조리듯 조그맣게 말했다.

"나 우리 엄마 빼고 사랑한다고 말해 본 사람 너밖에 없어."

"거짓말."

"네 말이 아프다. 넌 아무 생각 없이 하는 말인데도 나는 아프다."

"거짓말."

"난 널 사랑하고 싶지 않아. 그런데 사랑은 하고 싶다 해서 하고, 하기 싫다고 하지 않는 게 아닌 거 같아. 난 널 영원히 사랑할 것만 같은 느낌이 자꾸 들어. 널 사랑하지 않는 방법이 있다면 말해 주라."

연우의 감은 눈에서 뜨거운 눈물이 하염없이 흘러나왔다.

"거짓말."

"널 보면 널 사랑하는 만큼 원하게 돼. 안 그러려고 애를 써도 그게 안 돼. 나 어쩌며 좋니?"

"거짓말, 거짓말."

"내가 네 몫까지 사랑하면 안 될까? 난…… 너 아니면 안 될 것 같은데…… 넌 아니라고 하고……. 나 정말 미쳐 버릴 것만 같다. 나 어떡하니? 나 정말 구제불능인데 어떡하니?"

"거짓말!"

"맹세해. 절대 양다리 안 걸칠게."

"거짓말! 거짓말!"

"난 당장이라도 너한테 청혼을 하고 싶은데 반지가 없어. 너한테 주고 싶은 반지, 지금 미국에 있거든. 그러니까 혹시라도 나 아닌 다른 남자가 청혼을 하더라도 절대 받아들여선 안 된다. 내가 먼저 예약했으니까."

같은 단어가 반복될수록 점점 소리의 강도가 높아졌다.

"거짓말! 거짓말! 거짓말!"

연우는 속으로 다짐했다. 그동안 아무렇지도 않게 거짓말을 했지만 앞으론 절대 그러지 않겠노라고. 그리고 여자 하나 무너뜨리기 위해 남자들이 지어낸 달콤한 거짓말에 절대 속지 않겠노라고.

연우는 자신의 사랑이 가여워서 우는 게 아니었다. 지훈에게 미련이 남거나 그를 원망해서 우는 건 더 더욱 아니었다. 앞으로 살면서 절대 잊혀지지 않을 기억에 시달릴 것이 두려워 우는 거였다. 십삼 년 동안 끔찍하게 시달렸는데 그보다 더 진해진 기억들은 끊임없이 따라붙을 것이다. 그게 무서워서 지훈을 붙잡으려 했다. 나쁜 여자가 돼서라도 붙잡으려 했다. 지훈이 그토록 원하는 것을 주지 않아서 다른 여자에게 실수한 거라면 한 번쯤 눈감아주려 했었다. 이렇게까지 자존심을 버려가며 왔는데 그는 정작 말도 없이 떠났고, 자신이 아닌 다른 여자와 함께 있고, 그 여자 곁에서 잠이 든 것이다.

어떻게 사람이 이렇게까지 잔인할 수 있을까? 너무한다. 너무해. 진짜 너무한다.

연우는 소리 내어 처절하게 울부짖었다.

마당 한가운데에 심어진 나무에서 매미들이 시끄럽게 울어대는 바람에 현영은 정신이 산란했다. 현영은 고심 끝에 떨리는 손으로 핸드폰에 남겨진 전화번호를 삭제시키는 버튼을 눌렀다. 그리고 왠지 큰 죄를 진 듯한 느낌에 아랫입술을 잘근잘근 씹어댔다.

"현영아."

현영은 뛸 듯이 놀라며 뒤를 돌아보았다. 자는 줄 알았던 지훈이 급히 현영에게 다가오고 있었다.

"내 핸드폰 못 봤니?"

거의 이틀 내내 술독에 빠져 산 지훈의 모습은 거의 폐인과 다름없었다. 현영은 굳이 이유를 밝히지 않으면서 끙끙 앓는 지훈을 도저히 그냥 내버려 둘 수가 없었다. 속상했다. 영문을 알 순 없지만 순간적으로 이 모든 게 연우 때문이란 생각이 들었다. 연우와 함께 나갔던 지훈이 밤새도록 술을 마시고 엉망이 된 상태로 아침을 맞았으니 당연히 그렇게 생각될 수밖에 없었다. 연우가 미웠다. 좋아하면서도 힘들게 포기한 지훈을 왜 이렇게 아프게 하는지 납득이 안 갔다. 그래서 현영은 거의 강제적으로 지훈과 경애를 자신의 집으로 데려왔다. 처음엔 그럴 수 없다고 하던 지훈도 마음을 바꿔 현영의 의견에 동의를 했다. 하지만 집에 온 순간부터 지훈은 손에서 핸드폰을 놓지 않았다. 현영은 그런 지훈이 아직도 연우에 대한 미련을 못 버리고 있음을 알았다.

"오빠 잠에서 깰까 봐 일부러 가지고 나왔는데, 더 자지 핸드폰은 왜 찾아?"

현영은 지훈에게 핸드폰을 건네며 말했다.

"나 자는 동안 전화 안 왔어?"

지훈은 핸드폰 버튼을 눌러 최근 수신번호를 확인하며 물었다.

"응."

평생 거짓말이라고는 해본 적이 없는 현영이었다. 아까와는 달리 현영은 지훈에게 거짓말을 하면서도 조금의 죄책감도 느끼지 않았다. 사실, 거짓말이 이렇게 그럴듯하게 들릴 거라고는 생각지도 못했다.

지훈은 계속 핸드폰을 만지작거리며 들여다보았다. 셀 수 없을 만큼 연우에게 통화를 시도했지만 계속 전원이 꺼져 있다는 말만 들었다. 혹시나 해서 연우의 가족들에게 연락을 해봤다가 연우가 바람 좀 쐬고 오겠다는 말만 남기고 사라졌다는 걸 알게 됐다. 말도 없이 그렇게 사라진 이유가 궁금해 계속 연락을 취

해봤지만 소용없는 일이었다.

혹시 연우의 친구인 소희에게 물어보면 그 이유를 알 수 있을까?

지훈은 갑작스레 떠오른 생각에 고개를 번쩍 들었다. 하지만 그 순간 중권의 얼굴이 뒤따라 떠올랐다. 가슴이 죄어들어 숨이 막혔다. 자신의 생부인 중권, 이복남매인 소희, 그리고 의붓어머니인 은경의 얼굴이 번갈아가며 떠오르자 괴로운 눈빛을 했다. 소희는 이런 충격적인 사실을 알지 못하지만 소희의 어머니는 분명히 알고 있음이 틀림없었다. 그래서 그때 자신을 알아보고 쓰러진 것이다. 경애는 아무 말도 하지 않았지만 지훈은 비로소 자신들을 미국까지 보낸 사람들이 누군지 알 것 같았다. 그 생각까지 미치자 호텔에 있는 게 더 이상 안전하지 않다는 걸 깨달았다. 그래서 현영의 제안을 받아들였던 것이다. 지훈의 눈빛이 하염없이 어두워졌다.

"오빠, 왜 그래?"

현영이 다가와 걱정스런 낯빛으로 물었다.

"아냐, 아무것도."

지훈은 당분간 이 사실을 아무에게도 발설하지 않을 작정이었다. 거대한 파문을 일으킬 수 있는 문제였다. 그리고 당분간 연우에게도 현영의 집에 머물고 있다는 말을 전하지 않을 생각이었다. 이 사실이 소희 쪽으로 흘러들어 가면 어떤 일이 벌어질지 모른다.

그러나저러나 연우는 도대체 어디에 있는 걸까?

"오빠, 이런 말 어떻게 받아들일지 모르겠지만……."

현영은 잠시 말을 끊고 지훈을 말없이 바라보았다. 그리고 다시 이어나갔다.

"연락이 없다는 건 사정이 있다는 소리잖아. 내가 오빠라면 연우 씨 입장 생각해서 믿고 기다려 주겠어. 한숨 쉬지도, 답답해하지도 않고 그냥 말없이 기다리겠어. 생각만으로도 사람을 가둘 수 있는 건데 연우 씨가 그걸 알면 마음이 편하겠어? 그리고 난 솔직히 오빠가 걱정돼. 연우 씨를 너무 많이 사랑하는 거 같아서 걱정돼. 그렇게 사랑하다가 예기치 못한 이별이라도 하게 되면 심하게 아플 거 아냐. 연우 씨 없이 혼자가 됐을 때를 대비해 이겨낼 수 있을 만큼만 사랑했으면 좋겠어."

지훈은 현영의 말을 곰곰이 생각해 보았다. 자신은 그렇다 치고 연우의 입장에서 보면 꽤 일리가 있는 말이었다.

여자는 여자가 더 잘 알지 않을까?

"네 말을 듣고 보니 그럴 수도 있겠다. 현영아…… 그런데 말이야, 여자를 사랑하는 것보다 여자의 마음을 읽기가 너무 힘들다. 연우는 내 사랑이 부담스러웠던 걸까? 그래서 말도 없이 그렇게 사라지고 내 전화를 받지 않는 걸까? 너무 혼란스럽다."

"오빠."

현영이 다정하게 지훈을 불렀다.

"혹시 오빠도 일방적으로 연우 씨한테 악수하자고 손을 내밀었던 건 아닐까?"

지훈은 한 방 얻어맞은 사람처럼 현영을 쳐다보았다. 그것도 그럴 것이 연우는 단 한 번도 입 밖으로 사랑한다는 말을 내뱉은 적이 없기 때문이다. 그렇게 확인하려고 애를 써도 연우는 그런 적이 없었다. 느낌만 가지고 연우의 사랑을 확신하기엔 뭔가가 턱없이 부족하다는 생각이 들었다. 지훈은 점점 절망스러워졌다.

"오빠, 만약에 연우 씨가 오빠 손을 잡지 않는다면 난 오빨 포기할 이유가 없어. 내 맘 알지?"

현영은 굳은 결의를 다지는 듯 입술을 감쳐물었다.

"현영아."

지훈은 어두운 눈을 하고 현영을 불렀다.

"그런 눈 하지 마! 또 날 밀어내려고 하는 거잖아!"

현영이 지훈을 와락 껴안으며 성난 듯이 외쳤다. 지훈은 자신의 몸에서 현영을 부드럽게 떼어 밀어냈다.

"더 이상 너한테 미안한 마음 갖게 하지 마. 너 알잖아, 내 마음의 방향 절대 바뀌지 않는다는 거."

"내가 바꿀 거야! 꼭 그렇게 만들 거야!"

현영이 눈물을 글썽이며 외쳤다. 하지만 지훈이 단호한 눈빛으로 고개를 가로저었다.

"내가 노력해도 바꿀 수 없었던 걸 네가 무슨 수로……. 현영아, 더 이상 애쓰지 마."

"오빠…… 정말 밉다."

현영이 더 이상 반박을 하지 못하고 뜨거운 눈물을 흘렸다.

NO. 13

"어머! 아가씨!"

아홉 번째 올케는 일주일 만에 나타난 연우를 보고 깜짝 놀랐다. 10kg은 족히 빠진 데다 머리부터 발끝까지 예쁘게 변신한 모습이었다.

"언니, 잘 있었어요?"

연우는 활짝 웃으며 집 안으로 들어섰다.

"아니, 도대체 이게 어떻게 된 일이에요? 전신 성형수술이라도 하고 온 거예요?"

올케는 연우의 눈을 까보고, 코를 눌렀다 당겨보고, 턱을 만져 보았다. 그리고 양손으로 가슴까지 만져 보려다 차마 그럴 수가 없는지 손을 거둬들였다.

"저 이상하게 보여요?"

"아뇨."

올케는 고개를 가로저으며 말했다. 그리고 연우의 귀에다 속삭이듯 물었다.

"얼마면 이렇게 될 수 있어요?"

"음…… 좀 비싸요. 제가 알거지가 돼서 돌아왔으니까요."

연우가 장난스런 표정을 지으며 말했다. 연우는 그동안 호텔에 틀어박혀 잠만 잤다. 눈이 떠지면 다시 눈을 감았고, 배가 고프면 물 한 잔 마시고 다시 눈을 감았다. 허리가 배겨서 더 이상 누워 있을 수 없는 지경이 될 때까지 긴 잠을 잤다. 그리고 돌아오기 이틀 전부터 죽으로 굶주린 배를 달래고 기운을 차린 후 연우는 피부 관리실, 미용실, 백화점을 돌아다니며 엉망이 된 모습을 추슬렀다. 덕분에 은행 잔고는 연우의 말대로 거의 제로에 가까운 상태였다.

올케는 보이지 않는 투시경으로 연우의 내면세계를 들여다보려고 애를 썼다.

연우는 왜 일주일 동안 잠종비적해야만 했을까? 그리고 여자의 변신은 무죄라는 말이 있지만 이유는 분명 있을 것이다. 그게 뭘까? 그동안 지훈과 소희가 연우를 찾는 전화를 하는 걸 봐서는 그들과 함께 있었던 건 아니다. 가족과 애인, 절친한 친구에게까지 연락을 끊어가며 혼자 있으려 했던 그 절박한 사연이 도대체 뭘까?

올케의 추리는 점점 미궁에 빠져들었다.

"언니, 표정이 왜 그래요?"

연우는 눈을 가늘게 뜨고 탐색하려는 듯한 표정을 짓는 올케에게 물었다.

"그런데 핸드폰은 어떻게 했어요?"

올케가 여전히 탐색하는 눈초리로 바라보며 불쑥 물었다.

"핸드폰이요? 분실했어요."

연우가 아무렇지도 않게 대답했다.

"핸드폰을 분실했다?"

"네."

"산 지 얼마 되지도 않은 핸드폰을?"

"네."

"그럼 다시 개통했어요?"

"아직요."

"왜 안 했어요?"

"돈이 다 떨어져서요."

올케의 질문과 연우의 답변이 빠르게 진행되었다. 올케는 연우의 행동이 구린내가 나고 수상쩍다 생각했지만 정말 아무 일 없다는 듯이 평온하게 말하는 연우에게서 별다른 이유를 알아낼 수가 없었다.

"그래도 그렇지, 어떻게 연락도 없이 일주일이나?"

올케가 버럭 화를 냈다.

"가족들이 행방이 묘연한 아가씨 때문에 얼마나 가슴 졸였는지 알기나 해요!"

뒤로 갈수록 말의 속도와 강도가 점점 높아졌다.

"미안해요."

연우는 살짝 인상을 찡그리며 말했다. 그리고 올케의 팔에 매달리며 애교 떠는 목소리를 냈다.

"언니, 내가 그렇게 보고 싶었어요?"

"이거 보여요? 아가씨 걱정에 없던 흰머리 생기고 눈가에 주름이 자글자글한 거! 이거 어떻게 보상할 거예요?"

올케의 언성은 좀처럼 낮아질 줄 몰랐다. 하지만 연우는 전혀 개의치 않고 생글생글 웃기만 했다. 그리고 어떻게 하면 올케의 화를 누그러뜨릴 수 있는지를 아는 듯 자신있게 말했다.

"언니, 우리 갈비 먹으러 갈까요?"

연우의 말에 올케가 입을 꼭 다물었다. 그리고 이내 다시 입을 열어 야들야들한 목소리로 이렇게 말했다.

"조금 있으면 애들 학원에서 올 시간인데 같이 갈까요? 그런데 아가씨, 나 갈비 사줄 돈은 남았어요? 지난번 그 고깃집이 맛있던데 거기로 갈까요?"

고깃집에 간 올케는 커다란 갈비뼈에 붙은 고기를 게걸스럽게 물어뜯으며 늘 그렇듯이 똑같은 소감을 늘어놓았다.

"아우, 맛있다, 맛있어. 입에 착착 감기네. 씹을수록 감칠맛이 아주 살살 녹네, 녹아. 애들아, 맛있지?"

"네."

재영과 수영은 합창을 하듯 대답했다. 그런 올케와 조카들의
모습을 보는 것만으로도 연우는 배가 부르는 것 같았다.

"고모."

수영이 연우를 불렀다.

"왜?"

"고모, 왜 이렇게 예뻐졌어요?"

수영의 눈에도 연우의 변신은 그냥 묵과할 수 없는 문제였나
보다.

"고모가 예뻐 보여?"

연우가 되묻자 수영이 고개를 끄덕였다. 그리고 한마디를 툭
내뱉었다.

"우리 피아노 선생님이 그러는데 여자는 사랑을 하면 예뻐진
대요."

수영의 말에 고기를 먹던 올케가 동작을 멈췄다. 그리고 날카
로운 눈빛으로 연우의 표정을 살폈다. 하지만 연우는 수영의 말
에 피식 웃으며 별로 신경 쓰지 않는다는 듯 말했다.

"정말 그런대?"

"네."

수영이 고개를 끄덕이며 말했다.

"바보! 그럼 예뻐지고 싶은 여자들은 다 사랑만 하면 되겠네?"

재영이 핀잔을 주며 수영에게 물었다.

"피아노 선생님이 진짜로 그렇게 말했어!"

수영이 눈에 힘을 주며 재영에게 말했다.

"그러면 왜 우리 엄마는 아빠를 사랑하는데 점점 못생겨 지냐?"

재영의 말에 올케는 목에 고깃덩어리가 걸린 듯 캑캑거리기 시작했다. 그리고 수영은 재영의 말에 더 이상 반박을 하지 못하고 훌쩍거렸다. 그리고 억울하다는 말투로 말했다.

"그걸 내가 어떻게 아냐? 흐흑……."

"아니, 이것들이!"

물을 들이키고서야 비로소 진정이 된 올케가 아이들에게 버럭 화를 냈다. 아이들은 갑자기 나타난 괴물에 놀란 것처럼 서로를 껴안고 공포에 몸을 떨었다.

"오빠, 무서워……."

"나도……."

그런 모습에 연우는 킥킥대며 웃었다.

집에 돌아와 방에 혼자 있게 된 연우는 컴퓨터를 켰다. 오랫동안 방치한 인터넷 쇼핑몰과 메일, 미니홈피 등을 살펴보려는 거였다. 역시 예상대로 스팸메일이 산더미처럼 쌓여 있었다. 일일이 삭제하는 데 꽤 많은 시간이 소요됐다. 인터넷 쇼핑몰에 고객들이 남긴 질문들에 답을 올린 후 마지막으로 미니홈피를 열어보았다. 그리고 도착한 새 쪽지의 개수를 확인한 연우는 자신의 눈을 비볐다. 아무래도 난시가 온 것 같아서였다.

설마 쪽지가 111개나 왔겠어? 이 사이트에 시스템 장애라도 온 거 아냐?

연우는 쪽지를 클릭해 보았다. 그리고 화들짝 놀라고 말았다. 쪽지를 보낸 사람 이름이 '김지훈'이었다. 쿵쾅거리는 심장을 애써 가라앉히고 내용을 읽어보았다.

〈내 손수건 돌려줘요!〉

손수건?

연우는 눈살을 찌푸렸다. 그리고 곧 쪽지를 보낸 사람이 부산 사는 동명이인 모래인간 김지훈이라는 걸 알게 됐다. 잔뜩 긴장된 몸에서 힘이 쭉 빠졌다. 연우는 '김지훈'이란 이름만 보이고도 여지없이 이런 증상을 보이는 자신을 호되게 꾸짖었다.

연우야, 제발 좀 이러지 마라!

연우는 다시 쪽지를 읽어나갔다.

〈그 손수건 저한테는 엄청 소중한 거예요. 우리 할아버지 유품이라고요! 이 쪽지 확인하는 대로 연락 주세요. 0IX-XXXX-XXXX.〉

연우는 다음 쪽지를 차례로 확인해 보았다. 역시 모래인간으로부터 온 쪽지들이 대부분이었다. 손수건이 진짜 할아버지의 유품이거나 양치기 소년의 거짓말에 사용된 소도구 중 하나인 건 분명한데 왠지 후자 쪽으로 마음이 기울었다. 계속 반복되는 쪽지를 삭제한 연우는 소희로부터 온 쪽지를 발견했다.

〈도대체 어디에 있니? 나 너무 힘든데…… 너한테 기대고 싶은데……. 어디로 사라진 거야?〉

무슨 일일까?

연우는 궁금해졌다. 연우는 쪽지를 다 확인하는 대로 소희에게 전화를 걸 생각이었다. 나머지 중 대다수는 연우를 찾는 모래인간과 소희, 그리고 오빠들, 올케들, 조카들이었다. 쪽지를 다 확인한 연우는 자신을 걱정해 주는 사람들 때문에 행복하면서도 한편으론 허탈했다. 모래인간마저 인터넷에서 자신을 찾아낼 수 있는데 왜 정작 지훈은 자신을 찾지 않는 걸까 싶어서였다.

"하긴 찾는다고 해도 구질구질한 변명이나 거짓말만 늘어놓을 텐데 뭐……. 그리고 무슨 낯짝으로 날 찾을 생각을 하겠어?"

그때 새로운 쪽지가 도착했다는 문구가 떴다. 내용을 확인해 보니 모래인간이었다.

〈연우 씨! 쪽지를 확인했으면 전화를 해야 할 거 아니에요?〉

연우는 한숨을 내쉬었다. 그리고 자판을 열심히 두드려 댔다.

〈주소 남기세요. 택배로 보내줄 테니.〉

잠시 후 모래인간에게서 다시 쪽지가 날아왔다.

〈택배를 어떻게 믿어요? 만약 분실이라도 되면요? 직접 만나서
줘요.〉

연우는 입술을 삐죽거렸다. 그리고 다시 자판을 두드렸다.

〈어디서 만나자는 거예요? 설마 저보고 부산까지 오라는 건 아
니겠죠?〉

또 쪽지가 날아왔다.

〈저 지금 서울에 있어요. 내일 만나요.〉
〈내일이요?〉
〈네. 저 모레 부산 내려가니까 꼭 내일이어야 해요.〉
〈장소는요?〉

〈시간, 장소 모두 연우 씨가 정하세요.〉

연우는 눈동자를 떼구루루 굴리며 시간과 장소를 정하고 자판을 두드렸다. 그리고 내일 보자는 말을 덧붙이고 로그아웃 버튼을 눌러 버렸다. 연우는 컴퓨터 전원을 끄고 소희에게 전화를 걸었다. 잠시 후 착 가라앉은 소희의 목소리가 들려왔다.

[여보세요?]

"야, 나야."

다음날, 연우는 소희와 자주 가던 대학로의 한 레스토랑 앞에 도착했다. 베이지 톤의 목조 건물로 된 레스토랑은 유럽풍의 외관과 고급스러운 실내 분위기가 귀족적인 느낌을 주는 곳이었다. 특히 테라스가 있는 정원은 커플들의 데이트 코스 1순위로 꼽을 정도로 아주 예뻤다. 입구에는 웅장한 자동문이 있고, 실내는 원목을 이용한 인테리어와 벽화들로 이탈리아풍이 물씬 배어나고, 벽과 천장은 꽃과 유럽 소품들로 꾸며져 독특함을 더했다.

연우는 소희와 만나기로 한 시간보다 약 삼십 분 정도 먼저 나와 레스토랑 앞에 서 있었다. 바로 이곳에서 모래인간을 만나기로 했기 때문이다. 연우는 모래인간에게 줄 손수건을 가방에서 꺼냈다.

이렇게 평범한 손수건이 할아버지의 유품이라니. 거짓말이 틀림없어.

연우는 입술을 삐죽이며 속으로 이렇게 말했다.

"연우 씨?"

고개를 들어보니 모래인간이 자신없는 듯한 목소리로 연우를 부르고 있었다.

"안녕하세요?"

연우가 싱긋 웃으며 인사를 전했다.

"우와! 연우 씨 아닌 줄 알았어요. 내 손수건 들고 있어서 알아봤지 아니면 그냥 지나칠 뻔했어요."

모래인간은 여전히 비위 좋게 언죽번죽 굴었다. 연우가 먼저 손수건을 건네자 모래인간은 다소 과장된 몸짓과 표정으로 손수건을 받아 들었다.

"와! 드디어 찾았다. 제가 이걸 찾으려고 얼마나 노심초사, 초심고려한 줄 아세요? 이게 보기엔 되게 평범해 보여도 2대째 내려오는 가보나 다름없는 물건이라고요."

연우는 어이가 없어 피식 웃고 말았다.

"어, 안 믿는 표정일세! 지금 우리 아버지한테 같이 가서 확인해 볼래요?"

연우는 어깨를 한번 으쓱하고선 입을 열었다.

"약속이 있어서 안 되겠는데요."

"약속이요?"

모래인간이 크게 실망한 눈치였다.

"네."

"애인? 남편? 그냥 남자? 그래서 오늘 이렇게 예쁘게 하고 나온 거예요?"

꼬치꼬치 묻는 모래인간한테 연우는 웃기만 할 뿐 아무 말도 하지 않았다.

"에이, 난 연우 씨랑 점심 먹으려고 아침부터 굶었는데……."

"연우야."

약속 시간보다 훨씬 일찍 나온 소희가 연우를 불렀다. 모래인간이 고개를 돌렸다. 그리고 소희를 발견한 모래인간의 눈에서 빛이 났다 이내 몽롱해지고 갈팡질팡해졌다. 연우는 어처구니가 없어서 웃음을 터뜨렸다. 그리고 더 이상 자신은 모래인간의 작업 목표물이 아님을 깨달았다. 소희는 연우에게 다가오면서 자신을 뚫어지게 보는 남자를 힐끔힐끔 쳐다보았다. 그리고 연우에게 눈으로 누구냐는 식으로 물었다. 그걸 모래인간이 놓칠 리가 없었다.

"오늘 연우 씨랑 약속하신 분인가요?"

모래인간의 음성은 마치 물미역처럼 미끈미끈했다.

"네."

소희가 약간 경계하는 말투로 대답했다.

"안녕하세요? 저는 김지훈이라고 합니다."

"네?"

이 남자가 지금 장난을 하나 싶어 소희가 눈살을 찌푸리며 연우한테 정말이냐고 묻는 듯한 시선을 보냈다.

"어허! 안 믿는 표정일세! 주민등록증이라도 보여 드려야 믿으시겠어요?"

모래인간은 답답하다는 표정으로 바지 뒷주머니에서 지갑을 꺼내 주민등록증을 소희에게 보여주었다. 소희는 당황한 얼굴로 모래인간과 주민등록증을 번갈아가며 쳐다보았다. 그리고 알았다는 듯 고개를 끄덕였다.

"저한테 되게 미안하죠? 그럼 밥 한 끼 사세요. 싫다고 하면 제가 사고요. 들어갑시다!"

모래인간은 두 사람의 의향도 묻지 않은 채 일방적으로 레스토랑 안으로 불쑥 들어가 버렸다. 소희는 무슨 저런 남자가 다 있나 싶어 인상을 찡그리며 연우를 쳐다보았다. 그리고 불쾌하다는 듯이 말을 내뱉었다.

"쟤 뭐니? 뭐가 이렇게 제멋대로야?"

"우리도 들어가기나 하자."

연우가 계속 웃음을 흘렸다.

소희는 팔짱을 끼고 앉아 계속 재잘거리는 수다쟁이를 못마땅한 눈으로 쳐다보았다. 연우와 단둘이 하고 싶은 말들이 태산같이 쌓여 있는데 눈치가 없는 건지, 뻔뻔스러운 건지 좀처럼 떠날 생각을 하지 않고 있었기 때문이다. 수다쟁이는 어떻게 연우를 만나게 됐는지, 그리고 어떻게 이 자리까지 오게 됐는지를 장황하게 설명했다. 그리고 아무래도 연우가 자신한테 미안해서 소개팅 자리를 주선한 게 아닐까 싶다며 혼자 엄청난 착각을 할 뿐만 아니라 자신은 소희가 마음에 쏙 든다며 점점 감당하기 힘든 말만 늘어놓았다. 소희는 뒷골이 땅길 정도로 혈압이 올랐다.

"이봐요! 김지훈 씨!"

마침내 폭발한 소희가 벌떡 일어서며 매몰차게 수다쟁이를 불렀다.

"네, 김소희 씨!"

수다쟁이 지훈도 덩달아 군인 같은 어투로 대답을 하며 벌떡 일어섰다. 그리고 분위기가 별로 좋지 않다는 것과 자신이 떠나야 할 시간이 왔다는 걸 깨달았는지 지갑에서 명함 한 장을 꺼내 소희의 손에 쥐어주었다.

"만나서 무지 반가웠다는 소리 하려는 거죠? 저도 무지 반가웠습니다. 꼭 연락 주세요. 또 만나요."

수다쟁이 지훈은 눈 깜짝할 새 사라졌다. 연우는 소희의 표정을 살피며 재미있다는 듯 킥킥댔다.

"뭐 저딴 인간이 다 있니?"

소희는 다시 앉으며 물을 벌컥벌컥 마셨다. 그리고 그가 준 명함을 노려보았다.

"부산물산 과장 김지훈? 이 회사 사람 보는 눈 되게 없나 보다. 이런 인간한테 과장이란 직함이 어울리니? 낙하산이 틀림없어."

연우는 소희가 기분 나빠할까 봐 입을 다물었다. 하지만 눈은 여전히 웃고 있었다.

"연우야, 네가 생각해도 나 너무 예민하게 구는 거 맞지? 나도 내가 요즘 왜 이러는지 모르겠다."

소희는 금방 풀이 죽어 시들해졌다.

"무슨 일 있었어?"

연우가 조심스럽게 물었다.

"너야말로 무슨 일이 있었던 거니? 몰라볼 정도로 예뻐지기는 했는데 살이 왜 이렇게 빠진 거야? 아까 전의 짝퉁 김지훈 말고 진품 김지훈하고 무슨 일 있었던 거니?"

소희가 자신의 문제는 뒤로하고 턱을 괸 채로 물었다. 연우는 쓴웃음을 지었다. 앞으로 거짓말하지 않기로 다짐을 했는데 진실을 털어놓는다는 건 역시나 힘든 일이었다. 연우는 어렵사리 입을 열었다.

"The End."

소희가 이해가 안 된다는 듯 눈을 껌벅였다.

"The End? 끝? 끝났다고?"

"응."

연우가 애써 덤덤하게 말했다.

"끝이 있었다는 건 시작도 중간도 있었다는 건데 너 나한테 중간 부분 설명 안 해줬어. 너 지훈 씨랑 시작할까 말까 한참 부침개 뒤집듯 뒤집고 있었잖아. 도대체 그 이후에 무슨 일이 있었던 거야?"

소희가 연우에게 더 바짝 다가와 앉았다. 연우는 그간 있었던 일들을 차근차근 털어놓았다. 소희는 연우의 말에 경악을 금치 못한 표정을 지었다.

"어머! 어머! 어머! 어머!"

할 줄 아는 말이 그것뿐인 것처럼 소희는 계속 '어머'란 말만 반복했다. 그러다 한참 후에 화를 내며 물었다.

"그런데도 지훈 씨한테 아무런 연락이 없는 거야? 마음만 먹으면 얼마든지 너 찾을 수 있을 텐데 어쩜 그러니? 그럼 넌 지훈 씨가 지금 어디에 있는지 모르는 거야? 그냥 현영 씨랑 함께 있다는 것밖에 몰라?"

"응."

소희는 답답하다는 듯이 복장을 쳐댔다.

"사람 그렇게 안 봤는데 정말 실망이다. 내 눈에 띄지 말라고 그래! 너 대신 내가 간을 빼서 푸아그라 해먹을 테니!"

연우는 소희의 과격한 말투와 불끈 움켜잡은 주먹에 놀랐다.

"소희야, 뭐가 널 이렇게 만든 거니? 너도 무슨 일 있었어?"

"말도 마라. 난 내 인생이 늘 평범하고 단조롭다고 생각했는데 그게 아니더라. 연속되는 스릴과 서스펜스 드라마, 소설, 영화가 우리 가족사였어."

생각만 해도 한숨이 나오는지 소희는 어두운 얼굴빛을 했다.

"더 구체적으로 말해 봐."

"우리 아빠한테 우리가 모르는 아들이 있단다."

"뭐?"

연우가 비명에 가까운 소리를 내고 입을 틀어막았다. 그리고 다시 조그맣게 물었다.

"정말?"

"우리 엄마가 이혼 경력이 있는 아빠랑 결혼을 한 거래. 그때 당시엔 아들이 없었나 봐. 이게 무슨 말인지 알겠니? 나참, 어떻게 이런 일이 생길 수가 있니? 그런데 더 황당한 건 엄마는 그 사실을 지금까지 알고 있으면서도 아빠를 사랑하며 살아오신 거야. 같은 여자로서 난 그게 도무지 이해가 안 가. 넌 결혼 중에 외도한 남자를 용서하고 사랑하면서 사는 게 이해가 되니? 요즘 같아선 아빠도 이상하게 보이고 엄마도 별나게 보여. 집에 다같이 모이는 시간이 지옥같이 느껴져."

연우는 소희를 애처로운 눈빛으로 바라보았다.

"너한테라도 털어놓으니까 속이 다 후련하다."

연우와 소희는 긴 시간 동안 서로를 위로하며 긴 대화를 나눴다.

그들이 그러고 있는 사이에 지훈은 연우의 올케네 집 앞에서 오랜 시간 연우를 기다리고 있었다. 인내심은 이미 오래전에 바닥을 드러냈다. 지훈은 현영의 말대로 연우한테 연락이 없는 건 뭔가 말 못할 사정이 있어서라고 생각했다. 그래서 연우의 입장을 생각해서 믿고 기다렸다. 한숨 쉬지도, 답답해하지도 않으려고 무던히 애를 썼다. 생각만으로도 가두지 않으려고, 마음을 편하게 해주려고, 자신의 사랑이 부담되지 않기를 바라며 그렇게 긴 시간을 고통스럽게 지내왔다.

지훈은 오늘 연우의 올케로부터 전화를 받았다. 일주일 만에 돌아온 연우에게 물어보니 핸드폰을 분실했다는 말을 전해 들었다고 했다. 그래서 아무에게도 연락을 못한 거라고 했다. 사람 이름뿐 아니라 전화번호 외우는 것 또한 연우한테는 힘든 일인 거 알지 않느냐고 하며 대신 변명을 해주었다. 그리고 혹시 오늘 연우에게서 연락을 받지 못했을까 봐 전화를 해주는 거라고 했다. 지훈은 그런 연우의 올케가 고마웠지만 한편으론 연우에게 섭섭한 마음을 감출 수가 없었다.

어제 돌아왔다면 자신의 핸드폰 번호 정도는 쉽게 알아낼 수 있었을 텐데 왜 하지 않았을까? 더구나 이 늦은 시간까지 말이다. 말도 없이 여행을 다녀왔다는 건 분명 자신을 피하려는 의도가 분명했다. 왜 갑자기 연우의 마음이 변했을까?

지훈은 연우를 만날 필요가 있다고 판단했다. 그래서 오랜 시간 연우를 기다린 것이다.

지훈은 낯익은 차 한 대가 아파트 단지 안으로 느리게 들어오는 것을 보았다. 소희의 차가 틀림없었다. 예전에 봤을 때 차의 색깔이 보라색이라 인상이 깊었기 때문에 기억이 났다. 게다가 올케의 말대로라면 연우는 오늘 소희와 약속이 있었다. 소희의 차에서 한 여자가 내렸다. 그리고 환한 얼굴로 손을 흔들어댔다. 지훈은 한순간 자신의 눈을 의심했다. 연우가 분명할 텐데 딴사람처럼 보였기 때문이다. 훨씬 날씬해진 데다 보통 때보다 진한 화장에 옷차림도 화려하고, 헤어스타일이 변했다. 소희의 차가 왔던 길로 후진해서 나가자 지훈은 차에서 내려 연우에게 다가갔다.

"백연우."

지훈의 부름에 고개를 홱 돌린 연우가 조금 전과는 달리 표정을 굳혔다. 갑자기 나타난 자신을 보고 연우가 놀라서 그런 거라고 생각했다.

"나 때문에 놀랐니?"

지훈은 땅이 꺼져라 한숨을 내쉬고 싶은 걸 간신히 참아냈다. 이렇게 연우를 마주하고 있으려니 지훈은 자신이 얼마나 연우를 보고 싶어했는지, 품에 안고 뜨거운 사랑을 쏟아 붓고 싶었는지를 분명히 알 수 있었다. 하지만 지훈은 연우를 위해 적당한 때가 오기를 기다려야 한다는 생각을 했다. 머리카락을 쓸어 넘기는 지훈의 손이 떨렸다.

"무슨 일이야?"

연우는 지훈의 질문에 답하지 않고 무미건조한 말투로 이곳에 온 용건을 물었다. 지훈은 연우의 성의없는 말에 무력감이 들었다. 그리고 조금씩 화가 나기 시작했다.

"핸드폰 잃어버렸다며?"

연우는 뻔뻔한 지훈에게, 시키지도 않은 짓을 한 올케에게 점점 화가 났다.

"그런데?"

연우가 쌀쌀맞게 물었다. 지훈이 눈을 가늘게 뜨고 연우를 내려다보았다. 연우는 지훈이 화가 났다는 걸 알았다. 지훈의 화난 얼굴을 가까이 대하자 연우는 마음이 불편해졌다. 하지만 방귀 뀐 놈이 도리어 성을 내는 식으로 구는 지훈에게 더욱 화가 치밀었다.

"핸드폰 다시 샀어?"

애써 화를 누르고 다시 묻는 지훈이었다.

"그게 궁금해서 이 밤에 날 찾아온 거니?"

"샀어, 안 샀어?"

"그게 너랑 무슨 상관인데?"

지훈은 연우의 얼굴에 나타난 빈정거림을 똑똑히 볼 수 있었다. 잠시, 지훈은 아무 말 없이 연우를 노려보기만 했다. 끈질긴 질문에 질문으로 답을 하며 교묘하게 감정 싸움을 하는 이런 상황이 계속되는 게 너무 싫었다. 지훈은 크게 숨을 들이마시며 바지 주머니에서 핸드폰 하나를 꺼냈다.

"받아."

연우가 지훈이 내민 핸드폰과 지훈의 얼굴을 번갈아보았다. 그리고 매몰차게 한마디를 내뱉었다.

"싫어."

"왜?"

"없는 게 편해."

"핸드폰이 없는 게 편한 게 아니라 날 피할 수 있는 편한 방법이라서 그러는 거겠지!"

지훈이 발끈 화를 내며 소리쳤다.

"내가 죄지은 것도 없는데 왜 널 피해?"

연우가 분개하며 맞받아쳤다.

"그럼 나한테 이러는 이유가 뭔데? 왜 말도 없이 그렇게 사라져 버렸던 건데? 내가 기다릴 거 뻔히 알면서 왜 연락도 하지 않았느냐고?"

지훈의 물음에 연우가 실소를 터뜨렸다. 눈물이 나올 정도가 돼서야 간신히 웃음을 멈출 수 있었다.

"날 기다렸다고?"

"기다린다고 그랬잖아."

"김지훈, 기다린다는 의미가 뭔 줄이나 알고 쓰는 거니? 하긴 너한테 기다린다는 의미는 고작 그 정도겠지. 너 언제부터 그렇게 탐욕스러워졌니? 하나 가지고는 성에 안 차? 기어코 날 가지고 놀아야겠다는 거야?"

"그게 무슨 말이야? 알아듣게 설명해."

연우는 지훈을 무섭게 쳐다보았다. 그리고 갑자기 빠른 걸음으로 지훈의 차를 향해 걸어가 직접 운전석에 올라탔다. 지훈은 연우의 난데없는 행동에 놀랐지만 곧 조수석에 올라탔다. 연우는 시동을 걸어 아파트 주차장을 빠져나갔다.

NO. 14

호텔에 도착한 연우는 지훈이 무어라 하든지 아랑곳하지 않고 체크인을 하고 방으로 들어갔다. 그리고 소파에 핸드백을 올려놓고 곧장 욕실로 들어가 버렸다. 뒤따라온 지훈은 연우가 도대체 왜 이러는지 이해가 가지 않아 소파에 앉아 욕실문만 뚫어져라 응시했다. 물소리가 들리더니 잠시 후 연우가 큰 수건으로 몸을 가리고 나왔다. 그리고 지훈의 앞으로 다가와 수건을 떨어뜨렸다. 깜짝 놀란 지훈이 벌떡 일어났다.

"무슨 짓이야?"

"말로는 알아듣기 힘들다며? 네가 원하는 게 이런 거잖아."

연우는 지훈의 대답을 기다리지 않고 난폭하게 지훈의 목을 껴안고 입술을 가로챘다. 그 키스에는 오직 분노만이 담겨 있을 뿐이었다. 지훈은 머리가 핑핑 돌고 심장이 격하게 뛰는 걸 느꼈다. 마음과 몸이 제각기 움직이는 것 같았다. 지훈이 자신과 연우를 진정시키기 위해 입술을 떼려했다. 하지만 연우는 그에게 더욱 몸을 밀착시켰다. 연우의 나신, 그리고 향기에 점점 도취된 지훈은 어느새 연우의 검은 머리카락을 손가락으로 감아 꽉 끌어안으며 키스에 응하고 있었다. 지훈은 뜨거운 열정에 사로잡혀 터져 나오는 신음을 참을 수가 없다.

지훈은 간신히 입술을 떼고 거친 숨을 몰아쉬었다. 그리고 연우의 눈동자를 응시했다. 숨이 멎는 것 같았다. 연우의 눈에서 활활 타오르는 열정을 생생하게 느낄 수 있었다. 지훈이 연우의 머리카락을 힘 주어 잡으며 유혹적인 그녀의 입술을 내려다보았다.

연우는 자신이 만든 상황에서 더 이상 벗어날 수 없음을 깨달았다. 정신을 잃을 만큼 두렵고 떨리지만 두 사람 사이에 강한 힘이 존재한다는 사실을 인정하지 않을 수 없었다. 오늘밤 연우는 지훈과 자게 될 것이고, 그러면 분명 날이 밝음과 동시에 후회하게 될 것이다. 연우의 마음은 지금이라도 그만두라고 외쳐대고 있었다. 하지만 연우는 지훈에게 분명하게 가르쳐 주고 싶었다. 육체를 한번 가졌다고 해서 상대방의 모든 걸 소유하게 되는 건 아니라는 것을. 사랑하는 사람과 결혼을 해서 첫날밤에 소중하게 간직했던 처녀성을 단 한 사람에게 선물하려고 했던 여자의 꿈이 한 남자의 끈질긴 탐욕에 의해 얼마나 비참하게 짓밟혔는지를. 이 밤이 지나면 연인도, 친구도, 그 무엇도 될 수 없다는 걸 똑똑히 알려주고 싶었다. 연우는 차 오르는 눈물을 애써 누르고 지훈의 목을 입술로 애무했다. 그리고 귓가에 속삭였다.

"절대 이 밤을 잊지 마."

평생 이 밤을 기억하면서 고해성사 하는 마음으로 살아. 네 곁에서 너만 바라보는 여자한테 참회의 눈물을 흘리게 되는 날이 오면 그 눈물 조금이라도 남겨서 날 위해 흘려. 그러면 널 증오하는 내 맘 조금이라도 줄여볼게.

지훈은 온몸에서 힘이 빠져나가는 것을 느꼈다. 연우의 어깨와 가는 허리를 안고 가까이 끌어당겼다.

"어떻게 잊을 수가 있겠니?"

지훈은 그렇게 중얼거린 뒤 고개를 숙여 연우의 입술 가까이에 입술을 내렸다. 지훈이 입술에 키스하자 연우는 황홀한 감각이 온몸을 감싸기 시작했다. 다리가 흐물흐물 녹아내리는 느낌에 지훈의 셔츠 앞자락을 꼭 움켜쥐었다. 지훈은 연우를 번쩍 들어 침대 쪽으로 걸어가 내려놓았다.

연우는 지훈이 자신의 몸 위에서 이글거리는 눈빛으로 바라보자 얼어붙은 듯 가만히 있었다. 갑자기 공포가 몰려온 것이다. 마음만 먹으면 얼마든지 자신을 파괴하고 상처를 입힐 수있는 지훈이 자신은 모든 준비가 되어 있다는 식으로 바라보고 있었다. 연우는 자신을 온전히 그에게 내어줄 마음이었다. 하지만 마음과는 달리 온몸의 근육이 뻣뻣하게 굳어졌다. 두려움이 서서히 고개를 든 것이다. 경험해 보지 못한 세계로 들어가는 입구에서 느끼는 두려움이랄까.

지훈의 손이 둥근 젖가슴에서 어깨로, 목선을 타고 올라와 입술을 어루만졌다. 그의 손이 지나간 곳에서 짜릿짜릿한 전율이 느껴졌다. 지훈이 고개를 숙이자 얼굴이 창밖 불빛에 환하게 드러났고, 연우는 지훈의 매혹적인 눈동자를 볼 수 있었다. 그 눈에 비친 고통을 본 순간 연우는 자신도 모르게 헉하고 숨을 들이켰다.

"널 너무 사랑하고 원해."

지훈이 고통스런 목소리로 중얼거렸다. 연우는 그 말이 거짓이라 생각하면서도 어떤 저항이나 반박없이 그를 향해 몸과 마음을 열어주었다. 연우는 지훈이 일어나 셔츠 단추를 푸는 것을 가만히 바라보았다. 하나하나 옷을 벗는 것을 홀린 듯 지켜보았다. 남자로서 완벽한 몸매였다. 근육질의 긴 다리와 넓고 단단한 가슴, 그의 아름다운 얼굴을 본 순간 연우는 자신에게 꽂혀 있는 눈과 마주쳤다.

연우의 몸은 지훈의 뜨거운 눈빛만으로도 타오르는 것 같았다. 연우의 부드러운 살결은 남자의 손길을 기다리는 듯했고, 단단해진 가슴은 완벽한 모양을 이루고 있었다. 배는 매끄럽고 허리는 가늘었다. 다리는 길고 날씬했다. 이렇듯 아름다운 몸은 본 적이 없었다.

지훈의 얼굴이 다가오자 연우는 천천히 눈을 감았다. 가슴에 지훈의 입술이 와 닿자 온몸에 짜릿한 전율이 또 한 번 흘렀다. 지훈이 다시 연우의 입술을 찾았다. 키스가 깊어짐에 따라 몸이 눈에 띄게 떨려오기 시작했다. 그의 혀가 입 안으로 파고들어 자극하자 폭풍우가 휘몰아치는 바다에서 항해하는 듯한 기분이 들었다. 맞닿은 몸을 통해 뜨겁게 부풀어 오른 그의 남성을 느낀 순간 그녀의 목에서 흐느낌이 터져 나왔다. 연우는 지훈의 거친 숨소리를 들으며 자신의 욕망과 싸웠다. 그를 사랑하는 마음을 들키지 않으려고 일부러 눈을 뜨지 않았다. 지훈의 손이 단단하게 곧추선 핑크빛 봉오리를 부드럽게 쓰다듬었다. 연우는 그를 사랑한다고 외치고 싶은 충동을 잠재우려고 애써 입을 다물었다. 지훈은 그녀의 가슴을 부드럽게 쓰다듬며 사랑스런 연우의 얼굴을 쳐다보았다. 혼란스런 감정을 억제하려 했지만 그대로 드러나 있었다.

지훈은 아직 연우의 사랑을 얻지는 못했지만 연우는 지금 그의 곁에 있고, 그의 여자가 될 거라는 사실만으로도 무한한 기쁨을 느끼고 있었다. 그것을 깨닫자 그는 더 이상 견딜 수가 없었다. 그의 손길이, 그의 몸이 어서 와 닿기를 갈구하는 듯한 연우의 육체 앞에선 이성을 버릴 수밖에 없었다. 그때 연우가 천천히 눈을 떴다. 연우의 눈동자에서 열정이 타오르고 있는 것을 본 순간 그는 숨을 멈추었다. 지훈은 떨리는 손으로 그녀의 손을 잡고 자신의 입술로 이끌었다. 두 사람 다 말은 없었지만, 눈으로 서로에게 강한 메시지를 보내고 있었다.

연우는 착각이라도 좋으니 이 순간만큼은 지훈이 자신을 진심으로 사랑한다고 믿고 싶었다. 지훈의 말처럼 자신을 너무 사랑하기 때문에 지금 이렇게 자신을 원하는 거라고 그렇게 믿고 싶었다. 연우는 떨리는 손을 뻗어 그의 이마에 흘러내린 머리카락을 쓸어 올렸다. 자신의 몸에 지훈의 몸이 밀착되는 그 느낌이 너무도 좋았다. 떨림이 온몸을 훑어 내리는 것을 느끼며 연우는 지훈의 가슴에 따뜻한 입맞춤을 흩뿌렸다.

지훈은 서두르지 않았다. 이 순간을 너무도 오랫동안 기다려 왔기 때문에 순간순간을 최대한 즐기고 싶었다. 연우도 지훈의 그런 마음을 읽었는지 얼굴을 그의 어깨에 묻은 채 온몸을 구석구석 탐험하는 그의 손길을 방해하지 않았다.

방 안은 조용했다. 이따금 한숨 소리와 깊은 신음 소리만이 들릴 뿐이었다. 지훈은 갑자기 마음이 다급해졌다. 더듬고 느끼는 것만으로는 충분하지 않았던 것이다. 지훈이 연우의 몸 위에서 자세를 잡았다. 연우가 지훈을 쳐다보았다. 그리고 소리없이 어두운 눈빛으로 말했다.

지훈아…… 사랑해……. 널 처음 보는 순간부터 사랑했어. 날 속이고 아프게 하는데도 널 사랑하는 내 맘은 변하지가 않는구나…….

지훈은 떨리는 손으로 연우의 얼굴을 쓰다듬었다. 지훈의 몸은 무거웠지만, 연우는 그의 몸이 누르는 느낌이 좋았다. 연우는 지훈의 몸에 자신의 몸을 비벼댔고, 그가 토해내는 신음 소리를 자신의 것으로 만들었다.

지훈이 마침내 몸이 내리는 명령에 굴복해 무게를 실어 연우의 몸속으로 들어왔다. 그 순간 연우는 몸이 찢겨 나가는 고통에 울부짖었다. 지훈은 커다란 충격을 받고 서둘러 몸을 빼려 했다. 그걸 눈치챈 연우가 지훈의 허리와 엉덩이를 급히 붙잡았다.

"그러지 마. 제발 그러지 마."

연우가 흐느끼는 목소리로 애원을 했다.

"왜 말하지 않았어? 경험이 없다고 왜 말하지 않았어?"

지훈이 고통스럽게 말을 내뱉었다. 지훈은 이제껏 연우가 남자 경험이 없으리라곤 전혀 생각지 못했다. 그동안 연우가 자신에게 한 말만 돌이켜 봐도 지훈이 그렇게 생각했던 게 무리는 아니었다. 지훈은 좀 더 연우를 세심하게 조심스럽게 다루지 못한 자신이 한심하게 여겨졌다. 연우를 다치게 하고 아프게 한 자신을 용서할 수 없을 것만 같았다.

"묻지도 않았으면서 무슨 말이 그렇게 많아? 어떻게 하면 덜 아프니? 키스해 줘. 달콤하게 키스해 줘."

연우가 물기 젖은 눈으로 다시 애원했다. 지훈은 최대한 배려하고 아끼는 마음으로 연우에게 키스했다. 그리고 천천히 몸을 움직였다. 연우의 입에서 가는 신음 소리가 흘러나왔다. 연우는 조금씩 거칠어져 가는 파도에 휩쓸린 작은 배가 된 듯한 느낌이었다. 그의 움직임에 따라 거친 파도가 휘몰아 닥쳐왔다. 고통스러우면서도 황홀한 순간이었다. 그들은 서로를 배려하며 오랫동안 공들여 사랑을 나누었다.

지훈은 연우가 완벽한 만족감으로 몸을 떨 때까지 힘겹게 자신을 억눌렀고, 연우 역시 지훈의 리듬에 자신을 맞추려 애썼다. 마침내 더 이상 참지 못할 순간이 닥쳐오자 지훈은 폭풍처럼 휘몰아치는 열정을 폭파시켰다.

문득 지훈은 연우가 그들 사이에 이루어진 사랑의 행위가 얼마나 아름다운 것인지를 알고 있는지 궁금했다. 하지만 그렇게 황홀한 경험을 하는 사람들이 극소수라는 사실을 연우가 알 턱이 없었다.

연우는 가슴속에서 소용돌이치는 지훈에 대한 사랑을 밖으로 토해내고 싶었다. 하지만 지훈이 자신을 진심으로 사랑하지 않는다는 생각이 연우의 발목을 잡아챘다. 연우는 점점 몸이 가라앉는 듯한 기분이 들었다. 몸이 너무나 쇠약해져 쉽게 피로감에 휩싸였다. 연우는 몰려오는 잠을 이겨낼 수가 없었다. 몽롱한 상태에서 연우는 오늘밤처럼 황홀한 경험을 다시 할 수 있을까 생각하며 잠 속으로 빠져들었다.

연우는 시끄럽게 울려대는 핸드폰 벨소리에 잠이 깼다. 일어나 앉으려 하자 몸의 일부분이 심하게 욱신거렸다. 연우는 그제야 어젯밤 일이 생각났다. 그때 욕실문이 열리고 샤워를 마친 지훈이 가운 차림으로 나왔다. 연우와 눈이 마주친 지훈은 단잠을 깨워 미안하다는 표정을 짓고선 핸드폰을 집어 발신인도 확인하지 않고 통화 버튼을 눌러 받았다.

"여보세요?"

연우는 자신이 실오라기 하나 걸치지 않은 모습이라는 걸 깨닫고 시트를 끌어당겨 몸을 가렸다.

"현영아."

지훈의 소리에 연우는 고개를 숙인 채 그대로 굳어버렸다.

"아니야, 아무 일 없어."

연우는 시니컬한 웃음이 터져 나오려는 걸 애써 참아냈다.

자신에겐 일생일대의 사건인 일이 지훈에겐 아무 일도 아니라니.

연우는 지훈의 말에 상처를 받았다. 연우는 지훈에게 있어 자신의 존재는 마치 그늘 속에 비밀스럽게 가려져야만 하는 정부 또는 하찮은 창녀에 지나지 않을 뿐이라는 생각이 들었다. 굴욕감과 수치스러움이 분노로 변했다. 연우는 지훈에게 화가 난 것이 아니라 자기 자신에게 화가 났다. 두 사람의 관계도 잊고 지난밤 혼자 그를 사랑한 자신이 너무도 실망스러웠다.

"알았어. 갈게."

한참 현영의 말을 듣고만 있던 지훈이 짧게 말하고 통화를 끝냈다.

"자는데 깨워서 미안해."

여전히 고개를 숙이고 두 손으로 얼굴을 문지르던 연우가 동작을 멈췄다. 그리고 고개를 들고 무표정한 얼굴로 지훈을 노려보았다. 연우는 마음을 다잡으려 애썼다. 하지만 쉽지 않았다.

"미안하다는 말은 아무 일도 없다는 네 말을 곧이곧대로 믿는 현영 씨한테 해야 하는 거 아니니? 아, 그 사람은 다 이해해 준다고 그랬지? 그럼 나만 미안해하면 되는 건가?"

지훈의 표정이 점점 험악해졌다. 연우는 지훈이 다가오려 하자 시트로 몸을 가리고 침대 반대편으로 빠져나왔다. 하지만 욕실문 앞에서 그에게 붙잡혔다. 손을 뿌리치려 하자 연우의 팔을 잡은 지훈의 손에 힘이 들어갔다. 그리고 지훈을 향해 몸이 확 돌려졌다.

"놔. 아파."

연우가 낮게 으르렁거리며 말했다.

"내 심장만큼 아파?"

지훈은 화난 얼굴로 연우를 노려보며 이를 악물었다. 그의 얼굴 근육이 심하게 실룩거렸다.

"심장이 아니라 양심이 아픈 거겠지. 그리고 그것마저도 아프지 않으면 넌 인간도 아니야."

연우도 지지 않고 소리쳤다. 지훈은 분노를 가득 담은 눈으로 연우를 노려보았다.

"왜 그렇게 날 비난하는데?"

"그럼 두 여자를 우롱하는 게 칭찬받을 짓이야?"

"누가 누굴 우롱해?"

"너 내가 듣고 있는데도 현영 씨한테 아무 일도 없다고 말했어. 설령 어젯밤 일이 아무 의미가 없다고 해도 그렇지, 너무나도 쉽게, 당연하게, 자연스럽게 그렇게 말했다고. 그게 나와 현영 씨를 우롱한 게 아니면 뭐니?"

"너와 나 사이에서 벌어진 일을 왜 현영이가 알아야 하는 건데? 왜 자꾸 오해를 하는 거야?"

"오해? 너 지난 일주일 동안 어디에 있었는데?"

지훈은 연우의 질문에 아무 대답도 할 수 없었다. 지금 자신과 어머니가 있는 곳이 연우를 통해 소희 쪽으로 알려지면 무슨 일이 벌어질지 모르기 때문이다. 끔찍한 경험은 한 번뿐이지만 그들이 얼마나 잔인하게 사람을 다루고 철두철미하게 일을 처리하는지 지훈은 잘 알고 있었다. 어머니가 돌아가시기 전까지 그들과 어설프게 대결하거나 저항하고 싶지 않았다. 법의 힘을 빌리기도 전에 무슨 일이 일어날 수 있다는 생각을 하지 않을 수 없었다. 어머니 마지막 가시는 길까지 피와 눈물로 얼룩지게 하고 싶지 않았다. 그런 지훈의 생각을 알 리 없는 연우는 여전히 비난의 화살 방향을 돌리지 않았다.

"어디가 됐든 간에 너 현영 씨랑 같이 있었던 거 아니야? 아니면 아니라고 해봐. 아줌마 때문에 어쩔 수 없었다는 핑계는 댈 생각 하지 마. 너, 현영 씨 호스피스로 고용한 거 아니잖아.

차라리 이렇게 말을 해. 현영 씨가 알아서 좋을 게 없으니까 그렇게 말한 거라고. 어젯밤 일 정말 너한텐 아무 일도 아니었다고. 여자 하나 품어보려고 달콤한 거짓말 한 걸 가지고 뭐 이렇게까지 화를 내냐고. 그렇게 말하는 게 더 인간적이고 진실되게 보여."

지훈은 비명이라도 지르고 싶은 심정이었다. 자신의 진심을 몰라주는 연우가 원망스러웠다. 지훈의 얼굴은 심하게 일그러져 있었고, 눈동자는 분노로 이글이글 타오르고 있었다. 지훈은 손을 뻗어 벌을 주듯 연우의 검은 머리카락을 한 움큼 휘어잡고 자기 쪽으로 끌어당겼다. 그리고 굳게 다문 그녀의 입술을 무자비하게 공격했다.

연우가 그에게서 벗어나려고 몸부림을 쳤다. 자신의 육체는 마음보다 더 정직해서 금방 뜨겁게 타오를 수 있다는 걸 알기에 빨리 지훈에게서 벗어나려 했다. 간신히 지훈의 품에서 빠져나온 연우가 숨을 헐떡거리며 말했다.

"날 조롱하는 짓 이제 그만 해! 넌 이미 원하는 걸 가졌어. 한 번으로 만족해하고 더는 욕심 부리지 마."

"뭐?"

지훈이 눈살을 찌푸렸다.

"서로 다른 두 길이 잠시 합쳐져서 함께 걸었던 것뿐이야. 지금부터가 갈림길이야. 넌 떠나야 하고 난 다시 되돌아가야 해. 애당초 이렇게 많이 와서는 안 되는 거였는데 내가 잠시 생각을 잘못했어. 되돌아갈 수 없다고 해도 나 더 이상은 너와 함께 가지 않아. 싫어, 힘들어. 지치고 마음도 편치 않아. 그러니까 이제 날 내버려 두고 가."

"백연우!"

지훈이 거칠게 반박하려 했지만 연우는 그것을 허락하지 않았다.

"네가 어떻게 생각하든 그건 나랑 상관없어. 난 내 맘 편한 대로 할 거야. 나 원래 복잡하고 꼬이는 거 무지 싫어하는 거 너도 알지? 이건 아니다 싶어. 난 아니다 싶으면 절대 시작하지도 않는데 이번만큼은 내가 실수한 거야. 그래, 실수였어. 너랑 이런 관계 된 거 엄청난 실수였어. 후회해, 뼈저리게 후회해. 그러지 말아야 했었는데……. 추억도, 마음도 집처럼 무너지면 원상복구 안 되는 거잖아. 그러니까 이쯤에서 우리 그만 하자."

가슴을 후벼 파고 지지는 말이 거침없이 쏟아져 나왔다. 지훈은 숨을 거칠게 내쉬었다.

"사랑을 어떻게 실수라고 할 수 있니?".

"사랑을 모욕하지 마! 그게 어떻게 사랑이야?"

연우가 고함을 질러댔다.

"우린 어젯밤 사랑을 나눴어!"

지훈도 만만치 않게 큰 소리를 냈다.

"우린 그냥 의미없는 섹스를 한 것뿐이야!"

"왜 이렇게 잔인하게 굴어?"

"정직한 게 잔인한 거니?"

"넌 정직하지 않아!"

"넌 나한테 그런 말 할 자격없어. 정말 정직한 말을 듣고 싶니? 그래, 말해 줄게. 너, 첫경험 상대로 나쁘지 않았어. 비교 대상은 없지만 평생 잊지 못할 것 같아. 원래 처음이란 건 좋든 싫든 간에 기억에 오래 남는 법이잖아. 나조차도 사랑을 나눴다고 착각할 정도로 좋았어. 하지만 그게 다야. 그리고 끝이야."

"너 나 사랑하잖아. 속일 생각은 하지 마!"

"난 단 한 번도 널 사랑한다고 말한 적 없는데."

연우가 비웃으며 말했다.

"말하지 않아도 네 눈과 마음은 그랬어!"

"내 동정(同情)이 사랑으로 느껴졌니?"

"뭐?"

지훈은 커다란 충격을 받은 얼굴을 했다.

"난 살날이 얼마 남지 않은 엄마를 둔 널, 누군가의 음모로 타국에서 지독하게 고생한 널 동정했을 뿐이야. 그리고 끊임없이 날 가지고 싶어하는 너의 욕망을 마지못해 채워줬을 뿐이라고! 그걸 사랑이라고 말하고 싶은 거야? 그렇게 믿고 싶고, 착각하고 싶으면 얼마든지 해. 하지만 네 생각까지 내가 책임질 필요는 없는 거잖아."

지훈은 끓어오르는 분노를 참지 못해 두 주먹을 불끈 쥐고 부르르 몸을 떨었다. 마음을 가라앉히려고 애를 썼지만 잘되지 않앗다. 지훈은 죽일 듯이 연우를 노려보았다. 그리고 낮게 으르 렁거리며 말을 또박또박 내뱉었다.

"동정이라고? 그게…… 동정이었단 말이지?"

지훈은 오늘 연우로 인해 받은 마음의 상처는 평생 씻을 수 없을 것 같았다. 가슴이 갈가리 찢어지는 듯했다. 지훈은 굳게 말아 쥔 오른손을 연우의 바로 뒤쪽에 있는 욕실문을 향해 날렸 다. '쾅' 하는 소리와 함께 문짝 표면이 안으로 움푹 파였다.

공포에 질린 연우는 숨을 급격하게 삼킨 상태에서 얼어붙었 다.

"망할 계집애!"

지훈이 낮게 욕설을 내뱉으며 뒤돌아 거칠게 가운을 벗고 주 섬주섬 옷을 갈아입었다. 마지막으로 셔츠를 입자 오른쪽 소매 에 붉은 피가 길게 묻으며 번져 나갔다. 하지만 지훈은 전혀 개 의치 않는 듯 몇 개의 단추를 잠근 후 그대로 문을 향해 걸어갔 다. 그리고 호텔이 울릴 만큼 문을 세게 닫고 나가 버렸다. 그 순간 연우가 손으로 입을 막고 참고 있던 숨을 거칠게 토해냈 다. 곧 두 눈에서 뜨거운 눈물이 후두두 떨어졌다.

유난히 파란 하늘이 여름을 밀어내며 곧 가을임을 알리는 듯 했다. 청아한 하늘빛을 고즈넉이 바라보던 지훈이 한숨을 내쉬 며 눈을 감았다. 그러다 이내 다시 눈을 뜨고 수심이 가득한 얼 굴로 손에 든 핸드폰을 계속 만지작거렸다.

어떻게 말을 해야 할까?

지훈은 핸드폰을 계속 만지작거리며 고민했다. 마침내 집이 준공됐다는 말과 함께 열쇠를 전해야 하는데 지훈은 연우의 목소리를 들을 용기가 나지 않았다. 지훈은 연우의 아홉 번째 올케네 집 전화번호를 검색해 통화 버튼을 눌렀다 이내 다시 끊어버렸다.

"지훈아, 뭐가 널 그렇게 힘들게 하는 거니?"

경애가 힘없이 물었다. 지훈이 휠체어에 앉아 있는 경애를 바라보며 슬픈 눈빛을 했다.

"그런 거 없어요. 집이 다 완성되니까 긴장도 풀리고 시원섭섭해서 그런가 봐요."

경애는 애써 태연한 척하는 지훈이 안쓰럽게 보였다. 말하지 않아도 지훈이 연우 때문에 힘들어한다는 걸 경애는 이미 알고 있었다. 경애는 지훈에게 손을 내밀었다.

"이리 줘봐."

지훈이 가지고 있는 핸드폰을 달라는 소리였다. 지훈은 어리둥절한 표정으로 경애에게 핸드폰을 건넸다. 경애는 핸드폰 버튼을 눌러 연우에게 전화를 걸었다.

"여보세요? 백연우 씨 좀 부탁드립니다."

지훈이 화들짝 놀라 의자에서 벌떡 일어섰다. 하지만 경애는 그런 지훈을 아랑곳하지 않고 계속 말을 이어갔다.

"연우니? 그래, 아줌마야. 내 목소리 단번에 알아듣네? ……

웬일이긴, 너 혼내주려고 전화했지. 후후…… 연우야, 우리 만나자. 아줌마랑 네 집이 다 완성됐대. ……그래, 아줌마 기분 좋다. 그 집에서 아이들 웃음소리가 들리면 날아갈 듯이 더 좋을 것 같아. ……그래, 우리 몇 시쯤 만날까? 응, 응. 그래, 그럼 이따가 그 집 앞에서 만나자. 그래. 전화 끊을게."

경애가 미소를 지으며 전화를 끊었다. 그리고 지훈을 쳐다보며 말했다.

"나한테 고맙다는 소리 안 해도 돼. 하지만 내가 더 이상 네 사랑, 인생에 대해 어떤 조언도, 도움도 줄 수 없다는 거 너 알지?"

지훈이 경애의 말에 고개를 끄덕였다.

"지훈아, 엄마는 네가 후회없는 선택을 하며 살기를 진심으로 바란다. 그래야 네가 행복해질 수 있어. 네가 선택을 잘못하면 네 주위에 있는 사람들이 힘들어져. 너무 성급해서도 안 되고 너무 우유부단해서도 안 돼. 올바른 선택은 말처럼 절대 쉬운 거 아니야. 쉽지 않기 때문에 가치있고 소중한 거야."

"명심할게요."

지훈이 힘없이 대답했다.

"살아가면서 다른 건 다 양보해도 돼. 하지만 사랑하는 여자만큼은 절대 양보하지 마. 시간이 필요하다면 묵묵히 기다려줘. 끝까지 포기하지 말고 지켜줘. 사랑하는 마음이 녹슬지 않게 늘 닦아줘. 그렇게 살다가 인생의 종착역에 도착하게 되면 그땐 '아, 나는 인생을 참 잘살았구나' 하는 말을 할 수 있을 거야. 엄마는 그걸 제대로 못했단다. 그래서 사랑하는 사람들한테 상처를 주고 아프게 했어. 넌 절대 그러지 않았으면 좋겠다."

지훈이 슬픈 눈으로 경애를 바라보았다. 그리고 슬픔을 삼키며 대답했다.

"네, 그럴게요."

경애가 지훈의 손을 잡으며 말했다.

"지훈아, 엄마 많이 원망스럽지?"

지훈이 시선을 피하며 고개를 가로저었다.

"미안해. 아빠 없이 크게 한 거…… 많이 외롭게 한 거, 한국 못 가게 붙잡았던 거, 늘 너에게 짐만 됐던 거, 그래서 너 힘들게 한 거…… 다 미안해."

지훈이 다시 한 번 고개를 가로저으며 아니라고 했다.

"지훈아, 고맙다. 내 아들로 태어나 줘서 정말 고맙다. 엄만 참 많이 외로운 사람이었는데 네가 있어줘서 무척 행복했단다. 넌 하늘이 내려주신 선물이야. 비록 엄마가 이렇게 먼저 가지만 절대 너 혼자라는 생각하면 안 된다. 하늘이 곧 너에게도 좋은 선물을 주실 거야. 부디 세상에서 가장 행복한 사람이 되렴."

지훈의 두 눈에 눈물이 가득 고였다. 경애는 때가 가까이 온 것을 아는 것처럼 이별을 고하고 있었다. 마지막 소원이 이루어지는 날을 위해 굳건하게 버텨온 경애가 오늘따라 너무 힘겹게 보였다. 경애가 지훈에게 애틋한 시선을 보냈다.

"엄마…… 저 한 번만 안아주세요."

지훈은 애써 웃으며 경애에게 부탁을 했다. 경애가 흐뭇한 미소를 지으며 양팔을 벌렸다. 그리고 다가오는 지훈을 안아주었다.

"엄마…… 사랑해요. 영원히……."

"아들아, 나도 널 사랑한다. 영원히……."

연우는 경애로부터 온 전화를 끊고 깊은 상념에 잠겨 있었다. 마침내 집이 완성됐다고 했다. 그 말은 이제 곧 경애도, 지훈도, 자신의 곁을 떠날 시간이 다 됐다고 하는 것과 같았다. 연우는 콧등이 시큰해지는 것을 느끼고 애써 눈물을 삼켰다. 연우는 침실 창가로 다가가 밖을 내다보았다. 갑자기 가을이 온 것처럼 하늘이 맑고 푸르렀다. 갑자기 눈물이 볼을 타고 하염없이 흘러내렸다.

요즘 들어 왜 이렇게 자주 눈물이 나는 거지?

연우의 마음 한구석은 이렇게 약해진 모습을 부끄러워하고 있었다.

그때 수영이 방 안으로 들어와 문을 닫는 소리가 들렸다. 연우는 얼른 눈물을 닦고 수영을 마주 보았다.

"왜?"

연우를 빤히 쳐다보는 수영의 얼굴이 시무룩해졌다.

"고모는 왜 매일 울어요?"

연우는 아랫입술을 깨물며 아니라는 듯이 고개를 저었다. 하지만 또다시 주책없는 눈물이 흘러내렸다.

"햇살이 너무 눈부셔서 그런 거야."

연우가 눈물을 닦으며 변명을 해보았다. 수영은 그래도 이해가 안 간다는 듯이 어깨를 한번 으쓱 올렸다 내렸다.

"아, 수영이는 심심하다. 빨리 어린이집 방학 끝나서 친구들하고 놀면 좋겠는데."

수영이 연우의 침대 위에 벌렁 누우며 말했다. 그때 연우는 좋은 생각이 퍼뜩 떠올랐다. 그리고 오랜만에 미소를 지으며 수영에게 말했다.

"수영아, 우리 놀러갈까?"

"와! 신난다!"

수영이 침대에서 벌떡 일어나 방방 뛰기 시작했다.

NO. 15

지훈과 경애, 그리고 현영을 태운 차가 집 앞에 도착했다. 선글라스를 낀 지훈이 먼저 차에서 내렸다. 그리고 휠체어를 꺼내기 위해 트렁크 쪽으로 향했다. 그때 어디선가 아이들의 웃음소리가 들려왔다. 지훈은 동작을 멈추고 주위를 두리번거렸다. 그리고 이내 잘못 들었나 싶어 고개를 갸우뚱하며 트렁크에서 휠체어를 꺼내 경애가 있는 쪽으로 다가갔다. 지훈은 현영의 도움을 받아 경애를 휠체어에 앉혔다. 그때 또다시 아이들의 웃음소리가 들려왔다.

"이게 어디서 나는 소리니?"

경애가 궁금한 얼굴로 물었다.

"글쎄요."

지훈이 다시 주위를 두리번거렸다. 그때 지훈의 집 낮은 담 울타리 너머로 아이 하나가 '예' 라는 글자가 새겨진 커다란 종이를 들고 일어났다. 그리고 바로 옆에서 다른 아이가 '쁜' 이라는 글자가 새겨진 종이를, 그 다음 아이가 '집', 또 그 다음엔 '만' 이런 식으로 '예쁜 집 만들어주셔서 고맙습니다!' 라는 문구를 만들어내며 한 명씩 일어났다. 그리고 뒤에 숨어 있던 아이들이 풍선과 꽃을 들고 이구동성으로 '사랑해요!' 라고 외치며 한꺼번에 일어섰다. 꽃을 든 아이들이 한 줄로 서서 경애 쪽으로 다가왔다. 그리고 경애에게 차례로 꽃을 주며 뺨에 뽀뽀를 해준 후 경애를 꼭 껴안아주었다.

갑작스런 이벤트에 경애는 놀라움을 금치 못했다. 비단 경애만 그러는 게 아니라 지훈과 현영도 마찬가지였다. 아이들이 천사 같은 미소를 지으며 경애를 둘러쌌다. 그리고 한 아이가 '하나, 둘, 셋!' 이라고 하자 아이들이 노래를 부르기 시작했다.

"당신은 사랑받기 위해 태어난 사람, 당신의 삶 속에서 그 사랑받고 있지요. 당신은 사랑받기 위해 태어난 사람, 당신의 삶 속에서 그 사랑받고 있지요. 태초부터 시작된 하나님의 사랑은 우리의 만남을 통해 열매를 맺고 당신이 이 세상에 존재함으로 인해 우리에게 얼마나 큰 기쁨이 되는지……."

노래를 듣던 경애가 감격의 눈물을 쏟아냈다. 손수건으로 입을 가리고 하염없이 눈물을 흘렸다. 지훈 또한 눈물이 나서 하늘을 향해 고개를 쳐들었다. 그나마 선글라스를 끼고 있어 다행이란 생각이 들었다.

울타리 너머에 쪼그려 앉은 연우는 마음을 다지고 있었다. 오늘은 경애를 위해서 웃는 낯만 보여줘야 하는데 지훈 때문에 쉽지는 않을 것 같아서였다. 연우는 속으로 자신을 향해 '파이팅!'을 외쳤다. 그제야 그녀는 그들을 마주할 용기가 생겨 자리에서 일어날 수 있었다.

조카들과 그들의 친구들은 연우가 시키는 대로 잘해내고 있었다. 가슴이 뿌듯해졌다. 눈물을 흘리고 있는 경애와 하늘을 쳐다보고 있는 지훈이 보였다. 마음 한구석이 뭔가에 찔린 듯 아파왔다. 하지만 연우와 먼저 시선이 마주친 것은 현영이었다. 연우를 경계하는 듯한 눈빛이 강렬하게 느껴졌다. 연우는 애써 태연한 척 고개를 약간 숙여 인사를 건넸다. 하지만 현영은 그것마저도 받고 싶지 않은 듯 고개를 돌려 버렸다. 연우는 무안했지만 현영의 입장에선 당연할 수 있다는 생각이 들었다. 연우는 그들을 향해 발을 내디뎠다. 마음처럼 발걸음도 무거웠다.

아이들의 노래가 끝나자 연우가 아이들 뒤에 서서 경애에게 말을 건넸다.

"아줌마, 오늘 이 아이들 이곳에서 마음껏 놀아도 되죠?"

연우를 발견한 경애가 그제야 이 깜짝 이벤트를 준비한 사람이 연우라는 걸 깨닫고 고개를 끄덕였다.

"그럼, 되고말고."

"와! 신난다!"

경애의 허락이 떨어지자 아이들은 일제히 함성을 지르며 다시 집을 향해 뛰어들어 갔다. 그리고 마당에 설치된 그네와 미끄럼틀, 시소 등을 타며 놀기 시작했다. 마당 가득 아이들의 웃음소리와 떠드는 소리가 들려왔다. 그 모습을 바라보는 경애가 흐뭇한 미소를 지었다.

"연우야."

"네, 아줌마."

경애가 부르자 연우가 눈높이를 맞추며 몸을 낮췄다. 경애가 연우의 손을 부드럽게 잡았다.

"내 소원 들어줘서 고맙다. 오늘이 내 생애 가장 행복한 날이구나."

"저도 기쁘고 행복해요. 아줌마, 집들이하셔야죠. 제 집도 예쁘게 지어주셔서 오늘 집들이 음식은 제가 준비했어요. 사실 저희 올케들이 하나씩 준비해 온 거지만요. 아줌마네 집 구경하시고 저희 집 일층에 가서 집들이 파티하기로 해요."

"그래, 그러자꾸나."

연우는 일부러 휠체어 뒤에 서 있는 지훈과 눈을 마주치지 않았다. 가능하면 지훈이 자신을 아는 척하거나 말을 걸어오지 기를 바랐다. 연우는 경애의 손에서 자신의 손을 뺐다. 그러자 지훈이 휠체어를 밀고 마당을 지나 집 안으로 들어갔다. 연우는 그런 지훈과 경애의 뒷모습을 애틋하게 바라보았다. 지훈과 경애가 없으면 이 집은 예전처럼 휑뎅그렁할 것이다. 이곳을 단순한 건물이 아닌 집으로 만드는 것은 바로 지훈과 경애의 존재인데 그들이 없으면 지금 이 집은 연우에게 있어 그저 벽돌과 나무로 이루어진 차가운 구조물에 불과해질 것이다. 비록 아이들이 이곳을 차지한다 해도 말이다. 그런 생각이 불현듯 들자 연우는 눈물이 핑 돌았다.

"정말 눈물겨웠어요."

연우는 고개를 돌렸다. 현영이 서 있었다. 연우를 바라보는 눈빛이 얼마나 차가운지 뜨거운 태양 아래에서도 한기를 느낄 수 있을 정도였다. 현영의 눈에는 분노가 어려 있었다. 노골적으로 적대감을 나타내는 현영에게서 따뜻하고 친절했던 첫인상은 눈을 씻고 봐도 찾을 수가 없었다. 현영은 마당에서 놀고 있는 아이들에게로 시선을 옮겼다.

"저기 좀 보세요. 한 아이가 혼자 열심히 쌓아놓은 모래성을 옆에서 가만히 보고 있던 아이가 빼앗아 독차지해 버리네요. 열정을 다해 공들인 작품을 빼앗긴 기분이 좋을 리 없겠죠? 자신이 뭘 잘못했는지도 모르는 듯 천진난만한 표정을 짓는 행동은 어린애들이니까 귀엽기나 하지 다 큰 어른이 할 짓은 못 되죠."

현영은 교묘한 수법으로 연우를 비난하고 있었다. 연우는 현영의 그런 의도를 알지만 그냥 무시하고 싶었다. 오늘, 그리고 이곳에 대한 기억은 좋은 추억으로만 남아야 하기 때문이다. 혼탁한 감정 싸움으로 가장 특별한 날을 망치고 싶지 않았다. 연우는 하늘을 올려다봤다.

"물감을 풀어놓은 것처럼 가을 하늘이 참 푸르네요. 혹시 가을이면 하늘이 왜 더 푸르게 보이는지 아세요?"

현영이 무슨 뚱딴지같은 소리냐는 식으로 쳐다보자 연우가 계속 말을 이어나갔다.

"태양 광선에 짧은 청색 빛이 포함되어 있는데 이 청색 계열의 빛은 공기 중의 입자와 만나면 쉽게 여러 방향으로 불규칙하게 흩어지는 특성이 있대요. 그런데 가을에는 대기 중의 먼지가 적고 수증기나 물방울이 상대적으로 적어져 산란이 많은 푸른 빛이 더 잘 보이는 거래요. 이처럼 푸른 하늘을 자주 보면 기분을 상쾌하게 만들 뿐 아니라 혈액순환과 신진대사에도 좋다고 하네요. 오늘 전 하루 종일 하늘만 보고 싶어요."

그때 지훈이 현관에 서서 현영을 불렀다.

"현영아, 엄마가 찾으셔."

연우는 현영을 다정하게 부르는 지훈을 애써 무시했다. 현영이 지훈이 있는 곳으로 가자 연우는 등을 돌려 자신의 집을 향해 가기 시작했다. 더 이상 시련을 겪고 싶지도 않았고, 그와 말다툼을 하고 싶지도 않았다. 연우는 한숨을 내쉬고 어깨를 편 뒤 집으로 당당하게 걸어갔다.

지훈은 울타리 밖으로 나가 자신의 집으로 향하는 연우를 말없이 지켜보았다. 오늘 오랜 기억으로 남을 선물을 준 연우에게 고마움을 전하고 싶은 마음은 굴뚝같았지만 차마 다가갈 수가 없었다.

"언니들, 고마워요. 단시간에 음식 준비해 오느라 힘드셨죠?"

연우는 자신의 집 일층에서 한창 집들이 파티를 준비 중인 올케들에게 고마움을 전했다. 올케들은 집에서 준비해 온 음식들을 뷔페식으로 차리는 중이었다.

"깜짝 파티도 나쁘지 않은데요? 피서 한 번 더 온 기분이에요."

"그러게요. 그리고 집이 너무 예뻐서 오늘부터 그냥 여기에 눌러앉고 싶은걸요?"

"아가씨, 우리 집이랑 바꿔요. 네?"

"그런데 일층이 아가씨 작업실이자 가게라는 걸 어떻게 알았대요? 새 컴퓨터, 재봉틀, 작업대, 상품 진열대까지 되게 세심하게 챙겼네요."

"바깥에 걸린 간판은 또 어떻고요. 디자인, 색깔 모두 예쁘고 좋아요."

"맞아요, 맞아."

올케들은 다들 한 마디씩 하며 즐거운 표정을 했다.

"아가씨, 이층에 가봤어요? 아가씨 취향을 어떻게 알아냈는지 몰라도 딱 아가씨 스타일이에요. 한번 가서 보세요."

아홉 번째 올케가 다가와 속삭이듯 말했다. 연우는 가게에서 연결된 계단으로 이층에 올라가 보았다. 늘 불안하게 삐거덕댔던 나무 계단부터 달라져 있었다. 계단이라고 하기보다는 벽에 고정된 조형물처럼 보였는데 난간 없이도 꽤 튼튼해 보였다.

이층에 도착한 연우의 시선을 먼저 끄는 건 베란다와 거실의 삼 분의 일을 차지하는 천장이었다. 투명하게 만들어놓은 천장을 통해 파란 하늘이 시원하게 보였다. 비나 눈이 오면 떨어지는 모습이 보일 것이고, 밤엔 달과 별이 보일 것이다. 그런 광경을 감상하기 위한 목적인지 베란다 방향으로 연우가 좋아하는 그린 계열의 색상의 소파와 두 사람이 함께 앉을 수 있는 흔들의자가 놓여 있었다. 연우는 갑자기 눈물이 핑 돌았다.

연우는 침실로 보이는 방을 향해 걸어갔다. 방엔 하얀 공주 침대가 놓여 있었는데 상부를 가려주는 캐노피 커튼 장식이 달려 있었다. 그리고 침대와 비슷한 이미지의 화장대도 놓여 있었다. 방에 있는 커다란 창은 접이식 갤러리 창문이 덧달려 있었고, 한쪽 벽은 마치 초록빛 숲으로 가는 길인 것처럼 사람이 직접 그린 커다란 나무와 넝쿨 그림이 있었다. 연우는 손으로 입을 가렸다. 손 위로 눈물이 흘러내렸다.

연우는 화장실을 향해 걸어갔다. 예상대로 하얀 이동식 욕조가 놓여 있었다. 그리고 벽엔 작은 물고기들이 헤엄치고 있는 벽걸이 수족관이 설치되어 있었다. 연우는 눈을 감고 눈물을 펑펑 쏟아냈다.

지훈은 연우가 예전에 했던 말들을 모두 기억하고 있었다. 꿈을 꾸듯이 미래에 살고 싶은 집을 묘사했던 그대로 지훈이 실현시켜 주었던 것이다. 연우는 거실에 놓인 흔들의자에 앉아보았다. 그리고 예전에 지훈에게 했던 말들을 떠올려 보았다.

"난 혼자 앉는 의자를 보면 괜히 안쓰러움이 느껴지더라. 마치 누군가를 외롭게 기다리는 여자 같다는 느낌이 들어. 특히 흔들의자는 더 더욱 안쓰럽게 보여. 기다렸던 사람을 붙잡아두려고 갖은 애를 쓰는 여자 같잖아. 하지만 둘이 앉는 의자는 왠지 넉넉한 마음을 가진 어머니 같아. 둘만 앉을 수 있는 의자는 어느 정도의 친밀감과 유대 관계가 있지 않고서는 앉기 힘든 공간이잖아. 그런 사람들을 편안하게 안아주는 마음이 어머니의 마음 같다는 생각이 들어. 특히 둘이 앉는 흔들의자는 둘을 공평하게 사랑하고 배려하는 부모님의 마음 같잖아. 그래서 난 나중에 집을 짓는다면 혼자 앉는 의자를 두지 않을 거야."

"그런데 둘이 앉을 수 있는 흔들의자가 있나?"

"글쎄다, 없으면 난 나중에 꼭 만들어서라도 사랑하는 사람이랑 앉을래. 하늘을 볼 수 있는 거실이나 베란다에 놓고 해도 보고, 달도 보고, 별도 보고, 비도 보고, 눈도 보고, 바람도 느끼면서 사랑과 인생, 그리고 꿈을 함께 나눌 거야. 생각만 해도 가슴이 설렌다."

연우는 비어 있는 옆 자리를 보며 더욱 짙은 외로움을 느꼈다. 둘이 앉지 않으면 외로움이 차지하는 공간만 넓어질 뿐인 의자가 마음을 더욱 슬프게 했다. 그리고 이 자리는 지훈이 아니면 아무 소용 없다는 걸 깨달았다. 연우의 눈물은 그칠 줄을 몰랐다.

연우는 한참 만에 평온을 되찾은 모습으로 내려왔다. 연우가 없는 사이에 이미 집들이 파티는 진행 중이었다. 실컷 놀다 들어온 아이들은 배가 고팠는지 허겁지겁 음식을 먹고 있었고, 올케들은 아이들을 돌보며 이야기꽃을 피우고 있었다. 그때 지훈과 현영이 나란히 들어왔다.

"어머님은요?"

올케 중 한 사람이 물었다.

"하늘이 유난히 예쁘다고 마당에 계시고 싶으시대요."

현영이 설명했다. 연우는 지훈에게 찰싹 달라붙어 있는 현영을 무심히 보아 넘길 자신이 없어 슬그머니 도망칠 생각을 했다. 하지만 바깥으로 나가기 위해선 지훈과 현영을 지나쳐 가야만 했다. 잠시 망설이던 연우는 마침내 마음을 다잡고 그들을 지나가기로 했다. 많은 사람들로 복닥거리기 때문에 연우는 그들과 아주 가까운 거리에서 만나게 됐다. 그때였다.

"연우 씨."

현영이 갑자기 연우의 손목을 붙잡았다. 연우는 현영의 손톱이 피부 깊숙이 파고드는 것을 느꼈다. 날카로운 통증에 연우는 자기도 모르게 인상을 쓰며 현영의 손을 거칠게 떨쳐 버렸다. 하지만 연우가 왜 그랬는지를 알 리 없는 지훈은 깜짝 놀란 표정으로 연우를 질책하듯이 쳐다보았다. 그리고 현영도 오히려 자신이 더 당황스럽고 무안하다는 표정을 지었다.

"어머! 저는 단지 연우 씨한테 전해줄 게 있어서 그런 건데……."

연우는 이상하게 전개가 되는 이 상황에서 할 말을 잊었다. 그저 거친 숨소리만 낼 뿐이었다. 그런 연우에게 현영이 천연덕스럽게 종이 가방 하나를 건넸다.

"연우 씨 거예요."

연우는 가방 안에 있는 것이 자신이 지훈의 방에 두고 온 옷이라는 걸 알게 됐다. 그리고 현영이 입었던 옷이라는 것도. 연우는 끔찍한 것을 본 사람처럼 얼굴을 일그러뜨렸다. 그리고 현영의 손에서 가방을 낚아채 문 옆에 놓인 쓰레기통에 처박아 버리고선 바깥으로 나가 버렸다. 현영의 뺨을 세게 후려치고 싶은 걸 간신히 참은 연우는 잠시 하늘을 보며 크게 숨을 들이마신 후 이내 내쉬었다. 그때였다. 뒤에서 지훈의 날카로운 목소리가 들려왔다.

"너무 심하다는 생각 안 들어?"

화들짝 놀란 연우는 곧 자신을 비난하는 지훈에게 화가 나기 시작했다. 하지만 연우는 뒤도 돌아보지 않고 앞으로 걸음을 옮기며 분노를 잠재우려 했다.

"백연우! 거기 서지 못해? 지금 당장 현영이한테 가서 사과해!"

무시를 당했다고 생각한 지훈이 이번엔 불쾌함을 드러내고 소리쳤다. 연우는 아무것도 모르면서 뻔뻔한 요구를 하는 지훈이 미웠다. 가까스로 눌러 담은 눈물이 터져 나올 것만 같았다.

연우는 걸음을 멈췄다. 하지만 여전히 등을 돌린 상태였다. 마음의 상처를 숨기기 위해선 그럴 수밖에 없었다. 연우는 배신을 당한 느낌과 심한 외로움을 느꼈다. 지훈은 현영이 받은 상처만 걱정하고 있었다. 연우의 감정은 조금도 생각해 주지 않고 있었다. 심장이 갈가리 찢어지는 느낌이었다. 어차피 자신의 행동에 대해 합당한 이유를 말해 봤자 믿지 않을 것이다. 그리고 이제 와서 그딴 걸 구차하게 설명하고 싶지도 않았다.

연우는 자신이 언제부터 이렇듯 소극적이고 나약한 여자가 되었는지 생각해 보았다. 지금껏 이런 의심을 받아본 적이 한 번도 없었다. 그리고 호의를 베푸는 사람한테 자신이 못되게 굴었다고 생각하는 지훈에게 어떻게 자신을 변호해야 하는지 알지 못했다. 연우는 아랫입술을 깨물었다.

지금은 혼자 있고 싶을 뿐이었다. 이층에서 느꼈던 지훈에 대한 헷갈리는 감정을 어떻게 해야 할지 확실히 알 수가 없었다. 하지만 이 순간 지훈을 향하고 있는 자신의 사랑을 그가 조금씩 죽이고 있다는 것만은 확실했다. 더 이상 날 힘들게 하지 말고 그 여자에게 가라고 소리치고 싶었다. 연우는 그렇게 생각하는 것만으로도 마음이 너무 아파 주체할 수가 없었다.

연우는 말없이 뒤돌아섰다. 그리고 고개를 숙인 채 지훈을 지나 막 문을 열고 나오는 현영 앞에 섰다. 연우는 이를 악물고 잠시 마음을 다스린 후 말했다.

"사과할게요. 미안해요. 제 행동 용서하세요."

연우는 현영의 표정도 살피지 않고 등을 돌려 왔던 길을 황급히 가려 했다. 그때 지훈이 연우 앞을 가로막아 섰다.

"받아. 집 열쇠야."

아주 퉁명스럽게 말하며 손을 내밀었다.

연우는 지훈의 손바닥 위에 있는 열쇠꾸러미를 말없이 쳐다보았다. 만감이 교차하는 착잡한 심정이었다. 연우는 마른침을 간신히 삼켰다. 그리고 머뭇거리며 손을 내밀었다. 손끝이 가늘게 떨렸다.

다…… 끝난 거네.

열쇠를 잡은 순간 손에서 느껴지는 냉기가 마치 지훈의 마음인 것 같아 가슴이 미어졌다. 연우는 등을 돌리고 빠른 걸음으로 그곳을 벗어났다.

혼자 있고 싶어. 어디론가 숨어버리고 싶어.

연우는 혼자 있을 만한 공간이 절실하게 필요했다. 하지만 마당에 홀로 휠체어에 앉아 있는 경애를 발견하고선 마음을 돌렸다. 하늘을 향해 눈을 감고 고개를 쳐들고 있는 경애의 표정은 아픈 사람치고 매우 평온해 보였다. 마치 기분 좋은 꿈을 꾸며 잠든 사람처럼 말이다. 연우는 애써 미소를 지으며 경애에게 다가가 자세를 낮췄다.

"아줌마."

"연우야……."

경애는 눈을 뜨지 못하고 아주 작은 목소리로 연우를 불렀다.

"나…… 용서해 줄래?"

"그게…… 무슨 말씀이세요? 용서라니요?"

"지훈이…… 나 때문에 여기에 오지 못했어. 내가…… 못 가게 했어. 너 보고 싶어서 그렇게 한국에 가고 싶어했는데 내가 못 가게 했어. 연우야, 미안하다. 나…… 용서해라."

"아줌마……."

"하늘이 점점…… 점점…… 다가오는구나. 정말 날아갈 것만 같아……. 훨훨…… 훨훨……."

경애는 잠 속으로 빠져든 것처럼 더 이상 말을 하지 않았다. 잠시 후 경애의 머리가 살짝 어깨 쪽으로 떨어졌다. 연우는 두 손으로 입을 틀어막았다. 참았던 눈물이 쏟아져 내렸다. 떨리는 두 손을 옮겨 경애의 앙상한 손을 잡았다. 아직 온기가 남아 있는 그 손을 잡고 연우는 괴로운 듯이 입을 열었다.

"아, 아, 아줌마…… 가, 가, 가지 마세요. 흐흑……. 아줌마가 가버리면…… 지훈이도 가버릴 텐데…… 이렇게…… 가버리시면…… 저는 어떡하라고요. 아줌마…… 제발 가지 마세요. 흐흑……."

연우는 경애의 무릎에 얼굴을 묻고 어깨를 떨며 울기 시작했다. 그들 위에 있는 가을 하늘이 눈이 부시도록 파랬다. 연우의 멍든 마음처럼…….

―생활 형편이 어려운 아동들을 위해 자비를 들여 자신의 집을 어린이집으로 고치고 무상으로 운영 계획을 밝힌 분이 있어 주위를 훈훈케 하고 있습니다. 화제의 주인공인 재미교포 K씨는 지난 5월 위암 말기 판정을 받고 투병 중이었다가 오늘 ○○일 오후 네 시에 별세한 여성으로 알려져 주위를 안타깝게 하고 있습니다. 특히 자신의 이름이 외부로 알려지는 것을 꺼려하며 해당 구청에 이러한 계획을 익명으로 전달해 감동을 더하고 있습니다. 해당 구청 가정복지과 ○○○ 과장은 '경제난으로 각박해진 세태 속에서 잔잔한 감동을 주고 있다'며 '고인의 뜻에 어긋나지 않도록 가정 형편이 어려운 아동들을 위한 공간이 되도록 최선을 다해 돕겠다'는 뜻을 밝혔습니다. 한편, 재미교포 K씨의 빈소는 서울 ○○병원에 마련되었으며, 장례는 ○○일에 치러집니다.

커피 잔을 들고 있는 은경의 손이 심하게 떨렸다. 함께 TV를 보던 중권 역시 커다란 충격을 받은 듯한 얼굴을 했다.

"어머, 어떡해. 지훈 씨 어머니가 틀림없는 거 같은데 돌아가셨나 보다."

소희가 TV에서 눈을 떼지 못하고 혼잣말을 했다.

"아빠, 아빠 친구 분이신데 조문 가셔야겠네요?"

태희가 커피 잔을 탁자에 내려놓으며 말하자 은경의 눈에 공포감이 서렸다. 중권이 무겁게 가라앉는 몸을 일으켜 세우며 소파에서 일어났다. 그리고 중심을 잃은 사람처럼 심하게 비틀거렸다.

"아빠, 괜찮으세요?"

소희가 중권에게 다가와 부축하며 말했다. 중권이 괜찮다는 식으로 손짓을 하며 소희를 안심시켰다. 그리고 여전히 비틀거리며 서재를 향해 걸어갔다. 서재의 문은 아주 오랜 시간 열리지 않았다.

뉴스의 힘은 역시 대단했다. 혈혈단신 천애의 고아가 되어버린 지훈이 홀로 외로이 빈소를 지킬 거란 예상을 뒤엎고 장례식장은 인산인해를 이루었다. 각계각층의 저명한 인사들과 뉴스에 감동을 받고 찾아온 시민들, 취재를 하기 위해 찾아온 기자들로 북적댔다. 조문을 하기 위해서는 10m 이상 늘어선 줄에 서서 이십여 분씩 기다려야 할 정도였다. 장례식장 안은 조문객들로 발 디딜 틈조차 없었고, 수도 없이 밀려드는 조화는 장례식장 앞에 붙은 '조의금과 조화는 정중히 사절합니다' 라는 문구를 무색케 했다. 조화 리본만으로 빈소 입구에서 식당까지 십여 미터 길이의 양쪽 벽을 도배하고도 남을 정도였다. 빈소 영정 양측으로 내로라하는 인사들이 보낸 조화가 놓여 있었다.

어머니를 잃은 슬픔에 초췌한 모습을 한 지훈은 식사도 거른 채 잠시도 쉬지 못하고 위로의 말을 전하는 조문객들을 일일이 맞이해야만 했다. 현영의 가족들과 연우의 가족들은 지훈을 돕기 위해 모두 나와 조문객들에게 음식을 나르며 빈소를 지켰다. 워낙 바쁘게 움직여야 했기에 현영과 연우는 껄끄러운 관계를 뒤로하고 말없이 일만 했다.

연우는 큰 쟁반에 음식이 담긴 접시를 올려놓고 기자들로 보이는 조문객에게 다가갔다. 그때 믿을 수 없는 이야기를 들었다.

"내 기억이 맞으면 말이야, 김경애 씨는 분명히 태성섬유 회장의 전부인이었는데……."

"에이, 설마! 동명이인이겠지."

"이상하다. 기억이 가물가물하지만 분명히 맞는데……. 하긴 아이를 못 낳아서 대가 끊길까 봐 이혼까지 했는데 아들이 버젓이 있는 걸 보면 내가 잘못 안 것 같기도 하고 말이야."

"괜히 지레짐작으로 엉뚱한 사람 잡는 기사 썼다가는 큰코다칠 거야. 태성섬유 회장 부인이 한복 디자이너 강은경이라는 거 몰라? 명예훼손으로 고발당하기 싫으면 조심하라고."

탁자에 음식이 담긴 접시를 놓는 연우의 손이 심하게 떨려왔다. 가슴이 심하게 쿵쾅거려서 기자들에게까지 들리는 건 아닐까 하는 생각이 들 정도였다.

"아가씨, 국 다 쏟겠어요. 왜 그렇게 손을 떨어요?"

기자가 연우에게 물었다.

"죄, 죄, 죄송합니다."

사실일까, 아줌마가 소희네 아버지의 전부인이었다는 게?

연우는 은경이 지훈을 보고 놀라 기절한 일과 호텔에서 눈물을 흘렸던 일을 떠올리고선 기자들이 전혀 근거없는 말을 한 건 아니라는 생각이 들었다.

지훈은 이 사실을 알고 있는 걸까?

연우는 그건 아니라는 생각을 했다. 지훈은 은경과 중권을 만났어도 그들이 누구인지, 자신과 어떤 관계에 있는 사람들인지 전혀 모르는 것 같았다. 그저 경애의 옛 친구 정도로만 알고 있는 게 틀림없었다.

연우는 음식을 다 차려 놓고 일어나서 조문객과 인사를 나누는 지훈을 바라보았다. 평소엔 몰랐지만 지훈이 경애보다는 중권을 더 닮았다는 생각이 들었다. 연우는 마른침을 꿀꺽 삼켰다. 연우는 경애의 영정 사진을 보며 속으로 물었다.

아줌마…… 제가 들은 말들이 사실인가요?

연우는 순간 다시 심장이 철렁 내려앉았다. 지훈이 한 말들이 생각나서였다. 누군가의 사주로 미국으로 내몰렸던 일들이 혹시 소희 쪽과 연관이 있는 게 아닐까 하는 생각까지 미쳤다. 연우는 견딜 수 없는 충격의 소용돌이에 빠지고 말았다.

연우는 그 시간 이후로 지훈을 볼 때마다 속병을 앓았다. 마음 같아선 지훈을 데리고 아무도 듣지 못할 곳에 가서 자신이 들은 비밀 이야기를 알고 있는지, 그리고 그게 과연 사실인지를 확인해 보고 싶었다. 하지만 차마 그럴 수 없었다. 그런 말 못할 사정 때문에 마음의 병이 점점 깊어져만 갔다.

그러던 중 연우는 거의 제일 마지막으로 빈소를 찾은 중권을 볼 수 있었다. 지훈과 버금갈 정도로 초췌한 모습을 한 중권은 검은 양복 차림으로 홀로 빈소를 찾아왔다. 무거운 발걸음으로 경애의 흑백 영정 사진 앞에서 한참을 서 있던 중권이 분향재배를 했다.

경애야…… 외로운 삶만 살았는데 너 혼자 보내서 어쩌니? 우리 결혼한 날 약속했었잖아, 같은 날 같은 시간에 같이 하늘나라 가자고. 그런데 왜 약속 안 지켰니? 왜 나만 남겨두고 먼저 가니? 나 때문에 흘린 눈물 닦아줘야 하는데…… 맘껏 때리라고 가슴 대줘야 하는데…… 사랑했다고, 아직도 사랑한다고 말해 줘야 하는데……. 왜 벌써 가는 거야? 경애야, 널 혼자 보내는 게 너무 마음 아프다. 조금만 기다리게 할게. 우리 다시…… 만나자. 나…… 다시는 너 놓치지 않을 거야. 다시 만나면 사랑만 해줄게. 외롭게 하지 않을게. 기다려 줘.

연우는 이틀 밤을 꼬박 새운 지훈의 얼굴을 조심스럽게 살폈다. 지훈의 눈빛으로 연우는 자신이 가지고 있던 질문의 해답을 얻어낼 수 있었다. 지훈 또한 어느 정도 그 비밀을 알고 있었던 것이다. 중권를 바라보는 지훈의 눈은 원망과 한이 서려 있었다. 또한 그런 지훈을 바라보는 중권의 눈 또한 회한의 눈물이 담겨 있었다.

연우는 칼로 후비듯 가슴이 저려왔다.

맙소사! 지훈은 얼마나 괴로웠을까! 언제부터 그 사실을 알고 있었던 걸까?

그런 지훈에게 모진 말과 행동을 한 자신이 저주스러웠다. 그

리고 연우는 공항에서 지훈과 악수를 나누었던 중권의 모습이
떠올랐다.

자신의 아들임을 알지만 차마 입 밖으로 그 사실을 내지 못하
고 가슴앓이를 한 중권의 심정은 또 어떠했을까?

지은 죄 많아서 네 이름을 부를 수도, 널 아들이라고 부를 수
도 없구나. 네 엄마 다시는 외롭게 하지 않으마. 곁에서 항상 지
켜주마. 너한테 무릎 꿇고 용서를 구하지만…… 절대 날 용서하
지는 마라. 미안하다, 아들아……. 내 아들, 김지훈……. 정말
미안하다.

중권은 지훈에게 무릎을 꿇고 절을 했다. 하지만 지훈은 차마
그 절을 받을 수 없는지 두 주먹을 불끈 쥐며 잠시 머뭇거렸다.
눈물을 참기 위해 이를 악문 지훈의 입술이 마구 떨렸다. 그리
고 이내 지훈도 중권을 향해 절을 올렸다. 그 광경을 보는 연우
또한 손수건으로 코와 입을 막고 눈물을 토해냈다.

경기도 벽제에서 화장된 경애의 유골은 경기도에 위치한 납
골당에 안치가 됐다. 지훈은 영정 사진을 들고 추모관에서 오열
하며 깊은 슬픔을 보였다. 연우 또한 슬픔을 이기지 못하고 오
열했다. 연우는 경애의 영정에 자신이 만든 액자를 넣어주었다.
경애가 좋아하는 장미를 수놓은 것이었다.

모든 장례 절차가 끝나자 함께 온 사람들은 하나둘씩 자리를
떴다. 하지만 지훈은 쉽사리 그곳을 떠나지 못했다.

"오빠, 그만 가자."

뒷바라지를 한 현영도 많이 지쳐 보였다. 지훈은 현영의 말이 들리지 않는지 미동도 하지 않았다. 하지만 현영이 자꾸 재촉을 하자 그제야 자리를 털고 일어났다. 그리고 넋이 나간 사람처럼 현영을 따라가 차에 몸을 실었다.

그 광경을 본 연우는 가슴에 커다란 구멍이 뚫린 것처럼 허전했다. 비애가 느껴진 연우는 솟구치는 눈물을 애써 눌렀다. 이젠 정말 경애와 지훈에게 작별을 고해야 할 시간이 온 것만 같았다.

김지훈…… 너 가는 거니? 이대로 영영 가는 거야? 너, 나 여기에 서 있는 거 안 보여? 난 너만 바라보고 있는데……. 네가 나 한 번만이라도 쳐다봐 주길 기다리면서 이렇게 서 있는데…… 인사도 없이 그냥 가버리면 어떡해…….

연우는 붉은 노을 속으로 사라지는 차를 바라보며 그렇게 속으로 중얼거렸다.

연우는 자신의 집으로 가자는 아홉 번째 올케의 제안을 거절하고 집으로 향했다. 심하게 앓고 난 사람처럼 수척한 몸으로 허영허영 걸어 집에 도착한 연우는 샤워를 한 후 침대 위로 쓰러지듯이 누웠다. 평생 흘릴 눈물을 최근에 다 쏟아냈다고 생각했는데도 눈물샘에선 끊임없이 눈물이 쏟아져 나왔다.

"김…… 지…… 훈……. 나쁜은 노옴……."

연우는 깊은 암흑 세계로 점점 빠져들었다.

누군가가 눈가에 남은 물기를 손으로 닦아주고 있었다. 연우는 작은 신음을 흘리며 잠에서 깨려 했다. 하지만 소금을 왕창 뿌린 것처럼 눈이 따끔거려서 도무지 뜰 수가 없었다. 연우는 눈은 뜰 수 없지만 정신은 잠에서 거의 깬 상태였다. 그 순간 연우는 심장이 얼어붙는 것만 같았다. 집에 누군가가 침입을 했다는 생각이 미치자 공포가 느껴진 것이다. 연우는 소스라치게 놀라며 상대를 밀어내고 문을 향해 뛰었다. 하지만 문에 도착하기도 전에 상대에게 붙잡혔다. 상대는 연우의 가는 허리를 꽉 껴안았다. 너무 놀라면 비명도 지를 수 없다는 걸 연우는 새삼 깨달을 수 있었다. 그때 낯익은 목소리가 들려왔다.

"연우야. 나야, 지훈이."

지훈이 짙은 술 냄새를 풍기며 말하자 연우는 온몸에서 힘이 쫙 빠져나가는 기분이 들었다.

"나…… 네가 필요해. 나 너무 외로워. 나 좀 안아주라."

지훈의 손이 미친 듯이 연우를 더듬었다. 옷 하나 걸치고 잘 기력조차 없었던 연우는 나체 상태였다. 하지만 연우는 지훈의 손을 밀쳐 낼 수가 없었다. 연우는 지훈의 손길에 아주 빠르게, 쉽게 전율했다.

"동정이라도 좋아. 날 한 번만…… 마지막으로 딱 한 번만…… 안아줘."

지훈이 연우의 얼굴을 돌려 입술을 맞대자 파도처럼 덮쳐온 전율로 온몸이 떨려왔다.

오늘밤에는 아무것도 생각하지 말자고, 연우는 그렇게 생각했다. 그에게 내 몸을 주리라. 원하는 만큼 실컷 주고 그가 주는 만큼 양팔을 벌려 받아들이리라.

지훈이 정말 누구를 사랑하는지는 몰라도, 지금 이 순간 그가 원하는 사람은 그녀였다. 연우는 열정을 다해 지훈의 키스를 받아들이고 되돌려 주었다.

지훈은 연우를 번쩍 안아 들고 침대 내려놓았다. 그리고 황급히 옷을 벗어 던졌다. 두 팔을 의지해 연우를 가둔 지훈은 무슨 말을 하려다가 하기가 어려운 듯 잠시 입을 다물었다. 다시 입을 열었을 때 고통으로 잔뜩 흐려진 속삭임이 들려왔다.

"연우야…… 사랑해……."

연우는 양손으로 지훈의 얼굴을 감쌌다. 연우가 그렇게 잔인하게 밀어낸 지훈이 다시 사랑한다고 말했다. 취중에 한 말이지만 제발 잔인한 농담이 아니기를 속으로 애원했다. 연우는 눈물이 흘러내리는 것을 느끼고 지훈의 얼굴에서 손을 떼고 자신의 얼굴을 가리며 흐느꼈다.

"연우야……."

지훈은 잠시 말을 끊고 눈을 감았다 다시 떴다.

"울지 마. 제발 울지 마. 네가 울면 내 마음이 쓰리고 아파."

연우는 말을 하지 못하고 고개만 끄덕였다. 하지만 가슴속 깊은 곳에서 터져 나오는 울음은 참을 수가 없었다.

"내 눈물샘이 고장났나 봐. 자꾸만 눈물이 나."

연우는 얼굴에서 손을 떼고 지훈을 바라보았다. 그때 연우는 지훈의 뺨으로 눈물이 한 방울 흘러내리는 것을 보았다. 지훈도 울고 있었다.

"가슴이 너무 아프다. 가슴이 산산조각난 것처럼 너무 아프다."

연우는 다시 지훈의 얼굴을 양손으로 감쌌다. 지훈은 눈을 감고 으스러질 정도로 강하게 연우를 끌어안았다. 마침내 지훈이 연우의 몸 안으로 들어왔고, 연우는 숨을 죽였다. 뜨겁게 고동치는 그의 남성이 속살에 닿는 순간 연우는 몸을 떨었다. 연우는 지훈의 머리카락 속에 손을 묻었다. 너무 오랫동안 떨어져 있던 느낌이었다. 오직 그만이 줄 수 있는 기쁨의 파도가 온몸에 물결치는 것이 느껴졌다. 사랑하고 사랑받는 느낌. 지훈이 연우의 부드러운 몸을 끌어당겨 근육질의 단단한 몸에 붙였다. 두 사람 사이에는 이제 한 치의 틈도 없었다. 연우는 사나운 짐승이 으르렁거리는 듯한 깊고 거친 지훈의 숨소리를 들었다. 그의 관자놀이에서 힘차게 뛰는 맥박이 보였다. 힘찬 율동이 어느 순간 멈췄고 지훈의 몸이 연우의 몸 위로 축 늘어졌다.

"연우야…… 사랑해…… 사랑해……. 그리고 너무 미안해."

지훈이 거의 절규하듯 말하고선 이내 깊은 잠으로 빠져들었다. 연우는 그런 지훈을 부드럽게 어루만졌다. 그리고 속삭이듯 말했다.

"지훈아……. 나…… 너 없이는 못살 것 같아. 내일 아침에 일어나면 나 너한테 사랑 고백 하고 너 꽉 붙들래."

연우는 아주 오랜만에 숙면을 취한 것 같았다. 온몸은 나른했지만 기분은 아주 상쾌했다. 연우는 맑고 투명한 눈을 껌벅거렸다. 그리고 옆에서 자고 있을 지훈을 향해 몸을 돌렸다. 하지만 곁엔 아무도 없었다. 연우는 벌떡 일어나 앉았다. 그리고 주위를 둘러보았다. 지훈의 것으로 보이는 물건이라도 하나 찾아야 안심이 될 것 같았다. 하지만 그 어디에도 지훈이 존재했었다는 어떤 흔적도 찾을 수가 없었다.

샤워를 하거나 커피를 마시고 있을지도 몰라.

연우는 자신이 아무것도 걸치지 않았다는 걸 깨닫곤 침대 밖으로 나와 서랍에서 급히 원피스를 꺼내 입고 거실로 나갔다. 그리고 지훈을 애타게 불렀다.

"지훈아! 지훈아! 김지훈!"

거실을 통해 부엌, 화장실, 베란다까지 가보았지만 지훈은 없었다. 연우는 점점 불안해졌다.

"지훈아……."

아무리 불러도 대답이 없었다. 연우는 집 안 구석구석을 샅샅이 뒤졌다. 그리고 한참 후 꽉 잠긴 현관문을 발견하고선 바닥에 주저앉고 말았다. 이루 말로 다 표현할 수 없는 허망함이 밀려왔다. 그리고 어제 자신이 문을 잠근 사실이 떠올랐다.

이미 열쇠를 넘겨준 상황에서 지훈이 어떻게 문을 열고 들어

올 수 있단 말인가. 열어주지도 않았는데 말이다. 그럼 어젯밤에 있었던 일은 현실이 아니라 꿈이었던 걸까?

연우는 의심마저 들었다. 하지만 그러지 않고서야 곁에서 잠들었던 지훈이 흔적도 없이 사라져 버릴 일이 없지 않는가! 정말 '간다'라는 두 글자가 새겨진 쪽지 한 장도 없이 지훈은 사라진 것이다.

"김지훈…… 넌 정말 꿈이었니?"

그때 현관벨이 울렸다. 연우는 자리에서 벌떡 일어났다. 그리고 지훈을 부르며 현관문을 급히 열었다.

"지훈이니?"

"아가씨?"

문 밖에 있는 사람은 지훈이 아니라 아홉 번째 올케였다. 연우는 다리에서 힘이 빠진 사람처럼 다시 털썩 주저앉았다. 그리고 멍해지고 말았다.

"아가씨, 괜찮아요?"

넋이 나간 연우의 모습에 놀란 올케가 다가와 다급하게 물었다. 그리고 민망한 표정으로 덧붙여 말했다.

"지훈 씨 오늘 아침 비행기로 미국에 들어가는 것 같던데……."

올케의 말에 연우는 충격에 휩싸인 사람처럼 몸을 떨었다. 그리고 호흡하기가 곤란한 사람처럼 숨을 제대로 쉬지 못했다.

"아, 아, 안 돼……. 그, 그, 그럴 순 없어……."

가까스로 자리에서 일어난 연우는 맨발로 현관을 뛰쳐나갔다. 그 모습에 놀란 올케가 연우를 부르며 뒤쫓았다.

"아가씨! 아가씨!"

연우는 얼마 가지 못해서 발바닥에 뭔가가 박힌 듯 비명에 가까운 새된 소리를 지르고 절뚝거렸다. 그 바람에 뒤따라오던 올케에게 붙잡히고 말았다.

"아가씨, 괜찮아요? 어머! 발에서 피가 나잖아요!"

연우는 아무 소리도 들리지 않았다. 마치 진공 상태에 갇힌 사람처럼, 모든 감각을 잃은 사람처럼 공중으로 붕 뜨는 기분이었다. 정신을 잃고 만 것이다.

그날 밤 있었던 일은 꿈이라고 믿기엔 정말 모든 것이 생생한 밤이었다. 지훈의 손길, 숨소리, 체취, 그리고 몸 안에서 느껴졌던 그 느낌들까지도. 사랑한다고 속삭이던 그의 음성이 지금도 귓가에서 메아리치는 것 같았다. 꿈을 꾼 거라면 굉장한 꿈이 틀림없었다. 매일 밤 그 꿈속에서 깨어나지 않기를 바랄 정도로 말이다.

어쩌면 새로 지어진 집만 아니었으면 지훈과 관련된 모든 일들은 꿈이라고 생각될 만한 것들이었다. 십삼 년 만의 재회, 짧은 만남, 그리고 기약없는 이별. 연우의 평범한 일상생활에 큰 파문을 일으킨 그 일들은 너무나 짧은 기간 동안 빠른 속도로 전개가 되었기 때문에 시간이 흐를수록 현실보다는 꿈에 가까운 일이란 생각을 들게끔 했다.

지훈이 없으면 못살 것만 같다고 했던 연우는 또 한 번 거짓말을 한 사람처럼 살아가고 있었다. 아침에 눈을 뜨고, 밤에 눈을 감고, 배가 고프면 끼니를 챙겨먹고, 생활이 궁해지면 일을 해서 돈을 벌어들이고, TV를 보며 웃음을 터뜨리고, 매달 한 번씩 여자만의 마법에 걸려가며 그렇게 살아가고 있었다.

그나마 연우의 평범한 일상생활에 다시 파문이 일어난 일이 있었다면 그건 소희의 아버지이자 지훈의 아버지인 중권의 실종 사건이었다. 여느 때처럼 아침에 가족들과 함께 식사를 하고 회사로 출근한다고 한 뒤 중권이 사라진 것이다. 그리고 그 후 아직까지 이렇다 할 소식이 없었다. 목격자도 없고, 몸값을 요구하는 협박도, 뚜렷한 가출 동기나 유언장도 없었다.

은경은 중권이 실종된 이후로 앓아누웠다. 그리고 실어증에 걸린 사람처럼 말을 하지 못했다. 아니, 어쩌면 일부러 말을 안 하는 것인지도 모른다고 연우는 조심스럽게 생각했다. 연우는 장례식에서 들었던 말을 소희에게나 그 누구에게도 전혀 하지 않았다. 때론 그냥 덮어두는 게 더 나을 수 있다는 판단이 들었기 때문이다.

태희와 소희는 각각 중권과 은경의 사업체를 대신 꾸려가게 됐다. 자신을 꾸미는 일까지 남의 손에 맡겼던 소희는 눈물겨운 시행착오와 경험을 통해 이제는 안정적으로 일을 할 수 있게 됐다.

연우는 예전처럼 지훈을 찾으려는 노력을 하지 않았다. 인터 넷으로 쇼핑몰 운영을 할 뿐 그 외에 다른 것들은 아예 할 생각 조차 하지 않았다. 아니, 하고 싶어도 할 수가 없게 되었다. 새 로 꾸민 집과 가게 덕분에 연우는 손을 부지런히 움직여야만 할 정도로 바빠졌다. 혼자 힘으론 감당이 되지 않아서 얼마 전에는 전통 손자수를 배우고 싶어 무작정 상경한 여자를 직원으로 둘 만큼 사업은 점점 번창하고 있었다.

"언니, 배 안 고파?"

전통 손자수를 배우고 싶어 무작정 상경한 여자인 제경이 인 상을 찡그리며 물었다.

"저녁 먹은 지가 얼마나 됐다고 또 배가 고프니?"

연우는 TV 드라마에 푹 빠져서 제경을 쳐다보지도 않고 말했 다.

"그러게. 언니, 아까 시장에 갔다가 오는 길에 보니까 떡볶이 집 있던데 내가 가서 좀 사 올까?"

연우는 떡볶이라는 말에 기분이 상한 듯 리모컨으로 TV를 끄 고 소파에서 일어났다.

"난 됐고, 먹고 싶으면 너나 가서 먹고 와라."

"언니이이이, 같이 가자아아아."

제경이 어린애처럼 몸을 흔들며 투정을 부렸다.

"싫어어어어, 너나 먹어어어."

연우가 제경의 행동과 말투를 똑같이 흉내 내며 말했다.

"혹시 알아, 거기에서 멋진 남자라도 만나면 내일 선보러 안 나가도 되게 될지?"

제경의 말대로 연우는 내일 선을 보기로 되어 있었다. 연우는 올케들이 저질러 놓은 골치 아픈 일을 수습하러 간다는 말이 더 맞을 거라고 생각했다.

"너 자꾸 싫다는 사람 조르면 내일 그 자리에 대신 내보내는 수가 있다."

제경은 '헉' 하는 소리와 함께 짧은 숨을 들이켰다. 그리고 이내 떨떠름한 표정을 지으며 지갑을 챙겨 들었다.

"언니는 이 밤에 나 혼자 나가는 게 걱정도 안 돼?"

제경이 동정을 필요로 하는 눈빛을 보내며 다시 물었다.

"이 동네 사는 양아치들 눈 높으니까 걱정 안 해도 돼. 혹시라도 집적대면 두 눈동자 가운데로 몰고 입 살짝 벌리고 침 좀 흘려줘. 그러면 재수없다고 하면서 그냥 갈 거다."

"언니!"

연우의 매정한 농담에 제경이 소리를 꽥 질렀다. 툴툴거리며 제경이 아래층으로 내려가자 연우는 불을 끄고 흔들의자에 앉아 밤하늘을 쳐다보았다. 그리고 한숨을 길게 내쉬며 나지막하게 중얼거렸다.

"나쁜 자식……."

제경은 연우와 함께 먹을 생각으로 떡볶이를 사들고 집으로 향했다. 어두컴컴한 골목길로 들어설 즈음 제경은 아무래도 기분이 이상해서 뒤를 돌아보았다. 그리고 화들짝 놀란 눈을 해가지고 다시 앞을 보았다. 떡볶이 가게에서부터 따라붙은 한 남자가 바로 뒤에 붙어 걸어오고 있었기 때문이다. 두려운 마음에 제경은 속도를 높여 빨리 걷기 시작했다. 동네 양아치치고는 모델 뺨치게 잘생긴 남자였다. 하지만 어두컴컴한 밤엔 먹잇감을 노리는 늑대로밖에 보이지 않았다. 제경은 거의 울 것 같은 표정으로 뜨거운 떡볶이를 가슴에 품고 뛰다시피 걸었다. 거의 집에 다 왔을 즈음 제경은 다시 뒤를 힐끔 돌아보았다. 그리고 소스라치게 놀랐다. 남자가 급한 걸음으로 다가오고 있기 때문이다.

엄마야!

제경은 공포에 질려서 옴짝달싹 못한 채 얼어버렸다.

"저기, 이 집에 사세요?"

남자가 다가와 굵은 목소리로 묻자 제경은 말없이 고개를 끄덕였다. 그러자 남자가 눈에 힘을 주며 미간을 좁혔다. 그 모습을 본 제경은 남자가 더욱 무섭게 여겨졌다.

한마디만 더 물어보면 난 기절하고 말 거야!

제경은 속으로 절규하듯 외쳤다.

"언제부터 이 집에 살았어요?"

"얼마 안 됐어요."

제경은 거의 울 것 같은 얼굴로 고분고분하게 대답했다. 남자는 더욱 얼굴을 일그러뜨리더니 이내 뒤돌아왔던 길로 가버렸다. 제경은 십 년 감수한 표정을 짓고선 대문으로 얼른 들어갔다. 그리고 어린애처럼 엉엉 소리를 내며 이층으로 올라갔다.

"왜 그래?"

연우가 울고 들어오는 제경을 살피며 물었다.

"엉엉……. 하마터면 무서워서 오줌 쌀 뻔했어."

"무슨 일 있었어?"

"양아치가 쫓아와서 되게 무서웠어. 눈에 힘 주고, 인상 팍 쓰고……. 엉엉…… 하여간 되게 무서웠어."

제경이 연우에게 안겨서 눈물을 쏟아냈다.

"괜찮아, 괜찮아. 그만 울어."

연우는 제경을 토닥이며 안심시켰다. 제경이 그제야 좀 진정이 된 듯 가슴에 품고 온 떡볶이를 연우에게 내밀었다.

"언니, 우리 같이 이거 먹자."

연우는 인상을 찌푸리며 떡볶이를 바라보았다. 그리고 다시 매정하게 말을 덧붙였다.

"너 내일 나 대신에 선보러 나가."

"언니!"

제경이 해도해도 너무한다는 식으로 소리를 꽥 질렀다. 하지만 연우가 한 말은 농담도, 장난도 아니었다. 정말 연우는 제경을 선보는 자리에 내보냈던 것이다.

제경은 연우가 입혀준 옷이 답답하고 하이힐이 불편한지 우스꽝스러운 자세로 카페 문을 열려고 했다. 그때 뒤에서 한 남자가 먼저 손잡이를 잡고 문을 열어주었다. 제경은 그런 남자의 배려에 고맙다는 말을 하려고 고개를 들었다. 그리고 까무러칠 듯이 비명을 질러댔다.

"까아아아아악!"

문을 열어준 사람은 다름 아닌 어젯밤에 집까지 따라왔던 남자였다. 게거품을 물고 쓰러지기 일보 직전에 카페에서 일하는 사람들과 길을 지나가던 행인들이 하나둘씩 모여들기 시작했다.

"아가씨, 무슨 일이에요?"

"야, 야, 양아치! 스, 스, 스토커!"

제경이 남자를 향해 외쳤다. 남자는 머리를 한 대 얻어맞은 사람처럼 멍하니 제경의 말을 듣고 있었다. 그리고 주위를 두리번거리며 설마 자신한테 그런 소리를 했겠냐 싶어 재차 확인을 했다. 하지만 모든 사람들의 시선이 자신에게 몰려 있음을 깨닫고 억울하다는 말투로 외쳤다.

"저요?"

"왜 사람을 쫓아다니고 그래요?"

제경이 미친 듯이 소리를 질렀다. 남자는 더욱 심하게 얼굴을 찌푸렸다. 그러다 화장을 해서 미처 알아보지 못한 제경을 다시 한 번 바라본 남자는 그제야 어젯밤 일이 생각났는지 표정이 달라졌다.

"아…… 어젯밤……."

이제야 실토할 것 같은 남자를 보며 제경이 몰려든 사람들한테 외쳤다.

"보세요. 이 남자 틀림없이 양아치에 스토커 맞아요! 누가 경찰에 신고 좀 해주세요!"

남자는 눈을 휘둥그레 뜨며 입을 열려고 했다. 하지만 목이 꽉 막혀 아무 말도 나오지 않았다. 그저 당황한 표정으로 자신을 죄인 취급하는 제경과 몰려든 사람들만 쳐다볼 뿐이었다.

그 시각, 연우는 경애가 있는 납골당을 향해 가고 있었다. 경애가 죽고 나서 연우는 주말마다 그곳을 찾아갔다. 그곳에 가면 왠지 마음이 편해졌다. 속에 잔뜩 담아둔 이야기를 주절주절 토해내고 나면 무거웠던 마음과 감정의 무게가 한결 가벼워지는 느낌이었다. 연우는 경애가 좋아했던 장미를 사들고 납골당 안으로 들어섰다. 지난 주말에 사다 놓았던 꽃과 바꾸어놓을 생각으로 다가갔는데 누가 갖다 놓았는지 이미 장미 꽃다발과 꽃바구니가 하나씩 놓여 있었다. 고개를 갸우뚱하며 연우는 경애한테 물었다.

"아줌마, 누가 왔다 간 거예요? 아줌마가 장미 좋아하는 거 아는 걸 보면 꽤 친했던 사람들인가 보네요."

연우는 꽃이 놓여 있는 자리에 자신의 꽃다발도 함께 놓으며 다시 말을 이어갔다.

"저 오늘 여기에 못 올 뻔했어요. 올케 언니들이 선보라고 하도 성화를 하는 바람에 거기에 갈 뻔했거든요. 제 운명의 짝이 틀림없다나요? 후후…… 하여간 말도 잘 갖다 붙여요."

연우의 표정이 점점 어두워져 갔다. 길게 한숨을 쉰 연우가 슬픈 어조로 말을 이어갔다.

"아줌마, 그런데 저 다른 사람한테 시집 못 가요. 다른 사람한 텐 줄 게 없거든요. 제가 줄 수 있는 건…… 지훈이가 다 가져갔 어요."

연우는 눈물이 핑 돌자 말을 멈추었다. 자꾸 눈물이 나려 하 자 연우는 헛기침까지 하며 애써 참으려 했다.

"흠흠……. 아줌마, 우리 인정할 건 서로 인정해요. 아줌마 아 들 되게 못된 거 아시죠? 어젯밤에도 제가 나쁜 자식이라고 욕 해줬어요. 아마 지훈인 제 욕 엄청 먹어서 오래오래 살 거예요."

연우는 피식 웃음을 터뜨렸다.

"아줌마는 그거 아시죠? 사랑하는 사람과의 추억은 죽는 날 까지 그림자처럼 쫓아다닌다는 거요. 열심히 앞만 보고 살다가 도 어느 날 문득 뒤를 돌아보면 그림자가 꼬리표처럼 붙어 있는 걸 보게 되잖아요. 아무리 떼어놓으려고 도망도 쳐보고 발버둥 을 쳐봐도 그림자는 떨어지지가 않아요. 그게 살면서 제일 힘든 일인 거 같아요. 추억의 그림자로부터 도망칠 수 없다는 거요. 사랑하는 사람과의 추억은 아름답다고 하는데 전…… 너무 아 프기만 해요. 살아지니깐 살기는 하는데 이렇게 살고 싶지 않아 요. 예전에 지훈이가 그런 말을 한 적이 있어요, 산을 봐도 강을 봐도 바다를 봐도 하늘을 봐도 온통 저랑 관련된 것만 생각난다고요. 그런데 지훈이가 지어준 집에서 매일 사는 저는 어떻겠어요? 그러고 보면 지훈이는 손을 대지 않고도 사람을 고문하는 재주가 있어요. 제가 백년 묵은 여우이면 아마 지훈이 천년 묵은 늑대일 거예요."

연우는 자신이 한 말이 우스운지 두 손으로 얼굴을 가리고 키득키득 웃어댔다. 그 웃음은 시간이 지나갈수록 울음으로 변했다.

"아줌마…… 저 지훈이 보고 싶어요. 너무너무 보고 싶어서 눈이 빠질 것 같고 심장이 쿡쿡 쑤셔요. 저 어떡해요. 시간이 지나면 괜찮아질 줄 알았는데 나아지기는커녕 더 힘들고 괴로워요. 아줌마, 저 지훈이한테 갈까요? 지훈이 찾아가서 붙잡을까요? 혹시 너무 늦은 건 아닐까요? 지훈이 마음 돌이킬 수 있을까요? 아줌마, 저 내일이라도 당장 여권, 비자 만들어서 지훈이한테 갈래요. 그런데 미국 가는 거 쉽지 않을 텐데 오래 걸리면 어떡하죠? 차라리 지훈이한테 연락할 수 있는 방법 강구해서 다시 오라고 할까요? 제가 비행기 값 대줄 테니까 오라고 하면 지훈이 와줄까요? 아줌마, 저 지훈이 너무 보고 싶어서 미칠 것만 같아요."

연우는 눈이 퉁퉁 붓도록 울었다.

"이름?"

"김지훈입니다."

무슨 말을 하려고 해도 파출소에 가서 하자는 통에 지훈은 파출소에 끌려와 심문을 받고 있었다.

"생년월일?"

"1976년 3월 1일입니다."

"주소?"

"미국 네브라스카주 오마하……."

지훈이 주소를 다 대기도 전에 경찰관이 인상을 찡그리며 말을 끊었다.

"시민권자예요?"

"네."

"골치 아프네."

"왜요, 아저씨?"

옆에 서 있던 제경이 궁금한 듯 물었다.

"외국인 처벌하는 게 어디 쉬운 줄 알아요? 아가씨, 내가 볼 땐 이분이 아가씨를 스토킹하려고 그랬던 게 아닌 거 같거든요? 그냥 서로 사과하고 화해하는 선에서 끝내죠?"

경찰관이 귀찮은 표정을 짓자 제경이 발끈하며 큰 소리를 냈다.

"어머, 어머, 어머! 우리 엄마가 들으면 기함할 소리를 하시네. 겉만 보고 사람을 어떻게 판단해요? 겉은 멀쩡해도 속엔 천년 묵은 늑대가 들어앉아 있을 수도 있잖아요."

파출소 여기저기에서 웃음이 터져 나왔다.

"어머? 왜들 웃는 거예요? 전 엄연한 피해자라고요!"

그때 오토바이 폭주족으로 잡혀온 십대 아이가 침을 씹으며 한마디를 던졌다.

"그 늑대 노안이 빨리 왔나, 어떻게 저런 폭탄이 좋다고 덥석 물었을까 몰라!"

"뭐, 뭐, 뭐야? 야! 너 지금 뭐라고 했어? 머리에서 피도 안 마른 놈이 뭐가 어쩌고저쩌고?"

제경이 붉으락푸르락한 얼굴로 기염을 토해냈다.

"폭탄 누님! 머리에서 피 마르면 죽거든요?"

폭주족이 겁도 없이 깝죽거리자 제경은 연우가 빌려준 하이힐을 한 짝 벗어 때릴 태세로 으르렁거렸다.

"뭐라꼬? 이 나쁜 노무시키, 확 직이쁠라마!"

"푸하하하! 이제 보니 부산 촌년이네!"

"뭐라꼬? 촌년?"

눈에 보이는 것이 없어진 제경은 급한 마음에 부산 사투리를 쓰며 달려들었다. 제경과 폭주족이 한바탕 혈전을 벌이는 사이 지훈은 팔짱을 끼고 한숨을 내쉬었다. 맞선을 보기로 한 자리에 연우가 나와 있을 텐데 일이 잘못돼도 한참 잘못되어 가고 있기 때문이다.

그 시각, 아홉 번째 올케네 집엔 연우의 올케 대다수가 모여 있었다.

"지금쯤 두 사람 눈물겨운 상봉을 하고 있겠죠?"

아홉 번째 올케가 눈을 반짝이며 말했다.

"로맨틱하고 드라마틱한 러브스토리가 절정에 달하고 있을 거예요."

"일이 어떻게 진행되어 가는지 되게 궁금하네요."

"아가씨한테 핸드폰이 없으니까 연락하기가 영 불편하네요. 오늘 같은 날도 전화를 할 수가 없잖아요."

"그러게."

그때 현관 벨소리가 들렸다.

"배달시킨 음식 왔나 보다."

아홉 번째 올케가 벌떡 일어나 현관으로 급히 나갔다. 그리고 비명에 가까운 소리를 질렀다.

"아가씨! 이 시간에 여길 오면 어떡해요?"

그 말에 올케들이 한꺼번에 벌떡 일어나 현관으로 우르르 몰려나갔다. 그리고 연우를 향해 모두 한 마디씩 하기 시작했다. 하지만 연우는 뒤죽박죽 섞인 말이 도대체 무슨 뜻인지 알아들을 수가 없었다.

"아, 되게 정신없네. 한 사람씩 말해요. 무슨 말인지 모르겠어요!"

연우가 버럭 소리를 지르며 말했다.

"선보러 안 갔어요?"

아홉 번째 올케가 냉큼 물었다.

"네, 미안해요. 갈 수가 없었어요. 그런데 오늘 무슨 날이에요? 왜 여기에 다 모여 있어요?"

연우의 천하태평한 말에 올케들이 다 뒷골을 움켜잡고 쓰러질 것 같은 표정을 지었다. 그때 엘리베이터 문이 열리고 철가방을 든 남자 둘이 나왔다. 한 사람당 철가방을 두 개씩이나 들고.

"배달 왔습니다. 오늘 곗날이에요? 많이들 모이셨네요."

"와! 잘됐다. 배고픈 참이었는데."

연우가 입 안 가득 고인 침을 꿀꺽 삼키고선 안으로 들어가려 했다. 그러자 올케들이 진지를 사수하는 병사들처럼 문을 잡고 연우를 막았다.

"안 돼요! 여기에 들어오면 안 돼요! 빨리 선보러 가야 해요! 안 가면 평생 후회할지도 모른단 말이에요!"

연우는 오늘따라 극성스러운 올케들을 이해할 수가 없었다. 연우는 애원하는 눈빛으로 말했다.

"절대 후회하지 않을 테니까 들어가게 해줘요. 배고프단 말이에요."

"안 돼요!"

올케들이 이구동성으로 소리를 지르며 연우를 엘리베이터 안으로 밀어 넣었다. 그리고 일층 버튼을 누른 후 도망치듯 나와 현관문을 닫아버렸다.

"어떻게 올케라는 사람들이 나를 내보내고 철가방 아저씨들을 데리고 들어갈 수가 있냐? 혹시 나 몰래 고스톱 판이라도 벌이고 있는 거 아냐? 나한테 돈 잃기 싫으니까 자기네들끼리만! 치사한 인간들 같으니라고!"

연우는 툴툴거리며 아파트를 나왔다. 그때 올케네 베란다에서 올케들이 벌 떼처럼 다닥다닥 붙어서 고함을 치는 소리가 들려왔다.

"아가씨! 꼭 가야 해요!"

"싫어요! 안 가요!"

연우가 팔을 엇갈려 X자를 만들며 지지 않고 대들듯이 외쳤다. 그리고 경애의 납골당에 가는 교통편이 힘들어서 얼마 전 구입한 소형 중고차에 올라탔다.

"진짜 안 가면 어쩌죠?"

"그러게요. 차라리 사실대로 말을 해주는 게 낫지 않았을까요?"

올케들이 걱정을 하며 서로에게 말했다.

"하여간 아가씨는 말도 지지리 안 들어요!"

아홉 번째 올케가 투덜대며 말했다.

연우는 공중전화 박스 앞에 차를 세우고 소희에게 전화를 걸었다.

"여보세요? 소희니? 나야. 어디야? ……거기는 왜? 아, 같이 있는 거야? ……오라고? 됐어, 그냥 뭐 하나 싶어서 전화해 본 거야. 나중에 보자. 그래, 놀러와. 알았어. 끊는다."

연우는 전화를 끊고 한숨을 푹 내쉬었다. 소희는 부산 사는 동명이인 모래인간 김지훈과 함께 있다고 했다. 모래인간은 소희가 어지간히 마음에 들었는지 갖은 수단과 방법으로 소희에게 접근을 하고 끈질긴 구애작전을 폈다. 자신의 사랑을 받아줄 때까지 자신의 회사에서 만든 어묵을 매일 택배로 보내겠다고 협박 아닌 협박을 했다. 그리고 진짜 보라는 듯이 실행에 옮겼다. 뿐만 아니라 부산물산의 회장인 아버지를 설득해 서울 지사로 옮겨올 정도로 소희에게 지극정성을 쏟았다. 처음엔 모래인간을 사이코라고 하며 투덜대던 소희도 시간이 갈수록 그에게 점점 빠져드는 것 같았다.

연우는 이런 날 집 외에는 갈 곳이 없는 자신이 한심스러운지 한숨을 한 번 더 내쉬었다. 거리엔 온통 데이트를 즐기러 나온 커플들뿐이었다. 연우는 또 한 번 중얼거렸다.

"이 나쁜 노무 시키……. 네가 너 때문에 이러지도 저러지도 못하는 거 아냐? 차라리 내가 선보러 나갈 걸 그랬나? 적어도 심심하지는 않을 거 아니야?"

연우는 대타로 내보낸 제경이 어떤 시간을 보내고 있을지 궁금하기만 했다.

파출소를 나온 지훈은 잔뜩 찌푸린 얼굴로 시계를 들여다보았다. 약속 시간은 한참 전에 지나 버렸다. 뒤에선 제경과 폭주족이 여전히 치열한 설전과 난투극을 벌여 경찰관에게 혼이 나고 있었다. 지훈은 핸드폰을 꺼내 어디론가 전화를 걸었다.

"안녕하세요? 김지훈입니다. 제가 지금……. 네? 연우가 지금 막 거기로 왔었다고요? 네, 네. 그럼 안 갈 수도 있겠네요. 네, 그런데 제가 어젯밤에 연우네 집으로 갔더니 다른 사람이 살던데……. 네? 아니에요?"

지훈은 파출소 안에서 여전히 폭주족에게 부산 사투리를 써 가며 삿대질을 하고 발길질을 하는 제경을 째려보며 물었다.

"알겠습니다. 그럼 제가 알아서 하겠습니다. 네, 네."

지훈은 연우를 만나기 위해 어디로 가야 할지 고민이 돼서 우왕좌왕 갈피를 못 잡고 있었다.

아무도 없는 집에서 전화기가 혼자 우렁차게 울고 있었다. 그 소리에 연우는 급하게 현관문을 열고 뛰어들어 가 전화를 받아 들었다.

"여보세요?"

[언니가? 내 제경인데.]

전화를 건 사람은 다름 아닌 제경이었다.

"어, 그래."

[언냐, 있잖아, 내가 지금 파출소에 있거든.]

연우는 자기가 말을 잘못 들은 거라 생각했다. 선보러 나간 애가 파출소는 왜 갔단 말인가? 길을 잃고 미아가 된 거라면 몰라도 말이다.

"파출소? 거기는 왜?"

[몰라. 어떻게 하다 보니깐 그래 됐다.]

제경이 미안한지 기어들어 가는 목소리로 말했다.

"자세히 좀 말해 봐."

연우가 재촉을 하자 제경이 잔뜩 흥분하는 목소리로 설명을 하기 시작했다.

[언니 대신 선보러 나갔다가 어제 집까지 따라왔던 양아치를 만났다 아니가. 그래 가지고 경찰을 불러서 서로 왔는데 여기서 폭주족 머슴아랑 시비 붙어가지고……. 그래서 보호자 안 오면 못 나간단다. 어떻게 하노? 언니가 일루 오면 안 되나? 도와도.]

"무슨 소린지 하나도 못 알아듣겠네."

흥분만 하면 부산 사투리를 쓰는 제경 때문에 연우는 눈살을 찌푸렸다.

[언냐, 도와도.]

"어디 있는 파출소야?"

연우는 다시 문을 잠그고 차에 올라탔다. 그리고 제경이 설명한 파출소로 가기 위해 서둘러 시동을 걸었다.

"하여간 골칫덩어리야. 보라는 선은 안 보고, 양아치는 뭐고, 폭주족은 또 뭐야?"

연우는 대로로 진입을 하기 위해 잠시 차를 멈췄다. 그리고 반대쪽에서 좌측 깜빡이를 켜며 신호를 기다리는 차를 한 대 발견했다.

"오늘따라 저 차종이 왜 이렇게 많이 보이는 거야? 어휴……."

연우는 지훈이 몰고 다녔던 똑같은 차를 보며 중얼거렸다. 보면 계속 지훈이 생각날까 싶어 고개를 다른 쪽으로 돌려 버렸다. 그때 어디선가 자신을 부르는 지훈의 목소리까지 들려왔다.

"백연우!"

"어휴……. 내가 드디어 미쳤나 보다. 환청이 들리는 걸 보면. 이 나쁜 노무 시키 김지훈, 만나기만 해봐라! 가만 안 둔다!"

연우는 운전대를 쥐고 있던 손등 위로 이마를 얹었다. 그러다 뒤에서 빨리 가라고 차 한 대가 빵빵거리자 연우는 운전대를 급하게 틀었다.

지훈은 애타게 연우를 불러댔다.

"연우야! 연우야! 백연우!"

하지만 자신의 목소리가 들리지 않는지 연우는 차를 세우지도, 뒤를 돌아볼 생각도 하지 않았다. 게다가 뭐가 그리도 바쁜지 신호도 무시하고, 과속으로 깜박이도 켜지 않고 운전을 했다.

아니! 저건 운전이 아니라 아슬아슬한 곡예야!

지훈은 연우의 차가 거대한 트럭과 거의 맞붙을 만큼 스쳐 지나가자 심장이 오그라드는 느낌을 받았다. 위험천만한 순간이 아닐 수 없었다. 저절로 욕설이 튀어나왔다.

"빌어먹을! 죽으려고 환장을 한 거야? 만나면 엉덩이부터 때려줄 테야!"

연우의 차는 여전히 미꾸라지처럼 차들 사이를 요리조리 잘도 빠져나갔다. 어느 순간이 되자 지훈은 연우가 어디로 가는지 알 수 있었다. 자신이 왔던 길을 연우가 다시 가고 있었기 때문이다. 지훈은 더 이상 연우를 부르지도, 과속으로 쫓지도 않았다.

지훈은 정지 신호를 보고 차를 세웠다. 눈앞에 연우의 모습이 아른거렸다. 그리고 어느새 보고 싶어졌다. 이렇게 보고 싶은 연우를 어떻게 단념할 수 있었는지 스스로 의심이 들 정도였다.

미국에 도착한 순간부터 지훈은 자신의 삶이 생명력을 잃은 낙엽과도 같다는 생각을 했다. 텅 빈 집 안에서 끔찍할 정도로 외로움을 느낀 지훈은 술과 더불어 살았다. 자신을 걱정하는 현영이 찾아와도 문을 열 수 없을 정도로 취해 살았다. 현영은 열쇠수리공을 데리고 와 문을 열었다. 그리고 미친 듯이 화를 냈다. 이렇게 괴로워할 거면서 왜 한국을 떠나왔냐고, 왜 연우를 포기했냐고, 왜 자신까지 걱정하게 만드느냐고 소리치며 화를 냈다. 차라리 이럴 거면 다시 한국으로 돌아가 연우를 붙잡으라고까지 했다.

지훈은 그런 현영에게 제발 그냥 내버려 두라고 고함을 질렀다. 그리고 다시는 찾아오지 말라고 했다. 죽든 말든 앞으론 상관하지 말라고 했다. 지훈의 말에 심한 상처를 받은 현영은 한

동안 지훈을 찾아오지 않았다.

지훈은 꿈속에 어머니가 나타나 눈물을 흘리는 것을 보고 더이상 술을 마시지 않았지만 우울증을 앓으며 살았다.

차라리 일에 미치면 나을까 싶어 지훈은 열심히 일도 해보았다. 종업원 대신 앞치마를 두르고 하루 종일 설거지도 해보았고, 밤새 식당을 윤이 나도록 청소도 해보았다. 새로운 메뉴도 개발하고, 여러 가지 이벤트 행사도 기획하고 손수 준비해 진행시켰다. 매출도 늘고 종업원을 더 두어야 할 만큼 성과도 좋았다. 하지만 뭔가를 잃어버린 느낌에 늘 허전하고 불안했다.

그러던 중 지훈은 한 통의 편지를 받았다. 여러 장을 길게 붙여 쓴 편지는 지훈의 키를 넘어설 정도였다. 그 편지를 읽고 지훈은 곧장 한국행 비행기 티켓을 끊었다. 그리고 다시는 연우를 놓치지 않으리라는 굳은 결심을 했다.

연우는 파출소까지 오면서 자신의 정신 상태가 심각하다는 걸 알 수 있었다. 환청도 모자라 룸미러로 지훈의 얼굴까지 보였다. 내일 당장 비자 신청을 해야겠다는 생각이 들었다. 안 그러면 미국을 가기 전 정신병원에 입원하는 사태가 올 수 있으니 말이다.

차를 세우고 연우는 파출소 안으로 뛰어들어 갔다. 제경이 긴 의자에 앉아 까진 발꿈치를 살펴보다 연우를 발견하고선 벌떡 일어났다.

"언니……."

"괜찮아?"

제경은 다정하게 묻는 연우를 껴안았다. 그리고 눈물을 쏟아냈다.

"언니, 미안해."

제경은 방금 전 폭주족이 보호자와 함께 떠나는 걸 보고 나니 더욱 서러움에 복받친 듯했다.

"서울에 아는 사람이 있어야 말이지. 정말 미안해."

그때 뒤에서 파출소 문이 벌컥 열렸다. 그리고 지훈이 들어왔다.

"어머나! 야, 야, 양아치가 또 왔네!"

지훈을 먼저 발견한 제경이 손가락질을 하며 말을 더듬기 시작했다. 제경의 말에 연우가 뒤를 돌아보았다. 그리고 크게 한숨을 쉬었다.

이젠 정말 내가 미쳤나 보다. 세상 모든 남자들이 김지훈으로 보이니 말이다.

속으로 그렇게 생각하는 연우를 보던 지훈이 씩씩거리며 입을 열었다.

"신호위반, 속도위반, 차선위반! 경찰관님, 이 아가씨한테 벌금 좀 부과해 주세요."

너무나 명확하고 선명하게 들리는 지훈의 음성에 연우는 믿을 수 없다는 듯이 눈을 깜박거렸다.

"아니, 이 양아치가 지금 누구한테 시비야?"

제경이 버럭 화를 내며 나서려 하자 연우가 저지시켰다, 지훈을 뚫어져라 쳐다보며. 그리고 이내 입을 열었다.

"너 김지훈 맞니?"

지훈이 뜬금없는 질문에 잠시 머뭇거렸다.

"언니가 저 양아치 이름을 어떻게 알아?"

깜짝 놀라는 제경의 말이 끝나기가 무섭게 연우가 손을 날려 지훈의 뺨을 찰싹 때렸다.

"어머나!"

연우의 갑작스런 행동에 놀란 건 제경뿐만이 아니었다. 파출소에 있던 모든 사람들이 눈과 입을 크게 뜨고 숨을 죽였다. 연우는 따귀로도 모자라서 지훈의 멱살을 잡고 흔들었다.

"이 나쁜 노무 시키, 김지훈!"

"언니!"

제경과 경찰관이 다가와 지훈에게서 연우를 떼어놓았다. 연우는 울음을 터뜨렸다. 두 손으로 얼굴을 가리고 흐느껴 울었다. 지훈이 그런 연우에게 다가와 자신의 품 안으로 끌어당겼다. 그러자 연우도 지훈의 허리를 감싸 안았다.

"어머, 어머."

제경이 이게 무슨 일인가 싶어 두 사람을 쳐다보았다.

NO, 17

"**배**고파 죽겠는데 밥도 안 주고……."

일층 가게에서 제경은 투덜대며 이층을 올려다보았다.

"양아치랑 언니랑 연인 사이인 줄 내가 어떻게 알겠어? 괜히 둘 다 나한테 화풀이하고 난리야!"

제경은 가방에서 지갑을 꺼내 돈을 확인해 보았다.

"컵라면을 사다 먹을까, 아니면 나가서 먹고 올까?"

제경은 아무래도 오늘밤 안으로 밥을 얻어먹기는 다 틀렸다고 판단했는지 지갑을 들고 일어섰다.

"서럽다, 서러워. 빈대 붙어 사는 사람 서러워서 못살겠다. 언니, 나 굶어 죽기 전에 밥 먹으러 간다!"

제경은 이층으로 가는 계단 앞에 서서 소리를 질렀다. 한참 동안 대답을 기다려도 아무 소리가 들리지 않자 제경은 떨떠름한 표정을 짓고선 눈을 흘겼다.

"순진한 처녀 별의별 상상 다 하게 만들고 말이지. 에라! 키스를 하든 연애를 하든 밥이나 먹고 할 것이지!"

제경은 가게 문을 탁 닫고 바깥으로 나갔다.

지훈은 자신의 감정을 잘 다룰 수 있을지 몰라도 연우는 전혀 통제할 수가 없었다. 전보다 더 지훈을 사랑하게 되었고, 그 때문에 숨도 쉬기 힘들었다. 연우는 소파에 앉아 얌전하게 무릎 위에 두 손을 포개고 있었다. 두 눈동자는 초점이 없이 허공을 떠다니고 있었다.

설마 이것 또한 꿈은 아니겠지?

연우는 손을 뻗어 지훈을 만지고 싶은 충동을 힘겹게 참아냈다.

"아줌마한테 꽃 가져다 놓은 사람이 누굴까 궁금했지만 너일 거라고는 생각도 못했어."

연우가 먼저 입을 열었다.

"난 엄마한테 꽃 가져다 놓은 사람이 너라는 거 알았는데."

지훈이 장난스럽게 눈을 찡긋하며 말했다. 연우는 고개를 돌려 지훈을 바라보았다.

김지훈, 너 왜 또 돌아온 거니?

연우는 문제의 핵심으로 곧장 돌진해 들어가고 싶었지만 차마 두려워서 물어볼 수가 없었다.

"아까 너 때린 거 나 사과 안 할 거야. 너 맞을 짓 했어."

지훈은 연우의 눈동자에서 고통과 혼란을 보았다. 그리고 그에 대한 애틋한 사랑을 보았다. 연우의 눈길에서 그 사실을 알 수 있었다.

연우는 날 깊이 사랑하고 있어. 그런데 왜 그걸 인정하지 않는 걸까?

지훈은 손을 뻗어 연우의 손을 잡았다.

"미워서 때린 거 아니잖아."

지훈의 손에서 따뜻한 온기가 느껴졌다. 연우의 두 눈에 서서히 눈물이 고였다.

"아니, 너무 미웠어."

연우는 목이 메어왔다.

"왜 미웠는데?"

지훈이 연우의 눈가에 아슬아슬하게 매달려 있는 눈물을 엄지손가락으로 닦아주며 물었다.

"그걸 몰라서 묻는 거야?"

"알지만 네가 말해 주길 바라는 거야."

"아줌마한테도 일렀지만 넌 손을 대지 않고도 사람을 고문하는 재주가 있는 애야. 내가 백년 묵은 여우이면 넌 천년 묵은 늑대라고."

지훈은 연우의 말에 웃음을 터뜨렸다. 그리고 웃음을 참으려는 듯 혀를 볼 안쪽에 대고 볼록하게 만들었다.

"왜 난 그 말이 칭찬으로 들리지?"

자꾸 웃음이 나오는지 지훈은 킥킥거리며 웃었다.

"바보."

연우가 뿌루퉁한 얼굴로 중얼거렸다.

"사람 고문하는 재주가 있는 애, 천년 묵은 늑대, 바보. 그 밖에 나를 표현할 수 있는 게 또 뭐가 있니?"

그는 살짝 미소를 짓고 의미심장한 눈길을 던졌다.

"온갖 짐승, 단세포 동물 이름 다 열거해 줘야 하니?"

연우가 버럭 화를 냈다.

"지금 생각나는 거 한 가지만 말해 주면 돼."

연우는 가슴이 마구 뛰었다. 지훈의 뜨거운 시선은 두 사람이 함께 나누었던 은밀한 관계를 상기시키고 있었다. 연우는 지훈의 얼굴을 똑바로 쳐다볼 수가 없었다. 지훈의 향한 마음을 다 들킬 것만 같아서였다. 연우는 고개를 숙였다. 지훈이 연우의 어깨에서 손을 떼고 턱을 잡아 얼굴을 자세히 살펴보았다.

"말해 줘."

혼자 간직하고 있는 비밀을 밝히면 연우는 지훈의 얼굴을 똑바로 볼 수가 없을 것이다. 자신의 입술을 바라보며 묻는 지훈 때문에 연우는 생각을 정리할 수가 없었다.

"내가…… 사랑하는 남자."

연우가 체면에 걸린 사람처럼 속삭였다. 마침내 고백을 한 연우는 숨어버리고 싶었다. 소리 내어 울 것만 같아서였다.

"다시 말해 봐. 또 듣고 싶어."

지훈은 연우를 끌어안고 싶은 마음을 간신히 누르며 말했다.

"내가 사랑하는 남자."

연우가 울먹거리며 다시 고백했다. 연우의 고백에 감격한 지훈이 연우를 품에 끌어안았다. 연우는 온 마음으로 지훈을 받아들이며 눈을 감았다. 연우는 얼굴을 그의 가슴에 묻었고, 지훈은 그녀의 검은 머리카락에 얼굴을 묻었다.

"그럴 거라 생각했어. 거짓말하는 입술만 빼고 모든 게 날 사랑한다고 말하고 있었어. 네 눈, 네 심장, 네 손길, 그 외에 모든 것이. 그런데 왜 이제까지 아니라고 했어? 왜 인정하지 않냐고?"

지훈이 부드럽게 등을 쓸어 내렸다. 지훈의 손길과 목소리에 취한 연우는 더욱 깊은 곳에서 그를 느끼고 싶었다. 지훈이 얼굴에 가벼운 입맞춤을 흩뿌리자 그에 대한 사랑으로 가슴이 터져 버릴 것만 같았다.

"네가 떠나는 날 지독한 악몽을 꿨어."

연우가 울먹이며 계속 말을 이어갔다.

"너무 생생해서 꿈이란 생각이 안 들 정도였어. 달콤하고 황홀했어. 너 없이는 살 수가 없다는 걸 깨닫게 해주고 너에게 사랑 고백을 해야겠다는 마음까지 먹게 해준 꿈이었어. 그런데 네가 사라진 거야."

지훈은 연우의 입술을 찾으며 욕설을 내뱉었다.

"빌어먹을! 그게 왜 꿈이야? 그날 밤 난 누구보다 네가 필요했었어. 더 이상 널 괴롭히면 안 된다고 다짐을 하면서도 널 찾아갈 수밖에 없었다고. 한국에 더 있으면 난 분명 미치고 말았을 거야. 너무 괴로웠어. 엄마마저 가시고, 네 마음과 사랑도 얻을 수 없었고, 갑자기 내 앞에 나타난 아버지 때문에 난 미칠 것만 같았다고! 멀리 있으면 널 더 이상 괴롭히지도 아프게 하지도 않을 줄 알았어. 그래서 떠날 생각을 했던 거야. 내 품 안에서 잠든 널 보면서 내가 얼마나 가슴이 아파 운 줄 아니? 그래도 난 떠났어. 그게 널 위하는 거라고 생각했어. 그날 밤도 난 네가 날 사랑해서가 아니라 날 동정해서 받아준 줄 알았어. 네가 날 사랑하는 걸 알았더라면 난 절대 떠나지 않았을 거야. 바보, 왜 말하지 않았어? 왜?"

"아침에 말하려고 했어. 그런데 내 곁에 있을 줄 알았던 네가 흔적도 없이 사라졌어. 네 이름 부르면서 찾았는데 너도 없고 현관문은 굳게 닫혀 있었어. 그래서 난 정말 꿈인 줄 알았어."

"정직하지 못한 짓이었지만 집 열쇠 하나는 남겨두었어. 어젯밤에도 네가 문 안 열어주면 그 열쇠로 열고 들어가려고 했어."

연우가 살짝 눈살을 찌푸리며 지훈을 쳐다보았다. 지훈이 그런 연우에게 싱긋 웃어주었다.

"그런데 왜 마음을 바꿔서 돌아온 거야?"

"네 올케들의 탄원서 때문에."

"올케들? 탄원서?"

영문을 모르겠다는 듯 연우의 눈이 점점 작아졌다.

"제목은 탄원서인데 거의 협박에 가까운 경고장이었지."

"뭐라고 썼는데?"

"굉장히 긴 내용인데 한 줄로 요약하면 이런 거야. 안 들어오면 쳐들어간다."

연우가 인상을 찡그렸다.

"그럼 너 우리 올케들 협박과 경고가 두려워서 여기까지 온 거야?"

"두려운 게 아니라 힘을 얻은 거지. 네가 어떻게 나오더라도 다시는 널 놓치지 말아야겠다는 마음을 먹게 해줬으니까."

"그럼, 혹시 오늘 올케들이 선보라고 했던 사람이 너였어?"

연우의 질문에 지훈이 미소를 지으며 고개를 끄덕였다. 연우는 낮에 올케들이 한 말과 행동을 떠올리며 피식 웃음을 터뜨렸다.

"틀림없는 운명의 짝, 평생 후회할 수 있으니까 꼭 만나야 할 사람이 너였어?"

"와! 올케들이 날 그렇게 소개했어? 나중에 한턱 쏴야겠는걸?"

지훈은 기분이 좋은 듯 함박웃음을 지으며 말했다. 연우는 그런 지훈을 바라보며 마음에 걸리는 한 가지를 묻기 위해 뜸을 들였다.

"저기…… 그럼, 현영 씨는 어떻게 하고 온 거야?"

"현영이를 어떻게 하다니?"

"너 현영 씨랑 이제까지 함께 있었던 거 아니야?"

"내가 왜 지금까지 현영이랑 함께 있을 거라 생각한 거니?"

"네 곁엔 항상 현영 씨가 있었잖아."

"현영인 엄마 곁에 항상 있었던 거야. 물론 현영이가 날 좋아하는 건 사실이야. 여러 번 고백했고, 나한테 청혼까지 했으니까. 하지만 난 단 한 번도 현영일 여자로 본 적도, 사랑한 적도 없어. 현영이한테도 늘 그렇게 말했었고. 엄마의 마지막 소원을 들어주기 위해 한국에 오기 전에도 난 분명히 말했어. 한국에 가서 널 찾아볼 거라고. 그리고 네가 만약 아직도 혼자라면 내 마음 고백할 거라고. 현영이가 한국에 오기 전에도 난 널 만난 것과 앞으로 널 계속 사랑할 거라는 걸 알렸어. 그리고 현영인 너와 내가 서로 사랑한다고 생각했기 때문에 날 포기했었어. 하지만 내가 힘들고 괴로워할 때 현영인 그 이유가 너 때문이란 생각을 한 것 같아. 아버지에 대해 털어놓은 적이 없으니 그렇게 생각한 것도 무리는 아니었을 거야. 하지만 미국에 가서도 너에 대한 내 마음이 변하지 않는 걸 알고 너한테 가라고 하더라. 그리고 널 만나면 미안하다는 말도 전해달랬어. 뭐가 미안하냐고 물었더니 그렇게만 전하면 알 거라고 하더라."

"현영 씨가 정말 그랬어?"

연우가 깜짝 놀라며 물었다. 지훈이 고개를 끄덕였다. 연우는 현영이 지훈을 진심으로 사랑했음을 깨달았다. 본디 심성이 착한 현영이 갑자기 돌변한 까닭도 이젠 이해가 갔다.

"그런데 너 현영 씨한테…… 실수한 거 있잖아."

"실수라니?"

"나…… 봤어. 너랑 현영 씨랑 껴안고 네가 묵고 있던 호텔 방에 들어갔던 거. 그리고 한참 후에 현영 씨가 샤워하고 내 옷 입은 채로 나온 거."

지훈은 눈동자를 굴려가며 기억을 떠올리고선 인상을 찡그렸다.

"혹시 너 그거 보고 혼자 여행 떠났던 거야? 집들이 파티하는 날도 그거 때문에 현영이가 네 옷 주니까 버린 거야? 현영이 때문에 이제까지 날 오해하고 날 믿지 않았던 거야? 내 가슴을 후벼 판 게 모두 다 현영이 때문이었어?"

연우가 입을 삐죽이더니 고개를 끄덕였다.

"어떻게 그걸로 날 오해할 수가 있니? 그 일이 있던 전날 밤 기억나니? 널 데려다 주고 오는데 호텔 로비에 아버지가 오셨어. 처음엔 그저 엄마의 오랜 친구인 줄로만 알았어. 술에 많이 취해서 오셨기에 방으로 모시고 가서 이런저런 이야기를 나눴어. 그러다 그분이 내 아버지인 걸 알게 됐고, 너무 괴로워서 술을 마셨어. 아침까지 술을 마셔서 몸도 제대로 가눌 수가 없었어. 그때 현영이가 벨을 눌렀고 문을 열다 현영이한테 쓰러진 거라고. 그리고 방으로 들어가자마자 현영이한테 토하고 말았어. 그래서 샤워를 하고 옷을 갈아입을 수밖에 없었다고. 정말이야."

"으윽…… 현영 씨한테 토를 했단 말이야? 생각만 해도 더럽다. 우웩……."

연우는 손으로 자신의 목을 잡고 헛구역질을 해댔다.

"야! 난 지금 진지하게 말하고 있는데 넌 뭐냐?"

"현영 씨가 널 어지간히 좋아했나 보다. 그걸 다 받아주고 말이야. 으윽…… 생각만 해도 정나미가 뚝 떨어진다."

"돌아온 거 점점 후회가 되려고 해."

지훈이 삐친 얼굴을 하자 연우는 속으로 '어휴, 소심한 밴댕이 소갈딱지!'라고 놀렸다.

"후회해도 소용없어. 넌 이제 내 거니까."

연우가 공포물에서나 나올 법한 두터운 목소리를 내며 말했다. 그 바람에 지훈이 웃음을 터뜨리며 연우를 껴안았다.

"지훈아."

"왜?"

연우는 지훈이 감당하기 힘든 이야기를 꺼내야 할 것 같아 잠시 침묵했다.

"아버지 실종되셨어. 알고 있니?"

지훈이 깜짝 놀라서 몸을 떼고 연우를 쳐다보았다.

"너 우리 아버지가 누군지 알아?"

연우가 고개를 끄덕였다.

"하지만 소희한테도, 그 어떤 사람한테도 말 안 했어."

지훈은 어두운 눈빛을 했다.

"너, 아버지 받아들이지는 못했지만 용서해 드렸잖아. 난 알아."

지훈의 눈가가 촉촉해졌다.

"엄마는 돌아가시기 전까지 나에게 아버지에 대해서 단 한 마디도 하지 않으셨어. 누가 우릴 미국으로 그렇게 내쫓았는지 알고 있으면서도 원망하지 않으셨어. 엄마는 엄마의 잘못된 선택을 평생 후회하며 사셨던 것 같아. 엄마로 인해서 가슴 아팠던 사람들한테 참회하는 마음으로 사셨던 것 같아. 내가 너 때문에 그렇게 한국에 가고 싶어했을 때 엄마가 반대하셨던 이유도 다 그 일 때문인 거 같아. 그래서 엄마 때문에 아버질 용서해 드릴 수밖에 없었어. 엄마가 말씀은 안 하셨지만 내가 그렇게 해주길 원하셨던 것 같았어. 그리고 나 또한 그 사실을 입 밖으로 말하지 말자고 다짐했어. 너무 많은 사람들이 아팠는데 더 이상 그렇게 하면 안 된다는 생각이 들었거든. 그리고 엄마의 생각도 내 생각과 같았을 거야."

"나도 그렇게 생각했어. 그게 아줌마의 생각이자 네 생각이었을 거라고."

지훈은 사랑을 가득 담은 눈으로 연우를 바라보며 부드럽게 끌어안았다. 지훈의 입술이 얼굴을 더듬다가 귓불을 찾아가자 연우는 온몸에 기쁨의 물결이 퍼지는 것을 억누를 수가 없었다.

"연우야, 사랑해."

지훈이 부드럽게 귓가에 속삭였다.

"넌 항상 진심으로 그 말을 했는데 난 널 오해만 했어. 미안해. 지훈아, 나도 널 사랑해."

지훈이 감격에 겨운 표정을 지었다.

"연우야, 잠깐만."

지훈은 잠시 연우를 떼어놓고 주머니에서 작은 벨벳 상자를 꺼냈다. 뚜껑을 여니 영롱한 빛을 발하는 다이아몬드 반지가 나왔다. 연우가 눈을 크게 뜨고 탄성을 내질렀다. 지훈은 연우를 아내로 맞는다는 생각만으로도 기분이 좋아졌다. 연우와 함께 아이를 낳고 가정을 꾸리고 싶었다. 가족들이 기다리는 집으로 매일 돌아가고 싶었다. 앞으로 어떻게 살아야 할지 해답을 얻었고, 연우를 아내로 맞아 가정을 꾸리겠다는 결심을 굳힌 상태였다. 결정을 했으니, 이제 밀고 나가는 일만 남아 있었다.

"양아버지가 우리 엄마한테 청혼할 때 끼워주셨던 반지야. 엄마가 결혼하고 싶은 여자가 생기면 이걸 주면서 청혼하라고 내게 주셨어. 연우야, 사랑한다. 나와 결혼해 주겠니?"

연우는 지훈과 반지를 번갈아 보았다. 연우는 지훈에게 완벽한 아내가 되어줄 생각이었다. 지훈을 위해 집 안을 가꾸고, 식사를 준비하며, 평생 그의 곁에 있을 생각이었다. 연우는 기대에 찬 지훈의 얼굴을 바라보았다.

"네가 원한다면 결혼할게."

연우가 사랑이 가득 담긴 눈길로 지훈을 보았고, 지훈 역시 그에 못지않은 눈길로 연우를 보았다. 지훈이 연우의 손가락에 반지를 끼워주었다. 그리고 진한 키스와 사랑한다는 말도 잊지 않았다.

그때 아래층에서 제경의 찢어지는 듯한 소리가 들려왔다.

"나 밥도 먹고 왔는데 계속 일층에 있어야 해요? 옷도 갈아입고 싶고, 화장실도 가고 싶고 정말 미치겠단 말이에요!"

연우와 지훈이 마주 보고 웃음을 터뜨렸다.

"이젠 올라와도 돼!"

연우가 아래층을 향해 큰 소리로 말하자 제경이 냉큼 위층으로 올라왔다. 그리고 탐색하는 눈으로 연우와 지훈을 쳐다보았다. 연우가 손을 들어 반지를 보여주자 제경의 눈이 한껏 커졌다.

"어머! 어머! 어머! 두 분 결혼하시기로 했어요?"

연우가 미소를 지으며 고개를 끄덕였다.

"어머! 어머! 어머! 축하드려요!"

박수를 치며 그들에게 다가온 제경이 곧 굳은 표정을 했다.

"그럼 저는 이제부터 어떻게 되는 거예요?"

그리고 자신의 손으로 목을 치는 시늉을 하며 슬픈 눈빛을 했다.

"저 이렇게 되는 거예요?"

연우는 그런 제경을 어이없다는 눈으로 쳐다보았다.

"넌 내가 백정으로 보이니? 돼지머리 잘라서 뭐에 쓰게?"

"언니!"

제경이 연우의 엉뚱한 발언에 소리를 꽥 질렀다.

"제경 씨, 이거 받아요. 호텔 열쇠예요. 그리고 이건 택시비고요. 당분간 저 대신 거기에서 기거 좀 해주세요. 저 연우랑 있고 싶거든요."

지훈이 호텔 열쇠와 돈을 건네자 제경의 눈이 다시 한 번 커졌다 가늘어졌다. 제경이 지훈이 건넨 것들을 받아 들고 방으로 가며 말했다.

"시키는 대로 하기는 할게요. 그런데 한두 살 먹은 어린애들 아니까 걱정할 필요는 없겠지만, 결혼을 둘이 아니라 셋이 할까 봐 조금은 걱정이 되네요."

말을 끝낸 제경이 놀리듯 혀를 내밀고 방으로 쏙 들어가 버리자 연우가 소파에 있던 쿠션을 던지며 소리를 질렀다.

"구제경! 오늘밤 노숙자 체험해 보고 싶은 거야?"

"노숙자는 부산에 있는 제 친구 이름인데요?"

방 안에서 소리가 들려왔다.

"저게!"

연우와 제경의 말싸움에 지훈이 웃음을 터뜨렸다.

어느새 제경이 방에서 짐을 챙겨 나왔다.

"저 하루에 여섯 끼니씩 먹고 사는 거 참고하세요. 저 돈 없는 건 연우 언니가 더 잘 아니까 저한테 숙박비 내라고 하셔도 전

배 째라고 할 수밖에 없다는 것도 알아두세요. 그럼 두 분 오늘 불타는 밤, 뜨거운 밤 보내세요."

제경은 90도 각도로 고개를 숙여 인사를 하고 아래층으로 냉큼 내려갔다. 지훈은 배를 움켜잡고 깔깔댔지만 연우는 눈살을 찌푸렸다.

"쟤는 뭘 믿고 저렇게 까불지?"

"너 나 없는 동안 심심하지는 않았겠다."

지훈이 눈물까지 닦으며 말했다.

"쟤가 처음엔 내숭 떨며 청순한 척하더니 이제는 아주 내 머리 위에서 산다."

"혹시 너한테 전염된 건 아닐까?"

지훈이 놀리듯이 말하자 연우가 고개를 홱 돌려 무서운 눈으로 노려보았다.

"전염은 신체적인 접촉에 의해서 되는 경우가 많은데 난 성 정체성이 분명한 사람이거든? 저런 건 전염이 아니라 빙의(憑依)라고 해야 맞는 게 아닐까? 백년 묵은 여우의 혼이 쟤 몸속으로?"

"야, 그만 해. 소름 끼치잖아."

지훈이 자신의 팔에 돋은 소름을 쓸어 내리며 말했다.

"성도 구씨, 구미호가 되기엔 딱 좋은 조건인데……."

낮게 깐 연우의 음성은 왠지 음산하게 들렸다.

"그만 하라고."

지훈이 애원하듯이 말해도 연우는 가늘게 뜬 눈을 풀 생각을 하지 않았다.

"너야말로 미국에 가기만 하면 확 달라져서 오는데 도대체 뭐에 씌운 거니? 말해 봐. 가끔 네가 너 같지 않아서 나도 놀라곤 해. 혹시 너도 늑대와 춤을 추다 이렇게 된 거니?"

"어휴, 정말 못 말린다. 백연우!"

지훈이 도저히 참을 수 없다는 듯이 팔로 연우의 목을 죄며 가볍게 흔들어댔다. 두 사람이 앉을 수 있는 공간에 함께 있는 그들은 행복한 미소를 지었다.

"지훈아."

"응?"

"너한테 진작 했어야 할 말 못한 게 있어."

"그게 뭔데?"

"고마워."

"뭐가?"

"내가 한 말 잊지 않고 내 꿈 실현시켜 준 거 정말 고마워."

지훈은 그제야 연우가 집에 대한 얘기를 한다는 걸 깨달았다.

"집?"

"응. 나 여기 처음 와서 되게 많이 울었다."

"울었어?"

"그래. 넌 정말 손을 대지도 않고 사람을 고문할 수 있는 애라니깐. 저 천장, 이 의자들, 침실, 화장실 다 내가 너한테 말했던 대로 만들어줬잖아."

지훈이 쑥스러운 듯이 미소를 지었다.

"공사 책임자였던 건영이한테 일일이 그렇게 해달라고 설명했더니 처음엔 날 이상한 눈으로 보더라. 그 녀석은 그때 너와 나의 관계를 눈치챈 거 같아."

"그걸 어떻게 다 일일이 기억하고 있었니? 나마저 잊고 있었던 것들을."

"다른 건 몰라도 난 너에 관해서라면 전문가잖아. 후후……. 몇 가지 실수한 것도 있었지만 말이야. 하지만 그건 너랑 너무 오랜 기간 떨어져 있었기 때문이고 네가 날 그렇게 생각하도록 만들었기 때문이야."

"내가 처녀인 줄 몰랐던 거 말이지?"

지훈이 고개를 끄덕였다.

"나 키스도 너랑 처음 해보는 거였어."

"뭐?"

설마 하는 지훈의 표정에 연우는 눈을 새치름하게 내리깔았다.

"정말이야."

"너 이제 보니 천연기념물이구나?"

지훈의 말에 연우가 고개를 들었다.

"천연기념물이 얼마나 귀한 건지는 말 안 해도 알지?"

지훈이 연우의 말에 너털웃음을 터뜨렸다.

"와! 말도 안 돼. 키스가 처음인 애가 그렇게 선수처럼 굴었단 말이야?"

"뭐, 키스가 별건가? 상대방이 하는 대로 똑같이 하면 되는 거지."

"백년 묵은 여우, 천연기념물, 키스 선수. 널 표현할 수 있는 게 또 뭐가 있을까? 아, 맞다."

지훈이 말을 끊었다. 그리고 연우를 고즈넉하게 바라보며 말했다.

"내가 사랑하는 여자."

둘은 누가 먼저라고 할 것도 없이 서로의 입술을 찾았다.

"이러다 또 집 무너지는 거 아냐?"

경우가 익살을 떨며 말했다.

"쓰나미가 와도 끄떡없습니다. 안심하십시오."

지훈이 자신만만하게 대답했다. 다음날 지훈과 연우는 연우의 가족들을 소집했다. 거실에 커플끼리 빙 둘러앉아 있는 모습은 마치 콩나물이 빽빽하게 들어 있는 시루 같았다.

"그런데 오늘 왜 다 모이라고 한 거야?"

"저희, 결혼하기로 했어요."

경우의 물음에 연우가 즉각 답했다. 그러자 올케들은 서로 눈짓을 하며 자신들의 목표가 달성된 것에 크게 기뻐하며 이구동성으로 외쳤다.

"축하해요!"

"고맙습니다. 이게 다 형수님들 덕분입니다."

올케들의 축하에 지훈이 환하게 웃으며 답례했다. 이에 연우의 오빠들은 어찌 된 영문인지 몰라 어리둥절해하는 표정이었다.

"형님들, 연우하고의 결혼을 허락해 주십시오."

지훈이 무릎을 꿇고 허락을 구했다.

"골칫덩어리 노처녀 하나 구제해 주는 거야, 아니면 백년 묵은 여우의 덫에 걸린 거야? 전자면 고맙고 후자면 애도를 표하네."

"하하하."

경우가 심각한 표정으로 말하자 지훈이 화통하게 웃었다.

"오빠는 꼭 그런 식으로 날 깔아뭉개야 속이 편해?"

연우의 입이 앞으로 쭉 나왔다.

"좋은 소리 듣고 싶으면 술이라도 대접해 봐라."

경우가 능청스럽게 한마디를 던졌다.

"그러지 않아도 결혼 발표하고 상 차리려고 그랬어."

연우가 얄밉다는 식으로 말하고선 자리에서 일어섰다. 부엌으로 향하는 연우의 뒤를 올케들이 주르르 따랐다.

"아가씨, 결혼식은 언제 하기로 했어요?"

"결혼식은 어디서 하고 신혼 살림은 어디서 할 거예요?"

"설마 미국 건너가서 사는 건 아니죠?"

"결혼 선물로 뭐 해줄까요?"

연우가 첫 번째 질문에 답을 하기도 전에 계속 질문이 쏟아졌다. 그건 거실에 있는 지훈도 마찬가지였다. 식구가 많다 보니 당연할 수밖에 없었다. 둘은 아직 구체적으로 정한 것이 없다고 설명했고, 가능한 한 빨리 함께 살고 싶다는 뜻을 전했다.

질문 공세가 끝날 즈음 술판이 벌어졌다. 오늘만큼은 운전 걱정 말고 맘껏 마시라는 올케들의 허락이 떨어지자 연우의 오빠들은 기분 좋게 술을 마셨다.

"인생을 살다 허리케인 같은 일을 만나도 두 사람은 절대 헤어지면 안 돼."

"당신은 저 두 사람 사이에 초강력 접착제가 발라진 거 안 보여요? 한시도 안 떨어져 있잖아요. 아까는 화장실까지 쫓아가더라고요."

진우와 아홉 번째 올케가 지훈과 연우를 놀리며 말했다.

"저는 여기 와서 못 볼 걸 많이 봐서 그런지 눈이 다 시려요."

첫 번째 올케가 한술 더 떠 가세했다.

"뭘 봤는데요?"

여기저기서 같은 질문이 쏟아져 나왔다.

"하여간 둘이 눈만 마주쳤다하면 1차는 윙크, 2차는 애무, 3차는 키스라니까요."

첫 번째 올케의 설명에 '우우~' 하는 소리와 함께 야유가 터져 나왔다.

"나참, 올챙이 적 생각은 못하고 개구리 된 생각만 한다더니……. 이거 왜들 이러세요? 이 정도로 눈이 시릴 정도면 저는 아예 실명을 하고 말았어요. 올케, 오빠들이 제 앞에서 어떤 닭살 만행을 저질렀는지 일일이 열거해 드려요? 제가 말을 안 해서 그렇지 올케와 오빠들 때문에 전 거의 제 인생의 절반을 미성년자 관람불가 영화를 본 것처럼 살아왔다고요."

맞받아치는 연우의 말에 모두들 고개를 뒤로 젖히고 크게 웃어댔다.

"그래서 네가 다른 애들에 비해서 조숙했구나?"

지훈이 놀라는 척하며 능청스럽게 묻자 다시 폭소가 터져 나왔다. 연우는 지훈을 노려보며 '너 아군이야, 적군이야?' 하고 묻는 얼굴을 했다. 그러자 지훈은 그런 연우가 귀엽다는 듯이 연우의 입술에 쪽 하는 소리를 내며 가볍게 키스했다.

"아아, 정말 못 봐주겠네."

"저거 우리 보고 빨리 가란 소리죠?"

"집에 빨리 가면 안 돼. 우리 마누라 저거 부러워서 나 잠도 안 재우고 바가지 긁어댈 거야."

"어머? 이 남자가 생사람 잡네."

아홉 번째 올케가 진우의 허벅지를 꼬집으며 항의했다.

"아야! 이젠 바가지도 모자라서 꽃게 고문이냐?"

"어허, 거기 조용히 좀 하세요. 우리 마누라 태교에 악영향을 끼칩니다."

　여기저기에서 항의성 발언이 끊임없이 나오자 경우가 분위기를 진압하듯 말했다. 하지만 오히려 분위기는 더욱 떠들썩해졌다.

　"어머! 동서, 임신했어?"

　"축하해요!"

　"몇 개월인데?"

　"육 개월 됐습니다."

　부끄러워 얼굴이 붉어진 열한 번째 올케 대신에 경우가 당당하게 외쳤다.

　"어머? 속도위반 아니에요?"

　"무슨 상관이에요! 혼수품목 중 하나였나 보죠."

　돌아가며 한 마디씩 하는 건데도 정신을 차릴 수 없을 만큼 시끌벅적했다.

　"그러나저러나 아가씨네 가족계획은 어떻게 세울 거예요?"

　누군가가 묻자 연우가 자신의 생각을 밝혔다.

　"저는 딱 한 명만……."

　하지만 연우의 계획이 마음에 들지 않는지 지훈이 얼른 끼어들었다.

　"힘 닿는 데까지 열심히 낳겠습니다."

　"아야! 그런 무책임한 말이 어디 있어?"

　연우가 팔꿈치로 지훈을 쿡 찌르며 질책했다. 하지만 지훈은 자신의 의지를 전혀 굽힐 생각이 없는지 한마디를 덧붙였다.

"어허, 행복은 자녀 수에 비례한다는 말도 몰라?"

"부모는 행복할지 몰라도 자녀들의 행복까지 내 맘대로 결정하는 건 신중하게 생각해 볼 필요가 있어."

지훈과 연우가 의견 대립으로 맞서는 분위기가 되자 주위가 조용해졌다. 누가 이기나 하고 관람하는 사람들처럼 사태의 추이를 주시하고 있었다.

"혼자 외롭게 자란 날 생각해서 많이 좀 낳아주라."

"징글징글하게 사람들한테 치여서 산 날 생각해서 좀 참아주면 안 되니? 네 덕분에 매일 수많은 애들이 옆집 드나드는 거까지 감수하면서 사는데!"

"요즘 애 낳는 여자들은 애국자야!"

"애 많이 낳으라고 강요하는 인간들은 육아가 뭔지, 복지가 뭔지도 모르면서 그런 소리를 하는 거라고!"

"성경 말씀에 창조주까지 생육하고 번성하라고 하셨는데 네가 이러면 안 되는 거지."

"그런 분도 인간을 만드신 것을 후회하셨다고 하셨어. 후회할 짓을 하면 안 되는 거지."

지훈와 연우의 팽팽한 접전은 끝이 날 줄 몰랐다.

"오징어랑 연우의 차이점이 뭔 줄 알아?"

난데없는 경우의 질문에 지훈과 연우의 설전은 잠시 휴전이 되었다. 다들 답이 궁금한 얼굴이었다. 경우가 곧바로 답을 발표했다.

"오징어는 말릴 수 있는데 연우는 말릴 수가 없다는 거지. 아마 짱구 다음으로 못 말릴 인간 중의 하나일걸."

곳곳에서 키득거리는 웃음소리가 들리자 연우가 매서운 눈초리로 경우를 째려보았다.

"오빠가 세상에서 가장 듣기 싫어하는 말 하고 싶은 걸 간신히 참는 중이니까 그만 하시지?"

"뱃속에 있는 아기가 그 소리 듣고 나 대신 복수하기 위해 열 달 내내 칼 갈고 태어나면 어쩌려고 그러냐?"

"어쩌기는 뭘 어째? 방송국에 전화해서 특종 취재 오라고 해야지."

"하여간 못 말리는 애라니까!"

경우가 졌다는 식으로 손을 들며 투덜댔다. 그리고 재미가 진진한 구경거리가 곧 끝날 것을 아쉬워하는 사람들을 발견하고선 못마땅한 얼굴을 했다.

"쟤 말릴 사람 정말 아무도 없다니까요! 술도, 먹을 것도 떨어지고 시간도 늦었으니 다들 일어납시다!"

"그래요. 아가씨, 나중에 누가 이겼는지 꼭 알려주세요."

"아가씨, 올케가 이렇게 많은데 무슨 걱정이에요. 결혼해서 낳기만 하세요. 우리가 돌아가면서 키워줄 테니. 형님들, 동서들, 아가씨 도와줄 거죠?"

"그럼요, 낳기만 하세요."

"벌써 이런 식으로 지훈이 편들어주기예요?"

연우는 끝까지 물고 늘어지며 가족들을 배웅했다. 골목을 가득 메웠던 자동차들이 빠져나가자 거리는 한산하고 적막해졌다.

"우리 동네나 한 바퀴 돌까?"

연우가 지훈에게 팔짱을 끼며 말했다.

"그래."

연우는 지훈에게 바짝 달라붙어 걸으며 눈이 마주칠 때마다 싱긋 미소를 지었다.

"매일 걷는 길인데도 누구랑 걷느냐에 따라 기분이 다르네."

"지금 기분은 어떤데?"

"세상을 다 가진 기분."

"에이, 과장이 너무 심하다."

"왜? 널 가지면 세상을 다 가진 거랑 똑같은 거야."

"롤러코스터 타는 것처럼 어지러우니까 괜히 그러지 마라."

"어지러워? 정신이 몽롱해?"

"그래."

"너 빈혈기 있나 보다. 혹시라도 빈혈이 대물림되면 안 되니까 우리 하나만 낳아 잘 기르자."

연우의 술수에 넘어갔다는 걸 깨달은 지훈이 걸음을 멈추고 연우를 빤히 쳐다보았다.

"어라? 왜 말의 방향이 요상하게 그쪽으로 틀어지냐?"

"생각을 해봐. 너와 나 사이에 애들이 많이 생기면 생길수록 거리는 더 멀어지는 거라고."

연우가 손으로 자신과 지훈, 그리고 그 사이 틈을 가리키며 설명했다.

"난 너한테 이렇게 껌처럼 딱 달라붙어서 살고 싶은데 애들이 생기는 순간부터 그건 불가능하단 말이야. 난 널 독점하고 싶어. 무자식이 상팔자라는 소리, 자식 키워봤자 소용없다는 말이 괜히 있는 줄 아니? 우리 그냥 마음 고생 몸 고생하지 말고 단출하게 살자."

연우가 지훈에게 딱 달라붙으며 애원하듯이 말했다.

"널 닮은 딸이면 분명히 착하고 예쁘고 손재주가 남다를 거야. 또 널 닮은 아들이면 성격도 좋고 든든하고 의젓할 거야."

"너야말로 멀미나게 왜 비행기 태우고 그래?"

"그러니까 절대 하나로는 만족 못한다는 소리지."

지훈이 연우의 코를 잡아 살짝 흔들며 말했다.

"그런데 우리 결혼도 하기 전에 떡 줄 사람은 꿈도 안 꾸는데 김칫국부터 마시는 거 아니냐? 우리가 아무리 까불며 떠들어봤자 저 위에 계신 분이 허락하지 않으면 아무 소용이 없는 거잖아. 요즘은 일곱 쌍 중 한 쌍이 불임부부일 정도로 애 낳기 힘든 세상이래. 이렇게 옥신각신하는 건 시간 낭비니깐 우리 그만 하자."

"듣고 보니 그러네."

연우와 지훈은 어느 지점에 오자 동시에 걸음을 멈췄다. 그리고 하늘을 올려다보았다. 그곳은 연우가 지훈에게 여름 별자리인 여름밤의 삼각형을 설명해 주었던 자리였다. 둘은 별을 보며 미소 지었다. 그리고 다시 마주 보고 웃음을 터뜨렸다. 지훈이 말없이 세 손가락을 이용해 연우의 얼굴과 귀, 그리고 목덜미에 있는 아주 작은 점을 가리켰다. 연우는 그가 무슨 말을 하려고 하는지 이미 다 아는 듯한 표정이었다. 지훈이 그곳에 차례로 가볍게 키스를 했다. 연우의 얼굴이 붉어졌다.

　또다시 그들의 산책은 계속되었다. 그들이 자주 갔던 떡볶이집이 나오자 지훈이 손가락을 튕기며 아쉬운 표정을 지었다.

　"아, 맞다. 어제가 토요일이었지? 어쩐지 어젠 괜히 떡볶이가 먹고 싶더라니."

　지훈의 말에 연우가 소리 내어 웃었다.

　"그럼 앞으로 우리들의 토요일은 떡볶이 먹는 날?"

　"좋지."

　"내일은 아줌마, 아니, 어머니한테 가자."

　연우가 먼저 제안을 했다. 그러자 지훈이 곧이어 덧붙였다.

　"그리고 장인, 장모님께 가자."

　연우와 지훈은 추억의 발자국을 찾아 떠나는 사람들처럼 오랫동안 동네를 돌며 산책했다.

　다음날, 연우와 지훈은 경애가 있는 납골당으로 향했다. 가는 동안 연우는 끊임없이 노래를 불렀다. 지훈은 그런 연우를 흐뭇하게 바라보았다.

"옛날 생각 난다."

"옛날 생각?"

노래를 흥얼거리던 연우가 되물었다.

"시험 끝나는 날이었을 거야. 네가 바람 쐬고 싶다면서 나 끌고 무작정 버스에 올라탔어. 맨 뒷자리에 앉아서 창문을 열고 가다가 내가 이어폰을 귀에 꽂아주니깐 그때부터 카세트테이프에 담긴 노래를 다 따라 불렀어."

"아, 그때."

연우가 기억이 났는지 손가락을 튕기며 웃었다. 그러다 이내 지훈을 째려보았다.

"네가 모른 척하고 있어서 나 혼자 버스 콘서트했던 걸 생각하면 정말!"

이어폰을 끼고 있어서 자신의 목소리가 크다는 걸 몰랐던 연우는 창밖만 바라보며 계속 노래를 불렀다. 버스 안에 있던 사람들이 킬킬거리며 웃는 것도 모르고 말이다. 나중에 그 사실을 깨닫고 얼굴이 어찌나 화끈거리고 창피했던지 연우는 지훈의 손을 잡아 끌고 버스에서 후닥닥 내렸다. 그리고 죄없는 지훈을 멍이 들도록 꼬집었다.

"그날 집에 가서 옷을 벗었는데 여기저기 시퍼런 멍이 들어 있어서 우리 엄마가 얼마나 놀라신 줄 아냐?"

"너 내가 그랬다고 그랬어?"

연우가 놀란 얼굴로 묻자 지훈이 고개를 저었다.

"휴우, 다행이다."

연우가 가슴을 쓸어 내리며 안도의 한숨을 내쉬었다.

"노래하는 여우를 신기하게 보다가 물렸다고는 했지."

지훈이 웃음을 참으며 말하자 연우는 눈을 동그랗게 떴다. 그리고 이내 어이없다는 표정으로 그와 함께 웃음을 터뜨렸다.

둘은 경애가 좋아하는 장미를 사들고 납골당 안으로 들어섰다. 그때 연우가 무언가를 발견하고 지훈을 붙잡았다. 지훈은 연우의 눈빛을 좇아 고개를 돌렸다. 그리고 경애의 유골이 안치된 곳에 서 있는 은경을 발견했다. 은경도 온 지 얼마 되지 않았는지 손에 장미 꽃바구니를 들고 있었다.

"잘 있었니?"

낮게 깔린 음울한 은경의 음성에 연우는 짧게 숨을 들이켰다. 역시 은경은 말을 못하는 게 아니라 안 하는 것이었다.

"나, 지난번에 왔을 땐 차마 못 물어본 게 있는데. 경애야, 혹시 우리 남편…… 너한테 간 거니?"

한 마디 한 마디가 느리고 망설이는 말투였다.

옆에서 듣고만 있던 지훈이 바짝 긴장을 했는지 연우의 손을 꽉 잡았다.

"내 곁에 붙잡아둘 수 있을 거라 생각했는데…… 기어코 널 좇아갔나 보구나. 같이 있으니 행복하니?"

은경은 말을 이어가기가 힘겨운지 깊은 한숨을 내쉬었다.

"내가 널…… 미국으로 내쫓지 않았더라면 네가 이런 병에 걸려 죽는 일이 없었을까? 그러지 않았더라면 그 사람도 잃지 않을 수 있었을까? 내 욕심이 너와 나, 그리고 그 사람을 이렇게 만든 거니?"

은경이 마른침을 삼키기 위해 잠시 말을 멈췄다.

"부모 없이 태어나 뭐든 움켜잡고 싶었어. 네가 재능도 없는 나에게 이것저것 가르쳐 줬어도 난 널 밟고 일어서야 한다고 생각했어. 살면서 네가 나보다 가진 게 많아지는 것이 미칠 만큼 질투가 났어. 네가 가진 거 다 뺏고 싶었어. 네가 아이를 낳지 못하는 것 때문에 이혼했을 때 나 솔직히 좋았다. 넌 그때부터 모든 걸 잃기 시작했잖아. 난 네가 잃은 걸 얻은 게 너무 좋았어. 너보다 내가 앞섰다는 우월감 때문에 살맛이 났어. 그런데…… 모든 게 다 나만의 착각, 나만의 오해였나 봐. 사람은 빈손으로 왔다가 빈손으로 가는 외로운 인생인 것을……. 아무리 욕심을 부려가며 움켜잡고 있어도 때가 오면 모든 걸 툭툭 털어 내 버리고 가야 하는 것을……. 난 왜 그 흔한 말을 알고 있었으면서도 인정을 못했을까? 난 왜 이렇게 미련했던 걸까? 왜 그렇게 너한테 모질게 굴었을까? 널 볼 낯이 없어 난 차마…… 갈 수가 없구나. 가면 네 곁에 있는 그 사람 봐야 하는데 볼 자신이 없어 갈 수가 없구나. 경애야, 미안하다. 미안하다…… 미안해……."

은경은 무릎을 꿇고 앉아 흐느껴 울었다. 지훈은 그런 모습을 바라보는 것이 차마 견디기 힘든지 바깥으로 나가 버렸다. 연우 또한 지훈을 따라 나갔다.

외진 곳을 찾아낸 지훈은 거친 숨을 몰아쉬었다. 연우는 그런 지훈을 뒤에서 감싸 안았다. 아무 말 없이 그대로, 풍랑이 일어난 지훈의 감정이 가라앉을 때까지 기다려 주었다.

긴 침묵을 깨고 마침내 지훈이 입을 열어 말했다.

"세상엔 쉬운 게 하나도 없구나. 누굴 미워하는 것도, 누굴 용서하는 것도, 누굴 사랑하는 것도……."

"네 마음속에 독이 되는 감정을 너무 많이 담지는 마."

연우가 간절한 마음으로 속삭였다.

"사실 독을 담기는 쉬워도 해독하는 방법이 어렵기 때문에 애는 쓰는데 그 감정을 절제하기가 너무 힘들다."

"사람이면 누구나 그럴 거야. 강한 사람이냐 약한 사람이냐에 따라 그 감정을 조절하는 차이가 있을 뿐이지."

"정말 실종된 아버지가…… 엄마 곁으로 가신 걸까?"

무관심하려고 애를 써도 혈연이란 힘은 중력과도 같았다. 표현을 하지 않아서 그렇지 아버지의 행방이 누구보다 궁금한 지훈이었다.

"글쎄다."

"만약 엄마 곁으로 가셨다면 그게 아버지가 할 수 있는 최선의 방법이었을까?"

"그건 잘 모르겠지만 죽음을 쉽게 택하는 사람은 없다는 건 알아."

"때론 죽음보다 삶이 더 고통스러울 수 있지 않을까?"

"그분으로서는 어느 한쪽을 선택할 수 없었을 거야. 그래서 그렇게 가신 게 아닐까? 그분의 죽음과 삶을 우리가 판단할 수 있는 몫으로 남겨두시고 말이야."

"시간이 지나 기억이 흐려지면 마치 문제가 해결된 것으로 착각할 수 있을까?"

"인생을 살다 해결 방법을 알지 못하는 문제는 그냥 넘겨 버리자. 감당할 수 있는 문제만 해결하자. 비록 성적이 좋지 않더라도 연연하는 것보다는 그게 나을 것 같다. 그리고 좋은 기억으로 안 좋았던 기억을 밀어내며 살자. 지훈아, 어머니 많이 기다리시겠다. 우리 그만 가자. 응?"

"그래."

지훈과 연우는 경애의 유골이 안치된 곳에 나란히 섰다. 지훈은 아까 은경이 놓고 간 장미 꽃바구니에서 눈을 떼지 못했다.

"아줌마, 기쁜 소식 전하러 왔어요. 지훈이랑 저 결혼하기로 했거든요."

연우가 환한 미소로 말하고선 지훈의 손을 지그시 잡았다. 그제야 지훈도 마음을 추스르고 경애를 향해 말을 하기 시작했다.

"엄마, 저희 두 사람 서로 아끼고 행복하게 잘살게요. 엄마도…… 지금 계신 곳에서 행복하시기 바라요."

"아줌마, 아니다. 어머니, 이렇게 잘생기고 든든한 아드님 주셔서 감사합니다!"

연우가 경애를 향해 허리를 180도로 구부리고 인사를 했다. 그런 연우의 모습에 지훈이 웃음을 터뜨렸다.

"나도 너희 부모님 앞에서 이렇게 인사해야 하는 거니?"

"그걸 지금 말이라고 하니? 당연하지! 아내가 귀여우면 처갓집 말뚝에도 절을 한다는 말 못 들어봤니? 너 이따가 우리 엄마, 아빠한테 '이렇게 예쁘고 섹시한 따님 주셔서 감사 또 감사합니다!' 하고 큰절해라. 알았니? 아줌마, 아니, 어머니 제 말이 맞죠?"

연우가 헤벌쭉 웃으며 말했다.

몇 시간 뒤 연우와 지훈은 연우의 부모님 산소 앞에 섰다.

"아빠, 엄마…… 막내딸 연우 왔어요. 사윗감 데리고 왔어요."

연우는 괜히 눈시울이 뜨거워졌다.

"지훈이에요. 막내딸 첫사랑인 김지훈이요. 생각나세요? 저 고등학생이었을 때 밤새 초콜릿 만든다고 부엌 엉망으로 만들어놨던 거요. 밸런타인데이에 애한테 주려고 했던 거였는데 아빠가 그거 아시고 서운하다고 하셨잖아요. 그런데 지훈이 사라지고 그 초콜릿 임자 없어졌는데도 아빠 주지 않았어요. 지훈이 오면 주려고 냉동실에 꽁꽁 얼려두었거든요. 그런데 그거 경우 오빠가 먹어버려서 저랑 오빠랑 대판 싸웠잖아요. 제가 몇 날

며칠 우니깐 아빠가 제게 그러셨어요. 아빠보다, 오빠보다 지훈이가 더 소중하냐고요. 저…… 그땐 말 못했지만 속으론 그렇다고 대답했어요. 하지만 그렇다고 아빠랑 오빠가 소중하지 않다는 건 아니었어요. 저한테 선보고 결혼하라고 하셨을 때도 저 지훈이 아니면 결혼 안 한다고 하면서 아빠 속 썩였잖아요. 아빠 돌아가시기 전에 저 결혼하는 거 못 보고 가시는 게 제일 가슴 아프다고 하셨죠? 그땐 정말 내가 아빠한테 큰 불효를 하는구나 싶어서 많이 미안하고 마음 아팠어요. 그래서 저 지훈이 다시 만났을 때 혹시 아빠가 제 맘 아시고 지훈이 제게 보내주신 건 아닐까 하는 생각 많이 했어요. 아빠, 지훈이가 저한테 프러포즈를 했어요. 아빠 사윗감으로 받아주실래요? 저희 예쁘게 잘살게요. 아빠…… 제 손잡고 결혼식장에 입장할 기회 못 드린 거 정말 죄송해요. 아빠, 미안해요. 그리고 사랑해요."

하염없이 흐르는 연우의 눈물을 지훈이 손수건으로 닦아주었다. 그리고 포근하게 감싸 안았다.

"아버님, 죄송합니다. 연우 마음, 아버님 마음, 가족들 마음 아프게 한 거 정말 죄송합니다. 아버님, 약속드립니다. 평생 연우만 사랑하고 아끼면서 살겠습니다. 계신 곳에서 저희들 지켜봐 주십시오."

지훈은 진심을 다해 연우의 부모님 앞에서 서약했다.

"연우야! 어머, 지훈 씨!"

연우의 집 앞에서 기다리고 있던 소희가 차에서 차례로 내리는 연우와 지훈을 보고 깜짝 놀랐다. 소희와 함께 기다렸던 모래인간 김지훈도 놀란 얼굴이었다.

"이게 어떻게 된 일이야?"

연우에게서 지훈에 대한 소식을 듣지 못한 소희는 얼떨떨한 표정이었다.

"소희야."

연우는 소희에게도 곧 연락을 할 생각이었지만 이런 식으로 부딪치게 될 줄은 몰랐다. 연우는 허둥대며 지훈을 바라보았다. 지훈 또한 심정이 복잡하고 혼란스러운 것 같았다. 하지만 연우보다는 민첩하게 상황을 대처했다.

"소희 씨, 오랜만이에요."

지훈이 소희에게 미소 지으며 악수를 청했다. 어리벙벙한 소희가 지훈의 손을 잡고 악수에 응했다.

"네."

소희는 옆에 서 있던 모래인간 김지훈이 자신의 존재를 잊지 말라며 팔꿈치로 툭툭 치자 서둘러 서로에게 소개를 하려 했다.

"어, 지훈 씨, 여기는 제 남자 친구인 김지훈…… 아, 동명이인을 서로에게 소개하려니 되게 이상하네요."

지훈이 영문을 몰라 어리둥절한 눈빛을 하자 모래인간 김지훈이 바로 나섰다.

"아, 연우 씨가 그토록 애타게 찾았던 김지훈 씨가 바로 이분이시구나! 안녕하세요? 전 부산 사는 동명이인 김지훈입니다."

모래인간이 악수를 청하자 지훈이 여전히 멍한 얼굴로 악수에 응했다.

"하하하! 좀 헷갈리실 겁니다."

연우와 소희가 부엌에서 차를 준비하는 동안 거실에선 모래인간이 지훈에게 그간 일어난 일들을 설명하고 있었다.

"어떻게 된 거니?"

소희가 궁금한 얼굴로 연우에게 물었다.

"나 지훈이한테 청혼받았어. 우리 결혼할 거야."

"어머! 정말?"

소희가 반기는 얼굴로 연우를 껴안았다.

"잘됐다. 축하해."

하지만 연우는 소희가 모르는 비밀을 간직한다는 게 얼마나 어려운 일인지에 대해 다시 한 번 절감했다.

"고마워."

"난 지난번에 네가 전화했을 때 목소리에 힘도 없고, 오늘 하루 종일 집으로 전화를 해도 안 받기에 걱정이 돼서 온 건데 이런 기쁜 소식을 듣게 될 줄이야! 우리 엄마도 이 소식 들으시면 깜짝 놀라시겠다. 그렇게 하면 우리 엄마 말 좀 하시게 될까?"

연우는 소희를 자신에게서 떼어내며 깜짝 놀란 얼굴을 했다.

"그, 그러지 마."

"응?"

연우의 느닷없는 행동에 소희가 놀랐다.

"내 말은…… 내 말은 그러니까, 충격요법을 써서 억지로 말을 시키면 부작용이 생길 수도 있으니깐 그러지 말라는 거지."

"그런데 너 왜 이렇게 허둥대니?"

소희가 의심스럽다는 투로 느릿느릿 말을 끌며 물었다.

"내가? 내가 허둥대?"

"그래, 너 지금 되게 이상해."

"이상하기는……. 자, 준비 다 됐다. 우리 나가자."

연우가 서둘러 쟁반을 들고 먼저 나가며 말했다. 그런 연우의 모습이 영 이상한지 소희가 고개를 갸우뚱했다.

거실로 나가자 지훈이 모래인간에게 무슨 말을 들었는지 웃음을 참지 못하고 키득거리고 있었다.

"너 왜 그렇게 웃어?"

연우가 탁자에 찻잔을 놓으며 지훈에게 물었다. 하지만 지훈은 웃겨서 말을 못하겠다는 식으로 손을 내젓기만 했다.

"지훈 씨, 무슨 말을 했는데 얘가 숨을 못 쉬고 웃어요?"

"연우 씨가 제 머리 가지고 축구한 거, 저한테 메일 보낸 거 다 말해 줬죠."

모래인간이 능청스러운 표정으로 설명을 하자 연우가 눈을 크게 뜨고 지훈을 바라보았다. 지훈은 여전히 말을 못하고 웃음과 싸우고 있었다.

"그날 부산에 모인 피서객이 자그마치 이백만 명은 족히 됐을 거라고요. 그런데 그중 김지훈이라는 이름을 가진 남자를 찾으니 연우 씨 정말 대단하지 않나요? 전 정말 소희 씨만 아니었으면 연우 씨랑 저랑 운명의 끈으로 맺어진 사이인 줄 알았을 거예요!"

연우는 태양 아래 서 있는 것처럼 덥고, 얼굴이 빨갛게 물들었다. 지훈의 시선까지 더해지니 연우는 일사병에 쓰러질 것만 같았다. 연우는 벌떡 일어나 손으로 부채질을 하며 부엌으로 피신했다. 그리고 냉동실에서 얼음을 꺼내 입 안에 쏙 집어넣었다. 좀 살 것 같다 싶은데 부엌에 남아 있던 소희가 여전히 의심스러운 눈길로 매섭게 쳐다보고 있었다. 커다란 얼음이 목으로 넘어갈 뻔했다. 연우는 사레들린 사람처럼 캑캑거렸다.

"네가 날 그렇게 애타게 찾는 줄 알았더라면 더 일찍 한국에 오는 건데."

지훈이 모래인간과 소희가 떠나자마자 이렇게 말했다. 하지만 연우는 꿀 먹은 벙어리처럼 아무 말도 하지 못했다.

"우리 내일 모교에 축구나 하러 갈까?"

지훈이 계속 놀리자 연우가 팔꿈치로 지훈의 배를 쿡 쳤다.

"하하하!"

지훈이 다시 웃음을 터뜨렸다. 그리고 웃음이 사그라질 즈음 진지하게 말했다.

"연우야, 때론 우리 인생에 있어서도 판도라의 상자처럼 열지 말아야 할 게 있는 것 같다. 난 소희가 그 상자를 열지 않기를 바라는데 넌 어떻게 생각하니?"

연우는 지훈이 말하고자 하는 의도를 쉽게 파악했다.

"나도 너와 같은 생각이야."

지훈과 연우는 맞잡은 손에 힘을 집어넣고 서로를 응시했다.

한편, 호텔에선 제경이 신선놀음을 하고 있었다. 거품이 꽉 차 있는 욕조 안에 몸을 담그고선 하나둘 꺼져 가는 거품을 바라보고 있었다. 마치 하늘의 구름 위에서 뛰노는 듯한 느낌이 들었다. 영화 속 여자주인공이 된 듯하고, 여왕이 된 듯한 기분에 제경은 양쪽 입꼬리를 귀에 걸고 있었다. 볼이 발그레해진 제경은 모 카드회사 광고에서 나오는 노래를 부르며 자신의 몸을 부드럽게 문질렀다.

"아버지는 말하셨지, 인생을 즐겨라. 웃으면서 사는 인생. 자, 시작이다. 오늘밤도 누구보다 크게 웃는다. 하하하! 웃으면서 살기에도 인생은 짧다. 앞에 있는 여러분, 일어나세요. 아버지는 말하셨지, 그걸 가져라. 그걸 가져라."

노래를 끝낸 제경은 욕조 위에 올려 놓은 포도주 잔을 들어 홀짝거리며 마셨다. 잠시 맛을 음미하던 제경은 꽤 만족한 표정으로 포도주를 벌컥벌컥 마셨다.

"카, 맛 좋다! 인생이 뭐 있냐? 그까이 거 대충 즐기면서……. 딸꾹!"

그때 핸드폰이 요란하게 울렸다. 제경이 반쯤 감긴 눈으로 고개를 홱 돌렸다. 그리고 살짝 꼬인 혀로 따지듯이 말했다.

"시끄러! 딸꾹! 어떠언 노미 구제경의 천구욱을 방해하능 거양? 딸꾹!"

제경은 핸드폰을 받는 대신에 아까 불렀던 노래로 앙코르 공연을 했다. 이번엔 아버지 대신 어머니를 넣어서.

"어머니능 말하셨징, 인생을 즐겨랑. 웃으면성 사능 인생. 자, 시작이당……."

어머니 다음은 삼촌, 고모, 이모……. 제경의 노래는 밤새도록 끝이 나지 않았다. 그리고 나중에 연우가 한 전화를 제때 받지 않은 것과 제멋대로 돈을 탕진하며 인생을 즐긴 죄로 아주 심한 벌을 받았다.

어떤 벌인지 궁금한가?

연우는 탁구공 일곱 개를 사서 그 위에 뭔가를 그린 후 제경을 데리고 산에 올라갔다. 그리고 정상에서 일곱 개의 공을 아주 화려한 몸짓으로 뿌리듯 던졌다. 그리고 여우의 미소를 지으며 말했다.

"자, 드래곤볼이다. 못 찾아오면 죽는다!"

연우의 말에 제경이 게거품을 물고 잠시 정신을 잃었다는 전설이…….

백년 묵은 여우가 천년 묵은 늑대한테
시집가는 날의 풍경

백연우: 아침에 눈 뜨면 서로에게 사랑한다 말해 주고, 입 냄새가 나더라도 뽀뽀해 준다.

김지훈: 좋다! 눈곱도 떼어주고 침 흘린 자국도 닦아주겠다.

백연우: 무슨 음식을 만들어줘도 정성을 생각해서 맛있게 먹어준다.

김지훈: 걱정 마라. 굶기지만 마라.

백연우: 집안일은 반반씩 분담한다.

김지훈: 못한다고 구박만 하지 마라.

백연우: 싸우거나 트러블이 생기더라도 절대 이혼을 거론하지 않으며 각방 거처하지 않으며 하루를 넘기지 않는다.

김지훈:나도 간절히 원하는 바다.

백연우:저녁 식사는 집에 들어와서 함께하고 혹시 일이 생겨 그럴 수 없으면 미리 전화로 알려주고 행선지를 밝힌다.

김지훈:어렵지 않다.

백연우:양말과 옷을 뒤집어서 벗지 않고 빨래 수거함에 넣어준다. 더 입을 옷은 개어놓거나 옷걸이에 걸어놓는다. 재활용도 철저히 한다.

김지훈:알겠다.

백연우:물건은 항상 제자리에 놓고 책상과 컴퓨터 책상 위는 항상 깨끗하게 정리한다.

김지훈:이것도 알겠다.

백연우:매일 같이 산책하고 같이 운동한다.

김지훈:듣던 중 반가운 소리다.

백연우:일주일에 한 번 이상 외식하고, 봄, 여름, 가을, 겨울 여행을 간다.

김지훈:돈 많이 썼다고 후회하지 않기다.

백연우:모든 재산은 항상 공동명의로 하고, 함께 관리한다.

김지훈:원하면 그렇게 하겠다.

백연우:항상 같이 쇼핑을 한다.

김지훈:산 물건 반반씩 들자.

백연우:아이가 생기면 육아도 반반씩 분담한다.

김지훈:걱정 말고 많이 낳아주기만 해라.

백연우:자연스러운 생리현상, 즉 방귀, 트림, 용변 후 화장실 냄새 등에 대해 무안을 주지 않는다.

김지훈:고의적인 건 안 된다.

백연우:살이 찌고 늙는다고 타박하지 않는다.

김지훈:노화 또한 자연스러운 일이다. 하지만 비만은 건강을 위해 안 된다.

백연우:귀가 시간을 엄수하고 절대 외박하지 않는다.

김지훈:되도록 부부동반을 해서 다니겠다.

백연우:빚을 내서도, 돈을 빌려줘서도 안 된다. 그리고 절대 보증은 서지 않는다.

김지훈:널 핑계 대서라도 그렇게 하겠다.

백연우:가정 폭력은 절대 불허한다.

김지훈:다행이다. 너한테 맞으면 되게 아프다.

백연우:이밖에 더 약속할 게 생각나면 또다시 의논한다. 그리고 나 백연우는 신랑 김지훈을 남편으로 맞이하여 기쁠 때나 슬플 때나 괴로울 때나 즐거울 때나 한결같이 사랑할 것을 맹세합니다.

김지훈:나 김지훈은 신부 백연우를 아내로 맞이하여 기쁠 때나 슬플 때나 괴로울 때나 즐거울 때나 한결같이 사랑할 것을 맹세합니다.

연우와 지훈이 결혼서약서 낭독을 끝내자 간간이 새어나왔던 웃음이 박수와 함께 터져 나왔다. 연우와 지훈의 결혼식 주례는 두 사람의 고등학교 때 담임 선생님이 맡아주었다.

"조회시간이 길어지면 학생들이 싫어하고 주례가 길어지면 신랑신부와 하객들이 싫어합니다. 저는 오 분 안에 주례를 마치겠습니다. 그러니 모두 주목해 주시기 바랍니다. 사실 이 두 사람이 제가 당부하고 싶은 말을 다 해버려서 저는 더 할 말이 없습니다. 결혼은 환상이 아니라 현실이라는 것을 이 두 사람은 잘 알고 있는 것 같습니다. 잘 가르친 보람이 있습니다. 부부는 피 한 방울이 안 섞였기 때문에 엄연한 남입니다. 지금은 눈에 콩깍지가 씌워서 목숨까지도 줄 수 있다고 하지만 사랑이 식으면 위자료 한 푼 주기 아까워하는 게 우리 현실입니다. 먼저 결혼해 보신 분들, 안 그렇습니까? 남이기에 예(禮)를 갖추어 대해야 합니다. 남이기에 말조심, 행동 조심을 해야 합니다. 그걸 잊지 않기를 바랍니다. 우리 조상들이 소중한 불씨를 꺼뜨리지 않기 위해 밤낮으로 조심조심하듯 두 사람은 사랑의 불씨를 꺼뜨리지 않도록 조심해야 합니다. 그 불씨를 잘 관리해야 백년해로할 수 있는 겁니다. 두 사람이 살아가면서 오늘 여러분들 앞에서 서약한 것을 잊고 잘못하면 여러분들이 부모의 마음으로, 선배의 마음으로 가르치고 훈계해 주십시오. 저 또한 이 두 사람이 어떻게 사나 꼭 지켜볼 겁니다. 여러분도 지켜봐 주십시오. 신랑신부는 오늘 한 약속을 꼭 지켜주시기 바랍니다. 오늘의 주례, 끝!"

정말 짧고 명쾌한 주례가 끝나자 하객들이 우레와 같은 박수를 쳤다.

"아, 정말 인상 깊은 주례였습니다. 선생님, 제 결혼식 주례도 좀 어떻게……."

오늘 사회를 맡아준 모래인간 김지훈이 마이크에다 대고 말하자 선생님이 흔쾌하게 고개를 끄덕였다.

"감사합니다. 이번 순서는 축하 영상 메시지를 곁들인 축가가 있겠습니다. 오늘의 신부인 백연우 양의 조카들이 나와서 축가를 부르고 가족들의 축하 영상 메시지를 들려 드리겠습니다."

연우와 지훈은 하얀 드레스와 턱시도를 입은 아이들을 향해 섰다. 아이들은 그들을 향해 노래를 부르기 시작했다.

"내가 만일 하늘이라면 그대 얼굴에 물들고 싶어. 붉게 물든 저녁 저 노을처럼 나 그대 뺨에 물들고 싶어. 내가 만일 시인이라면 그댈 위해 노래하겠어. 엄마 품에 안긴 어린아이처럼 나 행복하게 노래하고 싶어. 세상에 그 무엇이라도 그대 위해 되고 싶어. 오늘처럼 우리 함께 있음이 내겐 얼마나 큰 기쁨인지, 사랑하는 나의 사람아 너는 아니. 워~ 이런 나의 마음을. 내가 만일 구름이라면 그대 위해 비가 되겠어. 더운 여름날에 소나기처럼 나 시원하게 내리고 싶어. 세상에 그 무엇이라도 그대 위해 되고 싶어. 오늘처럼 우리 함께 있음이 내겐 얼마나 큰 기쁨인지, 사랑하는 나의 사람아 너는 아니. 워~ 이런 나의 마음을."

아이들이 노래를 부르는 동안 백색 스크린이 내려왔고 가족들이 제작한 축하 영상 메시지가 나왔다.

백강우: 연우야, 오늘은 오빠가 아닌 아빠의 마음으로 널 보내고 싶구나. 네가 태어났을 때 느꼈던 그 큰 기쁨을, 네가 그토록 사랑하며 기다려 온 지훈이와 결혼하는 오늘 또 한 번 누리게 되는구나. 연우야, 지훈이와 행진하는 순간부터 절대 맞잡은 손 놓으면 안 된다. 연우야, 사랑한다. 지훈아, 우리 연우 많이 사랑해 줘라.

첫 번째 올케: 이 사람이 아빠면 난 엄마의 심정으로 아가씨를 보내요. 아가씨, 엄마가 되는 순간 가장 먼저 엄마가 떠오를 거예요. 제가 그랬거든요. 제게 늘 시누이가 아니라 딸처럼 굴어줘서 고마워요. 저도 아가씨한테 엄마 역할 해줄게요. 아가씨, 사랑해요.

백명우: 두 사람 결혼 진심으로 축하해. 나 말 별로 없는 거 알지? 축하해.

두 번째 올케: 우리 두 사람 말은 별로 없지만 마음속으로 아가씨 많이 사랑하는 거 알죠? 아가씨, 결혼 축하해요.

백은우: 나 솔직히 일이 바빠서 너랑 지훈이 러브스토리 잘 모른다. 하지만 내 동생이 사랑하는 남자랑 결혼하게 돼서 너무 잘됐다 싶다. 연우야, 잘살아!

세 번째 올케: 아가씨, 저 애들 잘 보니까 지훈 씨 말대로 많이 낳기만 하세요. 제가 다 봐드릴게요. 호호호.

백동우: 지훈아, 우리 골칫덩어리 데려가 줘서 고맙다. 속 썩이면 나 불러. 내가 혼내줄게.

네 번째 올케: 지훈 씨, 우린 지훈 씨 팬이에요. 너무 멋져요!

백성우: 축하해.

다섯 번째 올케:하고 싶은 말이 그게 다예요? 아가씨! 축하해요. 흐흐흐…….

백민우: 너 옛날에 지훈이랑 내 옷 입고 노래방에 갔다가 나한테 들켜서 혼났던 거 기억나니? 그때부터 짐작은 했지만 결국은 이렇게 되는구나! 축하한다.

여섯 번째 올케:어머, 그런 일이 있었어요? 나중에 두 사람의 러브스토리 많이많이 얘기해 주세요. 축하해요!

백정우: 우리 가족들 알고 보면 다 소박하고 좋은 사람들이야. 우리 가족 된 거 진심으로 환영해. 연우야, 잘살아라. 오늘 되게 예쁘다.

일곱 번째 올케:맞아요, 전 우리 가족들이 좋아요. 아마 지훈 씨도 맘에 쏙 드실 거예요. 우리 조직에 들어오신 거 환영해요!

백현우: 남편은 하늘이다. 연우야, 지훈이한테 잘해라!

여덟 번째 올케: 그걸 지금 축하 메시지라고 하는 거예요? 아가씨! 신세대답게 남편 잘 요리하세요! 크크크…….

백진우: 너희 결혼할 수 있게 지대한 공을 세운 건 우리라는 거 알지? 나중에 갈비 쏴!

아홉 번째 올케:내가 하고 싶은 말 다 하면 어떡해요? 아가씨! 아이 러브 유! 갈비는 그때 그 집이 맛있었어요! 지훈 씨, 혹시 부동산에 관심 있으면 언제든지 저한테 연락 주세요!

백건우: 아자! 아자! 아자! 파이팅!

열 번째 올케:저도 아자! 아자! 아자! 파이팅!

백경우:결혼하면 철 좀 들어라. 백년 묵은 여우야! 사랑한다. 오빠

마음 알지? 지훈아! 그때 너 대신 내가 초콜릿 먹어서 우리 연우 되게 많이 울었다. 넌 우리 연우 올리면 안 된다. 잘해줘.

열한 번째 올케: 아가씨, 철없던 오빠 용서하세요. 아가씨, 정말 결혼 축하드려요. 행복하게 사세요!

백강우 외 모든 가족들: 결혼 축하합니다! 사랑해요!

연우는 가슴이 뭉클해지고 벅차오르는 것을 느꼈다. 가슴을 내리누르는 엄청난 압박감에 숨을 쉴 수가 없었다. 파도치는 감정들이 눈물이 되어 흘러나왔다. 끊임없이 볼을 타고 흘러내렸다. 가족들의 따뜻한 사랑이 연우를 그렇게 만들었다. 지훈은 손수건으로 연우의 눈물을 닦아주었다.

"신랑신부 행진!"

사회자의 말이 떨어지자 음악이 연주가 되었고, 연우와 지훈은 화려한 폭죽 세례를 받으며 힘찬 발걸음을 내디뎠다.

결혼식에 참석해 중간쯤에 앉아 있던 제경이 갑자기 벌떡 일어났다. 그리고 연우와 눈이 마주치자 제경은 아주 음흉한 미소를 지으며 두 손을 번쩍 들었다. 제경의 손엔 일곱 개의 탁구공이 쥐어져 있었다. 연우는 잠시 눈과 입을 벌리고 놀란 표정을 지었다. 그리고 이내 어이없다는 듯 웃음을 터뜨렸다.

연우는 맨 뒤에서 환한 미소를 짓고 있는 소희를 발견했다. 소희가 손을 흔들며 연우에게 말을 건넸다. 들리진 않았지만 입 모양으로 연우는 내용을 알 수 있었다.

"축하해! 예쁘다! 사랑해!"

백연우: 가족이란 이름이 이렇게 따뜻할 줄 몰랐습니다. 세상에 처음 나왔을 때 나를 향한 수많은 눈동자가 내게 향한 관심과 사랑이라는 걸 미처 몰랐습니다. 너무 많다고 생각했습니다. 너무 무책임하다고 생각했습니다. 너무 귀찮았습니다, 너무 싫었습니다. 하지만 이제야 알 것 같습니다. 엄마, 아빠가 제게 주신 선물이 무엇인지 말입니다. 가족은 선물입니다. 가족은 기쁨, 추억, 사랑, 정이 담긴 선물입니다. 제가 다른 사람들보다 더 큰 선물을 받았습니다. 그런 걸 행운이라고 하나 봅니다. 때로는 밉기도 하고, 때로는 부담스럽기도 하고, 때로는 상처를 주기도 하고 받기도 할 겁니다. 하지만 괜찮습니다. 가족은 모든 걸 포용할 수 있는 능력이 있으니까요. 때로는 역경과 고난이 찾아올지도 모릅니다. 하지만 두렵지 않습니다. 가족은 든든한 버팀목이고, 보호막이고, 포근한 안식처이니까요. 오빠, 언니, 조카, 친구, 동생, 연인, 남편, 아내, 엄마, 아빠라는 각기 다른 타이틀로 만났지만 우리는 가족이란 테두리 안에서 만난 친구들입니다. 그 안에 거할 수 있다는 자체가 축복입니다. 그대들이여, 사랑합니다.

김지훈: 내겐 가족이 없다고 생각했습니다. 유일한 가족이라고 생각했던 어머니를 보내고 전 혼자라는 생각을 했습니다. 낮엔 해만 있다고 착각을 했습니다. 보이지 않지만 달과 별, 그리고 수많은 행성들이 있다는 걸 잊고 있었습니다. 제가 태어난 이유가 사랑이든 실수이든 잘못된 선택이든 그건 이제 중요하지 않습니다. 제겐 해와 달과 별, 그리고 수많은 행성들과 같은 가족이 있다는 사실을 깨달은 게 더 중요합니다. 이젠 외롭지 않습니다. 저 넓은 하늘에서도 서로 부딪치

면 깨질까 봐 서로 일정한 거리를 유지하는 별들에게 지혜를 배우렵니다. 해와 달처럼 서로 상대방의 특성을 이해하고 용납하는 넉넉한 마음을 가지렵니다. 세상에서 같이 호흡하고 함께 존재한다는 것만으로도 감사하렵니다. 그것이 가족이란 이름이기에 더 소중하게 느껴집니다. 가족이란 선물을 함께 소유할 수 있게 해준 나의 사랑, 나의 아내, 나의 동반자에게 고마움과 사랑을 전합니다. 저 역시 그대들을 사랑합니다. 마음속 깊이, 영원히······.

작가후기

안녕하세요? 김은아입니다.

ㅇ흐흐흐……

두 번째 소설 『백년 묵은 여우』를 통해 여러분들과 만나게 돼서 너무너무너무 반갑고 좋습니다.

출산율 1.19명, 저출산이 심각한 사회 문제로 떠오른 요즘, 전 뉴스를 통해 자녀를 무려 12명이나 둔 부부를 보게 되었습니다.

허거거걱……

솔직히 부럽다는 생각보다는 너무 놀라서 입이 먼저 벌어졌습니다. 그리고 쉽게 다물 수도 없었지요. 더 놀라운 건 가족들 모두가 행복한 미소를 지으며 '행복은 자녀 수에 비례해요' 라는 말을 한다는 것이었습니다.

의심의 눈초리를 안 보낼 수가 없었지요. 딸만 넷인 집안에서 자란 저도 그다지 행복하지 않았고, 뼛골 빠지게 고생하신 부모님조차 그런 말씀을 안 하셨는데 어떻게 저런 말이 나올 수 있을까 싶었으니까요.

그러던 중 여섯 살인 딸아이(아홉 번째 올케의 딸 수영이의 모델)에게 『백조왕자』라는 안데르센 동화책을 읽어주게 되었습니다. 11명의 오빠를 둔 엘리자 공주의 이야기요. 그 이후론 '12' 란 숫자가 자꾸 머리 속에서 맴돌더군요. 꽉 찼다는 의미의 숫자인 12가요.

　이 소재를 가지고 글을 쓰다 보면 의심스러운 부분이 해결이 될까? 문득 그런 생각이 들었습니다. 그리고 내가 만약 연우의 입장이라면 가장 원하는 게 뭘까? 하는 질문을 제 자신에게 던져 보았습니다. 그것은 나만의 공간이었습니다. 항상 무엇이든 함께 공유해야 하는 게 너무 싫었던 저로서는 연우도 그럴 거라 생각했습니다.

　30년 동안 간직해 온 꿈 못지않게 그녀에게 소중한 게 또 하나 있었습니다. 그것은 첫사랑에 대한 추억입니다. 살면서 '사랑보다 강한 것은 추억이다' 라는 생각이 들 때가 있습니다. 사람은 엄청난 양의 인생을 망각하며 살면서도 추억이란 부분은 항상 남겨둡니다. 추억 밟기를 하다 보면 연우의 마음처럼 49%의 그리움과 51%의 기다림이란 감정이 혼합되어 자란 나무가 여러분의 마음속에도 있을지 모릅니다.

　다시 글을 쓸 수 있을까 하는 고민을 오랫동안 했습니다. 그런 제게 한여름 감우(甘雨)처럼 다가와 준 이들이 있었습니다. 바로 백년 묵은 여우인 연우와 천

년 묵은 늑대인 지훈, 그리고 그들의 가족이었습니다. 짧은 시간이었지만 그들과 한 시간들이 너무 즐겁고 행복했습니다. 그들을 세상에 내보내고 싶었습니다. 그래서 어렵게 용기를 냈습니다. 그들을 떠나보내며 어디를 가든 누구를 만나든 많은 사랑을 받고 행복하게 잘살았으면 좋겠다는 생각을 간절히 했습니다. 혹여 생각지도 못한 돌을 맞거나 돌부리에 걸려 넘어져도 씩씩하게 잘 견뎌내기를 또한 바랐습니다.

음, 먼저 제 마음속에 계시는 하나님, 그분이 주신 가장 아름다운 선물인 가족들에게 사랑의 마음을 전합니다. 그리고 든든한 친구들인 마이문우(cafe.daum.net/mimunoo)와 이름 빌려준 친구들, 그리고 부족한 글을 예쁘게 봐주신 청어람 출판사 관계자분들께 감사의 마음을 전합니다. 특히 김규진 씨와 이종민 씨에게요. 혹시 제목만으로 이 책을 공포 소설로 착각하고 선택하신 분들이 있다면 죄송한 마음 전합니다. 그리고 끝까지 읽어주신 분들 정말 고맙습니다. 더욱 열심히 노력하는 김은아가 되도록 노력하겠습니다. 가을 하늘이 유난히 아름답습니다. 여러분, 행복하세요.

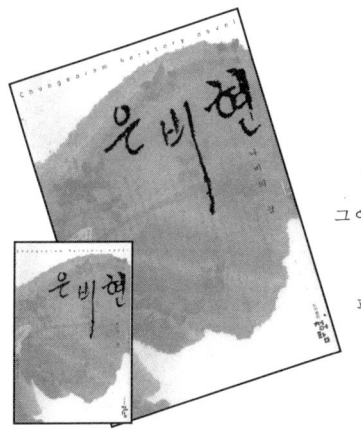
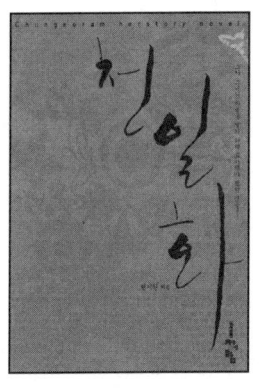

『프로젝트 드러스티』 1, 2

『드러스티―희망.』

적으로 만나 친구가 되고 마침내 연인이 되었다.

그 남자의 희망, 사랑. 그 여자의 희망, 진실.

사랑을 위해 진실을 감춘 남자는

연인의 사랑을 획득할 수 있을까?

● 이지환 지음 값 각 9,000원

『오아시스, 내 청춘』

승채 ; 내가 네게…… 위협적인 존재가 될 줄은 나도

　　　몰랐다. 그게 무슨 뜻인지 알아?

　　　빌어먹게도…… 내가 널 사랑한다는 거야.

신리 ; 내가 그 사람을 그만 사랑하고, 이 세상 모든 남자

　　　들을 다 사랑할 수 있을지언정 너만은 안 돼.

　　　그건…… 그 사람에 대한 반칙이거든.

● 이조영 지음 값 9,000원

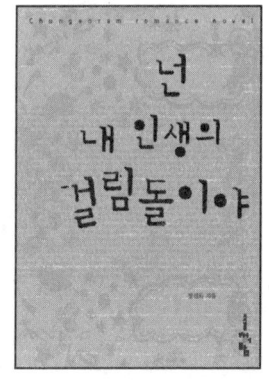

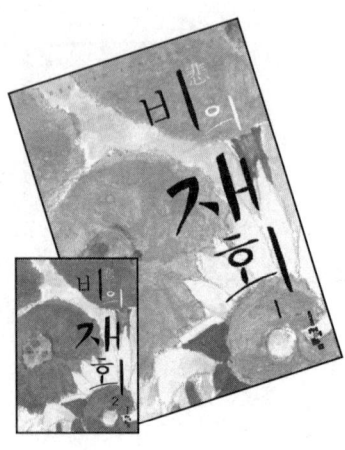
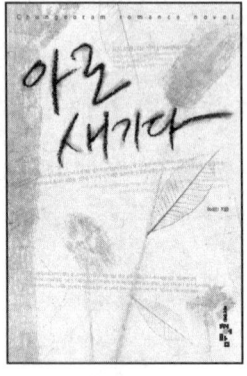